辅助为王

青梅酱 著

中国言实出版社

图书在版编目(CIP)数据

辅助为王 / 青梅酱著 . -- 北京 : 中国言实出版社,
2023.4
　　ISBN 978-7-5171-4421-2

　　Ⅰ . ①辅… Ⅱ . ①青… Ⅲ . ①长篇小说 – 中国 – 当代
Ⅳ . ① I247.5

中国国家版本馆 CIP 数据核字（2023）第 054885 号

辅助为王

责任编辑：张国旗
责任校对：宫媛媛

出版发行：中国言实出版社
　　　　　地　　址：北京市朝阳区北苑路180号加利大厦5号楼105室
　　　　　邮　　编：100101
　　　　　编辑部：北京市海淀区花园路6号院B座6层
　　　　　邮　　编：100088
　　　　　电　　话：010-64924853（总编室）　　010-64924716（发行部）
　　　　　网　　址：www.zgyscbs.cn　电子邮箱：zgyscbs@263.net

经　　销：新华书店
印　　刷：三河市兴国印务有限公司
版　　次：2023年10月第1版　　2023年10月第1次印刷
规　　格：710毫米×1000毫米　1/16　23印张
字　　数：400千字

定　　价：59.80元
书　　号：ISBN 978-7-5171-4421-2

尊敬的《创纪元》玩家您好，

距离您上次登录游戏已有 1866 天了，

回归玩家福利系统现已成功激活。

韩俞泽

游戏ID：鱼为泽

职业：机械师

公会：十字军

绰号：鱼神

江时

游戏ID：奶有毒

职业：符文师

公会：七枚银币

绰号：奶神

游戏加载中……

目 录/contents

第一章　回归玩家

入夜，深灰色的全息①主题网吧人来人往，相当热闹。

外面淅淅沥沥下着的小雨并没有影响客人们上网的热情，收伞走进大门，一眼就可以看到全息游戏《创纪元》的最新版资料片，出现在正中央那块醒目的显示屏上，一遍接一遍地循环播放。

时不时有人驻足观看片刻，但更多人则习以为常地快步路过，去柜台处领取一早预约好的游戏信息卡，去相应的虚拟舱②刷卡登录游戏。

江时出门的时候没下雨，没有雨伞的遮挡，让他走进网吧大门的时候身上已经挂了雨滴。微湿的碎发垂落在两边，让那张原本就惹人注目的脸庞更增加了几分易碎感，引得来上网的客人都下意识地朝他这边多看了两眼。

"您好，请问有预约吗？"值班的女性网吧管理员暗暗地掐了自己两把，才没让脸红得太过明显，见江时摇了摇头，她的声音不由得更低了，"那个……不好意思，我们网吧实行的是会员预约制度，没有预定的话，恐怕没有多余的虚拟舱供您使用。"

"现在做得还挺高端。"江时漫不经心地理了一下湿润的发梢，微微一笑，"没关系，或者我可以换个问法。毕冰火在吗？我找他。"

"啊，您认识我们老板？请您在这里稍等一下！"女管理员脸上一烫，转身就慌忙联系老板去了。

江时倒也不急，落在柜台上的指尖随着周围的背景音乐轻轻地敲打了两下。

不远处的展示大厅处忽然传来一阵欢呼。

江时缓缓地眨了眨眼，循着声音走了过去。

他一眼就看到了正中央的全息投影区域正在同步转播激烈的Boss③争夺战。

《创纪元》的大型赛事世纪杯正在如火如荼地进行。

---

① 全息：利用干涉和衍射原理记录并再现物体真实的三维图像的记录和再现的技术，人们可以从不同的角度不受限制地观察甚至进入影像内部，多出现于科幻作品中。

② 虚拟舱：科幻作品中用于游玩全息游戏的工具，可以使玩家的意识通过虚拟舱直接进入游戏世界中。

③ Boss：大头目、大型怪物。在电脑游戏中出现的巨大有力且难缠、耐打的敌方对手或者怪物，常被称为Boss。通常打败Boss后会掉落游戏奖励。

今天下午展开的是八进四的公会①排名赛，这场比赛的结果，将决定哪些战队可以为自己所在的游戏公会赢下本届总决赛的参赛资格。

围观的很多人手里还拿着信息卡。不过很显然，此时他们宁可白白消耗游戏时间，也不愿意错过已经进入到白热化的比赛盛况。

江时扫了一眼比赛战况。单从本场的选手存活情况来看，现场的争夺相当惨烈。

其中第十位的"夜行团"战队基本上处于全灭的状态，而且复活倒计时还有很长一段时间。

死亡次数越多，复活所需要的时间越久，他们已经基本失去了最后的争夺资格。

这样一来，也就让排名第八、九和十一位的三支战队更加凶猛地投入到了比赛中。

他们所在的位置距离 Boss 相对较远，看起来已经放弃了击杀 Boss 所能得到的巨额积分，选择了以减少伤亡为主的保守战术。

而另一边，最后的 Boss 争夺战也进入了白热化的阶段。

目前整个地图的四大 Boss 已经被击杀了三个，最后剩下的一个是"死亡猎杀者布鲁斯"，出现在冰原区域附近的位置，技能特效令人目眩。

已经抵达现场的四支队伍显然也很着急，想要趁着其他战队发现 Boss 之前，抢先结束这一场比赛。

这四支战队中，"血蔷薇"与"十字军"各处在本场积分排行榜第一、第二的位置，另外两支则各是第四和第六。不过总体来说这四支队伍的积分差距不算太大，谁能拿到击杀"布鲁斯"的巨额积分，就能一举跻身积分榜的榜首，获得本场积分第一名的勋章。

在四支战队的围杀下，场上的 Boss "布鲁斯"的血量已经处在了百分之三十这个非常危险的阶段，而且还在以非常惊人的速度持续下滑着。

至于 Boss 当前的首要攻击目标，暂时是"血蔷薇"战队的骑士。

不过争夺 Boss 这种事情，局面向来瞬息万变，不到最后一刻谁都不知道会发生什么。

旁边的观众正在进行着激烈的讨论。

"春神的治疗量实在是太高了，如果不能解决掉他，根本没办法把 Boss

---

① 公会：游戏中的玩家组织，能在游戏中为玩家提供便利，通常拥有特定的名称和标志，公会内部具有清晰的组织结构、权责划分及规章纪律。

的注意力从'血蔷薇'的手上抢过来吧？"

"这局'十字军'的指挥是谁啊？也不知道他们的人都在干吗，一直在外围转圈杀落单的人。都到了这个时候，这点积分已经没半点意义了啊！"

"你懂什么，这叫随时捡漏！"

"我觉得他们应该是想让其他战队的人进入复活倒计时吧？最后一场团战肯定特别混乱，少几个搅屎棍也是好的。"

"是这样吗？"

"不过话说回来，我怎么没看到鱼神啊？"

"对啊！'十字军'那些人在外围堵人，好像已经很久没看到鱼神露面了？"

"你们说的鱼神，是鱼为泽？"

一群人目不转睛地看着赛场上的战况，被身后冷不丁响起的声音给吓了一跳。

"对啊，不然呢？"某位围观的观众转过来时本来很不耐烦，等看清楚说话那人的模样后稍微顿了一下，他清了清嗓子，连带着语调也软了下来，"这都不知道，你刚接触《创纪元》吗？是新手？"

"第一赛季①的时候玩过，应该不算新手。"江时扫了一眼全息投影上的激烈战况，意味深长地挑了下眉梢，"就是差不多过去五年了，没想到鱼为泽居然还在玩。"

"可不是，鱼神确实是从最初版本一直坚持到现在的'远古大神②'了！现在排行榜上跟他同时期开始玩这款游戏的，大概也就春神那几个了吧？"说到这里，观众忍不住颇为感慨地啧了一声，"仔细想想'血蔷薇'和'十字军'这两支战队也算是斗了整整五年了，真是'宿敌'啊！"

说完，见江时看着全息投影没有说话，他又自顾自地接了一句："不过最近确实有很多老玩家回归。《创纪元》这个'游戏即现实'的概念做得不错，而且也舍得花钱营销，回归奖励也真的很丰富，回来玩不亏的。"

江时终于笑了一声："确实，我也觉得不亏。"

对话间，场上的 Boss "布鲁斯"的血量已经被压到了百分之十以下。

现场已经有人激动地喊了一声："Boss 进入狂暴模式了！"

这像是一个信号，原本还算和平的比赛地图上顿时热闹了起来。

---

① 赛季：全称为"比赛季度"，原意是指某些体育项目每年或跨年度集中比赛的一段时间。在本文中是指游戏里版本更迭的时间。

② 大神：对游戏中实力超群的玩家的称呼。

在场的四支战队显然都不愿意放过这最后的机会，同时发力，一连串的击杀消息顿时在投影屏幕上弹出。

令人目眩的技能特效夹杂着 Boss "布鲁斯"的狂暴攻击，场面一度十分混乱。

而就在这一片狼藉的氛围当中，江时一眼就在某个极容易让人忽视的角落处，捕捉到了一道一闪而过的黑色身影。

他的嘴角饶有兴致地勾起了几分。

悄无声息间，"机械阵法"已经在无人觉察的情况下被那人安置到位。那个角色头顶上的 ID[①]，正是刚才被人提到的"鱼为泽"。

他游走在最边缘的位置，并没有靠近 Boss，笔挺的背脊没有丝毫倾斜，由钢铁改装而成的机械手臂不停地运作，将数个机械部件精准无误地从初始位置穿插进了人群当中。

同时他还避开了周围其他玩家的技能，悄然游走，敏锐地等待着契机。

江时当然知道这人在等待什么。他微微地眯了眯眼，眼底流露出一丝不易捕捉的锐意。

Boss "布鲁斯"的血量迅速下降，眼看就要被清空，有一只手忽然拍上了江时的肩膀，让他在紧绷的环境下，心也跟着猛然一跳。

"我还当是谁找我，没想到你居然真的回来了！"

江时回头看去，直接被扑面而来的烟味冲得拧了下眉心。

没等他开口，周围的呼声几乎要掀翻屋顶。

就在刚刚他分神的一瞬间，本场的比赛胜负已分。

江时余光扫过投影屏幕上的积分统计，可以看到"十字军"战队在击杀了 Boss 后，一下子与"血蔷薇"拉开了一大截的分数，成了本场积分第一！

"十字军"粉丝的欢呼声中，夹杂了"血蔷薇"粉丝的几声唾骂："鱼为泽这个小人，成天就知道出阴招！"

听到这句话，江时笑了。

真要说起来，"鱼为泽"从五年前开始，不就已经以鬼点子多而出名了吗？

他也就这样略微走了下神，便收回思绪瞟了眼跟前的男人，笑得相当友善："毕老板，好久不见。今天突然想来打打游戏，不知道还有虚拟舱吗？"

"你小子，当时走得不声不响，这一回来就是来找我走后门？"毕冰火说

---

① ID：玩家在游戏中使用的名字，也指职业选手在比赛中使用的名字。

着，已经把江时给打量了个遍，在吞云吐雾的过程中捏了捏烟头，"不过听江妍说，当年送你出国可是去治疗……这个的。"

他意有所指地伸手点了点头部的位置，挑眉继续道："你也知道我追江妍好几年了，现在你一回来就来我这里打游戏，万一被她知道了，她该不会杀了我吧？"

"放心，既然我能回来那就说明病已经治得差不多了。而且我姐已经有男朋友了，你也别惦记了。"江时双手插着裤子口袋，随意地靠在背后的墙面上，笑得相当人畜无害，"今天我就开两小时的卡，登录账号看看而已，不会让她知道的。"

"她有男朋友的事我知道，连人我都见过了，不用你特地来扎我的心。"毕冰火看起来很是纠结，拧着眉心思考了片刻，最后拍了板，"也行吧，让小果给你开两个小时！你去那边的 E 区 666 号舱，是我自留的位置。说起来当年你在一区那可是……唉，真不玩了确实可惜。"

江时笑笑没有接话，道了声谢就去前台找管理员小果开游戏信息卡去了。

这家深灰色的全息主题网吧总共分为 A、B、C、D、E 五个区域，越往后面档次越高。

毕冰火身为网吧老板，给自己预留的自然是最好位置的顶级虚拟舱，能够承担起这片区域游戏费用的人，要么是现实生活中工作不错的白领阶层，要么就是对虚拟舱要求较高的职业游戏玩家。

江时一路过去，心里有些感慨。

当年他带着老伙计们在游戏里"开疆拓土"的时候，怎么也想不到，五年后《创纪元》居然会变成一款风靡全球的现象级游戏。

现在这款游戏不仅带领电子竞技进入了全息时代，还衍生出了一系列如"职业游戏玩家"等依赖这个虚拟世界生存的相关行业。

越来越多的人开始进入《创纪元》淘金，隐隐地也让这个虚拟世界成了人类世界的第二个平行时空。

"游戏即现实。"就如《创纪元》提出的理念一样，这款全息游戏真的开创出了一个全新的世纪。

不过江时暂时倒是没有其他的想法。

他才刚刚结束阶段性的治疗返回国内，之所以会心血来潮来这个离家不远的网吧，主要是因为那条《创纪元》官方给全体老玩家发的回归邀请短信。

《创纪元》每两年进行一次数据更新，今年刚好迎来了第二次版本变动。

这次的最新版本在原有的基础上开放了全新等级和技能，在完成游戏内所有服务器大融合的同时，也为离开游戏的老玩家们提供了十分优渥的回归福利。

就像刚才那位网吧观众所说的，现在正是回归的好时候。

江时娴熟地躺进了虚拟舱里，刷卡登录。根据系统提示，虚拟舱读取了他的虹膜，个人数据录入成功。

江时没有创建新的账号，直接激活了一个因为长期没有登录而进入封印状态的旧账号。

随着熟悉的角色模型展示在眼前，同一时间弹出的还有一条系统提示消息——

> 尊敬的《创纪元》玩家您好，距离您上次登录游戏已有 1866 天了，回归玩家福利系统现已成功激活。
>
> 本次更新的版本已经实现了从第一区到第十区所有地区的数据互通。为了更好地体验游戏内容，所有回归玩家均可获得一次免费的改名机会。如果放弃使用，首次登录后将需要玩家自行购买改名卡进行相应的操作。
>
> 请问是否使用这次免费改名机会？

江时的视线在那条系统提示上停留了片刻。

虽然改名卡并不算什么太过昂贵的东西，不过考虑到"免费赠送"，还是不用白不用。

他没太多犹豫，选择了"是"。

一条接一条的信息持续弹出。

> 请输入您要修改的游戏 ID。
> 您要修改的游戏 ID 为"材料大号"，是否确认？
> 新 ID 修改成功，游戏导入中……
> 导入完毕。

江时眼前的画面暗了下去。紧接着随着光线重新亮起，清晰的系统提示音从脑海深处浮现："欢迎回到'创纪元'大陆。"

江时捕捉到了一个细节，系统的欢迎语音里面提到的是"回到"而不是"来到"。

这很显然是为回归玩家量身定制的，看得出来《创纪元》官方为这次老玩家的回归热潮也是操碎了心。

江时只是短暂地走了一下神，很快就适应了突变的光线。

江时周围的景色早就已经不再是之前那线条流畅的虚拟舱内部，而是转换到了一个十分空旷的房间里。木制结构的陈设看起来有些古旧，正中央几乎正对着他的脸的一块吊牌上，横七竖八地写着"临时储备点"几个大字。

江时的视线从吊牌上一转，落在了不远处站着的那个少年身上。

西装笔挺的优雅装束与他这样的年纪十分不符，但是配合着那人少年老成的气质又莫名合适。

不得不说，这是个老熟人了。

江时立刻认出了这位是他当年从执事市场一眼相中的管家NPC①，从那哀怨的眼神中也感受到了对方对他当年不告而别的控诉。

江时有些心虚地将拳头抵在嘴边低咳了两声："司衡，好久不见。"

NPC司衡看着他："确实好久不见，先生，您的新名字真的非常有个性。"

江时笑道："我也是这么想的。"

"没想到时隔五年还能继续为您效力，真是让人感到惊喜又荣幸，刚收到'世界意识'传达的消息时，我还有些受宠若惊呢。"司衡还带着点稚气的脸上一如既往地挂着皮笑肉不笑的弧度，"要知道，根据NPC隶属协议，只要再过一个月左右的时间，我就可以功成身退，回执事市场寻找新的主人了。没想到您居然愿意在我光荣退休之前赶回来续约，真是让我对您的契约精神感到非常敬佩。"

当年江时会看中司衡，完全是因为这小子这张见谁挤对谁的嘴十分合他胃口，这个时候久违地受到一番嘲讽，江时非但没有半点生气，反而产生了一种真正回家的感觉，对游戏世界的接受程度相当良好。

江时仿佛丝毫没有听出司衡的冷言冷语，他朝周围观察了一圈，先前还有过的一丝歉意也顿时荡然无存。

他略微挑了一下眉梢，道："这里是？"

虽然已经时隔很久，但江时还记得自己当年离开游戏的地点应该是在郊外，而不是在这样一个破破旧旧的小木屋里面。

司衡毕恭毕敬地回答："这里是临时储备点，先生。"

---

① NPC：游戏中的一种角色类型，意为"非玩家角色"，指的是在游戏中不受真人玩家操纵的游戏角色。

江时的指尖轻轻地点了点正中央的牌子："我认字。"

司衡面不改色地继续介绍道："因为这几年，新世界不断地被开发出来，原先的世界里的资源也得到了同步整合。在您失踪的那段时间，世界也已经从第三区一直拓展到了现在的第十区。最近'创纪元'大陆相当热闹，所以'世界意识'将所有长期离开的'异世界旅人'汇聚在了独立的丝丽雅地区，您现在也是同样的情况。"

江时问道："所以？"

司衡答："所以，这里看起来虽然简陋，但确实是您在丝丽雅地区活动期间的物资存取枢纽，在这段时间内，也会由我来为您提供服务。请尽管放心，这里的一切都与您的宅院储存仓库接通，您可以对您的资产进行任何操作，先生。"

虽然司衡的话有些绕，不过经他这么一解释，江时也明白了过来。

丝丽雅地区是《创纪元》游戏世界里最初的新手区域。而这一次，在官方一手促成的玩家回归热潮期间，所有的老玩家应该都被传送到了这个区域，以便对这些长期搁置的账号的信息数据进行统一管理。

江时点开任务面板扫了一眼，果然在里面找到了一系列密密麻麻的回归任务。

这些任务的难度普遍不高，收益却比普通任务要高上十几甚至二十倍，明显就是《创纪元》官方为了让像他这样与最新版本脱节的回归玩家，可以快速跟上其他玩家的进度而设置的。

江时关上了任务面板，暂时也不纠结位置的问题了。

他将跟前的管家NPC上上下下地打量了几眼，真诚地说："我不在的这五年，你工作辛苦了。"

司衡看了他一眼，话语里带着和鄙夷的神态完全不符的恭敬："不辛苦，先生。每个月我都从您的账户里面提取属于我的劳动报酬，一切都是我应该做的。"

江时笑了一声："不，我说的辛苦是指……以你那记忆力相当一般的脑子，休假五年后被要求突然上岗，要在短短几秒钟内记住像刚才那么长的一段话，是真的非常辛苦了。"

司衡原先就有些冷淡的脸顿时更阴沉了，说道："真是谢谢关心呢，先生。"

江时也没继续跟他斗嘴。既然已经知道了这里连接着他的物资库，他就不客气地下达了指令："帮我开一下仓库。"

司衡道："好的，先生。"

在司衡的帮忙下，江时顺利接通了他在自家宅院里面的物资仓库。

他扫视了一圈，最终选择了名为"符文"的道具，然后又额外挑了几件实用性较强的道具来填补了一下自己那空空如也的背包。

将全身调整到了最佳状态之后，江时才重新看向自己的管家："那么司衡，关于我接下去应该做什么，你有什么好的提议吗？"

司衡回答："您可以了解一下'世界意识'赠予您的新恩赐。"

江时点点头，打开了虚拟面板的推送界面。

作为近几年人气最高的全息游戏，《创纪元》能够在短短几年内做得如此成功，并不是没有原因的。

"游戏即现实"，这句话指的并不单单是像他这样的游戏玩家可以进入这个虚拟世界淘金，同时也让里面的每个由系统创造出来的NPC，拥有了独一无二的完整人生。

就像司衡一样，这个世界的所有NPC都拥有自己独特的个性与身份，这个全息世界对他们而言就是最为真实的存在，是他们赖以生存的世界，而他们也同样是使这个世界能够井然有序运作的重要组成部分。

与这些被认作"异世界旅人"的玩家日常交流，也已经成了这些NPC习以为常的工作内容。

来自现实和游戏两个世界的所有物种在这里和谐生存，让这个全息世界变得更加真实且无可替代。

当然，对于不同世界的人来说，主观认识到底还是存在一些不同的。

比如司衡口中的"世界意识"，对于江时而言就是《创纪元》的官方系统，而这个时候所谓的"新恩赐"，也正通过系统推送展示在他这位回归玩家的面前。

江时随意打量了一眼，发现这次的福利主要分为三个部分。

第一部分是回归福利，所有的回归玩家通过登录游戏的方式，可以签到领取豪华道具礼包；第二部分是专属任务，即回归玩家在丝丽雅地区期间可以接的专属任务，也是官方提供给老玩家们追上其他玩家的等级、装备等的最主要渠道；第三部分是限时活动，也是目前最受欢迎的"老玩家召回"活动。

只能说《创纪元》官方这次是真的下了血本。

通过老玩家召回活动，所有在线玩家可以向离线六十天以上的好友玩家发出召回信息，一旦召回成功则二人被视为绑定状态，日后被召回的玩家在《创纪元》中获得的所有经验以及消费的所有晶币（游戏内的虚拟货币），都将以百分之一的比例返给绑定对象。每人最多绑定三个回归玩家。

这看起来虽然是一个非常小的比例，但是如果被召回的玩家本身就是一个消费大户或者升级狂人，这小小的份额就绝对是非常诱人的了。

也难怪现在所有人都绞尽脑汁地召回昔日好友，这么好的福利，连江时都有些心动了。

他也没再多想，直接打开了好友列表的"臭味相投"分组，把所有人游戏 ID 后面的"召回"按钮点了一遍。

虽然这个分组里的好友不像他当时离开得那么干脆，但离线时间也都有一到四年了。不知现实里他们都是什么情况，当年在第一赛季的《创纪元》世界中，这些可都是让人闻风丧胆的风云人物。

在这一串完全黯淡的名字当中，唯一一个不具备召回资格的游戏 ID 显得无比醒目。

鱼为泽。
离线时间：六小时。

江时点完一遍"召回"后扫了一眼这个游戏 ID，不由得想到刚刚在网吧里面看到的那场比赛。

这个时间点，这人应该还在比赛专用的服务器里吧？看今天的赛程安排，短时间内他应该不会来普通服务器上线了。

江时的视线停顿了片刻，就关上了好友列表。

他的管家 NPC 司衡说得对，眼下他确实应该先清理一圈游戏官方提供的那些回归福利任务。毕竟，送上门的丰厚奖励，不要白不要。

江时最后检查了一下背包里的东西，十分满足地将仓库里的落地镜也给捞了过来，非常讲究地给这个木制的临时储备点增添了一些装饰。

站在落地镜面前，江时化身游戏中着装儒雅的精灵族男人，有条不紊地整理了一下自己的衣衫。

脸上的蓝色荆棘刺青衬托着细长的金发，他本人的脸融合进游戏里精灵族的角色中，形成了一种特殊的气质，显得格外好看。

回归游戏，江时的心情很不错。临推门走出的时候，他还不忘笑着跟管家司衡多调侃了一句："忘了说，司衡，差不多五年时间不见，你还是没有长高呢。"

猝不及防被戳了痛处的司衡道："先生，您也是一如既往的性格恶劣。"

回应他的只剩下了一声若有若无的轻笑："多谢夸奖。"

临时储备点显然是每个回归玩家的私人领域。

等江时出门之后，前面空地上已经站满了人。

这些显然都是同他一样刚从临时储备点出来的回归玩家，时不时地还会刷新出来几个人，把在旁边发呆的其他玩家挤得一个趔趄，然后玩家们又骂骂咧咧地朝旁边散开了。

回到熟悉的游戏世界，江时有些时过境迁的感慨。

他以一副阅尽千帆的姿态欣赏了一会儿周围熟悉的迤逦风景，同时不忘在这样拥挤的环境下快步远离人群，这才重新点开任务面板研究了起来。

官方为回归玩家提供了好几个福利模式，江时拧眉思考了一下，决定先从副本①任务下手。

丝丽雅地区有三个村落，原本是新玩家第一次进入游戏的地点，又名"新手村"。但是这段时间回归玩家大量涌入，和新玩家们凑到了一起，让本来还比较宽敞的新手村显得有些拥挤。

虽然类似"在丝丽雅地区完成十次居民委托"这样的任务相对简单很多，但现在的玩家人数实在有些太多了。

别说这几个和平宁静的小村庄了，就算加上那些受到黑暗势力的控制，处在水深火热中的荒废村落里的居民NPC们，恐怕都没有那么多的委托来让这些"异世界旅人"完成。

刚才从人群中挤出时，江时就已经从其他玩家口中得知，今天卡瓦里村的村长家已经举行了从"抓野鸡"到"拔毛""烹饪""全鸡宴"的一系列过程。萨利卡村的村民小花也已经跟那些玩家心满意足地玩了五次捉迷藏、六次丢手绢，以及七次木头人，逐渐从一个顽皮的小孩子变成了对做游戏失去了兴趣的"大人"。

对于存在于这个全息世界里的村民NPC而言，这些突然来到他们的世界中的"异世界旅人"，显然帮他们解决了一切麻烦；但是对回归玩家而言，在这片名为"丝丽雅"的地区跑断双腿，去挖掘那些随时可能刷新出来的任务，实在是太难了！

因此，像江时这样对自己的操作比较有自信的玩家，往往都会直接选择副本任务。

毕竟比起那些拥有自己思想和行动轨迹的《创纪元》NPC，副本是不会

---

① 副本：游戏中独立的小世界，在副本中玩家可以通过战胜怪物而获得各种奖励。

变化的，它始终都在那里，对玩家们不离不弃。

江时刚刚回归游戏，故地重游，在周围领略了一番风景后才找了一个比较近的副本。

他远远地就看到副本门口也都围满了人，玩家们在进行着各式各样的组队招募。

他扫视了一圈，随便选了一个需要治疗人员的队伍，按下申请键，几乎瞬间就进了队伍。

完成组队之后，团队内部其他成员的话语就通过独立的语音系统传输到了江时的耳中。

"人齐了人齐了！准备开始吧！"说话的人游戏 ID 叫"帆布鞋"，显然是这个小队的队长，"那个叫'材料大号'的，你给我们回血①啊！"

江时"嗯"了一声，扫了一眼团队面板，发现对方的等级是八十级，比他目前的四十级整整翻了一倍。

他身上没有回归标志，这说明他并不是回归玩家。

《创纪元》一共有过三个重要版本。

首先是第一、二赛季的最初版本，当时游戏内玩家的最高等级是四十级，也就是江时离开游戏前所在的版本。

第二个版本包含了游戏的第三、四赛季，玩家的最高等级提升到了七十五级，不管是对最初版本的玩家角色种族、势力，还是对各个职业的属性，都进行了调整，明确了定位。这个版本彻底结束了第一、二赛季某些玩家的多职业模式玩法。

第三个版本就是现在刚刚开启的第五赛季了。新版本将玩家的最高等级提升到了九十级，并且借着这次老玩家回归的热潮，筹备了大型赛事，在下一届世纪杯比赛开启之前，谁也不知道哪个职业会借着这次版本变革而兴起，又会有哪个强势的职业消失。

八十级的玩家正好是处在冲刺最高等级的阶段，这个时候来打低级副本，就是为了那些随机掉落的副本材料，顺便再获得一些带低等级账号通关后系统赠予的"庇佑值"积分。

果不其然，帆布鞋在组齐队员之后直接开了口："那个材料大号，我们老玩家带你过任务，你只要给我们加好血，回归任务基本都能通过，但是掉落

---

① 回血：游戏中，角色的血量在受到敌方攻击后会降低，当血量降低为零时，游戏角色会死亡。所以，游戏中会有回血的方式，帮角色增加血量，延续生命。

的材料全归我们，没问题吧？"

江时也不差那些低级副本掉落的材料，无所谓地应了一声："可以。"

这个五人小队里面除了他之外，还有另外一个顶着新秀图标的玩家，队长单独提醒他，显然是跟这个新秀认识。另外两个人和这个帆布鞋在同一个公会，应该是一起来获取材料的。

帆布鞋道："都准备好了吧，准备好了就开始了。"

队里另外一个叫"刹鬼神"的玩家之前没说话，这个时候有些犹豫地开了口："让你找个治疗职业的人，你怎么找了个四十级的人，这能行吗？"

帆布鞋无所谓道："人家是回归玩家，有回归图标和新秀图标的人可以多掉落一样材料，我这不是想着多掉点东西嘛。"

刹鬼神道："但是……你不觉得这个人的 ID 很像小号吗？"

江时慢吞吞地开口："就是大号，童叟无欺。"

刹鬼神还是不太放心。

帆布鞋听着两人的对话颇感不耐烦，道："你没看到周围的人都在找治疗职业吗？站着说话不腰疼，不行你来找？"

一听要他找人，刹鬼神顿时闭了嘴。

帆布鞋满意了，不过还是多问了一句："你是大号，有回归图标，应该是老玩家吧？低级副本只要你帮我们加点血而已，我们自己也会躲技能，你看着给我们回一回血量就好，没问题吧？"

江时道："都可以。"

"明明可以轻轻松松打通关，非要多带一个有回归图标的人……"刹鬼神唠叨着，但最后还是没有反对，"行吧，自己躲技能就自己躲，开始吧开始吧。"

江时轻轻地摸了摸手里的十字架。

这是个四十五级的小副本，其实他自己一个人也能通关，要不是任务要求得组齐五人一起打，他才懒得来这找队伍。

真没想到，时隔五年，自己回来的第一天倒先被别人嫌弃上了。果然是时过境迁啊。

随着队长按下确认键，五人齐齐被传送进了副本地图当中。

这个四十五级的副本叫"神泉洞窟"。

等地图转换完毕之后，所有人都被周围立体环绕的泉水声给彻底笼罩了。

刚才大家都是通过团队语音隔空对话，这会儿一集合完毕，那个叫刹鬼神的玩家一眼就注意到了江时手中那个比人还高的十字架武器："哇兄弟，你这个武器的外观很特殊啊！好像都没怎么见过，是限量款吗？"

"嗯，以前做活动，系统送的。"江时闻言随便把手里的十字架转了转，模棱两可地应道。

他在游戏里的角色是"光精灵族"，以法杖为武器。

他手里的这个法杖的外观并不像那些随处可见的武器，而是一把散发着白色月光的巨型十字架。若有若无的绿色藤蔓缠绕在十字架上方，流转的光芒让人挪不开视线。

刹鬼神第一眼留意到了十字架，惊叹着走近想去摸一下，第二眼就看清楚了江时的那张脸。

他再次激动地喊出声："'大号'兄弟，你的脸是自己设置的吗？帅啊，求个模板！"

话音落下，其他人也齐刷刷地看了过来，然后纷纷"啦"了一声。

《创纪元》中一共有四个大种族和九个独立势力，要论外貌的话，精灵族是公认的好看，森族兽裔和人族次之。

可是玩游戏那么久了，他们还真很少见到外貌如此出众的玩家。

所有人默默地咽了咽口水，脑海中只浮现出一个念头——以这个外貌模板的精致程度，一定很贵吧？

江时反而陷入了思考。

改名字的时候他倒是没多想，现在被人"大号""大号"地这么喊着，总感觉好像哪里不对，毕竟这个"大号"跟另外那个"大号"有点歧义。

要不然回头找个合适的时间，还是把游戏 ID 改回去算了。

江时一边想着一边要回答没有模板，这张脸是根据自己现实中的外貌自动生成的，就听到帆布鞋已经接了话："你一个战族兽裔要一个精灵族的脸干什么？说得好像给你你就能用一样！"

"爱美之心人皆有之，难得碰上个符合我审美的脸，问问不行吗？"刹鬼神笑了笑，没再反驳，忍不住多看了江时两眼，这才将话题转向了旁边的新秀玩家，"话说回来，你要带两个小号打副本我不拒绝，不过你这徒弟好像是第一次进'神泉洞窟'吧？注意事项跟他交代过了没？"

"懒得交代。"帆布鞋摆手，"他死不死无所谓了，反正也不差他这点伤害，治疗职业别死就行。"

刹鬼神一时无语。这话说得好有道理，竟然让他无法反驳。

进入副本后，前期的剧情开始自动播放。

一行人一边清理着路边的小怪，一边往洞窟深处走去。

除了江时之外，这几个人都是熟人，闲着无聊，干脆有一句没一句地聊了起来。

刹鬼神在那调侃新秀："要说你这师父靠谱是靠谱，毕竟会带你打副本，还帮你抢装备。可要说不靠谱，也是真不靠谱。那么多的职业可以选择，怎么最后居然让你一个新秀选了机械师这个坑人的职业？想感受一下什么叫'人傻钱多'吗？"

这次不等帆布鞋开口，新秀已经小声接了话："选职业这个不怪我师父，是我自己一定要玩机械师的。"说完他又顿了一下，非常坚定地补充了一句，"鱼神是我的偶像。"

江时本来一直跟在人群后面看他们打打闹闹，闻言才朝那个新秀看了一眼。

下一秒，刹鬼神说出了他的心声："鱼为泽？你是他的粉丝啊？其实我一直不明白，你们这些喜欢他的人到底是为了什么，就冲他能想出来各种阴谋诡计吗？"

一提到偶像，新秀整个人的气势顿时不一样了："鱼神可是连《创纪元》官方都认可的战术大师，我就是为了他来玩这个游戏的！"

江时一般不会笑，除非真的没忍住。这一声笑并不重，很快就被周围的泉水声覆盖了，没让那个新秀听到。

不过他倒也没说错，"阴谋诡计"的另一种说法就是"战术大师"。

"是是是，确实是战术大师。"刹鬼神还不至于在粉丝面前诋毁他的偶像，清了清嗓子，"其实我也不怎么关注比赛的事情，比起这些，我倒是更关心一些小道消息。"

他换上了好奇的语调，继续道："说到鱼为泽，当年有件事不是闹得沸沸扬扬，说他诚心约战结果被对方爽约了吗？都这么多年过去了，那个人还没被扒出身份，你们这些粉丝也没半点消息，这情报能力也太弱了吧？"

新秀道："我不关心他的私生活。"

刹鬼神挠挠头："行……吧。"

新秀道："不过从我知道的消息来看，那个人肯定也不一般。"

刹鬼神瞬间化身捧哏："哦？"

江时原本落在队伍的最后面，听到有鱼为泽的消息，不动声色地朝前面走了几步。

新秀道："你们肯定不知道吧，鱼神现在还经常去三庭坡等约战的对象。这个仇一日不报，鱼神就只能永远活在屈辱中！"

江时本来听着前面的内容还没什么感觉，等到"三庭坡"三个字落入耳中的时候，表情微妙地僵硬了一下。

然后，在前面聊得热络的几人就听到一直没说话的江时忽然出声："那个请问一下……你们说的那次约战，该不会是在第一赛季那年的七月七日吧？"

新秀惊奇地瞪大双眼："你也是鱼神粉丝吗？你记得挺清楚啊！"

江时一时无语。他能不清楚吗？那年的七月七日，鱼为泽跟他在三庭坡约战。结果刚好出了一件事，那天也就成了他正式告别游戏的日子。

没想到，鱼为泽这么记仇，不就是被放鸽子了，虽然这确实符合他小心眼的形象。

江时沉默了片刻，无声地打开了好友列表，视线停留在那个还处在离线状态的游戏 ID 上。

哦，放了你一次鸽子就记仇五年？

以这个男人锱铢必较的个性，如果知道他回归了游戏，还指不定会用什么手段来报仇呢。

不过不好意思，想报复他是不可能的，这辈子都是不可能的。

旁边，新秀语气里带着遗憾和一点憧憬："唉，也不知道什么时候能够有机会加上这种顶级大神的好友，而且就算想让他们看到好友申请也没办法，鱼神这种大神的好友列表应该一直是满的吧？"

江时一通行云流水的删好友操作完成，关上好友面板的时候正好听到这样的一句话，鼓励式地笑了笑："你其实可以试试，他现在应该能加好友了。"

新秀将信将疑地搜了下鱼为泽的游戏 ID，点击发送好友申请，下一秒就喊出了声："真的！我能加鱼神的好友了！"

虽然知道就算鱼为泽空出了好友位置也不会加他的，新秀依旧为自己发出的好友申请十分兴奋，当即又快速地连发几次申请，在申请备注里写下一连串的粉丝心声。

这绝对是他与偶像距离最近的一次接触了！

说话间，前期的副本剧情已经结束。

"Boss 要开打了，先别聊了，都准备一下。"帆布鞋提醒了一句，拉回了所有人的注意力。

"神泉洞窟"是新手村"神泉传说"系列里的最后一个副本。

在这个副本里一共有"荧月蝙蝠""诅咒乳石""神泉之魂"三个 Boss，虽然是低级副本，但因为掉落的材料就算放到中级市场上都很受欢迎，就成了上个版本最受新手欢迎的副本，也被称为"带小号圣地"。

不过，这种低级副本虽然难不到哪里去，毕竟也是上一个版本新增的内容，对于离开最初版本的江时而言，完完全全算是一个新副本。

以江时这么谦虚谨慎的性格，眼见就要正式开打，当然还是稍微有了一丝紧张的情绪，认真留意了一下周围的情况。

其他几个人都是八十级左右的角色，眼见 Boss "荧月蝙蝠"出现在跟前，都毫不犹豫地冲了过去。

经过一番激烈无比的围殴，Boss 的血量以肉眼可见的速度迅速下滑。玩家们对 Boss 输出的伤害数值相当可观。

江时是作为治疗职业人员被招进队来的，这个时候看着那个新秀玩家也跟着一起在前方浴血厮杀，便独自一人留在最后面。

他给几人使用了持续加血的恢复术之后，就老神在在地观摩了起来，表现得颇为悠闲。

毕竟其他几人是从同一个帮派过来一起打副本的队友，队里那个骑士一开始牢牢吸引住了 Boss 的注意力，Boss 用出的几个大范围伤害技能都没能命中其他队员，除了站在 Boss 眼前的骑士外，基本没有人损失血量。再加上江时使用的恢复术持续发挥效果，队伍整体状态显得相当稳定。

可这一切只保持到了"荧月蝙蝠"的血量掉到百分之七十之前。

进入第二阶段，在 Boss 主体的召唤下，周围连续飞出的小蝙蝠群开始朝着几名玩家发起进攻。

帆布鞋抵挡住一片蝙蝠群，一低头就看到了自己的血量正在以触目惊心的速度迅速下降。

这时他才隐约意识到了不对："怎么感觉血量回不起来啊？大号，你的恢复术技能学满了吗，回血效果怎么那么弱？"

江时眼看着帆布鞋在小蝙蝠群的围攻下即将阵亡，不急不缓地给了他一个名为"林之护"的增益效果，增加了恢复术的持续时间，然后他使用技能"祝福结算"，手中的十字架闪烁起绿色的荧光，精准无误地在队友血量归零的瞬间，使余下的持续治疗效果在同一时间生效。

这次治疗的时机，绝对称得上是教科书般精准。

江时又给旁边的几个队友陆续使用了恢复术，才想起来回答帆布鞋的问题："哦，我主玩的职业是符文师，基本上添加的都是'智慧'属性，'精神'属性就加了两点，治疗效果可能是弱了一点。"

轻描淡写的一句话，让帆布鞋差点吐出一口血。那是只弱了一点吗？只有两点"精神"属性，你的治疗量能高就怪了！

在《创纪元》中，玩家有不同的发展方向，可以选择提升不同的属性点。其中对于法师系角色而言，"智慧"属性可以提高玩家的法术攻击强度、伤害数值等方面，而"精神"属性则主要作用在治疗量和伤害减免等方面。

对于治疗职业而言，"精神"无疑是不可或缺的重要属性。衡量一个治疗职业到底强不强，最主要看的就是每一个加血技能带来的治疗量数值。

在帆布鞋经历的上一个版本中，几乎已经没有光精灵玩家会选择符文师这个职业了，所以在看到江时的第一眼，他就下意识地默认了他是个专职治疗队友的祭司。

直到这个节骨眼上，他才后知后觉地想起来，这个材料大号停留在四十级的等级，显然他就是从最初版本回归的超级老玩家啊！在那个时候，符文师和祭司的选择率基本相同，可还没像现在这样不平衡。

帆布鞋整张脸都皱了起来。

虽然四十级的都是小号，但像祭司这种治疗职业，就算等级再低，只要学了恢复术，能给队友回血，也就足够了。可现在，就符文师那微不足道的治疗量，拿什么给他们回血？恐怕还没他们自己使用吸血技能回得多吧？

只能说真的大意了。早知道这样，他在招人时就应该多问一句。

现在到处都是回归玩家，果然什么牛鬼蛇神都出来了。在这之前帆布鞋是真没想到，连符文师装傻来冒充祭司这种事情都能让他们给撞到。

骑士玩家听到了这边的对话，愁眉苦脸地开口询问道："那现在怎么办……不打了吗？出副本重新招人？"

帆布鞋也很纠结。他犹豫了一瞬，"住手"两个字在嘴边转了转刚要出口，就听到江时这个"始作俑者"像没事人似的开了口："问题不大，继续打，我能给你们回血。"

刹鬼神显然是直来直去的脾气，之前秉着"有问题怪队长"的原则一直没开口，这时候终于憋不住了："符文师作为治疗职业来打副本？谁给你的勇气？"

江时还是那轻描淡写的模样："来都来了，试试呗。"

刹鬼神喉咙一哽。

"来都来了"，这是最让人无法反驳的四个字。

刚好又有一群小蝙蝠从洞窟深处飞了出来，眼看就要扑向新秀玩家，江时不知道什么时候在手里攥了个闪着红光的东西，他默念咒语，随后一片红色的光芒从他的身边散开，顺着地面迅速蔓延，紧接着就在新秀玩家跟前豁然腾起了一片由红色光束交织而成的牢笼，将成群的蝙蝠牢牢地禁锢在当中。

这毫无预兆的变故，让周围顿时充满了蝙蝠的嘶叫声。

　　这个技能是"符文领域"。虽然所有玩家都具备使用道具"符文石"的资格，但是只有选择成为符文师的玩家，才能让符文领域发挥出最强的效果。

　　帆布鞋也被吓得一愣。

　　直到江时借着蝙蝠群被控制住的时间，将新秀玩家的血量缓慢且顽强地恢复了回来，帆布鞋才意识到发生了什么。

　　几秒之后，他咬牙做出了决定："都把 Boss 的血量打到百分之四十了，先试试吧！失败了再说！"

　　江时笑了一声，还是那句话："就是，来都来了。"

　　刹鬼神捂了捂耳朵。他觉得自己都快不认识那四个字了。

　　骑士倒很果断，使用了一个嘲讽技能，直接将 Boss 的注意力吸引回自己身上，然后调转角度，重新将 Boss 吸引到便于队友们打出伤害的最佳位置。

　　刹鬼神的职业是"战族兽裔"，这时候他也大斧一挥，借着自己使用技能可以恢复血量的特殊效果，有恃无恐地冲进了被江时控制住的蝙蝠群里。

　　江时当然看得出来，刹鬼神选择这个时候冲进蝙蝠群，无疑是为了帮他减轻治疗压力。

　　虽然没有必要，但他还是心怀感激。

　　他无声地勾了下嘴角，在技能"祝福结算"倒计时结束的瞬间，又利落地给骑士恢复血量。正好这个时候，新的一拨蝙蝠怪物出现。

　　红色光束交织而成的牢笼凭空腾起，再次精准无误地将这些小怪牢牢禁锢。

　　前面两拨蝙蝠出现的时候，江时在旁边特意留意了一下时间间隔和位置变化的规律，比起前一次拯救新秀玩家的操作，这一回他甚至可以预判。

　　这样一来，江时释放出了堪称完美的控制技能，使全体队员的受伤程度有了大幅度的降低。

　　他将蝙蝠群控制住的位置也相当漂亮，方便了队内所有人的操作，完全不影响帆布鞋攻击 Boss 的节奏，而且还为刹鬼神创造了绝佳的攻击环境。

　　这让刹鬼神再也没了怨言，彻彻底底地杀爽了。

　　虽然以往打这个副本的时候他也不需要有太多的走位①，但还是跟现在的情况没得比。有江时在旁边帮忙控制小怪，甚至还贴心至极地直接把小怪聚在了同一个位置，就像是直接将美食送到面前一样，他只需要安心享用。对

———————————

① 走位：游戏中角色的各种移动方式，包括蹲、跑、跳、急停等。

他这个输出职业而言，完全是前所未有的美妙体验。

刹鬼神的脑海中甚至浮出了这么一个念头：这简直就是所有输出职业最想绑定在一起的辅助，是所有输出职业的梦啊！有这么一个辅助，让他打一辈子副本都愿意！

帆布鞋没了后顾之忧，甚至还有精力留意了一下其他队员清理蝙蝠群的情况。他顿了一下，到底还是忍不住问："大号，你这个技能的控制时间挺长啊，是用了紫色的符文石吗？"

江时垂眸扫了一眼背包里的那堆金色品质道具，随口应了一声："差不多吧。"

帆布鞋惊叹："看不出来，你是个有钱人啊！"

江时笑了笑，只能心想，这些普通玩家确实不懂行情，要不然可不会憋出一句"有钱人"，而应该直呼他"太过败家"了。

紫色符文石？他包里的符文石随便拿出去一块，都是最高级的金色属性，即使是低级符文石，也能放进游戏拍卖行卖个大价钱。

江时笑而不答，稍微挑了下眉，提醒道："是要把 Boss 的血量打到百分之三十以下，才能到下个阶段吧？"

"哎呀！"帆布鞋闻言才留意到 Boss 周围隐约泛起的血红色，他转身就跑，同时还朝着旁边的骑士招呼道："老齐你快点回来，Boss 要进入狂暴阶段了！"

骑士原地上马飞奔返回，和所有人在西北方的巨石后面集合。

Boss 进入狂暴阶段之后，周围剩下的小蝙蝠群直接嘶叫几声一哄而散。

Boss 没有跟着骑士追过来，而是在原地发出了震耳欲聋的尖叫声，震得周围的泉水也一阵躁动。

随后它逐渐地升空，以倒吊的姿势稳定地挂在了正中央的崖石壁顶部，眼中的凶光越来越重。

"Boss 到狂暴阶段了，等会儿我去找进攻点打它的破绽，辅助跟着骑士走，看好他的血量。"帆布鞋说完没听到江时吭声，不放心地多问了一句，"大号，没问题吧？"

"嗯，没问题。"

单从语调听起来，江时这个四十级的回归玩家反而比帆布鞋淡定很多。

说完之后，他也没有着急往骑士玩家那边挪动身子，而是继续用一切尽在掌握中的语调说："稍等，你们只需要帮我争取十秒时间。我找到副本攻略了，让我看一眼，就一眼。"

帆布鞋愣了愣。队里的其他队员也都一头雾水。

"那么我们……"帆布鞋先一步找回了理智，"等会儿骑士先去吸引 Boss 的注意力，徒弟你跟刹鬼神站在一起，躲技能就好，不求你打伤害，别死就行。其他的……嗯，没问题的话我们就开始……"

江时突然道："好了，一起打吧。"

帆布鞋顿了顿："你不是看攻略吗，这就好了？"

江时反而奇怪地看着他："说了十秒就十秒，我向来非常守时。"

帆布鞋一时无语。您可是太守时了！

Boss 在进入狂暴阶段后正好启动了三形态的切换，留出了二十秒左右的时间给玩家们缓冲。

帆布鞋本来还想说什么，但现在情况危急，确实没剩多少时间给他们闲聊。他知道所有队员必须去各自的位置就位了，顿时把到了嘴边的话吞回了肚子。

他简单利落地做了几个手势："各部门就位！"

新秀玩家相当捧场："收到，长官！"

帆布鞋转身就往自己的位置上跑，一直没有回头，到了目标点后一转身，才发现不知什么时候自己身后多了一条尾巴。

他忍不住拔高了语调："跟着我做什么！不是让你跟骑士一起吗！"

江时道："我跟着骑士没用啊，不如过来帮忙找一下 Boss 的破绽。"

帆布鞋的火气一下子就上来了："那如果没打出破绽呢？你跟我来了这边，骑士没人加血，死了怎么办？"

江时缓缓地眨了眨眼："不是说只要打出破绽，Boss 就不会再放技能吗？官方网站的攻略错了？"

"所以我说的就是万一没打出破绽的情况！"帆布鞋牙关紧咬，"打破绽失败后 Boss 就会展开疯狂攻击，就算我们穿着八十级的装备，也没办法顶住那几下伤害啊！"

江时道："那只要不出现没打出破绽的情况，不就不会出现疯狂攻击了吗？"

这绕口令般的对话，听得帆布鞋胸膛一阵起伏。

虽然是在全息游戏世界里，他依旧有种随时可能被气晕过去的错觉："可现在的问题是，你以为 Boss 的破绽是那么好找的吗？看攻略的时候，你就没看打出破绽这个操作的难度有多大吗？"

"这个副本我打了上百次了，只能确保百分之四十五的概率找到 Boss 的破绽并击破！你跟来有什么用！你能补上剩下的百分之五十五吗！让你干什么你就干什么，到底你是队长还是我是队长，要不然我这个指挥给你当算了！来来来，你来当！"

"我没想要指挥权，真的。但是我刚才也说了，我跟骑士走确实没用，队长你要不先冷静一下？"江时显然不喜欢别人指着他的脸说话，适时地后退两步拉开了距离，"你是不是又忘了我不是祭司？就算跟去给骑士加血，就Boss疯狂攻击的那个伤害，真不一定能把他的血量给恢复起来。"

帆布鞋从濒临崩溃的边缘找回了一丝理智。他愣了一下，才想起对方的职业。

都怪之前他们打得太顺了，一时半会儿居然给忘了这人是个符文师！

江时见帆布鞋终于懂了，也慢悠悠地露出了笑容："所以比起在那没意义地加血，我不如过来帮忙打破绽。万一我还真能补上这百分之五十五的成功率呢，你说是不是？如果实在不行，大不了被团灭①，重新开始，到时候我退出队伍，给别人让位置。"

帆布鞋沉默了。

俗话说"伸手不打笑脸人"，更何况江时那张脸配合着这样的表情实在是太有说服力了。

话都说到这个份儿上了，要是他还斤斤计较，咬着不放，反而显得自己不给老玩家面子了。

更何况，此时眼看着Boss进入狂暴阶段，蓄势待发地要发起第一轮攻势，也实在没时间继续纠结这些问题。

刹鬼神听两人争论半天，不耐烦地问："到底还打不打了？"

帆布鞋扫了江时一眼，回忆起这个符文师之前堪称亮眼的操作，咬牙做出了决定："打！试试就试试！"

骑士的声音也直接拔高："不试也不行了，已经没办法停手了，赶紧准备，第一轮攻击要来了！"

话音未落，提前跑到安排好的位置的几人顿时都屏住了呼吸。

Boss忽然长啸一声，露出满口獠牙，展开翅膀从空中呼啸而至。

帆布鞋不放心，还是多问了一句："大号，攻略都看过了，知道在哪个位置打吧？"

江时点点头："放心，一切尽在掌握。"

---

① 团灭：在游戏团战中某一方参战队员全部阵亡的情况被称作"团灭"。

帆布鞋撇了撇嘴。什么一切尽在掌握？现在的回归老玩家一看就没经历过新副本的折磨！

Boss"荧月蝙蝠"挥动翅膀，带动周围的气流染上了泉水冰冷的气息，呼啸而至。

帆布鞋当然深知打出Boss破绽的操作有多难，也不会真把希望寄托给一个回归玩家。他没再多问江时一句，转身将手里的轻剑提了起来。

这是剑士职业所持的"武剑"，主要的武器是可随时进行切换的重剑和轻剑。

这个时间点要在"荧月蝙蝠"身上打破绽，是个对技术要求比较高的活儿，比起重剑，轻剑自然更好操作一些。

江时回忆着攻略里的内容，正眯起眼留意着"荧月蝙蝠"的飞行路线，便见帆布鞋已经卡着时间迎了上去。

破绽出现在蝙蝠外耳郭处。那是一片很薄的皮肉，范围极小，加上"荧月蝙蝠"自身具备精准的声波定位能力，在受袭过程中它闪避的动作更是敏捷无比。

帆布鞋一个箭步上前，剑花飞起的霎那就已经找到了机会。

因为提前站定了位置，就在"荧月蝙蝠"近身的瞬间，他侧身避开攻击，同时，直直朝着破绽冲过去就是几下连击。

随后他立即避开了蝙蝠呼啸而来的翅膀，毫发无损地再度拉开距离。

也难怪最初的时候帆布鞋愿意让队里唯一的辅助去跟着骑士，以他的身手和操作，在普通玩家里面绝对是顶尖的，确实能够将自己的任务完成得非常漂亮。

虽然他将这套行云流水般的操作完成得相当漂亮，这个时候回到原位，他的脸上却并没有太多的笑容。

四下。他刚才只打到了四下破绽。

虽然等在下一个位置的刹鬼神还有补上的机会，但是以他对队友实力的了解，要一次性在破绽上补上六次击打，还是有些强人所难的。

难道他们还是需要结束这次副本之行，换一个治疗玩家进来？

顶着Boss的狂暴攻击，强行让治疗玩家帮队友回血的战术虽然太过耗时，但毕竟操作简单，有很大的容错空间。

这样想着，帆布鞋下意识地朝江时的方向看了过去。

他还没能酝酿起赶人离队的歉意，就见十字架在空中划过一个漂亮的弧度。

紧接着，光精灵的身影随着一个滑步飞掠而过，金色的发尾在空中留下了一片隐约的余影。

帆布鞋心头一跳，完了，这家伙还真去打破绽了！

这个 Boss 一旦到了狂暴阶段就直接进入了不受控制的"霸体"状态，像符文领域这种控制技能对它也是完全无效的。

因此，符文师的技能在这个 Boss 面前作用极小。

江时既然看过了攻略，当然不至于犯低级错误，去浪费他宝贵的金色符文石。

在《创纪元》这款全息游戏中，不管道具还是技能，对所有职业而言都只能是锦上添花，高手与普通玩家的最大区别，就在于操作细节上。

江时虽然离开游戏五年了，但有了前面那段时间的适应，他已经把操作的感觉找回了七八成，打这种新手村里的低级副本自然不在话下。

硕大的十字架在他的手中转过了一个华丽的弧度，接着他突然俯身一个滑步，在 Boss 展翅离去之前成功接近了它。

帆布鞋跟刹鬼神选择的都是蝙蝠展翅之后距离地面最近的位置，江时卡在蝙蝠再次起飞的最后时刻，再出手时也不知道他怎么就绕到了 Boss 头部的侧面，十字架的顶部就这样漂亮地砸向了 Boss 袒露出来的破绽部位。

非常漂亮的连击。

法师职业的物理伤害很有限，但此时此刻，重点显然并不在于他到底能不能打出伤害，而是对破绽的击打次数。

几个老玩家自然知道江时的操作意味着什么，他们都惊叹于他过分敏捷的身法，下意识地咽了一口并不存在的口水，本能地屏住了呼吸。

在极短的时间内，江时极有节奏的连击没有一丝间断。

从出手到结束，满打满算，留给江时的攻击时间也不过三秒钟而已。

一、二、三、四、五……就当"荧月蝙蝠"长啸一声即将再次振翅高飞的时候，第六下攻击被他顺利打了出来！

晶莹的绿色光束从蝙蝠耳根的位置绽开，化成了万千碎片，周围的皮肤豁然炸裂。

只能说江时的整个操作完成得太完美了，所有人看得都有些出神，直到江时提醒了一声"快打 Boss"，等候在角落的骑士才蓦然回神。

骑士乘马飞奔而至，朝垂死挣扎的 Boss 长枪一挑，用出了吸引它注意力的嘲讽技能。

虽然 Boss 在被击中破绽后张牙舞爪的样子看起来很扭曲，但它打出的都是一些简单粗暴的物理攻击，基本上算是任人摆布的状态，根本没有半点威胁。

江时向来很有身为辅助的职业操守，这个时候相当自觉地给队里的每个人都使用了恢复术，他谦虚地看向帆布鞋："怎么样队长，我打得还行吗？"

帆布鞋尴尬地点点头："很完美，很完美。"

"队长满意就好。"江时笑得仿佛一个和蔼可亲的老干部，"那继续吧。"

Boss变弱的时间满打满算不过就十五秒，等虚弱时间过去后就会进入下一轮的技能循环。

不过有了第一次的"完美配合"，所有人也都熟练且自信了很多，后面几次攻击破绽的操作都放心地留给江时去完成。

等到这样的攻击进行到第四轮的时候，Boss也终于在众人的围殴下一命呜呼了。

帆布鞋去捡Boss掉落的材料。

江时再次打开了操作面板："稍等一下，后面两个Boss我再看看攻略。"

这次没有人再有意见。

江时的这一番绝妙操作，不止让他们大大缩短了第一个Boss的击杀时间，而且还拿到了"完美击破"这个普通玩家极难获得的稀有成就，简直太赚了！

经过这一战，全队对江时的信任度迅速飙升，给了他足够的时间去看攻略，后面的两个Boss也非常顺利地通过了。

刚出副本，帆布鞋就叫住了江时："你有什么材料需求吗？"

江时奇怪地问："材料不是你们全拿了吗？"

帆布鞋清了清嗓子。

本来是他们全拿了没错，但老实说，这位回归玩家在副本里面的发挥实在是太好了，虽然在看攻略上面花了点时间，但整体来说通关的速度远比组个普通老玩家要快上很多。

而且不知道为什么，有这个"材料大号"在旁边配合，就连他们输出的伤害数值似乎也莫名其妙地高了不少。

帆布鞋摸着自己的良心坚持道："你出力不少，要不稍微拿点材料？"

盛情难却，江时也不再推辞："行，你随便给吧。"

帆布鞋一边翻背包一边问："你还打这个副本吗？要不再多打几次？"

"不了，我要下线（离开游戏）了。"江时看了眼网吧两小时游戏时间即将结束的提醒，也没多说什么，"材料还是不用了，或者你们通过邮箱直接寄给我也行，我先走……"

甚至连"了"字都没说完，所有人就这样眼睁睁地看着跟前的人原地消失了。

剎鬼神还没反应过来，问："这就下线了？"

"是啊。"帆布鞋沉默地盯着自己的背包发了好一会儿呆，语调没什么起伏地问，"你们有加他好友吗？"

剎鬼神和骑士玩家交换了一个眼神，齐声道："没有。"

帆布鞋想了想，道："算了，我发个好友申请。反正他总会上线的，等下次碰到的时候再问问，看能不能招进我们公会。"

剎鬼神表示同意："确实，看得出来他是个高手。"

帆布鞋笑了一声："何止是个高手。"

新秀玩家突然一声尖叫，打断了他们的对话："师父！他上线（登录游戏）了！"

帆布鞋惦记着拉江时进公会的事情，冷不丁听到这么一句，本能地抬头看向周围。眼见无事发生，他不由得有些无语："乱叫什么呢，哪有人上线？"

新秀玩家兴奋得手舞足蹈，一度语无伦次："鱼神！我说的是鱼神上线了！他刚刚拒绝了我的好友申请！你们说，他有没有可能看到我的留言了？"

其他三人沉默不语。

傻孩子，长点心吧。被人拒绝还这么开心，你是不是有病？

第二章 删除好友

第六区，"十字军"公会领地。

一群人的身影在门口一闪而过，步履匆匆地走进大堂。

世纪杯赛事的八进四公会排名战刚刚结束。

"十字军"公会在最后一刻抢下了 Boss "死亡猎杀者布鲁斯"的击杀，总积分一举晋升至本场比赛第一名，也顺利地拿到了下一轮的四强赛名额。

可即便如此，从比赛服务器回来的这些骨干队员身上却看不出丝毫喜悦，相反，整个队伍的气氛十分严肃，其他人看着走在最前面的两人，一个个都噤若寒蝉。

"鱼神，你是不是应该表态一下？""十字军"公会的会长破军霸霸眉心紧锁，神态看起来很是不悦，"平常不要求你经常参与公会活动也就算了，今天你却突然来这一手。这一路走来什么都不说，好像有些不太合适吧？"

鱼为泽终于意味不明地笑了一声："说什么？积分第一还不够当封口费？"

他对这位公会会长恶劣的态度早就已经见怪不怪，回复也是如往常一般敷衍。

不过仔细听来，此时此刻在他这样嘲讽的语气中，还隐约带了一丝难得出现的不耐烦。

正是捕捉到了这个很细微的情绪，其他队员没有不识趣地介入这两个公会最具地位的人之间。

会长自然也察觉到了鱼为泽的不耐烦，不过比起这一路的一声不吭，能有反应总是一件好事。

鱼为泽仗着自己多年在游戏里面累积起来的知名度，总是不把他这个现任的公会会长放在眼里，而这次他竟然在一贯不屑的态度里，多了一分不耐烦。

会长自己都没意识到自己的扭曲的愉悦情绪是从哪儿来的，心情不错地摆起了架子："如果我们不是积分第一，你需要做的恐怕就不只是交代这么简单了。明明是赛前定好的策略，结果在比赛过程中你突然改变了战术，搞得所有人都一阵手忙脚乱的，真的合适吗？鱼神，虽然你是前会长留下来的人，我们也很敬重你，但是赛场，可从来都不是你一个人的秀场。"

这相当官僚主义的一番言论，从鱼为泽的左耳朵进去，又从右耳朵轻描淡写地飘了出来。他现在的注意力全都放了持续收到的好友申请上。

他也不清楚是什么原因，明明满了多年没有变动过的好友位置忽然就空出来了一个，更不知道那些游戏玩家都是怎么发现的这个情况，铺天盖地的好友申请就这样一拨接一拨地涌了过来，断都没有断过。

鱼为泽接连续使用了好几次"一键清空"的功能，依旧没有能够阻挡那些来势汹汹的好友申请，他不耐烦地拧起了眉头，干脆在系统设置里面选择了"拒绝添加好友"的选项。

整个世界终于清静了。也就在此时，他正好听到了会长的最后那句话。

鱼为泽抬了下眼帘，似笑非笑地看了过去："赛场不是我一个人的秀场？如果没有我的发挥，你们也能拿到晋级名额，我当然乐得清闲。"

他过分直白的态度，就差把"你们太弱"四个字直接写脸上了。

在场的众人只感到仿佛猝不及防地被插了一刀，下意识地捂了捂胸口，脸色也都一阵青，一阵白的。

能丝毫不顾及他们这些高手玩家的大神，整个游戏里也没几个，偏偏鱼为泽就是其中之一。

更何况，他与在场众人之间早就已经没什么交情，当然也不需要维护表面上的和谐。

会长的脸色也不太好看，咬牙道："如果你愿意完全服从指挥，当然可以顺利晋级！"

"好的好的，是我的问题。"鱼为泽点了点头，瞥了一眼旁边的那个机械师玩家，语调很是意味深长，"下次我尽量说服自己，一定努力做到信任指挥。"话音刚落，他看了眼时间，双手往裤子口袋里一插就头也不回地走了，"应该没其他事了吧？那我就先回去休息了，这比赛确实太累人了。"

会长没有吭声，其他人也都不敢多动。

只有一个绿色的人影毫无顾忌地从人群中蹿了出来，丝毫没在意会长大人的脸色，"嗖"地一下跟了上去。

鱼为泽早就听到了后面逐渐靠近的脚步声。他根本没回头，也不知道怎么判断的，忽然往旁边侧了侧身，不动声色地避开了对方扑上来的那一下拥抱。

一个颇为委屈的声音响了起来："师父你躲什么，人家就是想要安慰你一下嘛！公会里那些人越来越过分了，战术会议上明明你的方案更好，他们非要抱团排挤你。在赛场上，队伍出了那么明显的问题，要不是你随机应变拿下了这局的积分第一，总排名说不定连前四都进不去。结果他们倒好，非但没说半句感谢的话，居然还找茬指责你的不对，得了便宜还卖乖，你欠他们的吗！"

鱼为泽没有去看身后那个全身绿色的少年，头也不回地走进了公会领地的私人休息室："哦，还真是欠他们的。"

"呸。你欠的是前会长的，又不是欠的他破军霸霸！"

鱼为泽道："我还挺喜欢他们这副看我不顺眼，又总是求我办事的样子。"

绿色少年有一个非常贴合他形象的 ID，叫"绿色控"。

身为鱼为泽的徒弟，他越看师父这副无所谓的态度就越觉得气不过："你说这个新会长凭什么啊，到底凭什么！就凭他拿了公会管理的资格，就能在那耀武扬威了？"

"不然呢？要不你也弄个会长来当当？"鱼为泽把背包里的东西整理了一下，想起刚才回来时的怪事，随手点开了好友列表，"不过也快了，按我答应老易的那份合约，这次联赛结束后，我的合同应该要到期了。"

"太好了！可算是熬到头了！师父你之后打算去哪里？只要你退出公会，我也立刻跟着你一起走。我看那个会长不顺眼很久了，走了眼不见为净！"绿色控捏着下巴在那里设想了一下离开"十字军"公会后的美好愿景，嘴角都忍不住扬了起来。

他美滋滋地走神片刻，再抬头，才发现鱼为泽仿佛被人按下暂停键一般，一动不动地顿在了那里。

绿色控疑惑地眨了眨眼，问道："师父你又玩什么？一二三，木头人？需要我配合吗？"

鱼为泽没有回答，但也终于动了。

他仿佛有些不太相信自己的眼睛，将好友列表从头到尾来回翻了好几遍，然后才终于确定那个被他单独分在"内伤"一栏的那个人，居然真的不在了。

原先那一栏的好友数量由"1"变成了眼下的"0"，十分醒目。

他必须得接受这个事实——他就出去打了一场比赛的工夫，他整整珍藏了五年的好友账号，竟然从他的列表当中平白无故地消失了！

鱼为泽再次陷入了暂停状态。

许久之后，他选择联系客服，很快得到了官方回复。

　　亲爱的玩家您好，根据您提交的问题我们已经进行了核实，应该只是玩家本人进行了好友删除操作，并不存在系统数据错乱的情况哦。还请您面对现实，思考一下之前是否有过什么得罪人的恶劣行为呢！不知道您对这次的服务是否满意，还请给个五星好评哦！

鱼为泽的脸色很难看。他怀疑这个客服在嘲讽他。

片刻间，他的心里浮现出了非常微妙的不确定情绪。

鱼为泽点开好友搜索界面，输入了游戏ID"奶有毒"。

从来没有人能想到，在游戏里叱咤风云的鱼神，有朝一日也会在点确认键时手抖。

明明不过一秒钟的查询时间，却是前所未有的漫长。

系统回复弹了出来。

　　　系统：抱歉，您搜索的ID不存在。

绿色控看着师父那副阴晴不定的样子，小心翼翼地询问："您是终于受不了会长了吗？要不，我们找个机会把他揍一顿？"

鱼为泽扫了他一眼："客服差评怎么发？"

绿色控一头雾水地看着他。

鱼为泽深吸一口气："算了。"

他轻轻地揉了揉太阳穴，视线落在提示ID错误的系统回复上，指尖渐渐顺着棱角分明的脸庞划过，然后缓慢地，将脸埋进了掌心里。

忽然间，他笑出了声。

那人能主动删他好友还改了游戏ID，很好，这是终于舍得回来了吗？

这套操作，干得漂亮啊。

虽然鱼为泽没有说话，绿色控却莫名感到了一股凉意从背后升起，语调逐渐变得柔弱："师父？你别露出这种表情……我害怕。"

鱼为泽终于笑够了，关上好友列表，将视线投向徒弟："什么表情？"

绿色控道："一看就有人要倒霉的……恶劣表情。"

鱼为泽道："为什么不是有人走运？"

绿色控望了望天花板，不想搭话。

鱼为泽现在的情绪有点复杂，但整体来说还算心情不错，难得摆出了十分和善的态度："绿绿啊。"

绿色控下意识地背脊一直："师父您说！"

鱼为泽想了想，说："你说……如果有那么一天你突然把我的好友删了，会是什么原因？"

绿色控直接指天发誓："师父，我这辈子都不可能删你好友！"

鱼为泽道："我是说……如果。"

绿色控斩钉截铁道："不存在如果！"

鱼为泽忽然有些疑惑自己当初为什么会收这么个徒弟，他顿了一下，只能选择妥协："那就假设是公会里的其他人删我好友，会是因为什么？"

"公会里的其他人？"绿色控想了想说，"那肯定是受不了您的脾气，不想再遭受惨绝人寰的压迫，又或者是被您很多丧心病狂的举动折磨得忍无可忍了呗。"

鱼为泽保持微笑道："那如果是五年没上线的人，刚回归游戏就选择删了我的好友呢？"

"啊，那就是陈年旧怨了，应该会有很多闻者伤心见者流泪的故事了吧，要不然他也不至于记仇那么多年，回归的第一件事就是处理旧仇啊！说真的，师父你这假设的五年也太久了，这么长时间的话，当年你得把他得罪成什么样啊……"绿色控的语调略微一顿，"等等，五年？没记错的话，师父你之前说过你的固定辅助队友就是五年前离开游戏的吧？"

鱼为泽一时无语。这个绿油油的脑袋瓜子在这种时候转得还挺快。

"你的辅助回来了？"绿色控眼睛一亮，紧接着只剩下了震惊，"可是他为什么会删你的好友，会不会是手抖了？"

鱼为泽的脑海中浮现过一个身影，语调笃定地说："手抖？不可能的。就算把他放在一百个人里，他都可以精准无误地做到平均治疗每一个人。"

绿色控问道："那是为什么？到底是为什么啊？为什么？"

鱼为泽不耐烦道："闭嘴。"

他也想知道为什么。

他明明做了那么多事情去迎接这个人的随时回归，所以，到底是哪一步出了问题呢？

鱼为泽被吵得头大，终于放弃找他的好徒弟来推测真相了："先不说这个，我记得前段时间咱们亲爱的会长大人是不是说过，想要我出面帮公会多招点人？"

绿色控道："可是他到底为什么删了您啊……"

鱼为泽定定地看着他。

绿色控敛声，瞬间接上了前面的问题："是这样的没错，毕竟最近回归玩家变多，各大公会都在抢人。而我们公会里，也就您影响力最大了。"说着，他果断伸出双手在身前比了叉，做了个拒绝的动作，"但就像您当时说的那样，除了打比赛外，让您帮忙做事是不可能的，这辈子都不可能！一边打压您一边还想要利用您的影响力？不行，不行不行不行……"

鱼为泽没让他继续"不行"下去，语调微微拉长："你说，如果你和会长同时掉进水里，我会救谁？"

绿色控险些没跟上这跳跃的思维，一头雾水道："当然是救我了，我这么可爱，还是您的宝贝徒弟。"

鱼为泽扫了他一眼："如果你继续这么聒噪下去，我会直接把船开走。"

绿色控立刻捂嘴不说话了。

鱼为泽满意地笑了一下："后面几天，你就帮我去问会长要点关于招人事项的具体资料。"他侧眸看了眼窗外，心情似乎好了起来，"天气真好，应该很适合钓鱼吧？"

绿色控瞅着不远处逐渐靠近的那片乌云。

第六区这常年雨季的破天气，好、好吗？

但是看师父这忽好忽坏的心情，他怎么总觉得有人要倒霉呢？

"阿嚏！"也不知道是不是因为刚刚吹过来的那阵冷风，江时在走到家门口的时候低低地打了声喷嚏。

江时离家的时间其实不长，总共就打了两个小时游戏，时间一到就回来了，理论上不会有被发现的风险。可他此时拧着眉心揉了揉鼻尖，出于对自己直觉的信任，警惕了起来。

就在大门打开的一瞬间，有一个巨大的黑影呼啸而至。

江时往前迈进的脚步顿了一下，十分敏锐地将腿收了回来，下一秒，一个巨大的抱枕就这样直直地砸上了房门，"哐当"一声掉落在旁边的鞋架上，连带着搁在上面的一堆物件也轰然倒地，稀里哗啦散了一地。

江时顿了一下，无奈地往偷袭的人那边看去："谋杀亲弟吗？"

"亲弟还需要我谋杀？这不，自己已经不要命地跑到网吧送死去了。"

江妍有一头性感的大波浪卷发，虽然身上穿着十分普通的睡衣，但丝毫没能遮挡住这由内而外散发出来的明艳气质。

她看着江时，只是一阵冷笑："出息了啊，趁着我不在家就偷偷摸摸去网吧，小学时学会的那套反侦察技巧全部都用出来了啊？要不是我一早就安排好了眼线，还真要被你蒙在鼓里。"

江时忍不住扶额："毕冰火还是一如既往地重色轻友。"

"呸！不做亏心事不怕鬼敲门。"江妍从楼梯上走下来，将地上的抱枕重新抄起来，"你自己的脑子现在是个什么情况给我有点数，治了五年都没办法让你戒了游戏？"

江时不动声色地摆出警惕姿势，以防遭到二次袭击："你也知道治五年了，医生都说已经没事了。都什么年代了，神经衰弱也不是什么大病，稍微玩一下全息游戏没事的。"

"你那是普通的神经衰弱吗？总之，这次回国就是让你来休养的，有没有事不是你说了算。喏，拿着。"这回江妍没有再用抱枕发起进攻，而是从睡衣口袋里摸出一张名片递了过去，"给你在明天下午预约了全身检查，只有拿到完整的检查结果，才有可能洗清你这一下午的罪孽，明白？"

江时接过名片，扫了一眼上面的名字："这是，我的新姐夫？"

江妍道："请叫韩医生，而且，他很可能会是你的最后一任姐夫。"

"好的，明天下午我会准时去见韩医生的。"江时应了一声，似笑非笑地抬了下眼眸，"如果最后的检查结果确定我可以正常使用虚拟舱的话……"

江妍在他这副明显要坏主意的表情下嘴角微抽："让你玩一会儿。"

江时露出了满意的笑容："提前跟你说声谢谢。"

"不跟你扯了，我继续去研究我的食谱。"江妍看了眼时间，转身就朝厨房的方向走去。

江时目送那个背影走远，回想起最近亲姐姐的"爱心便当"，他走进客厅往沙发上一躺，第一件事就是摸出手机来点了份人类能够承受的正常外卖。

比起用脑过度这种事情，明显还是江大小姐的"黑暗料理"更能对他的生命造成威胁。

江时点完外卖后很快收到了订单确认消息，他正要关闭手机，视线往下一瞥，就扫到了《创纪元》官方发来的那条短信通知。

他想起今天在副本里的听闻，顿了顿，细长的手指微微地屈起，点开了短信上面的官方论坛链接。

听副本里那几人话里的意思，鱼为泽的那桩"风流韵事"似乎传得还挺广。

像论坛那种畅所欲言的地方，应该会有一些有意思的消息吧。

《创纪元》现在是人气最高的游戏，玩家论坛也十分热闹。

江时打开论坛后上下翻了翻，找了个名叫"玩家交流"的板块点了进去。

有在第八区常驻的兄弟吗？急问，怎么提升NPC"舞娘－爱弥儿"的好感度啊？之前我想请她喝杯酒，结果现在她一见到我就喊流氓！怎么办！

呜呜呜现在的NPC都这么凶残吗？我今天在利福利亚地区被NPC追着围殴了三个小时！

谁说玩家和NPC就不能是真爱，这是一个记录我与宝贝甜蜜日常的帖子，不喜欢不要点进来看！

我昨天去村长家，他说我长得像他圈养的那只狗，这算不算人身攻击？

世纪杯四强已经诞生，总决赛即将打响！来来来，今年冠军会花落谁家，下注了下注了！

浅谈鱼为泽的好友位置空出来的原因，欢迎探讨。

嗯？

江时无意中瞥过这个被设置成"精品"的帖子，准备点开搜索框的动作停顿了一下。

他到底还是选择遵从自己的好奇心，点了进去。

楼主（发帖人）：先说下起因，一个小时前不是有个兄弟发帖子说鱼为泽的好友位置突然空了一个出来吗？相信已经有很多兄弟去测试过了，确实有这个事情。

大家都知道，这些顶级玩家有自己的游戏圈子，好友位置更是满了好几年了，除非出现特别必要的情况，才会临时删掉不重要的好友。而现在，鱼为泽的好友位置过了整整一个多小时了还空在那里，我认为肯定是有什么不得了的内幕呢。

如果对这个帖子感兴趣的话请关注楼主，欢迎各位随意探讨哦！

玩家一：哈哈哈哈，楼主一开口就跟那些媒体账号的样子完全一样。

玩家二：这还用分析吗，鱼为泽这几年在游戏里得罪了不少人吧，列表里的好友也有不少被他硌硬得不行，估计一堆人早就想删他好友。

玩家三：也不能这么说，毕竟要是想删估计早就删了，看那时间点，差不多是他还在比赛的时候吧？

玩家四：天真，你以为留着他的好友位置是为了加深感情吗？难道不是为了随时方便盯着他什么时候在线？

玩家五：哈哈哈哈楼上的兄弟太会了。

玩家六：说到比赛我倒是想起来了，鱼为泽在比赛期间被删好友，难道是……

玩家七：你们前面分析了那么多也没得出什么结论啊，我看就是鱼为泽在今天的比赛里面玩得太阴险，有看不惯的大神终于选择了删好友泄愤呗。

玩家八：他最后那个抢 Boss 的操作是真的出人意料，这么看来的话，应该是"血蔷薇"公会的人删了他好友？

玩家九：我觉得很有可能，毕竟一说到今天的比赛，"血蔷薇"公会的人就都要心梗了。照我说删他好友还算是轻的，没去黑市雇杀手杀他就算不错了。

玩家十：前面那几个兄弟真搞笑，买凶杀鱼为泽？就算你出得起钱也要有人敢接这个单子啊！

玩家十一：哈哈哈哈，确实是这样，现在黑市里的杀手确实都挺爱惜羽毛的，接个不可能完成的单子相当于砸自己招牌哦。

玩家十二：等等，一路看到这里我只想问一句确定了吗，真的是"血蔷薇"公会的大神删了鱼为泽？

玩家十三：大胆一点，我觉得"血蔷薇"的所有人应该都已经把这个阴险小人给删了！

玩家十四：你们懂什么，以为只有"血蔷薇"的人？可能其他几家公会也有不少人联合起来删他好友呢！

玩家十五：好的明白了，这意思是鱼为泽惹了众怒，被孤立了啊。

玩家十六：结论，鱼神，惨。

江时一脸震惊地看完，感慨地摸了摸鼻尖。

果然，舆论总是能够朝着让人意想不到的方向撒腿狂奔呢。

考虑到自己就是那个始作俑者，江时在心里替鱼为泽点了根蜡烛，就事不关己地关上了帖子。

他再次选中搜索框，输入了"鱼为泽""三庭坡"的字眼，瞬间就冒出一大串帖子，其中最近的回复就在刚刚。

他根据由近到远的时间顺序点进那些帖子看，内容也是大同小异。

帖子一：

> 玩家一：都说鱼神每年都会去三庭坡，今年的七月七日又快到了，到时候我能在三庭坡堵到他吗？
>
> 玩家二：堵什么堵，鱼为泽不希望有人打扰，每次都会提前清场好吗。
>
> 玩家三：哈哈哈哈笑死了，你们难道没听说过一个传闻吗，有鱼神在的三庭坡，地底下不知道埋了多少无辜的亡魂。
>
> 玩家四：确定不是在坟头送祝福吗？

帖子二：

> 玩家一：唉，好想知道能够让鱼神这么记仇的到底是什么样的人才。
>
> 玩家二：鱼为泽也太爱记仇了。
>
> 玩家三：果然哪里都能看到鱼神的粉丝和喜欢抹黑他的人呢。
>
> 玩家四：不过前两年不是还有照片流传出来过吗，那些游戏角色的脸，一个赛一个的好看啊！
>
> 玩家五：确实一个赛一个的好看，但这里面的人没有长得一样的啊，根本都不是同一个人好吗！

江时没忍住笑了一声。

这根本就是个不存在的角色，能有照片才叫怪了。

帖子三：

> 玩家一：其实三庭坡约战那天我也在现场，就是当时不知道鱼神到底想做什么，我还偷偷拍了照片。虽然距离有点远，都凑合着看吧。
>
> 玩家二：我的天啊，太震撼了！大神的约战现场原来是这样的吗？
>
> 玩家三：提醒一下，那可是在第一赛季！第一赛季他上哪弄

来的那么多烟花？这是把整个"创纪元"大陆的烟花都买光了吧。

　　玩家四：好羡慕，看鱼神的背影，他还专门换了一身礼服？真的好隆重啊。

　　江时又连着看了好几个帖子，之前点的外卖也顺利送达了。他伸了个懒腰起身去取外卖，没有继续看下去。

　　我就问被这位"战术大师"盯上的"福气"，给你们要不要？

　　不信谣，不传谣。

　　身体检查是在翌日下午，江时搭乘江妍的跑车抵达了医院门口。

　　江妍有事要去处理，没时间陪他一起检查，她摇下车窗将那副张扬的墨镜往额头上一架，一只手挂在窗外提醒道："等会儿乖乖遵从医生的安排进行检查，如果有什么事随时找我电话，我最多会在……嗯，十五分钟之内赶到。当然，最好是不需要这样。"

　　江时了然一笑："放心，我会替你跟韩医生问好的。"

　　江妍瞥了他一眼，脸上泛起了一丝莫名的红晕，最后"喊"了一声，摇上窗开车走了。

　　江时看着这绝尘而去的车影许久，最后若有所思地摸了摸下巴。

　　看刚才那表情，万花丛中过片叶不沾身的江妍居然害羞了？

　　果然活得久了什么都能见识到啊。

　　这里是市里顶尖的医院，体检中心在 E 号大楼的三层。

　　当天下午来体检的人不少，江时与其他人一样很有耐心地排着队，但因为身材高挑，显得有些醒目。

　　同样等在旁边的小姑娘数不清是第几次朝他这边瞥来，最后她攥了攥拳头，似乎终于鼓起了勇气："那个……你好，你也是来进行体检的吗？"

　　江时露出了十分绅士的笑容："是的，我之前在国外看病，刚刚回国。家里人放心不下，让我过来再检查检查。"

　　"在国外看病？"小姑娘笑得脸色绯红，不由得露出了几分关切，"什么病啊，严重吗？"

　　"也还好，就是比较难以启齿。是，精神科。"江时彬彬有礼地指了指自己的脑袋，"医生说，我这里有点问题。"

　　小姑娘脸上的表情彻底僵住。

　　顺利地将这段搭讪结束，江时见差不多轮到他了，心情不错地站起了身。

经过转角的时候，他的医生已经在那等着了。

穿着白大褂的高挑男人显然听到了刚才的对话，有些敛不住自己脸上的笑容："江时？"

江时将他上下打量了一遍："韩医生？"

两人相视一笑，心照不宣地往体检中心走去。

韩意远受江妍的委托，在整个体检的过程中十分尽心尽力。最后两人拿着体检报告走进了他的个人办公室。

等韩意远翻看完毕，江时开口："韩医生，怎么样？"

"恢复得很不错，保持下去的话，以后应该不会有什么太大问题。"韩意远回答。

"这样的话，如果我平时想要长时间在虚拟舱里打全息游戏，应该可以吧？"江时问。

韩意远忍不住笑了一声："你是想问能不能玩《创纪元》吧？江妍好像还挺担心你又搞出当年那种事的。"

江时清了清嗓子："那段时间我刚好在参加限时活动，没太注意时间，就在虚拟舱里稍微待久了点。"

韩意远道："可不只是'稍微久了一点'吧。"

江时耸了下肩算是默认。

因为整个过程有些混乱，当年具体的事情他也记得不是太清楚了。

反正，大概是为了完成《创纪元》官方推出的活动，他几乎没日没夜地待在虚拟舱里，结果给脑神经造成了太大的负荷，生了场大病。

可以说他完全没给自己和家人反应的时间，刚走出虚拟舱就晕了过去。

等后来他醒过来的时候才知道，自己刚好晕在了江妍的面前。

他晕倒前没有半点预兆，把他的姐姐给彻底吓到了。

正是因为心里有些愧疚感，在江妍管着他的这段时间里，江时确实在尽力配合她，这也让国外那段时间的治疗进行得非常顺利。

不过他能如此配合治疗，自然是有配合的意义。

就像现在这种情况，他动点小心思好像也没什么太大的问题。

江时收回思绪，见检查报告已经出来了，笑着伸出手去将韩意远面前的文件翻到了最后一页，贴心地指了指下方的空白区域："总之，还是得麻烦韩医生把刚才的诊断结果一字不差地写在医嘱说明的地方。特别是关于虚拟舱使用方面的建议，可以再写详细一点，要不然某人怕是没办法完全放心。"

韩意远被他这小心思弄得有些哭笑不得："我会如实写的。"仔细地将医嘱说明书写完之后，他把文件收好递了过去，"其实江妍在我面前很多次提起过你，说你以前在《创纪元》里玩得不错。现在既然你已经治疗得差不多了，有条件的话是想当一名职业玩家吗？"

江时接过报告，道："职业玩家？倒是还没这方面的想法。"

韩意远点了点头："目前，你的身体还处在调养的后期，虽然使用虚拟舱已经问题不大，但要当职业玩家的话确实还是有精神负荷过重的危险，没想法也好。"说到这里他稍微思考了一下，继续说道，"如果在《创纪元》里面遇到什么问题也可以随时找我，说不定还能帮上什么忙。"

江时惊讶道："韩医生也玩游戏？"

"我不玩。"韩意远说，"不过我有一个堂弟这几年还在当职业玩家，具体叫什么 ID 一时间想不太起来，就知道他游戏打得应该不错。有需要的话，我可以介绍你们认识。"

"明白了，谢谢。"江时回答得相当礼貌，"不过，我觉得自己应该也接触不到职业玩家。"

韩意远也不坚持，道："总之，随时联系。"

两人又简单聊了一下，主要内容基本围绕在江妍和韩意远之间的相识过程。

最后见时间差不多了，江时才起身告别。从医院离开的时候，他显然心情不错。不止是因为今天的检查结果，也因为他对韩意远这个未来姐夫的印象不错。

他脚步轻快，将手中的文件袋又拿稳了几分。

现在他拿着的可不是普通的体检报告单，准确来说，应该是他的"游戏许可证"。

有检查结果作为证据加上韩意远这个担保人，江妍那边也终于松了口："那行，大家都是成年人，我也就不多说什么了，适度游戏，劳逸结合，懂吗？"

这个回答正是江时想要的："放心，我心里有数。"

江妍对此嗤之以鼻："真有数？"

江时笑呵呵地迎上了姐姐鄙视的目光："顺便说一句，韩医生确实还挺帅的。"

一句话顺利地让江妍彻底收敛起鄙夷的神色，取而代之的是一脸得意："对吧！"

江时还是第一次见到她这样，心里也一时有些感慨。

那个韩意远，确实有点能耐。

隔了两天，江时再次来到深灰色的全息主题网吧，进门的时候显得更加从容淡定。

毕冰火之前泄露了他来网吧打游戏的机密，本就心里有愧，二话不说就将自己的御用虚拟舱再次让了出来，而且非常豪气地给他设置了四个小时的游戏时间。

江时淡淡道："谢谢。"

毕冰火叼在嘴角的烟头上下摇晃着："兄弟之间，小意思。"

江时点头："嗯，只要没有女人，我们就还是好兄弟。"

毕冰火仿佛没有听到他说什么，转了个身朝前台走去："最近的生意真不错，正好今天有空，你去登录游戏吧，我该清点清点账目了。"

江时笑了一声，转身钻进了虚拟舱里。

他重新登录游戏，这回不是出现在临时储备点，而是在上次下线时的副本门口，周围依旧人来人往十分热闹。

突然有人凭空出现的情况对所有玩家而言都习以为常，只有偶尔几个玩家留意到江时的样貌，眉目间流露出一丝惊艳，忍不住多看了两眼。

江时留意到了系统发来的几条好友申请消息，点开看到是之前和他一起打副本的帆布鞋几人，他没有犹豫就一一通过了。

在《创纪元》上个版本更新的时候，官方考虑到日益增多的玩家数量，曾经提高过一次好友的上限数量，对江时这样的回归老玩家来说，他的好友位置可谓十分充足。

通过申请之后，很快那几个人的 ID 出现在了他的好友列表当中，他们的头像是灰暗的，很不凑巧，他们此时都没有上线。

江时看了一眼之后关上了好友列表，随便点进周围的一个组队招募，继续做起了回归玩家的副本任务。

这种副本任务是不限次数的。每个回归玩家在拥有回归图标期间可以领取五次奖励，按照每通关一次副本至少一个多小时的时长来看，他每次上线打一个副本也就差不多要到时间了。

这一次的副本任务他也一如既往地顺利完成了。

比起首日回归不知道副本的内容，江时现在已经完全熟悉了这个四十五级副本，打起来更是驾轻就熟。

那么，接下来去干什么呢？

江时一边想着，一边研究起了界面上的其他回归福利。

虽然对他来说打副本应该是最好的选择，但是打副本只能领取五次奖励，显然并不能让他快速追上玩家的常规等级。

　　江时连续完成两次副本任务之后，才从四十级升到了五十级。

　　虽然四十五级已经满足了接"转职业"任务的条件，江时对此倒是并不着急。

　　毕竟他要想接触当前版本最新更新的那些内容，至少要像帆布鞋他们那样升到八十级左右，比起在转职业后可以学习的技能，他认为还不如先把自己的等级提升上去。

　　江时快速地扫过任务列表之后，就从里面精准挑选出了几个投资回报率比较高的回归任务。

　　他正准备正式开工，有一条系统信息就这样毫无预兆地弹了出来。

　　　　系统：恭喜，您召回的好友已经顺利绑定，请愉快地享受日后的游戏活动吧！

　　与系统提示同时收到的，还有另外一条好友消息。

　　　　深井冰患者：奶有毒？

　　江时在对话框里看到自己原来的游戏 ID，顿了一下，忍不住乐了。

　　还真有人被他给召回来了？

　　　　材料大号：是我。

　　　　深井冰患者：你是真有意思啊，这改的什么奇怪名字！当年你离开游戏，连半句话都没跟我说，现在又突然回来发什么回归邀请，耍我呢？

　　　　材料大号：怪我？我看到有活动就随便发了一圈好友召回申请，谁知道你还真回来了。

　　　　深井冰患者：什么意思？

　　　　深井冰患者：你听听，这是人话？

　　　　材料大号：哈哈哈。

　　　　深井冰患者：所以是什么活动？

　　　　材料大号：回归任务，自己看。

几分钟之后。

　　深井冰患者：果然就不能以为你这个没良心的突然良心发现了，没有利益的事情你就是从来不做！

　　深井冰患者：不过我确实听说最近的回归活动搞得挺热闹的，但这都是一些什么破任务啊？又要组队打副本，又要接 NPC 的委托，强行增加游戏的互动性？半点游戏体验都没有！

江时深知对方的情况，感受着他话语里的怨气，瞬间笑了。

　　材料大号：你的家园管家呢，没给你科普现在的活动情况吗？

　　深井冰患者：管家个屁！我当年离开游戏就压根没想回来过，直接把房子全给炸了！

　　材料大号：哦，干得漂亮。

　　深井冰患者：少在这里说风凉话。

　　深井冰患者：你现在人在哪里，我去找你。

　　材料大号：我们有必要见面？

　　深井冰患者：别那么多话，赶紧把你的位置坐标给我发过来。

江时想了一下，暂时妥协。

　　材料大号：你发我吧。你刚回归，我过去找你。

这位游戏 ID 为"深井冰患者"的老朋友很快发来了自己当下的位置坐标，倒是距离江时不算太远，他扫了一眼就找了过去。抵达的时候可以发现，这里是一片人迹罕至的小树林。

看着对方那矮小的身材和熟悉的外貌，江时一时间有些感慨："矮人族真的不能调整身高吗？"

好友消息瞬间发了过来。

　　深井冰患者：滚滚滚，你懂什么，浓缩就是精华。

江时垂眸看着跟前比自己矮了几个头的游戏角色，道："我现在过来了，能告诉我见面的意义在哪里吗？难道是为了方便你在发消息的时候，可以看到我真诚的眼神？"

　　深井冰患者：好久不见，总应该叙叙旧。

江时看完消息后沉默了片刻，也不说话了。
两个人开始面对面地……发消息。

　　材料大号：所以这就是你说的叙旧？都可以全程静音，形式不错。
　　深井冰患者：废话真多！认识我那么久了你还不知道吗，我就是个社交恐惧症患者！
　　深井冰患者：但凡敢开口说话，还至于跟你发消息？
　　深井冰患者：倒是你，别跟我玩发消息这套，好好说话！不然我很怀疑你这是在嘲讽我！
　　材料大号：嘲讽你怎么了？
　　深井冰患者：我是炸了游戏里的家园，但没用光所有炸药，一背包的炸药你想试试看吗？瞬间爆炸，可以跟一百个你同归于尽的那种。

江时知道眼前的这个社交恐惧症患者是真的做得出这事，他随意地找了棵树缓缓靠上，开口说道："行吧，我们还是聊点正事。你先告诉我，这次真准备回来继续玩了？"

　　深井冰患者：先随便玩玩看吧，毕竟，看在你求我回来的分儿上。
　　深井冰患者：反正如果实在觉得无聊，大不了不玩了呗。

"好，下一个问题，你准备怎么升级？"江时很友好地提议，"我还有三次副本任务可以做，要打副本的话勉强可以带上你。"

　　深井冰患者：不，我不喜欢和陌生人组队。

江时道："那去新手村找 NPC 接点委托？"

深井冰患者：我也不喜欢那些原住民！
深井冰患者：这些 NPC 有的时候比真的玩家还能说，我可不想跟他们扯上任何关系！

江时对他这种过分抗拒与人接触的性格也很头疼："我可以带你。"

深井冰患者：我不。死也不去。

江时无奈地问道："那你准备怎么升级？"
深井冰患者笑了一声，指着不远处的区域，开始发消息。

深井冰患者：你以为我为什么找到这边来？这里的野猪群不错，我可以杀野猪升级，一包炸药能炸一群小猪，手感应该会非常不错，炸熟了还能刮点肉下来，食用后刚好恢复点体力。

江时看向不远处那些不知危险降临的小野猪，不由得陷入了沉思："你至少需要升到八十级，光靠打小怪得升到猴年马月？"

深井冰患者：无所谓，反正随便玩玩，你要不要一起？

"不了，我劝你也不要这么做。"江时抱着胳膊靠在树上，眉梢微挑，"野猪只能满足你那些无处发泄的施暴欲望，并不能让你顺利赶上大多数玩家的等级。既然回来了，随便玩也要好好玩嘛，而且小猪这么可爱，你怎么忍心炸死它们？"
深井冰患者将手里比他个头还要大的重型炮往肩膀上一扛，决定无视这个试图说服他进行非必要社交的老朋友。

深井冰患者：不打猪你就走远点，再见。

片刻后，接连的爆炸声彻底打破了这片丛林的宁静。
江时看着那一片片惊起的鸟雀，惊叹的表情从眉目间一闪而过。

当年深井冰患者明明不跟任何人接触，却能臭名远扬，跟他这暴力的玩法脱不了干系，单单是他使用炸药的熟练程度，一个人就能抵得过别人一整支爆破小分队了。

不过这轰炸看起来虽然赏心悦目，升级的速度实在是……不敢恭维。

江时默默地看了眼被野猪血染红的天际。

算了，他不帮忙，又能有谁来帮忙呢？

他将手里的十字架一提，也迈步走了过去。

深井冰患者引爆炸弹的区域堪称寸草不生，不过这并不能阻挡江时从容靠近的脚步，他轻描淡写地避开了每一颗炸弹的落点，在来到区域中心的时候甚至没受半点伤。

他一边贴心地在深井冰患者身上使用了一个恢复术，一边用一贯淡定的语调开了口。

在这样气势磅礴的连环爆炸中，轻描淡写却又无比清晰的声音，传入了深井冰患者的耳中——

"真的，小猪那么可爱，我劝你善良。

"在这里杀猪是不对的，保护小动物人人有责。

"比起在这里祸害这些无辜的小猪，我觉得你应该选择去做一点更有意义的事情。

"别在这里跟猪怄气了，还是跟我……"

炸弹的落点连着两次产生偏移之后，深井冰患者额前冒出的青筋也终于狠狠地跳了两下。

他最后忍无可忍地将炮口对向了那个阴魂不散的光精灵："呸，猪什么猪，别以为我不会打你！再、再说废话，信、信不信我一炮轰了你啊——啊——啊！"

听得出来深井冰患者确实很久没主动开口说话了，声线都带着一丝不自然的沙哑。

江时也真的不说话了，表情略微惊讶："老病，你上次开口跟我说话是什么时候来着？"

深井冰患者闻言，脸色更臭了。

眼见他就要按下重型炮的轰炸按钮，江时非常适时地补了一句："行了，都说了我带你去升级，真不会害你。你的情况我还不清楚吗，我刚刚找到的那个回归任务特别好做，保证不用跟任何人接触沟通哦。"

他最后补充的这句话，让处于爆发边缘的矮人短暂地恢复冷静。

江时看到了新收到的好友消息。

> 深井冰患者：真的？不用社交？
> 材料大号：货真价实，童叟无欺。
> 深井冰患者：行吧，你说，是什么任务？
> 材料大号：收集 NPC 的仇恨值，也就是做些令人讨厌的事，让 NPC 对你产生恨意。
> 深井冰患者：收集仇恨值？这个我熟啊！

不得不说，对于他们这种类型的玩家来说，没有比"让 NPC 产生恨意"更加熟练的事了。

如果随便抓一个第一赛季的老玩家过来问问，单凭深井冰患者的这张脸，恐怕就能让对方产生"仇恨"。

江时毕竟比他早回归了那么一小段的时间，看着深井冰患者发消息的表情，就已经知道了对方在想什么。

他适时地开口提醒："熟归熟，但是你那些小算盘还是别打了。最近回归玩家太多，游戏官方管得特别严格，防的就是有人浑水摸鱼搞破坏，危害到那些 NPC 的正常生活。你要在这个时间点搞什么过分的事，用不着你炸几幢居民区的房子，就已经被那些巡逻的游戏管理员给抓进监狱了。"说完他还笑着补充了一句，"而且我已经打听过了，这边的监狱是临时建立的，环境可比我们当年那湿漉漉的地牢差劲，还是相当热闹的二十人'大套房'呢。"

如果说前面的内容深井冰患者还觉得无所谓，听到最后一句的时候，他的脸色瞬间变了。

比起被抓，只要一想到有可能会和那么多人共处一室，他就能起一身鸡皮疙瘩。

这让他输入消息的过程都有些停顿，字里行间充满了色厉内荏的感觉。

> 深井冰患者：那就把巡逻的游戏管理员一起炸了，反正以前也不是没干过这种事。

江时丝毫不意外他会说出这样的话，笑呵呵地挑了下眉："看一眼你现在的等级，再看看人家的等级，你确定？"

深井冰患者不吭声了，最后磨了磨牙。

深井冰患者：那怎么办？

江时无声地笑了一下："你猜？"
深井冰患者控制着自己想要跳起来炸人的冲动，转身就走。

深井冰患者：算了，我还是继续杀野猪吧。

没等他迈开脚步，江时已经伸出手来扯住他的后衣领，把他拽了回来："都说了我有方案，安静地在这里等我，马上就回来。"
两个角色的身高差距让这样的动作充满了家长训小孩的感觉，深井冰患者的脸色顿时一沉。
然而等他和江时对视许久之后，他还是勉为其难地妥协了。

深井冰患者：最多等你半个小时。

江时道："没问题。"
在讲信用这点上，江时对这位社交恐惧症患者还是相当的放心，毕竟比起列表里的其他几位好友，这个矮人从各方面来说，都算得上一个"人"。
于是，江时给深井冰患者发去了一个组队邀请。见对方接受了邀请，他直接转身朝着最近的贝尔法斯村迈步走去。
在第一赛季的时候，这个处在新手地区里的村庄就已经非常出名。不是因为别的，而是因为那独一无二的"特产"。
江时熟门熟路地来到村长家里。
这位和蔼的老人最近也接待了不少回归玩家，这个时候十分热情地朝江时露出了善良的微笑："这位异世界旅人，有什么需要帮忙的吗？"
江时对老人家的态度向来非常礼貌："村长您好，我想向村民们借点东西用，可能没办法挨家挨户地去打招呼，等会儿如果闹出什么动静，麻烦你回头跟巡逻队的人解释一下，让他们先别着急过来抓人。"
村长疑惑道："嗯？什么东西？"
"这是押金。"江时也不正面回答，直接将一袋银币递到了对方手里，"放心，只是借用一些东西，用完后一定会如数归还的。"
村长看着手里那个沉甸甸的钱袋子，在江时过分阔绰的出手下，一时间没能反应过来对方说了什么。然而不等他开口再问，江时已经走进了院子里。

村长听到一句话从那道身影消失的方向传来："那么，就先从您家里开始了。"

单听他的语气，要多礼貌得体就有多礼貌得体，可这一切的前提是得无视那些简单粗暴的动作。

等村长意识到不对追上去的时候，院子里的鸡圈大门已经被强行打开了。只听"嘭"的一声，路过的其他玩家被这边的动静吸引看过来，落入眼中的已经是一地鸡毛的混乱场面。

众所周知，贝尔法斯村是出了名的养鸡模范村。

这边的"火腿鸡"就算烹饪成食物，食用后，为玩家带来的饱腹效果都比普通鸡高很多。

至于火腿鸡的体型大小，是普通鸡的两至三倍。

贝尔法斯村几乎家家户户都以养鸡为生，不过养殖大户集中在那么几家，村长自然是其中一。特别是他家里的那只"火腿鸡王"，没有别的鸡能与之争锋，完全就是"鸡中霸王"！

而此时此刻，江时一头钻进村长家的鸡窝里，正娴熟地用手里的十字架……捅鸡屁股。

好端端在那晒太阳的火腿鸡显然没想到，它们居然会遭遇这种事情。

原先它们还不可置信地凭本能闪躲江时的动作，直到眼看鸡王在这种伤害性不大却侮辱性极强的动作下，接连被戳掉了五六根尊贵的尾毛，这群火腿鸡顿时愤怒了，脖子上的毛纷纷竖了起来。

作为《创纪元》世界里最优良的鸡类品种，这些尊贵的火腿鸡的尊严被彻底地激发了出来。

简直是"士可忍，鸡不可忍"！

被连续捅了几次屁股的火腿鸡王更是愤怒无比，仰天一声嘶鸣："咕咕咕咕嗯——"

其他鸡也展开翅膀，齐声附和："咕咕咕咕嗯——"

整个画面很壮观。

眼看着鸡群逐渐形成了围剿之势，江时找准时机往后撤退了半步。

这微妙的示弱举动，让鸡群顿时气势大涨。

结果谁也没想到不过半秒钟的工夫，江时手中的十字架又在空中划过了一个漂亮的弧度，将鸡群形成的阵形扫得一片混乱。

"咕咕咕咕嗯——咕咕咕咕嗯——咕咕咕咕咕咕咕嗯！"

愤怒的鸡群飞扑而来。

江时满意地笑了一下，不动声色地做了一个挑衅的手势，头也不回地跑出了鸡窝。

"咕咕咕咕——咕咕咕咕嗯！"

所有进入战斗状态的火腿鸡对他穷追不舍，它们振开翅膀，怒火中烧地扑腾着，漫天飞舞的鸡毛形成了壮观的景色。

离得近一些的玩家瞠目结舌地看完了全程，感受到鸡群这震撼的气势，都下意识地退避三舍。

距离远一些的玩家虽然不了解到底发生了什么，听到动静后也纷纷朝这边看了过来，接着就都被这场声势浩大的"追杀"场景给震惊到了，一双双眼睛都不受控制地睁大到了极点，瞳孔也颤了颤。

这什么情况，《创纪元》的火腿鸡要进行"革命"吗？

而作为始作俑者的江时瞥了一眼任务面板上持续增加的仇恨值，不紧不慢地在自己身上用了一个恢复术，十分满意地朝下一位养鸡大户家里飞奔而去。

如果这个时候从他身边擦肩而过，还能听到他慢悠悠地记了个数："五十八只。"

从下一家出来，他又记道："三十二只。"

从第三家出来，他满意地点点头："四十一只。"

捅完一窝鸡屁股再捅下一窝，愉快的任务体验让江时心满意足。

队伍的聊天频道里冒出了一条消息，深井冰患者看起来已经等得有些不耐烦了。

深井冰患者：怎么样了？半小时就快到了啊，回来了没？再不回来我继续炸野猪去了！

江时身上挂着可以恢复血量的恢复术，丝毫没有被鸡群穷凶极恶的追击伤害半分，相当淡定地在队伍的语音频道里开了口："来了来了，在路上了。"

深井冰患者显然留意到了语音频道中过分嘈杂的背景音。

那错乱的脚步声和被风吹乱得无法辨别内容的嘶鸣声，以他多年的经验，瞬间就分辨出了这背后隐藏着的巨大杀意。

深井冰患者：你那边是什么情况？不是说不能招惹那些NPC吗，怎么感觉有很多人在追你？真的去骚扰那些游戏管理员了？

江时没直接回答，淡淡道："你抬头朝西南方向看一眼，应该就能看到我了。"

话音刚落，深井冰患者仿佛捕捉到了西南方向传来的躁动声音。

语音频道里江时的背景音中的风声与远处的躁动声逐渐融合，连带着地面隐约出现了震动，足以让他感受到这阵仗有多大。

不错嘛，不愧是"奶有毒"。行家一出手，就知有没有。

深井冰患者心里赞叹着回头看去，正准备架起重型炮去迎接江时帮他带回来的NPC，随着NPC们逐渐靠近，他终于在滚滚烟尘中，察觉到了这群追击江时的NPC似乎有哪里不对。

他扛着重型炮的姿势稍微顿了一下，就听到江时提醒道："注意点，能吸引到仇恨值就行了，别乱炸。"

> 深井冰患者：你那边天上怎么有那么多羽毛？
> 深井冰患者：你到底招惹了什么NPC？

江时只是笑了一声。

没得到回应，深井冰患者警惕地眯了眯眼睛，试图看清楚一点。

然而，江时身后的滚滚烟尘实在太过汹涌，导致在这种兵荒马乱的场景下，他根本看不清楚后面的具体情况。

发现深井冰患者没再吭声，江时又提醒了一句："别待在那儿了，过来接我一下。"

他的语气很轻描淡写，但是深知对方行事风格的深井冰患者还是本能地觉得有哪里不对。

江时又道："你快点，这个任务我已经完成三轮了。"

吸引到一千五百点仇恨值才算完成一轮的任务，你这么快就完成了三轮？这听起来可确实比我炸野猪靠谱多了啊！

深井冰患者终于心动了。

他也不管江时是不是坑他，在完成回归任务会得到很多升级经验的诱惑下，他还是扛着重炮呼哧呼哧地迎了上去。

如果说之前他还看不清楚情况，现在深井冰患者直接一头冲到江时面前，终于能看清楚那片掀起浩浩荡荡的烟尘的追击部队究竟由什么组成。

深井冰患者的脚步本能地停了下来，他伸手用力地揉了揉眼睛，才确定自己并没有产生错觉。

他看到了什么东西？一群……鸡？还是进入战斗状态的鸡？

江时看到了深井冰患者的身影，在被鸡群追击之下还有闲心遥遥地打招呼："愣在那做什么，过来啊，做任务了！"

深井冰患者深吸一口气，在彻底控制不住脸上愤怒的表情之前，毫不犹豫地扭头就走。

然而江时一个加速，直接带着成群的火腿鸡飞跃而至，将深井冰患者包围进了穷凶极恶的鸡群当中："别见外，亲爱的朋友，我来带你升级了！"

深井冰患者被火腿鸡群冲撞得一个趔趄，手里的重型炮都险些甩飞出去，千钧一发之际，他看向江时的眼神里满是不敢相信。

你管这叫升级？升天还差不多！

奈何现在显然不是算账的时候。

人矮腿短的深井冰患者被强行带入鸡群中，瞬间屁股惨遭重创，他必须加快步伐，才能勉强避开鸡群的攻击。

作为在游戏里叱咤风云的爆破专家，他什么时候受过这委屈！

强烈的怨恨情绪让深井冰患者一度突破极限，一边躲避着鸡群的疯狂追击，一边在队伍频道里面疯狂发消息。

　　深井冰患者：奶有毒你个死骗子！你给我等着，等我先轰了
这些鸡，下一个就把你给轰了！

江时瞥了一眼消息，眼见深井冰患者被身后的火腿鸡群追红了眼，居然真要举起重型炮给他来个同归于尽，他眼疾手快地一把扯住对方的领子："别乱来，这些鸡都是我租的，炸熟了可得你来赔钱。"

深井冰患者避开了鸡群的几次疯狂啄击，重型炮已经调整就位。

由于屁股接连受袭，他脑海中那条名为理智的弦已经到了崩断的边缘。

　　深井冰患者：滚滚滚滚滚！赔什么赔，我现在就杀了这些炸毛玩
意儿——

江时突然道："要不，你先看一眼任务列表？"

深井冰患者十分敷衍地打开任务面板，在看清楚任务完成度的下一秒震惊地瞪大双眼。

江时看到重型炮被他无意识地收了回去，还不忘贴心地提醒："你腿短，尽量跑快点，就高度而言，它们好像已经发现你的屁股明显比我的更容易啄了。"

深井冰患者面色阴沉。

果然全世界都在歧视他们矮人族的身高！包括这些火腿鸡！

想杀某个人的眼神是完全藏不住的。江时却仿佛对矮人带着杀气的目光毫无觉察，只为好友终于明白他的良苦用心愿意配合而感到欣慰，露出了浅浅的微笑。

现在全村的鸡都因他们而疯狂。江时觉得，这样的氛围真是相当不错呢。

这是深井冰患者前所未有的体验。

那天风很轻，天很蓝，他和一群发了疯的火腿鸡一起飞奔在郁郁葱葱的森林当中。

他跑，它们追，他继续跑，它们继续追。

他们欢闹着，嬉戏着，追逐着，奔跑着……整个世界都被"咯咯咯"的叫声衬托得十分喧嚣，这样的画面实在让人感到……疲惫！

深井冰患者觉得，就算是当年那场让他一战成名的混战，他以一己之力炮轰敌方整个军团，都不曾这么累。

这是由内而外，发自内心的累。

鸡群掀起的滚滚烟尘在不知不觉间遍布了整片森林。

因为整个场面过于壮观，引得路人玩家和野猪们纷纷驻足，投来的视线里也都整齐划一地带着震惊。

而那片火腿鸡群踏足过的地方，全变得草木稀疏，满目荒芜。

唯一值得欣慰的大概也只剩下了持续飙升的NPC仇恨值了。

江时问道："怎么样，不错吧？"

深井冰患者：我以后再也不想看到这种尖嘴巴的生物了，也不想再看到你！

江时笑了一声："别这么说，多伤感情啊。"

深井冰患者试图朝这个臭不要脸的家伙竖中指，一个走神，又被屁股后面的鸡群一通连击。

一个小时后，将鸡群引回贝尔法斯村的两人，终于顺利关上了最后一扇鸡圈的大门。

整个世界终于清静了。

村长手拿租金，面带笑容："欢迎下次再来。"

深井冰患者的嘴角狠狠抽搐了几下，然而还是没有当着老人的面骂人的勇气，只能在好友聊天频道里噼里啪啦地给江时一顿骂，扛着自己的重型炮转身就走。

如果仔细观察，可以发现他离开的姿势有那么一丝的扭捏。

玩家在全息游戏里虽然不可能拥有和现实中一样的痛觉，系统却依旧会将所有的感觉以一定百分比传递到玩家身上。

不说别的地方，深井冰患者屁股上的那块肉接连遭到鸡群攻击，他到现在还能感到那里隐约传来一阵阵酥麻的感觉。

离开村庄之后，他感受到落在他后背上的视线消失了，便松懈下来，往山坡上的草地上一扑，"噗"的一声，直接把身体呈大字状埋进了草丛里。

江时瞄了他一眼，也悠闲地在旁边躺下了。

仇恨值任务顺利完成，此时此刻，留在两人身上那一抓一大把的鸡毛就变成了一种"荣誉"的象征。

万里无云，风和日丽。单看那山坡上一动不动的两个身影，此时此刻的氛围十分和谐。

在一片和谐的氛围中，江时忽然开口叫了一声："老病啊。"

深井冰患者明显还带着情绪。

深井冰患者：别来烦我！

江时的嘴角微微浮起："聊聊嘛。"

深井冰患者：滚滚滚滚滚！

江时问："你当时为什么会离开游戏？"

深井冰患者：哪有什么为什么，不就和你一样，不想玩就不玩了呗。

他回答得相当随意，江时却挑了下眉没有说话，然后就看到有一条好友消息发了过来。

进入放松状态的深井冰患者表现出了一种罕见的平和气质。

深井冰患者：老实说，这全息游戏还是不如以前用鼠标键盘玩的网络游戏好。弄得那么真实，对我们这种社交恐惧症患者一点都不友好。

江时侧头看了过来："所以说你这段时间退游，就是回去玩键盘网游了？"

深井冰患者：是的没错，而且我玩得相当快乐。游戏世界根本不需要社交这种东西！

江时嗤笑一声："那你现在还不是回来了？"

深井冰患者：难道不是因为你发的召回邀请？

江时敷衍地回应："嗯，真给面子。"

深井冰患者：行吧，我也承认，网络游戏还是没有全息游戏好玩。

江时终于笑出了声。

深井冰患者：笑什么笑，不准笑！

"没笑。"江时转回了脸，蓝色的天空就这样深深地映入了他的眼瞳，他顿了顿，又问，"老病，你说，还会有其他人跟你一样回来玩吗？"

深井冰患者：不知道，反正也跟我没关系。

江时闻言不由得失笑，浮起的嘴角就这样挂在脸上："不管怎么样，我好像有点期待之后会发生什么了。"

经过江时为完成任务而"惹怒鸡群"这一壮举，深井冰患者终于想起了"奶有毒"原先是个什么样的人，十分警惕地与他保持安全距离，不管江时怎么哄都再也没和他一起玩。

这样的警惕让江时颇感遗憾，之后几天的游戏都觉得有些无趣。

这天江时刚上线，随手给深井冰患者发了一条组队邀请，他本以为会像往常一样收到一条"拒绝组队"的系统反馈，没想到这次弹出的却是"对方队伍人员已满"的提示。

江时稍微愣了一下，又看了两遍才确定没有看错。

但是……深井冰患者怎么会队员已满？

这种事情要说出去，恐怕都足以登上国际版的"世界真奇妙"节目了。

　　　　材料大号：你和别人组队了？

　　　　深井冰患者：做回归的副本任务。

　　　　材料大号：你的社交恐惧症治好了？

　　　　深井冰患者：没有，就是这个队长人挺好的，她带着全队打字跟我沟通，简直就是键盘网络游戏的待遇！

　　　　材料大号：你那队长也是个社交恐惧症患者？

　　　　深井冰患者：不是。

　　　　材料大号：哦，那就是很懂得怎么跟你这种症状的患者接触。

　　　　深井冰患者：废话少说，找我什么事！

　　　　材料大号：就是提醒你一下，这两天看你升级进度不错，应该马上就可以冲到七十五级了。到时候别着急做第三次转职业任务，先考虑一下要不要卡等级。

　　　　深井冰患者：早着呢，我第二次转职业任务都还没做。

　　　　材料大号：反正你自己注意点。

江时最后留下一句话，就继续做任务去了。

随着列表里的任务逐渐减少，他现在已经升到了七十二级，不出意外的话，他今天就能快深井冰患者一步，提前抵达七十五级。

新版本放出的等级就是七十五级到一百一十级，因此，七十五级对于回归玩家而言是享受回归福利的一个分界线。如果玩家要想继续升级，就必须先完成第三次转职业任务，但是这样一来，玩家身上携带的回归福利将彻底失效。

这很显然是《创纪元》官方耍的一个小心机，鱼和熊掌不可兼得，大有"已经帮你升到七十五级了，剩下的就靠你们自己了"的意思。

对于大多数玩家而言，升级自然是刻不容缓的大事，但是回归福利也为他们带来了不少好处。特别是离开新手村后打其他副本，很多队伍都愿意带一个回归玩家，利用他身上的福利来增加一件掉落的材料或装备，单是这一点就足以让很多回归玩家为了免费蹭别人的队伍打副本，而心甘情愿地留在七十五级了。

这也就是江时所说的"卡等级"了。

江时当然不需要别人来带他升级，但是身上有回归福利，可以跟着队伍一起打副本，不管怎么样都比自己一个人默默升级要方便得多。

现在他仓库里的符文石还都是一些四十级的低级石头，不说以后他制造一百一十级符文石的材料需求，单单他目前着手研究的七十五级符文石的锻造，就注定会有一笔不小的开销了。

众所周知，符文师的实力强弱跟符文质量是直接挂钩的。

第一赛季的材料江时囤了满满一仓库，自然不缺，后续版本更新的普通材料也都可以去集市上收购，可是一些稀有材料往往有价无市，想买都买不到，还是得自己慢慢收集才行。

这个时候，即便打副本只会额外掉落一个材料，都弥足珍贵。

江时这边完成几个任务后，深井冰患者也终于做完了他的五次副本任务。

如果说这位兄弟愿意和陌生人组队打副本已经是十分不可置信的事情，那么接下来对方发来的好友消息，更令他意想不到。

> 深井冰患者：我随便进了个公会，你来吗？
> 材料大号：什么？
> 材料大号：如果被绑架了你就眨眨眼。
> 深井冰患者：滚蛋，这是个没进排行榜的休闲公会，你到底来不来？
> 材料大号：是你队长的公会？我忽然好奇这位神仙有什么魔力，居然能够让你这位神仙连公会都愿意进了？

他原本只是随口调侃，不想消息发出之后对方就彻底没了声音。

江时正觉得奇怪，就收到了回复。

深井冰患者：这个女生就是公会会长。

深井冰患者：接触的时候，她给了我一种很特殊的感觉。

材料大号：什么感觉？

深井冰患者：像是面对官方客服那样，有种很亲切的感觉。

正在河边做钓鱼任务的江时笑了一声，险些把快要上钩的鱼吓跑。

不过这好像也没什么不对，在他的印象里，深井冰患者可以完全无思想负担进行沟通的对象，好像也就只剩下《创纪元》的官方客服了。

深井冰患者：来不来？

材料大号：来来来，公会编号多少？

深井冰患者：266 号公会，名字叫"七枚银币"。

江时的想法很简单，加入什么公会其实并不重要，最重要的是加入公会之后他就可以接到公会的任务。

他将手中的钓竿一收，直接前往了距离最近的里奇伯勒城。

像里奇伯勒这样的主城在"创纪元"大陆里面一共有十座，分别位于第一区到第十区的中央区域，也是管辖各区的首席公会的领地。

因为《创纪元》公会系统的特殊性，手握十大地区管辖权的基本都是资金雄厚的职业公会，这也让这款游戏在公会系统中变得更加规范。

不过这些规则，主要是为那批作为公会骨干的顶级玩家而制定的。

对于普通玩家而言，加入公会并不需要太多手续，只要达到申请条件，就能在各主城的公会联合管理局柜台进行入会申请，等待公会管理员审批即可。

这个 266 号公会正如深井冰患者所说的那样，显然是一个没有任何入会门槛的休闲公会。像他们这样的公会在"创纪元"大陆上还有很多，除了平时对公会成员没有任何要求之外，这种公会最大的特点就是不管是成员入会还是退会都是由系统自动审批，没有任何门槛设置。

于是，江时刚一提交申请，"七枚银币"就瞬间出现在他的公会面板一栏上。

公会的聊天频道立刻热闹起来：

梁山旅人：欢迎欢迎，欢迎新朋友！

快乐无敌小可爱：哇哇哇，又是一个回归玩家！

努力升级中：呜呜呜我打不过这里的野兔，有人来帮忙吗？

红色康乃馨：欢迎新人加入公会，爱你。

梦的远方：开心，果然最近回归玩家很多，我们都有三十五个人同时在线了！

落入未来：新人呢，不出来说句话吗？

材料大号：大家好。

江时在公会频道里又发了几个表情包，便打开了深井冰患者的好友聊天框。

材料大号：这种小公会看起来果然很温馨啊。

深井冰患者：我屏蔽公会频道了没看消息，怎么，你进了？

材料大号：进了，现在在找那位亲切的客服。

深井冰患者：滚！

江时笑了一声，推开公会联合管理局的大门走出去，离开的时候与几人擦肩而过。

来人将手里的表格递到了柜台工作人员的手里："您好，我们申请加入'十字军'公会。"

工作人员笑着接过表格："这两天好像经常有人申请加入'十字军'公会啊。"

趴在柜台上等待办理手续的玩家跟着笑了一声："那是，鱼神都亲自出面招人了，报名的能不多吗？"

旁边的人惊讶地看了过来："鱼为泽？不是说他跟'十字军'的会长很不合吗？"

"这我就不知道了。总之要是不信你可以去第六区看看，就在主城的中央广场，这已经是'十字军'连续招人的第三天了。"

"算了，现在那些豪门公会都在招新人，每个主城都挤得要死，还是第一区舒坦点。"

"那可不，第一区的'爱与和平'公会虽然实力一般，但每次起码可以守住第一区的管辖权，而且从来不跟那些豪门公会一起凑热闹。某种角度来说，这种平和的心态真挺招人喜欢的，至少现在里奇伯勒城内不会出现踩踏事件，我还是专门从第六区跑来这边办手续的，那边的队伍简直排成长龙了。”

“不过兄弟你也厉害，居然能拿到‘十字军’公会的申请表！”

被夸奖的玩家低低地清了清嗓子：“是啊，‘十字军’确实不是什么人都能进的，说到底还不是因为他们的公会福利太好了，仔细想想，当初为了在现实世界里找个好工作我都没这么努力过。”

旁边的人齐齐地笑出了声：“这是实话啊大兄弟！”

聊天声随着门被关上，而被阻隔在了公会联合管理局的大厅里。

已经走远的江时并没有听到那些对话内容，心情不错地点开了系统面板上的新增板块。

加入了新公会，他终于能做公会任务了。

第六区主城塔威那托，中央广场上人头攒动。

在最为热闹的那片区域，离着很远就可以看到“十字军”公会高高竖立的会旗，十分醒目。

这里时不时地会有玩家三五成群地走来，沿着长队来到指定的区域进行登记，符合基础要求的报名者会被放行，前往专区进行实力检测。

单从装备来看，这些来报名的很多都是刚刚回归的老玩家，也有一部分是过来凑热闹的资深玩家，整个场面显得非常热闹。

自从《创纪元》官方实现游戏内货币与现实中的货币可以互相流通后，越来越多的职业玩家来到这片游戏大陆淘金。而世纪杯赛事日渐火热，更是让全息游戏取代传统网络游戏成了电子竞技的主流，日新月异的局面自然也让职业公会发展得更加规范。

能否通过领地战争获得自己的管辖区域，已经成了评判公会实力的重要标准。

而对于很多豪门公会而言，在现实世界中拥有俱乐部基地更是强大的象征，就连他们公会内部的管理人员都是俱乐部统一指派，职责分明，内部分工更是清晰有序。

其中，“十字军”公会的现任会长破军霸霸当初就是接到俱乐部任命，顶替了初代会长易水边的。

众所周知，鱼为泽当初加入“十字军”主要就是因为易水边这个初代会长。因此，在破军霸霸接管公会之后两人很不对付，这也在意料当中。

倒是这两位人物虽然针锋相对却始终没有彻底撕破脸面，单是鱼为泽还愿意替“十字军”出面参加世纪杯比赛，就足以叫人大跌眼镜。

自从破军霸霸当上会长之后，非比赛期间鱼为泽露脸参加"十字军"活动的次数加到一起都屈指可数，今天居然纡尊降贵地亲临招人现场，让好多人都震惊不已。

他只是出来亮了个相，就已经成了"十字军"的活招牌。

现场有不少人确实是奔着"十字军"这种豪门公会的好待遇来的，而更多的就单纯凑个热闹，想要一睹鱼为泽这位声名远扬的大神的绝世风采。

鱼为泽搬了把椅子，就坐在离招募工作台不远的地方。

他的大长腿以一个十分舒适的姿势伸展着，时不时抬眸朝着排队的人群看上一眼，像是在找什么人，随后就又兴致缺缺地收回视线，低头摆弄起了自己的系统面板。

这已经是他在这里摆摊的第三天了。

至于结果，别说是那个想见的身影了，就连光精灵玩家，他从头到尾都没见到过几个。

果然，这种会选择成为光精灵的玩家，基本都喜欢像"回春妙手"那样的正派大神。鱼为泽听说，这几天"血蔷薇"公会那边的光精灵玩家的报名数量已经多到数不过来，惹得一些极度缺治疗玩家的公会很是忌妒。

但是也没道理啊，就算其他光精灵玩家对他们"十字军"没兴趣，某人不是对一些稀有材料最感兴趣了吗？他这里都说了光精灵入会给额外福利，怎么都没点动静呢？

想到这里，鱼为泽有些生气，深深地瞥了一眼好友聊天框上的那个游戏 ID。

对方还在那里套他消息。

回春妙手：你那什么情况，这两天有不少人来问我和老狂是不是删了你的好友。

鱼为泽：没什么，就是空了个好友位置出来。

回春妙手：别兜圈子，你被什么人删了？

鱼为泽：不能是我删了别人？

回春妙手：你觉得我会信吗？

鱼为泽：爱信不信。

回春妙手：你有问题。

鱼为泽：呵，是吗？

回春妙手：听说你在第六区帮公会招人三天了，说吧，跟你这个好友有什么关系？

鱼为泽挑了下眉。

都说"血蔷薇"公会的"春神"回春妙手、悬壶济世，其实只有认识他的人才知道，这个成天乐呵呵的笑面佛背后最少藏了八百个心眼子。

单是"好友被删"和"公会招人"这两件事，正常人绝对不可能会联想到一处，也就这个回春妙手能想到，这人的直觉敏锐得可怕。

不过鱼为泽这人说话向来没什么可信度，面对眼前几乎已经被捅破的窗户纸，依旧可以视而不见地给糊回去。

鱼为泽：嗯？这两件事之间有什么关系？

回春妙手：你说呢？

鱼为泽：这不是你问的吗，我怎么知道？倒是你们，招了那么多治疗玩家，分我们点呗？

回春妙手发来一个微笑的表情包，鱼为泽回给他一排微笑的表情包。

都是千年的狐狸，谁都没办法从对方那里占到半点好处。

最后他们各说了一句"忙去了"，结束了这段对话。

鱼为泽关上好友聊天框，一抬头瞥见了那个落入眼中的绿色身影，挑了下眉毛："绿啊，你说外面那些人到底为什么会产生'回春妙手是个正直无害的人'的错觉？"

"啊，谁？春神？春神人确实挺好的啊！"绿色控显然想着别的事，闻言愣了一下，随即把手上的东西往桌子上一搁，"师父你就先别急着跟春神吵架了，过来看看这个，会长这回真的太过分了！"

鱼为泽伸手接过那个本子，翻了翻："哦，本周的 Boss 分组出来了？"

绿色控愤怒地说道："凭什么啊！不让你指挥，不让你去主力队也就算了，二队、三队的名额也全给了他自己的人，最后居然让你带第十队去守利帕易平原？第一区这种低级地图，下一轮刷新的 Boss 好像是'狂人泰特'吧，本来它掉落的东西就不值钱，也就是那些闲着没事干的公会才会去看看，还需要我们去抢 Boss 吗？"

鱼为泽道："随便了。"

绿色控不可置信地睁大了眼睛："你就这么同意了？他们明显是在侮辱你！"

鱼为泽把绿色控带来的绿皮小本子往脸上一盖："记着呢，别急。"

他都快要退出公会了，难道还要为了面子去贡献免费劳动力？那才是侮辱他的智商。

毕竟他和会长在私底下早就撕破脸了，要不是还要做点表面工作给公会里的人看看，破军霸霸估计连他的名字都不想往名单上写。

鱼为泽知道这位会长怕他退出公会的时候会发生什么，但他也没义务去帮他解除后顾之忧。反而，近几年的事情他可全都在小本子上记得清清楚楚，就等着离开公会后慢慢清算了。

俗话说得好，君子报仇十年不晚。

第三章　故人重逢

升到七十五级之后，江时做了第二次转职业任务，没有选择继续进行第三次转职业。

他在卡等级。

虽然他不能继续冲刺一百一十级，但是能在这一个月的时间内享受回归玩家的待遇，绝对不亏。

毕竟等级在《创纪元》这款游戏里面不算特别重要，对符文师、战争工匠、机械师和魔药师这些统称为"手艺人"的特殊职业，影响就更小了。

符文师第一次转职业后总共就三个技能，除了初始的"符文石雕刻"外，还有两个被动技能。

在进行第二次转职业之后，符文领域的存在时间得到进一步提升，还增加了"符魂"和"通灵"这两个技能。

"符魂"算是符文师目前唯一的主动技能，在开启"符魂"状态的期间，场上每多一个符文领域，所有领域的范围就能增加百分之二。

而"通灵"是一个新的被动技能，可以为符文领域的控制效果增加额外的伤害。

这些看似很简单的技能，配合着各式各样的符文石可以打造出千变万化的组合，已经足够让江时好好地操作一番。

不过在第二次转职业之后，江时终于明白了符文师这个职业为什么会在上个版本如此稀少。

在"创纪元"大陆当中，每个势力的角色都有三个职业可供选择，而选择了像符文师这样的手艺人职业之后，则只有两个选择。

在第一赛季的时候还没有"转职业"这个说法，每个职业的技能也很少。就像江时使用的光精灵，总共就分为符文师和祭司两个职业，因此每个玩家几乎都能够同时学习同势力职业的所有技能，愿意这样做的人也不在少数。

但是，下个版本就不一样了。

从这个版本开始，每个玩家只能选择一个主职业进行修习，虽然还是可以偶尔玩一玩同势力的其他职业，但如果想要学习第二个职业的技能，就必须购买技能书。

这些技能书在市场上价格不菲，是一笔普通人无法承担的高额费用，就算真的有玩家愿意花钱购买，也还有额外的等级条件拦在那里——光是学习技能所设置的玩家等级门槛，第二职业就比主职业要多一个二十级的限制。

简单来说也就是，只有角色到了六十五级之后才能学习第二职业或第三职业的四十五级技能。单是这一条，就注定玩家第二职业的学习速度永远跟不上主职业，可玩性大打折扣。

当时官方针对转职业进行的改动，很大程度上改变了玩家对主修职业的认知，但也不可避免地削弱了很多职业，符文师就是其中最明显的一个。

符文师是四个手艺人职业中唯一主修控制技能的职业，因为符文石本身就是所有玩家都可以使用的消耗型道具，而符文师在第二次转职业时学习的技能只能增加符文石效果，在很多玩家眼里，就显得不那么有吸引力了。

于是，另外一些主修控制技能的职业逐渐兴盛起来，光精灵玩家自然也开始倾向于选择"祭司"这个备受欢迎的治疗职业。

毕竟，符文石的"雕琢"是符文师的初级技能，即便后面学习了更高级的技能，也不会提升经过雕琢的符文石的品质。

不过每个版本强势的职业都不一样。江时已经看过了官方网站上公布的第三次转职业学习的技能列表，对符文师的未来没有丝毫担心。

在这段悠闲且安逸的时光里，他还心情不错地体验各种生活，每天找不同的NPC接一接委托，有空就做做公会任务攒一些新材料，等收集得差不多了就准备投入符文石新配方的研究当中。

符文师、战争工匠、机械师和魔药师之所以被称为"手艺人"，主要就是因为他们拥有本职业特有的道具制作技能。符文师"雕琢"符文石，而战争工匠"锻造"傀儡，机械师"研发"各类机械，而魔药师则"调配"魔水。他们分别属于提供控制效果、提升防御、提供伤害输出和改变角色状态的四个领域。

这些道具没有使用限制，虽然在其他玩家手上的使用效果远没本职业来得好，却也能在作战时起到很强的辅助作用，因此在市场上极受欢迎。

道具有白、绿、蓝、紫等不同属性，在市面上的售价自然各不相同，而其中最罕见的金色属性，向来是拍卖行中人气最高的的热销品。

江时那满满的仓库，基本上都是当年拍卖金色符文石累积出来的。

比起刚回归的时候，江时的临时储备点里赫然多了一个材质精美的雕琢工作台，这让原本就不算太大的空间略显拥挤。

江时半伏在工作台上，右眼上挂着单片镜，让精灵族绝美的容貌添了一丝斯文的气质。

他一手拿着精致锋利的小刀，另一只手上托着块色泽质朴的符文原石，周围铺开了各式各样新鲜出炉的新材料。

这是他最近最大的乐趣——研究新的符文石配方。

管家司衡站在旁边看着，善意地提醒道："您真的不觉得这个房间的空间非常小吗？如果可以的话，您应该考虑搬回宅子里住了，先生。"

江时小心翼翼地将一条"绿魔藤"镶嵌在符文原石上，举起来借着窗外的阳光端详一番，露出了满意的笑容："我一直觉得你作为一个服务人员，不应该有这么吹毛求疵的性格，司衡。"

司衡不以为然："我这是在关心您的生活质量，先生。"

江时挑了下眉，不置可否。

他看着桌面上的半成品思考片刻，决定今天暂时先到这里。

虽然所有光精灵都拥有雕琢符文石的技能，但是手艺人可不是那么好当的，普通玩家往往只能雕琢出绿色甚至白色的符文石，如果能精准制作出紫色的符文石就是各大职业公会哄抢的技术型人才了，更不用说顶级的金色品质符文石。

江时在工作台前忙了大半天，即便是在全息世界中，他依旧忍不住活动了一下筋骨。

也是在这个时候，他才留意到公会频道不知什么时候已经变得十分热闹。

最重要的一条消息是副会长在三分钟前发的。

啥笔携香：气死我了！这些人不打 Boss 还在这里等我们复活，继续杀我们！

一石激起千层浪，眼下公会频道里瞬间多出了好多条消息。

江时有点好奇到底发生了什么，再往前面翻了翻聊天记录，才从一片对话中捋出了大概的来龙去脉。

啥笔携香：哇哇哇！我们在野外地图遇到随机刷新的 Boss

了！是"狂人泰特"，好幸运！

　　啥笔携香：有没有人来打？我们把 Boss 藏起来了！

这个时候，公会频道里面的氛围还算不错，人们纷纷报名，踊跃地加入组队凑热闹去了。

再然后就到了至关重要的那一条。

　　啥笔携香：我和会长的队伍被人团灭了！

　　啥笔携香：气死我了！这些人不打 Boss 还在这里等我们复活，继续杀我们！

很显然，这是抢 Boss 引起的纠纷。

不打 Boss 专杀人？这恶劣程度都快比得上他们了。江时这样想着，正准备事不关己地关上公会频道，便收到了一条好友消息。

　　深井冰患者：无聊吗，要不要干票大的？

江时缓缓地眨了眨眼，瞬间被勾起了兴致。

　　材料大号：好啊。

"七枚银币"的公会会长游戏 ID 为"岛上森林"，也就是深井冰患者口中那个说话很像客服的热心女玩家。

江时加入公会之后经常在公会频道里看到岛上森林说话，也和她有过几次接触。

整体来说，没脾气，好说话，任何时候都笑嘻嘻的，是这位女性会长给他留下的全部印象，还有"很喜欢摆摊赚钱"这个特点，颇符合"七枚银币"这个公会的起名宗旨。

江时去市场上淘材料的时候，就好几次看到过岛上森林挂着一个广告牌，在租借的店面里摆摊营业。

他十分怀疑她这说话像客服一样的语气就是这么磨练出来的。

而跟江时比起来，深井冰患者和会长接触的次数就更多了。

　　深井冰患者没有像江时那样选择卡等级，在等级到达七十五级的当天，他就直接把第三次转职业任务给做完了，然后在每天炮轰地图、雷炸怪物的"幸福"生活下，已经慢吞吞地升到了八十级。

　　也就是在沉浸于这种"爆炸艺术"的快感期间，深井冰患者陆续跟会长一起打过几次副本，捡过几件装备。

　　与仓库储备充足的江时不同，深井冰患者当年退出游戏的时候可是真真正正地将自己的整幢房子都给炸了，他现在身上的资产，几乎可以用身无分文来形容。

　　他秉着勤俭节约的美德也没考虑过去市场上买装备，所以虽然只是几件无人问津的副本装备，对他来说都堪称雪中送炭。

　　深井冰患者这家伙看起来唯恐天下不乱，实际上还挺懂得知恩图报。而且同在一个公会，公会会长被围攻这么重要的大事，不管怎么看，不借题发挥一把都说不过去！

　　至于江时的想法那就更简单了。这段卡等级的时间确实无聊，反正他闲着也是闲着……

　　此时此刻，公会频道里相当热闹。

　　　　我哭了我装的：什么什么什么，会长被欺负了？
　　　　你好菇凉：发生什么事了？
　　　　捂住小心肝：你们人在哪儿呢，需要帮忙吗？
　　　　路易达斯：什么，要打架吗？
　　　　可爱多：在利帕易平原，坐标位置（2234，0098）。
　　　　我哭了我装的：马上！我打完这四只史莱姆就来！
　　　　岛上森林：谢谢大家，别来了别来了，打不过的。
　　　　路易达斯：这话我不服，还没来呢，怎么就知道打不过？
　　　　啥笔携香：别来了，确实打不过，碰到的是"夜行团"的队伍，现在他们直接守着我们的尸体等我们复活呢。

　　公会频道沉默了片刻，然后再次爆发了。

　　江时看了一下这些骂骂咧咧的内容，发现"夜行团"这个公会好像还挺臭名昭著的。

　　虽然他说别人臭名昭著这件事情……好像本身就有点奇怪。

"七枚银币"毕竟是普通的休闲公会，在线人数不多，绝大部分玩家也是和平爱好者，大多数人加公会也就是顺手加入，暂时留在这里，自然不愿意为此得罪大公会。

何况，大家看起来都不像是很会打架的样子。

骂归骂，渐渐地也没人再提过去帮忙的事情了。但还是有人感到不放心。

> 玫瑰在上：可是你们不是被围攻了吗？他们在追着你们杀？
>
> 啥笔携香：我就是因为这个事生气！Boss 给他们就给他们了，非要在这里杀我们，我们一复活就被杀，都去不了其他传送点！晦气！
>
> 岛上森林：算了等他们走吧，也就死了三次，反正我们身上也没什么好东西。
>
> 岛上森林：别生气呢，这里聊会儿天也挺好呀。
>
> 啥笔携香：也就你脾气好……而且怎么就没好东西了！你才搞到的"龙须骨"都掉出去了，这得卖多少钱！

在《创纪元》这款游戏中，玩家在一些特定的野外地图中被击杀后，会有一定概率掉出自己背包里的装备和材料。这个设定十分容易引起玩家间的争端，当然往好听点说，也为这个游戏世界增添了不少恩怨情仇。

江时对于这个掉落机制自然十分熟悉。

最初他还是一边嗑瓜子一边看，看到新消息的时候瞬间有了反应。

> 材料大号：会长你有龙须骨？卖吗？
>
> 岛上森林：不好意思啊，我之前只弄到了一根，没办法进行交易了呢。
>
> 材料大号：就是被那个"夜行团"的人捡去了？
>
> 岛上森林：我没太看清，不过应该是吧，当时只有他们一个公会的人过来。
>
> 材料大号：那就没问题了，如果找回来的话会长记得卖给我呀。
>
> 岛上森林：啊？还能找回来吗？
>
> 岛上森林：如果能的话当然是好的，但是我这边好像还没找到能找回的方法呢。

不等江时回答，一直关注着公会频道消息的深井冰患者终于忍不住了。

　　深井冰患者：啊啊啊啊啊还打不打了，真是啰唆！会长把队
伍的团长权限给我一下。
　　岛上森林：哦哦，是有什么需要调整吗？给了给了。

　　江时总算领略到了什么叫由内而外的"客服腔调"，一时没忍住笑了一声，
就看到深井冰患者给他发来了组队邀请。
　　他进去看了一眼，队里包括他们一共有十八个人。
　　很显然，在刚才江时还在看热闹的时候，深井冰患者就已经进了队伍，
身上的团长身份显然是岛上森林刚刚转给他的。
　　他们五个人分为一个小队，深井冰患者见江时进了队，直接将他们两人
单独拉到了空无一人的第五小队，然后把团长权限交到了江时手上。

　　材料大号：你这是干什么？
　　深井冰患者：少废话，你来指挥。

　　江时有些惊奇道："这么多人你不尿？"

　　深井冰患者：我关了团队语音，现在咱俩在小队频道，我只
能听到你说话！

　　江时道："厉害厉害。"
　　团队里的其他人看不到深井冰患者发在小队频道的话，听着江时的两句
话有些茫然。
　　还是ID叫"啥笔携香"的玩家先开了口："什么不尿？"
　　江时道："抢Boss不尿。"
　　啥笔携香的脑子显然转不过来了："抢Boss？抢什么Boss？"
　　江时道："不是说打'狂人泰特'吗？看看呗。"
　　啥笔携香的声音里充满震惊："我们十七个人都死地上没法复活呢，拿什
么看？"

团队语音里可以听到江时很低的一声轻笑，语气里还带着几丝玩味："这就去救你们，不然我们干吗来了？"

也不知道是不是因为江时的语调太过笃定，啥笔携香愣了一下，然后才回神："不管怎么样，好意心领了，但你们还是别来了吧，'夜行团'来了好多人，光这边守着我们的就有两个小队的人，别害你们一起被杀了。"

江时平静道："谢谢关心。"

啥笔携香听到这一句话以为他们真的听劝了，再次满脸哀怨地扫了一眼围在他们尸体旁边的那群人。

作为一家非常爱好和平的休闲公会，他们"七枚银币"跟"夜行团"之前无冤无仇，原本他还想跟这些人动之以情，晓之以理，结果每次没复活几秒就再次变成了对方的刀下亡魂，根本来不及说出"啊"之外的第二个字。

只能说《创纪元》这款游戏确实设计得相当贴近现实，死人是无法与活人面对面开口说话的，但"夜行团"即便是提防他们再打 Boss 的主意，在这种退意已明的情况下不给他们离开的机会，难免让人怀疑"夜行团"想要借机多劫几件装备和材料。

就当啥笔携香在心里酝酿了几次，确定自己这次一定能够在两秒内说完想说的话后，他刚要再次复活，无意中瞥见了团队面板中冒出的两条系统提示。

　　系统：您的队友"深井冰患者"已经进入当前地图。
　　系统：您的队友"材料大号"已经进入当前地图。

啥笔携香不可置信道："不是让你们不用来了吗？"

江时语调淡淡道："没事，先看看。"他扫了一眼队友阵亡的那个复活点和这边传送点的距离，又问了一句，"Boss'狂人泰特'刚才被拉到大概哪个位置了？"

话音刚落，他看到地图上多出了一个新的标记点。

岛上森林习惯性地有问必答："应该是附近呢。"

江时看了一眼这个标记点的位置："明白了，你们再等一下。"说着又叫了一声，"老病，走了。"

深井冰患者一路跟着江时快速移动着，在小队频道里回了他一句"OK"。

为了方便交流，江时也暂时将团队语音切换成了小队模式："我们在前面那个岔路口分开行动，先摸个底。"

　　深井冰患者：明白。

　　两个身影十分默契地在抵达同一个地点后，迅速转向了不同的方向。

　　江时当然也惦记着那个龙须骨，但同样也没有忘记击杀 Boss "狂人泰特"后的掉落奖励。来都来了，当然能捞一笔是一笔。

　　更何况本来就是他们公会最早发现的 Boss，他这么做充其量是"找回属于自己的东西"，动机相当正义。

　　不过江时也不会太过天真。虽然听副会长啥笔携香的意思，是"夜行团"的人从他们手中抢走的"狂人泰特"，但是按照以往的经验来看，再低等级的野外地图 Boss 也不可能只有这么一家公会盯守。

　　果然，江时特意绕着外围观察了一圈，隐隐约约间从几个区域中看到了一些可疑的身影。

　　接上深井冰患者给他的反馈，江时简单估计了一下，在这片区域中除了"夜行团"之外，至少还有两家公会在守株待兔。

　　"野外地图 Boss"和"世界 Boss"不一样，可不是所有人冲上去对着 Boss一通打伤害，最后按照各家公会成员造成伤害的高低来排名，然后分奖励。最后击杀野外地图 Boss 的时候，Boss 追着攻击哪家公会的人，哪家公会打出了最多的伤害，都是影响 Boss 掉落物品归属的因素。

　　江时看了眼那几拨人的位置，又大致对比了一下会长给他们标记的那个初始区域，心里瞬间有了底。

　　"狂人泰特"应该还有不少血量，暂时不急。

　　江时跟深井冰患者重新集合。

　　深井冰患者：来吧，你安排一下。
　　深井冰患者：我保证一切行动听指挥，但只在今天。

　　"嗯，那就这样……"江时从路边捡了一根树枝，一番思考后刚想给深井冰患者画一下进攻切入角度的示意图，他留意到不远处闪过的人影，抬头看去，顿时与那人四目相对。

　　来人显然也没想到居然能在这里撞见江时他们，堪堪愣住。

一时间，虽然两边谁都没有动，暗中却都在与队友交流。

深井冰患者在小队频道里发消息。

> 深井冰患者："十字军"的人也来了啊？怎么办？

"十字军"那个落单的侦察员"凑豆子"也在拼命请求指示。

> 凑豆子：我是第五小队二号队员！我在外围地区撞到其他公会的人了，公会名字叫"七枚银币"，好像是个普通的休闲公会，应该是凑巧路过，要……动手吗？

两边的团队语音中，也几乎同时响起了两道毫不犹豫的声音。

江时道："揍他。"

鱼为泽道："嗯，弄死。"

战斗展开得猝不及防，结束得也悄无声息。

"十字军"的侦察员显然没想到他和对方的实力差距居然这么悬殊，根本没反应过来发生了什么，一阵头晕眼花后就倒地而亡了。

而他原先准备动手"弄死"的那两个休闲公会的玩家，则像没事人一样拍了拍手上并不存在的灰尘，顺手捡走了他掉落在地上的那瓶药水！

"十字军"侦察员悲痛地在团队频道哭诉。

> 凑豆子：我是第五小队二号队员！我被"七枚银币"公会的那两个人杀了！他们早有准备，这家公会绝对也是过来抢Boss的，报告完毕！

鱼为泽扫了一眼团队频道里的内容，沉默片刻，转向了旁边的绿色控："最近公会里的人质量越来越不行了，之前就感觉他们实力很差，现在居然退化到连休闲玩家都打不过了。"

绿色控也是同样叹息道："都说了，让破军霸霸这种人来当会长，'十字军'迟早要完蛋！"

"完蛋就完蛋吧。"鱼为泽无所谓地说着，随后在团队语音里完美地切换成了十分正经的语调，"凑豆子报一下具体坐标，其他小队的人准备一下，都过去支援。"

侦察员慌忙把位置坐标发在了团队频道里。

几个小队长都非常茫然："啊？都过去吗，Boss那边怎么办，还抢不抢了？"

"急什么，清理其他公会的人本来就是抢Boss很重要的一个步骤。"鱼为泽敷衍地回答着，还反问了一句，"要不，团长给你们，你们来指挥？"

众队长齐声道："不不不，我们这就过去支援。"

鱼为泽满意了，瞥了一眼团队频道里的坐标，也带着自己的人慢吞吞地往坐标点赶过去。

绿色控跟了鱼为泽那么久，知道他师父是在借着这个清场的名义顺便浑水摸鱼，好不容易才憋住了笑："师父，那这个Boss还抢吗？"

鱼为泽眼皮都没抬一下，道："看心情。"

另一边的交手地点，江时和深井冰患者眼睁睁地看着跟前的那具尸体原地消失。

江时道："这人复活回营地了。"

深井冰患者：居然一句话都不说就想跟我们动手？跑这么快便宜他了！

江时笑了一声："倒也不一定，你忘了离这边最近的复活点是哪儿了？"

深井冰患者经过提醒也瞬间反应了过来。

深井冰患者：他是"十字军"的人！"夜行团"的人能动他吗？

"怎么不能？Boss面前人人平等，何况我们把人送过去也算是免费告诉他们'十字军'也在蹲守Boss。这么重要的情报，'夜行团'还得谢谢我们才对。"江时一边说着，一边留意着周围的情况，听语调就可以感受到他的心情非常不错，"刚才我还在考虑只有我们两个人要怎么行动，现在看起来不需要了，帮手来了。"

深井冰患者：帮手，哪儿呢？

这句话刚刚从小队频道里冒出，就有道声音破空而至。

深井冰患者的反应非常迅速，矮小的身影扛着重型炮往旁边敏捷地一翻，再定睛一看，刚才他所在的位置上赫然多了一连串箭矢。

对方根本没有给他反应时间，成片的小型机械蜂拥而至，要不是他毫不犹豫地进行了第二次闪避，光是这连环的小型爆炸就得炸掉他一大半血量。

众所周知，因为有鱼为泽在，"十字军"公会堪称机械师的大本营。

随着由远而近的脚步声，深井冰患者也终于意识到江时指的是什么。他深深地吸了一口气，僵硬地扭过头。

从四面八方围拢过来的队伍浩浩荡荡，所有的技能已经精准地锁定在了他和旁边的江时身上，隐约间还可以听到有人气势汹汹地喊："休闲公会的人，哪儿都别想跑，准备受死吧——"

深井冰患者一头雾水。

帮手？这不是……刚才那个"十字军"的找人过来报仇了吗？

和深井冰患者比起来，江时就显得悠闲很多。同样刚刚遭到袭击，他似乎丝毫没有感受到深井冰患者的心情，轻轻拍了拍对方的肩膀："老病，你现在是装满弹药的状态吧？朝着东南三十七度角的方向轰几炮。"

深井冰患者虽然不明所以，但是他对动手炮轰别人的要求向来来者不拒，根本没有经过任何思考，就是一串连环炮发射。

"十字军"军团第三、四两个小队的人刚一靠近，就遭受了这么一串"见面礼"，手忙脚乱地试图避开炮弹，还是难免遭到了波及，狼狈之余都有些不可置信。

这俩人都被包围了居然还挑衅？

两个小队的队长齐齐下令："看到那个矮子了没？打他！"

大部队转移火力的动作非常明显，江时遥遥看在眼里，露出了满意的笑容。

深井冰患者还在欣赏自己刚才的轰炸战绩。

深井冰患者：怎么样，看看我的连环炮，直接炸倒了一批人！

江时对此给予肯定："嗯，看到了，厉害。"

深井冰患者调整着重型炮的角度，跃跃欲试。

　　深井冰患者：接下去准备怎么做？把他们全部炸翻？

　　"我觉得你这个提议不错。不过人数差距有点大，以我们现在的装备，我认为应该打不过。"江时扫了一眼周围浩浩荡荡围上来的大部队，觉得时间差不多了，最后多问了一句，"复活点的位置记得吧？"

　　深井冰患者：记得啊，怎么了？

　　江时深深地看了深井冰患者一眼："活着抵达那里，老病，我相信你可以做到。"

　　深井冰患者：啊？

　　江时没有解释太多，收回视线之后简单地活动了一下筋骨，然后扫了一眼右后方的位置："跟紧我。"
　　说完他也不等深井冰患者回应，在敌方的大部队杀到之前转身就跑。
　　唯一代表着他还残留了一点良知的操作，大概是在拔腿之前，不忘给身边的好友用了一个意义不大的恢复术，聊表心意。
　　转眼，江时就已经跑出一段距离，只留下了一个背影。
　　深井冰患者的表情先是疑惑，然后变成了愤怒。什么跟紧你？奶有毒你这个狗东西！
　　然而眼前的场面显然并没给他任何骂骂咧咧的机会，"十字军"大部队抵达的同时，还有各种特效眩目的技能呼啸而至。
　　技能来自四面八方，目标却十分统一，完全是在回应深井冰患者刚才那串连环炮的挑衅。
　　像"十字军"这样的豪门公会，每个小分队的人员配置都十分完备，遭到连环炮轰炸的那批人已经被队里的治疗玩家将血量全部恢复满了，一个个都怒容满面的，要让跟前这个矮子为他刚才鲁莽的行为付出代价。
　　深井冰患者避开一拨技能，反身又是一通连续轰炸，随即瞥了一眼已经跑得只剩下一个残影的江时，头也不回地快步跟了上去。
　　再信这家伙他就是狗！
　　可偏偏江时丝毫不觉得自己做错了什么，还跟没事人一样地在团队语音里面进行安排："等会儿不用管'十字军'那些人，直接去复活点跟我们的人会合就行，明白吗？明白就吭个声，老病，能听到我说话吗老病？"

在枪林弹雨中根本分不出精力发消息的深井冰患者十分无语。

吭什么声啊你这个卖队友的叛徒！

江时仿佛听到了好友内心的呼喊，回头看了一眼身后的情形也明白了过来，表现得相当体贴："没时间发消息也行，你往后面轰个四拍音节让我知道你听到了。"

深井冰患者黑着脸朝后面开了四炮。

江时抬手比了个"OK"的手势："收到。"

另外一边的复活点，"七枚银币"的众人躺得十分安详。

在这种特定的野外地图，即便选择"复活回城"也只能回到最近的那个复活点。

今天"夜行团"来了不少人，显然把 Boss"狂人泰特"当成了重点击杀目标。这个时候分了一个团的人在复活点堵着"七枚银币"的成员不让他们离开，连传送区域都不让他们过去。

江时说完最后一句后就没声了，啥笔携香只当那两个人在外面观察形势的过程中发现没办法接近，已经放弃了过来营救他们的想法。

眼看着刚刚有个"十字军"的成员在这里复活也被堵在了原地出不去，他正考虑着要不要让大家全部下线离开游戏，省得浪费时间，团队语音里忽然冒出了那个熟悉的声音："久等了诸位。"

啥笔携香惊奇道："你们没走啊？"

"当然没走，说了要来救你们的。"江时已经可以看清楚那个复活点的情况了，他粗略地扫视了一圈，"别急，听到动静了吗？我带支援的人来了。"

啥笔携香定神留意了一下，果然从江时的语音背景音中听到了一片声势浩大的脚步声，只觉得又惊又喜："你们刚才是搬救兵去了，这是从哪里找来的人？"

江时笑了一声："这你就不用问了，准备复活就行。"

随着大部队的靠近，他在语音中的背景音逐渐和现实中的声音重合。

浩浩荡荡的阵仗，也已经引起了在复活点的其他人的注意。

"夜行团"的人正在认真堵人，感受到远处不正常的动静，纷纷抬头看了过去。团长在团队语音里问道："怎么回事？"

留在外围的侦察员回复："报告团长，是'十字军'的人冲过来了！最前面还有两个人，好像是'七枚银币'的。"

"夜行团"的团长嘴角不由得微微抽搐了一下，下意识地看向刚被他们一并堵在复活点的'十字军'的那个倒霉鬼，心里也是骂了一声娘。

这不就是堵了他们一个队员吗，"十字军"居然就这样跟"七枚银币"联盟了？

"夜行团"的几个小队长小心翼翼地询问："现在怎么搞？"

"夜行团"团长沉思片刻，最后咬一咬牙："我这里联系一下总指挥，让他们弄点人过来支援。'十字军'过来要是真动手，那就直接和他们打！"

"夜行团"小队长们同时回复："收到！"

在一片摇曳的芦苇丛中，最前方的两个人影已经抵达了现场。

同时抵达的还有来自"十字军"公会的机械攻击，那些技能跟随着江时和深井冰患者刁钻的行动路线，直接让"夜行团"最外围的那群人都遭受了攻击。

"夜行团"的队员们愣了一下，显然也没想到对面居然见面就打，直接一声怒吼也发起了反击。

两家公会的怒火被同步燃起，顿时交战在了一起。

"来了来了，都准备复活吧。"江时敏捷地在一片混战中避开了所有技能伤害，冲刺抵达复活点区域后将十字架往地面上深深地一插，用镇定自若的语气说道，"大家复活之后直接走人别回头，我和老病给你们断后。"

好不容易扛着重型炮跟上来的深井冰患者还没来得及喘口气，听到的就是这么一句话，险些产生了把这个臭不要脸的家伙一起炸飞的冲动。

矮人族本来就腿短，居然还要他扛着重型炮躲避攻击？鬼知道他是怎么跑过来的！而这个家伙，居然还想着让他帮忙断后？

即便认识了这么久，江时厚颜无耻的程度也能刷新他的认知上限！

周围的战况越来越混乱，"七枚银币"公会的众人趁此机会纷纷复活。

啥笔携香和其他人一样头也不回地跑出了战场，再回头看两大公会的互殴现场时，依旧被深深地震惊到了。

居然能带动"十字军"整个团的人帮忙，这位"材料大号"的面子可真够大的啊！

啥笔携香正惊叹着，再一抬头，他才留意到江时还在复活点的那片区域没有离开，便开口提醒："材料大号，可以了，我们的人都已经复活了，咱们走吧。"

江时一边闪避着时不时袭来的技能，一边快速地扫视着周围的地面。

这片区域就在复活点附近，两家公会的人都在气头上，阵亡后一个个的几乎都是等复活时间结束就起来继续打，背包里的道具更是一批批地掉落，琳琅满目，相当壮观。

但很可惜，他依旧没有找到他想要的东西。

"没事，我帮会长找找龙须骨。"江时随口应了一声，把手里的十字架一转，就朝着一片混乱的人群冲了进去，倒也不忘额外交代，"哦对了，有想法的人留一下，等会儿跟我一起过去打 Boss。"

啥笔携香一脸不可置信的表情："我没听错吧，这都什么时候了，你居然还惦记着龙须骨？而且就算不说这个，就我们这几个人，根本就不可能抢到 Boss 啊！"

身在战场中的江时还有闲心回复："啊，所以才说去留随意嘛。"

一直没说话的会长岛上森林忽然开了口："没事啊啥笔，我感觉这样也挺好玩的呀！"

"说过好多次了叫我携香，叫我携香，不要叫我啥笔！"啥笔携香精疲力竭地仰望天空，内心挣扎许久，到底还是没有点下退出队伍的按钮。

隔了一会儿，他又补充了一句："我留下来可不是因为觉得好玩，完全是因为作为副会长有义务对你们的安全负责！到时候可别说我没有舍命陪君子！还有会长，今天我掉落的所有损失都要跟你报销，这算工伤知道吗！"

岛上森林本身就是个小富婆，这点钱丝毫不放心上："好的呢！"

啥笔携香一时无语。

行吧，话都说到这个份儿上了，既然团队需要他，他就勉强奉献一下了。

江时听着他们的对话，忽然觉得这个生活公会里的人其实还挺可爱的。

此时江时余光一扫，终于在不远处的芦苇丛中看到了那个隐约闪光的东西。

找到了，亲爱的龙须骨。

江时心满意足地用十字架捅开了试图来捡漏的"十字军"成员，将紫色材料龙须骨放进了背包当中，招呼道："老病，走，打 Boss 去了。"

深井冰患者心不甘情不愿地在小队频道里面"哼"了一声。

江时笑了一声，转身去找公会成员集合。

一片混战之下，没有人留意到不远处的山坡上多出来的那个小队。

"所以说，我们的人现在是跟'夜行团'打起来了？"鱼为泽之前听说自己公会的人被两个玩家耍得团团转的时候就已经有了一丝兴趣，这时他不急不缓地过来，再看了一眼现场的盛况，就觉得更有意思了，"那'七枚银币'的人呢？"

绿色控乖乖反馈自己收到的情报："不知道什么时候跟'夜行团'的人勾结上了，估计看打不过我们，现在基本都跑得不见人影了。"

"勾结？"看着战场中央打得血雨腥风的两家公会，鱼为泽哪里会不知道发生了什么，直接笑了，"都被人耍了还差不多。"

绿色控一脸疑惑："啊？"

"就这样吧，先把'夜行团'的人收拾了也行，无所谓。"比起带人抢那个没什么用的 Boss，鱼为泽觉得还是打群架更有意思一点。

秉着在出现 Boss 的地图上"非友即敌"的原则，鱼为泽就要带着自己小队的人进入战场。

他无意间朝不远处一瞥，脚步跟着戛然顿住。

虽然只是一闪而过，但是那人手上的巨型十字架武器，依旧清晰无比地落入他的视线当中。

有时候，就是因为在人群中多看了一眼……

鱼为泽打开了团队语音，问道："凑豆子，在吗？"

再次在混战中阵亡的"十字军"侦察员快速回复。

> 凑豆子：在！我是第五小队二号队员凑豆子！

鱼为泽问道："你还记不记得，刚才碰到的那两个'七枚银币'的玩家叫什么？"

> 凑豆子：记得记得！那俩人一个叫"材料大号"，一个叫"深井冰患者"，分别是光精灵和深穴矮人！

鱼为泽陷入沉思。

"材料大号"他自然没有听过，但是"深井冰患者"，那可真是一个让人颇有印象的 ID。

他总觉得，先前好像是做出了什么不应该的指令……

绿色控摩拳擦掌地正准备行动，却留意到鱼为泽突然站在原地不动了。

他疑惑地回头问道："怎么了师父，是哪里还有什么问题吗？"

现在恐怕哪里都有问题。

鱼为泽上下打量了自家徒弟两眼，忽然有了想法："我有事退出队伍一下，今天的指挥任务就交给你了。"

绿色控眼睁睁地看着自己身上多出来的团长图标，眼睛都瞪圆了："哎！师父你把团长给我做什么！不行不行不行，我可从来都没指挥过啊！"

"没关系，随便指挥一下就行，看时机差不多就喊个'冲'，觉得打不过就喊一声'撤'，特别简单。"鱼为泽简单地进行了科普教学，还安慰他一句，"多多锻炼才能成长，你可以的。"

绿色控疯狂摇头："我不可以！"

然而鱼为泽丝毫没有留给他拒绝的余地，不等说完，就已经逃也似的从队伍里退了出去。

绿色控目瞪口呆。师父这速度，怎么感觉有点像是迫不及待地要跟他们撇清关系呢？

绿色控眼看着鱼为泽退出队伍后团队频道里疯狂冒出的问号，清了清嗓子对大家说："没事没事，师父他有自己的安排，马上就会回来，这边先听我的，听我的就好！"他努力回想了一下鱼为泽刚才的话，他相当自信地活学活用，"来来来，我们先把'夜行团'的人全部杀了！"

另一边，离队后的鱼为泽已经脚下生风，没了踪影。他前进的方向，赫然是 Boss"狂人泰特"所在的地点。

此时江时正带着'七枚银币'的众人蹲在芦苇丛里观望。从这个角度，他们可以清晰地看到，Boss"狂人泰特"的血量已经只剩下不到百分之二十了，在"夜行团"爆发的伤害输出下，Boss 即将进入狂暴状态。

啥笔携香暗暗地吞了下口水："再拖下去 Boss 就要被'夜行团'的人拿下了，我们还不动手吗？"

江时的语调一如既往的淡定："不急，耐心点，等等。"

啥笔携香显然不是很理解："这都等那么久了，到底在等什么？"

江时无声地笑了一下，还是那句话："我们人数不占优势，再等等。"

人数不占优势倒是事实。

秉着去留随意的原则，现在他们的团队里加上他和深井冰患者总共也就七个人，和 Boss 旁边"夜行团"那将近两个团的队员数量完全不能比。

正是因为硬抢是不可能抢到的，江时才要他们耐心等待。

眼看着 Boss 的血量就要下降到百分之十五了，地图中忽然间热闹了起来。

原先风平浪静的芦苇丛里突然冒出了两帮人，也不知道在那里蹲守了多久，大概是眼看着时机差不多了，二话不说就直接冲上去动起了手。

啥笔携香一脸震惊："哎！原来还有其他帮会的人蹲守着呢！"

岛上森林以前显然也没参与过抢 Boss 这种事情，难得体验一次，也是略感惊叹："哇哦，好刺激。"

江时先前巡查地图的时候就已经发现了这两家中型公会的动向，眼见着 Boss 附近的区域热闹地打了起来，他在团队语音里问："老病，你那边好了没？"

深井冰患者：等一下，五秒钟。

深井冰患者：妥了妥了！

"差不多了。"江时看着 Boss 周围已经打成一片的激烈战况，终于也不再犹豫，直接冲了出去，临走之前还不忘叮嘱一句，"啥笔，你带着大家在这里等着别动，注意看我的信号。"

"好嘞。"啥笔携香下意识地应了一句，才琢磨过来哪里不对，顿时气得快要跳起来，"携香！说了很多遍了，叫我携香！"

然而江时转眼间已经冲进了战局当中，没再给出任何回应。

三家公会混战，场面一度十分混乱。越混乱，就越是浑水摸鱼的好时候。

参与到 Boss 抢夺中的两家中型公会，一家叫"烟火局"，一家叫"瞅你咋滴"。

和"夜行团"这种虽然排名不靠前但好歹也算得上大型的公会相比，这两家中型公会的实力自然不太够用，可偏偏因为"十字军"的人在复活点那边搅合，让"夜行团"刚刚拨了半个团的人过去支援。

现在 Boss 这边"夜行团"只留下了一个半团的人力，以至于突然被围攻之下，一时半会儿也有些控制不住局面。

而江时素来爱趁火打劫，在这种环境下显得如鱼得水。

反正周围那些人正打在兴头上，面对非自己公会的人就直接进行无差别攻击，在没有人重点关注他的情况下，江时如入无人之境，转眼间就已经靠近了 Boss "狂人泰特"。

语音频道里可以听到啥笔携香的一声惊呼："我的天，大号这走位！"

岛上森林和他的关注点显然不一样："哇，这是准备直接上去抢 Boss 吗？"

这句话点醒了啥笔携香："他一个辅助职业，抢不了吧？"

他又探了探头想要努力看清楚江时那边的情况，因为距离太远，下意识地扯着嗓子问："大号，要不要我过去帮忙啊？"

江时在团队频道里面直接发了个坐标点的位置："啥笔，你带人去这里等着接 Boss。"

然后，他又把深井冰患者所在的位置也直接复制了过去："接到 Boss 后直接往这个点跑，只管跑别回头，明白了打个1。"

"都说了别叫我啥笔！"啥笔携香数不清第几次发出控诉。

江时道："所以听清楚了没，啥笔？"

啥笔携香一脸不情愿地在队伍聊天框里打了个"1"。

江时分神留意了一下，确认"七枚银币"的一行人在往他安排的位置赶过去，满意地重新将关注点落在了 Boss 的身上。

其实三家公会的人都发现了这个像没事人一样在附近溜达的光精灵，可是几次攻击后都没能把他赶走，也就没再对这么一个构不成威胁的辅助玩家太过关注。

毕竟对他们而言，自然要将注意力放在对另外两家公会的提防上。

Boss 的血量还在持续下滑着，血量越接近百分之十，就越临近这次 Boss 抢夺战的关键。

三家公会的治疗玩家努力地为自己公会的队友们恢复着血量，输出玩家则绞尽脑汁地想要将敌方公会的人击杀。

这片中央区域的战局已经进入了白热化阶段，实在没人能分出额外的精力去对付江时这个一时半会儿也没办法弄死的回归辅助玩家。

所有人都在等着 Boss 血量下降到百分之十，进入"狂暴状态"的那一刻。

按照这个 Boss 的机制，不管之前玩家对 Boss 打出了多少伤害，在 Boss 进入狂暴状态的瞬间，Boss 将不再集中攻击刚才他所面对的玩家。

与此同时，Boss 将进入三十秒的狂暴时间。在这期间 Boss 免疫所有伤害，并且根据自身受到伤害的多少，每隔一点五秒对伤害最高或使用嘲讽技能吸引其注意力的玩家持续进行强力攻击。

在这三十秒的狂暴阶段结束之后，哪一方率先吸引到 Boss 的注意力，让

Boss 主动攻击自己，就会成为这场 Boss 争夺战的胜者。

"狂人泰特"是第一赛季时就已经存在的野外地图 Boss，江时对他的机制自然是如数家珍。

如果没有意外的话，Boss 血量跌下百分之十的那三十秒时间内，三家公会的指挥为了避免在混战中应对 Boss，都会下令临时撤退，去避开 Boss 进入狂暴阶段后那三十秒造成的巨大伤害。

"Boss 狂暴了，迅速散开！"

果然，三家公会的团队语音频道中齐齐响起了来自团长的命令。

而当中央区域混战的众人齐齐往旁边散开的时候，却有两道身影逆流而上，迎着 Boss 的正面就冲了上去。

这两人不走寻常路的行为，让三家公会的团长一愣，可等到看清楚其中一人的 ID 时，他们忽然间又隐隐有了不太好的预感。

先不说那个不知道哪里冒出来的回归玩家，怎么还来了尊"大佛"？

难道在 Boss 免疫伤害的三十秒内冲上去，还能触发什么他们不知道的隐藏机制吗？三家公会的指挥们忽然对自己刚才做出的判断产生了强烈的怀疑。

江时自然也留意到了另一个人的存在。

就在能持续对 Boss 造成流血效果的符文阵从"狂人泰特"脚底下升起的时候，半空中成片的微型机械也已经盘旋而至。

他转头用余光一瞥，同步逼近的是那个他无比熟悉的高挑身影。

那一瞬间江时似乎明白了什么。

难怪刚才"十字军"的人突然发疯似的要弄死他和老病，原来是认出他了。

这样一来，"十字军"那些吃力不讨好的举动就很容易解释得通了。毕竟鱼为泽这个人，一贯喜欢公报私仇。不就是当年的约战他一不小心爽了次约，至于吗？

只能说不愧是鱼为泽，连好友都删了，还这么的阴魂不散。

江时道："老病，你猜我碰到谁了？"

深井冰患者：谁？

"抢完 Boss 再跟你说。"

如果是别人，江时可能还不放在心上，但是鱼为泽的突然出现却让他不得不警惕了起来。

"十字军"大部队还没能及时过来支援，这家伙很可能和他打的是同一个主意。

江时也没有丝毫犹豫，将手中的符文石一转。瞬间构造完成的符文领域中，有成片的藤蔓破土而出，它们交缠着，朝着后方不远处的鱼为泽迅速蔓延。

眼见藤蔓就要彻底缠上对方，江时却忽然收到了一条组队申请。

系统："鱼为泽"申请加入团队。

江时一头雾水。

他确实没想到鱼为泽居然没有队伍，经过迅速的思考，他选择了"同意"。

鱼为泽进队后不到一秒，整个团队频道都被成串成串的问号给占据了。

深井冰患者也单独给他发来消息。

深井冰患者：这是什么情况？

深井冰患者：他怎么进队了？你组他干吗？

江时还有精力分心回复他。

材料大号：别急，免费劳动力，不用白不用。

深井冰患者：你就不怕他玩阴的？

材料大号：放心，我看着呢。

即便文字形式的对话没有语调，但是深井冰患者依旧感受到了江时从字里行间流露出来的淡定。

他想了想，好像也没有哪个输出玩家是江时搞不定的，就放心地没有再多说什么。

团队频道里满屏的问号盛况维持了片刻后，也逐渐安静了下去。

倒不是因为"七枚银币"的成员有多淡定，而是因为所有不淡定的人全部私下跟好友改用感叹号表达自己的震惊去了。

啥笔携香：啊啊啊啊啊大号认识的人居然是鱼神！

啥笔携香：我的天啊，难怪刚才"十字军"的人愿意帮我们！

啥笔携香：我见到活的鱼神了！

岛上森林：亲，这里希望你冷静一点呢。

啥笔携香：啊啊啊啊啊啊啊！

鱼为泽倒是丝毫没有感受到氛围中的微妙。

他把团队语音打开，那打招呼的语调，听起来就仿佛是进了自家公会的队伍一样："好久不见啊。"

江时也颇为自然地应了一声："嗯，好久不见。"

鱼为泽问："这次准备回来继续玩了？"

江时想了想："算是吧，也不好说。"

鱼为泽笑了一声："怎么就不好说了？"

江时道："哦，不好说就是不好说。"

鱼为泽道："这个不好说的话，那就说说删我好友的事情？"

江时用了疑惑的语调问道："什么删好友？"

话音刚落，一条系统消息弹了出来。

"鱼为泽"申请添加您为好友，是否同意？

江时毫不犹豫地选择了拒绝："哦，想起来了，确实删了。"

鱼为泽挑眉："所以，我是哪里得罪你了吗？"

江时淡淡地笑了一下："那倒没有，我最多算是未雨绸缪一下。"

鱼为泽不解道："嗯？"

江时意有所指地稍稍拉长了语调："非要理由的话，尽量减少被你们'十字军'追杀的次数算不算？"

鱼为泽的语调带上了一丝惊讶："'十字军'为什么要追杀你？"

江时也配合着惊讶："你不知道？"

鱼为泽一如既往地睁着眼睛说瞎话："不知道啊。我刚路过，因为看到你才过来打一声招呼，所以是有什么误会吗？要不我帮你去问问？"

江时意味深长地笑了一声："哦，那可真是谢谢了。"

整个团队中，从语音频道到队内公共聊天框都一片寂静，只有两人你一言我一语，旁若无人。

光听对话，仿佛是两个人许久不见后的闲话，可偏偏"七枚银币"的众人却是看得清清楚楚——在这个闲聊的过程中，两人还在同步地进行着密集的操作。

技能频繁地落在Boss"狂人泰特"的身上，Boss就这样在发起狂暴进攻的过程中，自然而然地将目标指向了对它造成最高伤害的对象。

这也是江时想要的效果。

他虽然没有类似于骑士的嘲讽技能，但是利用这种看似毫无作用的频繁输出技能，已经足够吸引着Boss在他的引导下，逐渐偏离原先的位置。

原本围绕在附近的所有玩家，已经在自家指挥的指令下齐齐散开。

在这混乱的过程中，虽然他们还时不时地留意着Boss这边的状态，但是因为拿捏不准具体情况，显然都不太敢贸然行动。

如果现场只有一个光精灵还在打Boss的话，众人还能理解成回归玩家不懂Boss机制，可偏偏现在还多了一个不知道从哪儿冒出来的鱼为泽。周围还没有看到其他"十字军"公会玩家，谁也不知道鱼为泽打的又是什么主意。

更让人大跌眼镜的是，看那光精灵的举动，最初明明是想要袭击鱼为泽的，结果放出的技能又丝毫没有对鱼为泽造成任何伤害，看起来是直接把鱼为泽给加进队伍里了。

可是，为什么？

在"夜行团"的眼中，这无疑是"十字军"和"七枚银币"结盟的铁证，而另外两家公会只能越看越蒙。越拿捏不准情况，就越不知道该怎么行动。

三家公会的指挥们只能屏住呼吸，时刻准备着，等三十秒的Boss狂暴状态结束就发起进攻。

直到Boss狂暴了快二十秒的时候，才终于有人意识到不对。

等等，这Boss怎么离他们越来越远了？

"夜行团"的指挥率先反应过来："快！骑士人呢，准备上去用嘲讽技能！"

"夜行团"这边一有动作，另外两家公会也纷纷回神，一边互相牵制着一边拥了上去。

江时时刻留意着后方的动静，眼见三家公会都有了动作，眼底浅浅的笑意一闪而过。

他早就有所准备，已经覆盖好的符文领域在众人踏入的第一时间豁然升起。

定身、减速、静默、昏睡、混乱……

接二连三生效的符文领域所带来的负面效果，直接将三家公会的冲锋阵容搅和得一片混乱。

也就是在这样混乱的场面下，没人有工夫细究，不然如果有人回过神来，恐怕要瞠目结舌了。

像符文师这种需要依靠特殊道具进行战斗的独特存在，和机械师、魔药师与战争工匠这些手艺人职业一样，实力的强弱主要取决于自身可以操控的道具数量。而在现在符文师几乎灭绝的版本中，依旧有顶级的职业玩家活跃在世纪杯的赛场上，其中名声最大的，无疑就是"响尾蛇"公会的大神"孤坟"了。

当初，孤坟就是在比赛中施展过一手"六阵连发"，震惊了整个"创纪元"大陆。

六个堪称完美的符文领域，已经是孤坟这种公认的顶级大神所能发挥出的最佳水平，而此时此刻的江时，赫然已经完成了第七个符文领域的布置，并且还在继续进行操作。

如果非要说哪里还有欠缺，那也只能是江时目前使用的这批低级符文石只能造成相对较弱的效果了。当然，应付眼前的这种情况已经绰绰有余。

江时现在已经完成了第二次转职业任务。

符文师第二次转职业后，技能的被动效果让他的符文领域存在时间增加了百分之二十，与此同时，在开启"符魂"状态下，场上每增加一个符文领域，所有领域的作用范围又增加了百分之二。

这些符文领域铺天盖地地覆盖下来，给江时转移 Boss "狂人泰特"的位置争取了足够多的时间。

在进行完美掩护的同时，江时还始终保持着合理的距离，留意着鱼为泽的一举一动。

他手上留着的那个符文石就是专门为这位仁兄准备的，只要在操作的过程中，鱼为泽产生半点额外的心思，他随时准备将对方踢出队伍，原地进行封印然后丢进后面其他三个公会的人堆里。

好在，鱼为泽到目前为止都表现出了足够的合作诚意。

虽然他从头到尾并没有问过江时半句计划，但是在看到"七枚银币"众人和深井冰患者待命的区域后，他就已经推测出了江时完整的行动计划。

现在就是由他主要负责将 Boss 引过去。趁着江时在后方掩护的工夫，鱼为泽已经顺利地将 Boss 交接到了啥笔携香的手上。

刚好三十秒的 Boss 狂暴阶段结束。

啥笔携香作为团内唯一的骑士玩家，使用了嘲讽技能之后顺利吸引了 Boss 的注意力，然后一如江时之前安排的那样，带着只剩下百分之九点九血量的"狂人泰特"，朝着深井冰患者的方向一路狂奔。

江时见这边已经接力成功，瞥了一眼快要从他的符文领域中突围的冲锋大部队，丝毫没有恋战的打算。

他连续在身后象征性地甩出了几个符文领域作为掩护后，头也不回地转身就跑。

眼睁睁地看着 Boss 从眼皮子底下被人带走，三家公会的指挥齐齐地想要吐血。这个时候他们终于摆脱了符文领域的干扰，做出的指令整齐统一，也颇有同仇敌忾的味道："把'七枚银币'的人先灭了！"指挥咬了咬牙，还补充了一句，"包括鱼为泽！"

虽然 Boss "狂人泰特"掉落的装备和材料算不上多好，但是每周的野外地图 Boss 都是有击杀统计的，要是传出去他们被一家休闲公会给抢了 Boss，这脸面实在没地方搁。

啥笔携香奔跑的过程中可以感受到地面都在隐约震动，眼看目标点就在附近，他扯着嗓子问："下面呢，接下去怎么做啊？大号，呼叫大号！"

江时却提醒道："你快被追上了。"

"啊？"啥笔携香狂奔的途中根本没敢回头看，闻言才颤悠悠地回头瞥上一眼，见到了从未见识过的穷凶极恶的追杀阵仗，不由得心脏猛然一跳，语气里略微带了一些哭腔，"所以现在怎么办！"

"到目标点就别跑了，反正也跑不掉。"江时不疾不徐的语调听起来像是在交代后事，"会长你帮啥笔加点血量，然后就找个地方躲起来吧，其他人也是抓紧保命，把舞台留给他们。"

岛上森林离开得丝毫没有留恋："好的呢。"

啥笔携香显得弱小、卑微且无助："啥？啥舞台？都走了我怎么办？大号你们人呢？"

江时瞥了一眼已经事不关己地跟他一起躲进旁边芦苇丛里的鱼为泽："都躲起来了。"他笑着安慰道，"啥笔你就辛苦一下，死一次，回头打完 Boss 给你精神损失费。"

啥笔携香的表情一言难尽。

　　鱼为泽其实撤得比江时都快，听到这害死人不偿命的熟悉语调，没忍住笑了一声，也配合着安慰："这位啥笔，'狂人泰特'与你同在。"

　　江时用余光瞥了一眼这个看热闹不嫌事大的家伙："嗯，'狂人泰特'与你同在，啥笔。"

　　啥笔携香看着周围的队友突然间消失得一干二净，骂人的话还没来得及出口，迎面就看到了一堆呼啸而至的技能，顿时十分无语。

　　倒不是他不想跑，这 Boss 的注意力毕竟还在他身上呢，就算想跑，另外那三家公会也不让啊！

　　随着游戏中角色的死亡，啥笔携香眼前的视野也跟着黯淡了下来。

　　他开始在团队频道里面发泄自己的怨气。

　　　　啥笔携香：然后呢？然后呢？我死了，Boss 没血了，又被那些公会的人给接回去了，然后呢！

　　江时藏身在不远处的芦苇丛中，观察着 Boss 的血量："别急，马上。"

　　　　啥笔携香：什么马上？哪儿来的马上？马上就被他们击杀的马上吗？

　　江时用慢悠悠的语调说道："老病。"

　　深井冰患者没吭声，但是行动已经表明了一切。

　　啥笔携香终于知道了所谓的"马上"是什么意思。

　　接二连三的爆炸声，直接覆盖了所有队伍的团队语音频道。爆炸声震耳欲聋，隐约间可以捕捉到指挥们声嘶力竭的吼声。

　　阵阵余烟腾起的瞬间，黑色的烟雾覆盖了 Boss 周围的区域，直接将 Boss 吞没其中。

　　就连 Boss 的血量都直接从百分之八下滑到了百分之三，伤害量非常可观，更不用说身在爆炸圈中的其他玩家了。

　　这一幕实在是太过壮烈，三家公会的人还没来得及享受 Boss 被人带走又物归原主的喜悦之情，就直接被这不断的爆炸给彻底震蒙了。

　　身为"火炮专家"职业的深穴矮人，深井冰患者在六十五级时掌握了技能"地雷阵"。众所周知，这是个发挥起来十分具有局限性，却又伤害极高的强势输出技能。

谁也不知道，他在这片区域提前埋下了多少地雷，只有爆炸后的惨烈画面，表示着刚刚到底发生了多么可怕的事情。

放眼看去，尸横遍野，满地都是死不瞑目的不甘亡魂。

大概只有啥笔携香发在团队频道里的一连串问号，才能表达出所有人的震惊之情了。

虽然在全息游戏中，与玩家的痛觉相关的各方面指数都已经被调到很低，可是遭到了这样猛烈的攻击，众人身心受创的程度还是可想而知。

江时对所有惨遭爆破的玩家感到非常同情，于是跟鱼为泽一起再次露了脸，心情不错地快速清理了战场。

在那些公会成员身心受创的情况下，清理过程非常轻松，至于还在外围厮杀着的其他玩家，在他们的互相牵制下，显然没办法快速赶到这边进行支援。

而现场阵亡的这些人想复活赶过来，就更需要时间了。

处理完最后一个"夜行团"的成员，江时在团队语音里面招呼："好了，都可以过来了，我们找个地方藏起来把 Boss 杀了。"末了他还不忘补充了一句，"啥笔你就躺着休息吧，你现在复活会跟其他公会的人撞上。"

啥笔携香一时无语。

"七枚银币"的人确实不多，不过啥笔携香虽然倒下了，好歹还组了鱼为泽这么一个特别好用的输出玩家。

Boss"狂人泰特"本就不多的血量快速地下滑着，百分之二，百分之一，百分之零点七……

江时一直留意着鱼为泽的举动，发现这人居然还打得非常认真，看不出来半点想动歪心思的样子。

不止如此，鱼为泽还在那边语调悠闲地跟他搭话："回头把好友加回来一下？"

难道这人还真转性了？江时看到鱼为泽的态度，也稍微考虑了一下这个问题。

正想着，他就听到岛上森林忽然"哎呀"了一声："看！那边山坡上，是不是有人追过来了？"

江时朝那边看去，一眼就看到了逐渐逼近的"十字军"大部队。

他稍稍一挑眉梢，很自然地做了一个猜想，似笑非笑地转头看向了鱼为泽。

鱼为泽这个时候也已经收到了徒弟发来的消息。

　　绿色控：师父我看到你了！你怎么有队啊，赶紧退了我组你。

鱼为泽关上对话框没有回复，问道："如果我说我跟他们不熟，你信吗？"
江时露出了和善的微笑："当然信。"
下一秒鱼为泽收到了两条系统消息。

　　系统：你已经被踢出团队。
　　系统："绿色控"发出了团队邀请。

　　鱼为泽眼见着"七枚银币"众人的技能落在自己身上，也不闪避，随着阵亡后黯下的视野，他只能眼睁睁地看着那些人加速清空了 Boss 的最后一丝血量，捡完 Boss 掉落的材料和装备后，头也不回地一哄而散。
　　看着那逐渐远去的熟悉背影，他思考片刻，向"材料大号"发去了好友申请。

　　系统：抱歉，您的好友申请已被拒绝。

他再次申请。

　　系统：抱歉，对方拒绝接收任何好友申请。

与此同时。

　　绿色控：师父你在吗？你先进组啊！
　　绿色控：师父你怎么死了！
　　绿色控：这是谁干的？我已经带人过来了，看我不弄死他！

鱼为泽面色阴沉。
在这个游戏里该怎么把人逐出师门来着？

回去的路上，深井冰患者显然心情不错，在小队频道里发着消息。

　　深井冰患者：可以啊，用完就丢，还挺顺手。

江时道："行了，腿短就抓紧跑，'十字军'的人追上来别怪我不讲义气。"

　　深井冰患者：走神了吧，自己往后面看看，人家根本就没追！

江时闻言回头看去，才发现跑了那么久，确实没有"十字军"公会的人追上来的身影。

仔细一想，"十字军"这种大公会来抢"狂人泰特"这种 Boss，明显不是为了这些不算珍贵的装备和材料，现在击杀公告都已经在所有服务器发了好几遍了，确实没有继续追杀他们的必要了。

抢 Boss 这种事情本来就是八仙过海，各显神通，"出了地图无恩怨"这种江湖规矩，鱼为泽到底还是知道的。要不然他们认识了这么久，也不能一直保持着这种"从来没有停止过互相伤害，但也从来没有拒绝过合作"的稳定关系。

见没人追杀，"七枚银币"的众人就近找了一个传送点回到主城。

随着刚才 Boss"狂人泰特"的击杀公告传遍所有服务器，"七枚银币"的公会频道热闹了起来。

不得不说这种系统播报是最好的宣传广告。

转眼间又有一群新的玩家申请入会，一时间，这个休闲公会变得相当热闹。而刚刚拿下 Boss 的一群人，则围在了角落分配得到的装备和材料。

江时这才想起来自己包里还有一个东西，摸出来递到了岛上森林面前："会长，这龙须骨我给你找回来了，之前说好的，便宜卖给我？"

其实正常情况下江时倒没这么心地善良，还懂得物归原主。不过这东西毕竟是公会的这位女会长的，相当懂得人情世故的他还是顺便交了个底。

"哇，居然真找回来了？"岛上森林惊讶归惊讶，没有伸手去接，"不过不用还给我啦，你自己留着吧，就当是带我们玩的谢礼了！"

龙须骨虽然是紫色材料，但非常稀有，在市场上也是价格不菲，岛上森林这随便送了的阔绰，让其他人齐齐睁大了眼睛，纷纷大喊"会长豪气"。

倒是啥笔携香早就习惯了这位小富婆动不动就豪横一下的风格，直接把话题带了回来："所以 Boss 掉落的这些东西到底怎么分？"

岛上森林以前从来没有打过野外地图 Boss，自然没经验，眼巴巴地看向江时。

江时已经毫不客气地将龙须骨收了回去，想了想说："每个人轮流挑一件吧，啥笔刚刚为团队牺牲了一次，挑两件？至于剩下的，留在公会仓库好了。"

啥笔携香已经懒得去纠正称呼问题了："我谢谢你。"

分配进行得很顺利。

团中很多人毕竟都是首次击杀地图 Boss，掉落的物品值不值钱并不重要，重要的是这背后的纪念意义。

离开的时候，"七枚银币"的众人不约而同地想要回家把得到的战利品裱起来挂到墙上。

深井冰患者还急着要升等级，打了声招呼也继续打他的野怪去了。

不过现在等级上来了，他自然不可能继续祸害新手村的那些野猪，早就已经将打怪地点转移到了昂尔拉丝山脉，每天非常快乐地在那里炸雪巨人玩。

转眼间，就只剩下了江时一人。

他把随手拿的材料丢进了背包里，朝着不远处的传送点深深地看了一眼。

之前看到鱼为泽的时候他虽然也觉得有些奇怪，不过当时他专注于抢夺 Boss，也就没有多想。这个时候安静下来，总算反应过来问题出在了哪里。

"十字军"对这次野外地图 Boss 的人员分配，明显不合理。

像鱼为泽这种实力的大神，不管怎么看也不应该来平平无奇的第一区，而应该被安排到八、九、十区的高级地图，帮助争夺 Boss，结果"十字军"的管理却把他丢到了边缘区域。而更不正常的是，鱼为泽这种心高气傲的家伙，居然还真同意了。

江时对"十字军"这家公会的印象，还停留在易水边当会长的时候。

当年江时第一次遇见鱼为泽的时候，就跟这个初代会长"狼狈为奸"，两方人打了个照面，啥也没说，直接针尖对麦芒，一通对打。

虽然回归后，江时也听说过"十字军"已经被资本收购，转成了商业运营模式，却仍下意识地代入了当时的情况。但是现在结合现实再仔细想想，他不在的这几年来，"十字军"内部恐怕还出了不少事。

忽然收到的好友消息打断了江时的思路。他一看，是加上好友后一直就没再上线过的帆布鞋。

帆布鞋：大号！好久不见啊啊啊！

材料大号：确实，都没见你们上线。

帆布鞋：唉别提了，这周考试呢，想上线也没时间，一把辛酸泪。

没想到这几个人居然还都是学生。

帆布鞋：那天打完副本你走得也太快了，我都没来得及问。

材料大号：嗯？

帆布鞋：要不要来我们公会啊？

材料大号：谢谢邀请，不过我有公会了。

帆布鞋：我知道，"七枚银币"是吧？

帆布鞋：你别看他们刚刚拿下了"狂人泰特"，这个说到底是最低级的野外地图 Boss，这种休闲公会能击杀一次也是完全凑巧。真的，不如来我这里，我们好歹也是在排行榜上有一席之地的公会，会内福利都很不错的！等你第三次转职业后还能直接跟我们几个人组固定队，多好！

其实第一天打副本的时候江时就留意到帆布鞋那几人所在的公会名字——"剑与酒"，确实位于公会排行榜上前十名。

这种大型公会的内部福利确实不错，入会的要求也就高一些，江时知道像他这样的回归玩家要想进去，只能靠帆布鞋那几个人替他争取"走后门"的机会了。

他心里领情，但也很清楚自己并不适合这种规矩多的大型公会，没考虑太多就回绝了。

材料大号：谢谢抬爱，不过还是算了。

帆布鞋见劝说不动，虽然遗憾，却没有勉强。

帆布鞋：行吧，有空再一起打副本。

材料大号：好。

刹鬼神在旁边问："怎么样，来不来？"

帆布鞋刚关上聊天框，就对上了对方期待的视线，遗憾地叹了口气："他说不来，拒绝了。"

帆布鞋看向旁边的另一个人："副会长，还是谢谢你帮我们留位置了，你招其他人吧。"

"剑与酒"公会的副会长游戏 ID 为"不思天地"。他跟帆布鞋关系不错，所以才给他留了一个公会成员的位置，实际上对拉拢一个回归玩家没什么太多的想法。

闻言，他也只是笑着应了声"好的"，才想起来一件事："对了，你说的这个回归玩家，进的公会是'七枚银币'？"

帆布鞋点了点头，问："怎么了？"

不思天地道："也没什么，刚刚不是出现了他们击杀 Boss 的公告吗，据我收到的消息，他们是从'夜行团'主力的手上抢下的'狂人泰特'，想打听一下有没有内幕。"

帆布鞋惊讶道："'夜行团'主力去抢'狂人泰特'？怎么想的？"

"他们本来是在烈南佩什海港跟会长他们抢 Boss'海盗格格利'的，后面陆续来了两三家别的公会，估计是看形势不对就临时转移目标了。"不思天地说到这里笑了一声，"结果不知道怎么的，战术安排得这么果断，居然还是被一家休闲公会给抢走了 Boss。可不只我一个人好奇，现在好几个群都在聊他们的笑话呢。"

帆布鞋听了这话，也不由得产生了一丝兴趣。

他打开好友列表就想问，瞥了一眼顿时叹了口气："唉，问不了了，他下线了。真的，他每次下线都特别干脆……"

虽然《创纪元》只是个全息游戏，江时出虚拟舱的时候还是出了一身汗。

他回家刚洗完澡就遇到了从外面回来的江妍，没等他开口，一袋东西就扔了过来。

江时伸手接住："这是什么？"

"新衣服。"江妍动作利落地甩掉了脚上的高跟鞋，穿上拖鞋，直接栽进了柔软的沙发里，"再过十天你姐夫过生日，到时候穿得像模像样的，给姐姐我去镇个场子。"

江时已经看清楚了袋子里的衣服款式，沉默了一瞬，道："会不会太隆重了？"

"完全不会，我甚至觉得你还可以更帅。"江妍笑吟吟地看着江时，"到时候韩医生的同事都会到场，你好好配合，可以不？"

"非常可以。"江时倒也不排斥出席这种场合，慢悠悠地接了一句，"对了，我也有件事要说。前几天在网上买的新型虚拟舱快到了，到时候直接放在书房，应该没问题吧？"

江妍一个鲤鱼打挺跳了起来："买虚拟舱？你还真准备当职业玩家了？"

"没有，就随便玩玩。"江时晃了晃手上的衣服，笑得人畜无害，"亲姐弟就是要互相体谅，对不对？"

江妍磨了磨牙，几乎是一个字一个字地往外蹦："你自己知道分寸就好。"

江时微笑道："谢谢姐，下周我会好好表现的。"

江妍被他摆了一道，只觉得很头疼，但还是伸手从口袋里摸出一张卡片递了过去："喏，韩医生让我给你的。"

江时接在手里，看清楚之后也有些惊讶："这不是……"

"嗯，虚拟比赛门票，是世纪杯总决赛那场。韩医生说是从他堂弟那里要来的，每张正票赠送一个副票位置，一票两用。"江妍撇了下嘴，如实转达韩意远的话，"你要有兴趣就去看看，没兴趣的话直接放到网上卖了也行，现在票的价格炒得可高了，价格合适的话应该很好出手。"

她说到这里一顿，缓缓眨了眨眼，就差直接明示了："不过我们家应该不缺钱吧，而且这还是韩医生的一番好意。"

江时一时无语。

他将卡片收进了口袋里："替我谢谢姐夫，我有兴趣，会去看的。"

本届世纪杯总决赛是在三天之后。

自从全息电竞代替了传统电竞，电竞领域内的很多模式发生了非常大的变化。其中，观赛模式从线下场馆直接转移到了线上，这无疑为观众们提供了很大的便利。

总决赛当天，拥有虚拟票的观众根据序列码连通比赛服务器渠道，被传送到为比赛专门创建的"天创城"，等待比赛正式开始。

原本就科技感十足的天创城随着观众们的入场愈发热闹，等待开启的对战地图被高耸的虚拟屏障笼罩着，四周从 A 到 H 的八个观战区域在不同色彩的霓虹灯下依次开启。

随着比赛临近，远远地就能听到不同阵营的粉丝那激动无比的呐喊声。

与前几轮的突围赛不同，今天参加总决赛的队伍只有四支，根据突围赛的积分排名依次是"十字军""血蔷薇""响尾蛇"和"火力者"四家公会。

今年的冠军奖杯花落谁家，让人充满期待。

赛前紧张激动的氛围已经被观众们的助威声烘托到了极点，而在天创城后方，各家公会的参赛选手们也在自己的休息区域里进行着最后的准备工作。

虽然电子竞技已经进入了全息时代，绝大部分公会还是为参赛的职业玩家们提供了统一的线下基地，以便更好地进行训练，但也有一部分特例。

鱼为泽在这届世纪杯结束之后就将离开公会，这在"十字军"的高层管理人员之间早就不是什么秘密，原先他们还稍微做一下表面工作，现在随着时间的流逝，鱼为泽离开的日子越来越近，两边谁也不愿意继续装了。

虽然鱼为泽还在继续配合着一些训练上的安排，但实际上早在一个月之前，他就已经从"十字军"公会的线下基地搬了出去。

这个时候鱼为泽抵达了后场，象征性地和队员们打了声招呼之后，就转身进了自己的休息室。

绿色控撒腿就跟了上去。

这样的画面每天都在"十字军"公会上演，但依旧有人感到不太愉快："他这是什么态度？真以为我们'十字军'没了他就没办法赢了是吧？"

破军霸霸笑着安慰道："忍忍，再忍忍，也就今天最后一场了。"说着，他朝旁边的那个机械师"阿克达斯"看了过去，"阿克，赛后的舆论造势我都已经安排好了，等会儿上场之后一定要好好表现，知道吗？"

阿克达斯朝他笑了笑："放心吧会长，我会努力的。"

破军霸霸露出了欣慰的笑容。

自从他接管"十字军"公会以来，因为有鱼为泽这个油盐不进的家伙在，他管理公会的难度不知道增加了多少。可偏偏公会内的那些机械师玩家绝大多数都是为了鱼为泽来的，对外必须得给足鱼为泽面子，他也就只能一边忍耐着，一边快速地稳定自己的势力。

然后，他就在游戏里面挖掘到了这个 ID 叫"阿克达斯"的玩家。

虽然阿克达斯玩《创纪元》这款游戏还不到三年，但他天赋极高，更重要的是他愿意配合破军霸霸安排的一切工作。仅仅是"足够听话"这点，就远比鱼为泽这种不好安排的老牌大神要可爱多了。

到时候等鱼为泽一退会，破军霸霸就准备直接由阿克达斯接替他的位置。他们同样都是机械师，也同样都实力超群，不管怎么看，"十字军"公会的未来也只会越发和谐。

这才是"十字军"该有的未来。破军霸霸想着，笑得更愉快了。

休息室里，绿色控关门之前往外面一瞥，正好看到了破军霸霸那毫无掩饰的笑容，他直接把门一摔："啧，会长也不知道在想什么恶心事呢，师父你看他笑的样子。"

鱼为泽想起了他留在宅子里的那个记仇小本子，想到以后终于可以随时对"十字军"动手了，嘴角也浮了起来："笑呗，确实是好事将近了，我也挺开心的。"

绿色控扫了他一眼，见鱼为泽确实心情不错的样子，试探性地问："那您还生我的气不？"

鱼为泽道："你说呢？"

绿色控没敢说话。

其实那天绿色控带人过去的时候，真不知道自己做错了什么，最后还是顶着压力在师父面前乖巧地旁敲侧击，才终于知道了大概发生了什么。

对于因为自己那个光精灵再次跑了的事，他非常后悔。

绿色控数不清第几次发誓道："师父你放心，我一定会帮你把人给追回来！"

鱼为泽敷衍道："嗯。"

绿色控道："师父，你能不能对我有点信任。"

鱼为泽道："你别坏我的事，就是我对你的最大信心。"

绿色控动了动嘴角，心虚地不吭声了。但他还是站在旁边，欲言又止地朝着鱼为泽的方向时不时地看上一眼。

鱼为泽道："有话快说。"

绿色控露出了笑容："师父，就是你之前跟我聊的事呗……当年你特地让我去论坛把'三庭坡被放鸽子后寻仇'的消息放出去，我都乖乖去了。现在过那么久了，他也回归了，是不是终于可以跟我说说，你明明没做错什么，他怎么就突然选择离开游戏了啊？"

"我怎么知道！"想起当年的事情，其实鱼为泽确实也挺困惑，下意识地拧起了眉，"那之前也确实都好好的，我们还一起玩了三天三夜。"

绿色控瞪大眼睛："三天三夜？"

鱼为泽道："嗯，非常愉快的三天三夜。"

几乎在同一时间，观赛区 D 区的某处，一个声音融入周围沸腾的人声中，悠然的语气同样充满了回味："离开游戏前？我跟鱼为泽也没什么大的恩怨，当时就是跟他互殴了三天三夜。唯一有点可惜的是，直到最后我们也没分出个胜负。"

深井冰患者是被江时用"别浪费副票"的理由骗来的，但他在刚到比赛服务器的天创城时就已经开始后悔了。

这个时候他非常卑微地用黑色大斗篷把自己小小的身体包裹住，试图借此与周围人来人往的环境彻底隔绝，还抓着江时不停聊天来努力转移注意力。

深井冰患者：他这么厉害的机械师，抓着你一个辅助互殴？还整整三天三夜？这是有多大的仇！

江时道："也不能这么说，虽然我是个辅助，但是被我打死的输出玩家，没有上万也得有好几千了。"

深井冰患者表情微妙。

这倒是真的。

江时见他还有些蒙，提醒了一句："至于为什么要互殴……你还记得当时官方的庆典活动是什么吗？"

深井冰患者思考了一下，也终于记起来了。

深井冰患者：你们在做那个活动任务？

江时笑着点了点头："答对了。"

当年《创纪元》官方轰轰烈烈地搞了一场自开放服务器以来声势最大的庆典活动，推出了一系列活动，奖励更是史无前例的丰厚。

其中一个任务，需要玩家在活动期间累计打出数值巨大的伤害值。在这方面他跟鱼为泽也算是一拍即合，干脆就借着这个机会面对面地切磋上了。

现在回想起来，当年他们也确实算是另辟蹊径。官方的本意应该是希望玩家们积极上线打副本、打怪物，恐怕官方怎么也没想到，明明有一个多月的时间，居然真的有人能这样对打，将任务要求的伤害值硬生生给打满了。

总之，他舍得吃恢复魔法值的药丸，鱼为泽也不吝啬吃恢复血量的药水，基本上每一局他们都能打上大半天。这样一来二去，等昏天暗地的三天三夜过去之后，他们终于完成了活动任务，但终究还是难分胜负。

再后来，江时一转身就继续做其他任务去了。

等鱼为泽不服气地找他重新约战，已经是那场激战后的第三天。

当时江时还专注于活动任务，想都没想就一口答应了下来，再然后为了完成活动任务导致本就比常人脆弱的脑神经负担过重，江时被直接送医院了。

至于那场约战，他自然就放了鱼为泽鸽子。

其实对于当年没能分出胜负这件事，江时也确实感到有些遗憾。他觉得那场对战，主要是没有像竞技场、副本等区域那样限制玩家吃药，要不然，一定是他慢慢把鱼为泽给折磨死。

正是因为这份遗憾，江时才能感同身受地体会到鱼为泽被放鸽子后的愤懑。这事如果发生在他身上，他也会恼，但是这一恼就直接恼了五年，就显得有些太记仇了。

很显然，代入感极强的人不止江时一个。

深井冰患者知道来龙去脉之后，忽然和鱼为泽共情上了。

　　深井冰患者：确实，如果有一场很值得期待的架没能打上的话，换成我，我也觉得憋屈！

江时淡淡道："是啊。"

深井冰患者点头。

两人对视一眼，在彼此了然的神态下，达成了一种无声的共识。

果然，大家都很有胜负欲。

"先看比赛，开始了。"江时拍了拍深井冰患者的肩膀，示意他看场上。

话音刚落，周围的环境瞬间就变得不一样了。

随着解说慷慨激昂的声音响起，所有区域的观赛席也在欢呼声中成片地升到了半空中，仿佛天女散花般散开，场面十分绚丽。

城区正中央的屏障伴随着解说词展开，完整的比赛场地就这样清晰地展示在了现场观众的眼前。

半空中的全息影像一片片地展示着赛场的细节，在现实中绝对无法感受的强烈视觉冲击之下，整个天创城也彻底沸腾了起来。

比赛的服务器主城本身就是比赛的赛场！而今天参赛的四支队伍，已经通过特殊渠道，进入了各自的出发点。

本届世纪杯的总决赛地图是"狭道荒渊"。

江时感受着现场氛围的每一丝变化，忽然觉得就冲这体验效果，自己来总决赛现场观赛就是个正确的选择。

果然，连深井冰患者都没有再抱怨过一句。

世纪杯的比赛规则非常简单：每个公会有七名选手参加比赛，场上五名、替补席两名，随时可以在地图上的五个换人地点进行人员更替。比赛开始后，场上的五名选手从己方队伍的起始点出发，争夺地图中的 Boss。

按照官方设定，每场比赛地图中会刷新出四个 Boss，它们的属性、技能、刷新地点均未知，四个 Boss 全部被击杀后，本场比赛结束。最终，根据各公会在本场击杀敌方选手的数量和抢下 Boss 获得的积分，得出场内排名。

总之，这些规则可以简单地概括成一句话：谁杀得多就是谁赢。

因为《创纪元》官方总是会在比赛中使用从未见过的地图，还经常开发一些技能机制和属性越来越变态的新 Boss，这种随机生成的现场"开荒模式"，让每场比赛的过程都格外惊心动魄。

这次总决赛的"狭道荒渊"就是一张全新地图，而全新就意味着官方配置了新的 Boss。

今天参赛的四支队伍都来自老牌公会。

场内，选手们听不到外面观众区的欢呼，比赛刚一开始他们就全进入了状态。

从观赛视角看去，可以发现"血蔷薇"公会在开局不久就直接撞上了"火力者"公会的队伍，双方彼此试探了一下。

而另一边，"响尾蛇"公会倒是运气不错地找到了首个 Boss"红色十字 - 淬菥予"，试探过 Boss 的攻击强度之后，他们十分谨慎地将 Boss 引向了旁边的隐蔽区域，开始试探 Boss 的技能机制。

至于"十字军"公会，按照眼下的行进路线来看，他们离另外三家公会越来越远。

不过在这种地势不明的新地图上，有时候距离其他公会远一些，也未必不是什么好事。

江时收到了深井冰患者发来的消息。

深井冰患者：说说，你希望谁赢？

江时想了想："哦，都可以吧。"

深井冰患者：我还以为你会希望"十字军"赢。

江时问："为什么这么说？"

深井冰患者：好歹鱼为泽在。

江时扫了一眼"十字军"队伍所在的方向，因为目前主要的观赛视角落在"血蔷薇"和"火力者"的拉锯战上，他只能看到"十字军"队伍渺小的身影，嘴角无声地浮起了几分："如果他是指挥当然问题不大，但现在指挥权在别人手上，所以胜负这种事情，随缘就行。"
深井冰患者一脸茫然。

深井冰患者：你怎么知道他不是指挥？

江时不置可否地笑了一声。
具体谁指挥他不知道，不过光从开局后选择路线的风格来看，"十字军"今天的总指挥肯定不是鱼为泽。
和周围各有支持队伍的粉丝相比，江时和深井冰患者观看比赛的过程显得过分冷静了。
这两个人，一个是真的无所谓谁赢，一个是专注看比赛根本不想有半点互动，直到总决赛排名出来，他们才在观众席落地后站起身，稍微活动了一下筋骨。
"响尾蛇"公会的队伍在攻击第一个Boss的时候就非常果断，虽然最后险些被赶来的"火力者"抢下Boss，但还是有惊无险地拿到了首个Boss的击杀，取得领先。再后面，他们继续寻找机会，借着开局的优势逐渐拉开了与其他队伍的差距。
最终靠着合理的战术安排，"响尾蛇"抢下本场第二个Boss，顺利以领先第二名十分的总积分拿下了本届总决赛的冠军。

在观众们前往传送通道的途中，时不时有人讨论着今天的比赛。

绝大多数人对"响尾蛇"今天的发挥赞不绝口，偶尔也夹杂了一些其他公会支持者的不满。

"唉好气哦，感觉春神今天没有和队友配合起来啊。"

"看开点吧，可以了，也不看看'十字军'在打什么东西，那才真的叫没有配合呢。"

"确实搞不懂'十字军'的指挥是怎么想的，最后明明有机会的，非要搞个团灭。"

"'十字军'的指挥不是鱼神吗？"

"我不是鱼为泽的粉丝，但这个时候也得说一句了，今天'十字军'的问题还真不在他，看起来他全程也没说过几句话，指挥问题怪不到他身上。"

"虽然'十字军'在半决赛拿了第一，不过有一说一，他们最近的发挥确实挺奇怪的。"

"说到这儿，我倒是有个小道消息……听说，鱼为泽马上就要退出'十字军'公会了。"

江时刚和深井冰患者走到传送通道口，就听到这样一句话，不由得微微顿了下脚步。

后面那群人还在继续讨论着。

"啊？"

"鱼神退出？他在'十字军'公会都多少年了，不能吧？"

"啧，都说了一朝天子一朝臣，易水边都交权多久了，我一直觉得鱼为泽迟早会走。"

"只有我关心鱼为泽退了'十字军'后去哪儿吗？人员这么一变动，这些公会的排名要变了啊！"

"啊啊啊我的鱼神，假的吧，不要啊！"

那个透露小道消息的人轻笑了一声："是不是真的，过几天不就知道了。"

参赛者们已经回到了场后休息区。

破军霸霸这种职业公会的管理人员，平时主要负责处理公会里面大大小小的事务，没太多精力参与训练，自然也没有占用参赛名额。

不过他虽然不是参赛者，世纪杯的成绩还是与他这位会长直接挂钩，今天"十字军"以排名垫底的成绩结束了总决赛，照理说他整个人应该会被低气压笼罩，但现在从他的身上丝毫看不出输了比赛后的郁闷。

此时他从鱼为泽身边经过，眉眼间还带着笑意："辛苦了鱼神，你也算是站好在'十字军'的最后一班岗了。"

鱼为泽嗤笑一声，没有搭话。

直到破军霸霸离开，绿色控才忍不住地磨了磨牙，恶狠狠道："小人得志！"

"没事，在他开始哭之前你总得让他多笑一会儿。"鱼为泽想了想，还提醒了一句，"绿啊，后面几天我估计不怎么上线，有事的话可以找我的小号。"

"找你的小号？"绿色控稍微愣了一下才回过神来，"师父你说的是那个用来存材料的仓库女号？你上那个号做什么？"

鱼为泽露出了笑容："随便玩玩。"

随便玩玩？

绿色控隐约想起了不太好的回忆，嘴角不受控制地微微抽搐了两下。

第四章　鱼为泽

本届《创纪元》世纪杯顺利结束，"响尾蛇"公会在"纪元榜"上又收获了一枚荣耀徽章，每个主城几乎都被"响尾蛇"粉丝给占据了。

从某方面来说，《创纪元》的官方策划确实很会做活动，单是在每个地区主城设置的那面徽章墙，就充满了"荣耀永驻"的热血寓意——历届冠军在上面永恒留名，足以让所有公会为了这份殊荣竭力奋战。

今年是世纪杯的第五届比赛，第一、二届冠军是"十字军"，第三届冠军是"血蔷薇"，第四届冠军是"响尾蛇"。

随着第五届比赛的冠军再次由响尾蛇公会拿下，粉丝们也不由得产生了期待，希望"响尾蛇"可以打破"十字军"当年的连冠纪录，创建属于他们的"三连冠王朝"！

然而就当玩家在论坛里讨论着这次总决赛结果的时候，痛骂"十字军"发挥糟糕的粉丝们却收到一条更大的噩耗——鱼为泽与"十字军"公会的合约即将到期，并且不准备续约。

之前，这还只是小范围传播的小道消息，现在却得到了证实。

自从"十字军"官方在中午的时候发布了正式声明，整个玩家论坛就彻底炸了。

　　玩家一：搞什么啊，难道这就是"十字军"在总决赛乱打一通的原因吗？

　　玩家二：哦，亲爱的鱼神要退会了，所以不管输赢直接瞎打了是吧？

　　玩家三：前面的放什么狗屁，没看半决赛吗，要不是有鱼神，"十字军"都没办法进决赛！

　　玩家二：是是是，你们家鱼神最厉害，总决赛大比分落后哦，真的太厉害了。

　　玩家四：说真的，"十字军"的粉丝也没什么好生气的，鱼为泽就是个搅屎棍，"十字军"没了他更好。

玩家五：现在回想起来，"十字军"培养阿克达斯很久了吧，看来早就准备让他顶替鱼为泽的位置了。

玩家六：阿克达斯算什么东西？能跟鱼神比？

玩家七：一月一度的势力赛马上就要开始了，到底是谁的问题到时候自己看呗。

玩家八：我对鱼为泽无感，单纯想看乐子，打起来打起来！

玩家九：呜呜呜，求求鱼神不要退会啊，作为"十字军"的五年老粉丝，真的不希望他走。

骂归骂，但绝大部分"十字军"的粉丝还是声嘶力竭地呼喊着，希望公会管理人员可以看到他们的心声，跟鱼为泽续约。

而另外一边，其他公会的粉丝们也展开了激烈的讨论，不过心态却完全不同。

玩家一：理性讨论，鱼为泽如果真的退出"十字军"，之后会加入哪家公会啊？

玩家二：首先排除"血蔷薇"，春神跟鱼为泽的风格完全不搭，实在无法想象这两个人在同一个队里会出现什么情况。

玩家三：还能是什么情况，春神应该会被他活活气死吧。

玩家四：作为"血蔷薇"粉丝，我只想说鱼神别来，一支队伍只要一个指挥就够了，鱼神看看别家公会吧。

玩家五：我倒是觉得他有可能进"响尾蛇"，反正两边都毒，就看谁更毒一点了。

玩家六：救命！千万不要啊！鱼为泽要进"响尾蛇"，这是真的不让人活了好吧！

玩家七：只有我觉得"火力者"可以尽快挖人吗，他们内部的最大问题就是缺个指挥吧？

玩家八："黑塔"公会也欢迎鱼神的到来哦！

玩家九：呵呵，还这不要那不要的，你们不要鱼为泽，有的是公会想要他。说到底对他的怨气那么大，还不是因为他在赛场上挡了你们喜欢的战队的夺冠之路？人家实力摆在那里，我就不相信把他送到那些公会面前，真有人愿意推他出去！装什么，喷！

虽然也有些幸灾乐祸的评论，但是从论坛整体的言论也看得出来，唾骂归唾骂，鱼为泽的实力毕竟摆在那里，各家公会绝大多数的粉丝还是很希望自家公会的管理层努力一下，趁着这个机会直接把他挖进来，好好提升一下整体实力。

就像帖子里一些人说的那样，毕竟鱼为泽的实力摆在那里，只要不再是敌人，还是随时欢迎他成为朋友的。

游戏当中从来没有对错，只有不同的立场。

这种时候更能看出人气高低，比起"响尾蛇"拿下第二座冠军奖杯的热度，这段时间舆论的关注点更多落在了鱼为泽的归属上。

而这样一来，最焦头烂额的无疑是"十字军"公会的管理人员。

鱼为泽退会的消息是在合约正式到期前半个月发出的，他们最初的想法是借着这半个月的时间缓冲一下，等鱼为泽解约退会的时候也不至于一下子造成太大的影响。

可是令破军霸霸万万没想到的是，鱼为泽会在总决赛结束之后，干脆就不上线了。

他这个甩手掌柜当得要多彻底就有多彻底，本来还能进行的缓冲直接荡然无存，反而因为消息出来后再也没人见过鱼为泽，让公会内部的一些忠实粉丝逐渐暴躁了起来。

现在破军霸霸一上线就可以收到铺天盖地的消息，几乎都是公会老成员要他与鱼为泽续约，甚至还有一部分直接骂他过河拆桥、狼心狗肺。很显然，他们这些年来看到鱼为泽受到了不公正的待遇，积怨已久，便借着这次机会全面爆发了。

破军霸霸一直以来最担心的事情还是发生了——鱼为泽对"十字军"那些玩家的影响实在是太大了！

而情况最终可以恶化到什么程度，就只能看鱼为泽正式退会当天，会有多少人跟着他一起离开了。

这也是破军霸霸最痛恨鱼为泽的地方。

明明现在他才是"十字军"的会长，但是在做很多决定时，却要看这个家伙的脸色，就因为他在公会里面的资历更老一些吗？

因此，公会内部的成员们越逆反，破军霸霸就越坚定了要与鱼为泽解约的心。

于是这几天他一边在线下找公关部门不停开会，另一边又频繁地上线安抚公会内部一些玩家的躁动。连轴转之下，还不忘想方设法地跟鱼为泽联系。

他有鱼为泽的手机号码，面对对方无论怎样都不上线的做法，他也没有任何办法，只能给他打电话。

毕竟早在半个月前，鱼为泽就已经从基地搬出去了，电话接通之后敷衍他两句就直接挂断，连半点商量的余地都没留下。

破军霸霸也是被舆论逼急了，无计可施之下，只能去找平日里跟鱼为泽关系最近的那个小徒弟绿色控，希望他可以帮忙周旋一下。

绿色控最近也很少在公会里露面，对公会内部的这些混乱基本视而不见，过着相当无忧无虑的生活。

当破军霸霸找过来的时候他非常惊讶，但也只是事不关己地耸了耸肩："师父那边我也没办法呀，会长你是知道的，他最近都没上过线，我连他手机号码都没有，那就更联系不上了。"

破军霸霸本来就有些拉不下脸求人，被拒绝后脸色更难看了："我可以告诉你手机号，你劝他上线一下。"

"如果打扰到他的私生活，师父真有可能把我逐出师门，所以真的不行哦。"绿色控拒绝的时候还不忘拉长了语调，心里暗爽，留意到破军霸霸的脸色变成了猪肝色，默默地看了一眼好友列表里的那个粉色的头像。

游戏 ID：甜心小可爱。

至于名字下面的公会栏上，早就已经清晰地挂着"七枚银币"四个大字了。

江时是在热搜上看到鱼为泽解约的消息的。不过因为当时在比赛服务器上已经听别人说了一嘴，所以知道这个消息的时候，他一点都不觉得惊讶。

他随手登录官方论坛，果然铺天盖地的都是相关的讨论。

随着鱼为泽解约的消息越传越广，越来越多的内幕消息被曝了出来，"十字军"内部长期不和的状况也就藏不住了，各种证据截图被一些不愿意透露姓名的热心人士发了在网上。

一石激起千层浪，网友们从不同角度出发，吵得更欢了。

江时随便点开几个帖子翻了翻，之前抢 Boss"狂人泰特"期间的所有疑惑也都得到了解答。

难怪鱼为泽当时会出现在利帕易平原，这是被"十字军"的那个会长穿小鞋了啊。

且不说这样的做法厚不厚道，蠢倒是真挺蠢的。

单看这个破军霸霸的行事风格就知道他一定不了解鱼为泽，要知道鱼为泽这人的报复，也许来得迟，但绝对会到。

江时先乐呵呵地在论坛里面悠闲地浏览各种小道消息，然后才收拾了一下桌上的瓜子，登录了游戏。

自从新购买的虚拟舱送达之后，他的游戏生活又惬意了很多。至少，他不需要再去网吧找老板毕冰火走后门使用虚拟舱了。

刚上线，江时就收到了一条好友消息。

　　帆布鞋：大号，打副本吗？

紧接着发来的是入队邀请。

江时随手点下"确认"进了队伍，扫了一眼队内的人员配置。

除了刹鬼神不在，其余的三个人正好都是他刚回归游戏那天的老熟人。

那个新秀玩家已经被帆布鞋这个尽职尽责的师父拉扯大了，完成第三次转职业任务之后升到了八十级。这样一来，七十五级的江时依旧是团队里等级最低的人。

进队之后，队里始终没人说话，这让江时感受到了气氛的微妙。不过他也没多问，看过队内人员配置之后问："打什么副本？"

"就打那个七十五级的五人新副本吧，'火焰溶洞'的普通模式。"帆布鞋问，"你打吗？"

"打吧。"江时快速地看了一下这个副本可能掉落的装备和材料，"其他东西我没需求，如果掉落了火瞳的话可以给我吗？"

帆布鞋道："没问题。就是鬼神今天社团有事忙去了，现在这个配置的话……我们再找个治疗？"

有了最初的那次接触，他显然没再把江时当治疗玩家了。

毕竟"火焰溶洞"可不像当时四十五级的低级副本，治疗量如果跟不上的话，那角色可是要死的。

江时当然也听出了他话里的含义，笑了一声："没事，我来治疗。"

帆布鞋的语调不太确信："你……治疗？"

"嗯，我治疗。"江时点了点面板，把自己的各项属性数据发在了小队频道里，"升级后我稍微加了一点精神数值，现在的治疗量还算不错。而且我还买了祭司那两个治疗技能的技能书，把恢复术学到了三级，配合我的治疗属性符文石，应该问题不大。"

如果是别人这么说，帆布鞋或许还会质疑一下，但是在他们认识的当天，他看到了江时那一系列强到离谱的操作，便根本不想反驳了。

不过帆布鞋还是愣了一下，突然反应过来："治疗属性的符文石？还有这种东西吗？"

"嗯，应该是上个版本为了区分主、副职业新出的配方，我前几天刚好研发了几个出来，等会试试效果。"江时说着扫了一眼手里的符文石，琢磨着如果测试效果好的话到时候就去联系一下岛上森林。

反正他一惯只用金色品质以上的石头，留着也是留着，不如让会长去摆摊的时候顺便帮他把紫色品质以下的那些石头都兜售掉。

"那行。"帆布鞋拍板道，"大家都去公会里面问问有没有人愿意来吧，再组个人就开工。"

"嗯，我也在公会里问问。"江时说着，也打开公会频道发了一条消息。

　　材料大号："火焰溶洞"普通模式，来个输出职业。

最近基本每个公会都在讨论最近总决赛结束后的那些破事，像"七枚银币"这种休闲公会更热衷于分享小道消息。除此之外，一些休闲玩家还很喜欢聚在一起交流和 NPC 沟通的心得。对他们来说，升满所有 NPC 的好感度或许比各种冒险要有意思得多。

一串串消息飞速闪过，江时刚发的几乎瞬间就被顶没了影。

然而下一秒，有一个入队通知出现在了小队频道里。

　　系统："甜心小可爱"加入队伍。

江时一开始以为这是帆布鞋叫来的人，结果一看，对方也是"七枚银币"公会的。

通过小队面板，可以看到这个人的基础信息。

　　种族：人族。
　　势力：机械城。
　　主职业：火炮专家。

深井冰患者的职业也是火炮专家，虽然称呼相同，但两者的实际技能却有很大区别。

势力为"深穴矮人"的火炮专家使用的武器是重型炮，而"机械城"势力的火炮专家使用的则是轻型枪炮。相比起来，虽然轻型枪炮的威力和攻击范围偏小，但也明显比重型炮更加轻便敏捷。

为了更好地区分这两种火炮专家，在游戏中玩家们根据他们的势力的不同，往往称前者为"矮炮"，后者则为"机炮"。

帆布鞋见人齐了，发了个召集确认，就带领全员进了副本当中。

画面转换过来的瞬间，首先落入江时眼中的是那抹色泽浓烈的粉色。他不由得多看了一眼。

机炮和机械师是机械城势力下的职业分支。这两者都延续了势力本身独有的机械感外表，不论男女，都由内而外散发着一种独特的气质，江时戏称其为"衣冠禽兽"属性。

而从刚开始玩游戏到现在，江时还是第一次见到这么粉嫩的机械城角色。

毕竟外表最可爱的还是森系兽裔、圣殿和光精灵这三个势力的角色，很少有人会有这种特殊的癖好，将一个拥有成熟气质的角色打造成小可爱。

当然，在《创纪元》的模型创建系统中，一切皆有可能。

"这个副本你们都打过吗？"

这毕竟不是低级副本，为了不重蹈覆辙，帆布鞋趁着过剧情的空当多问了一句。

江时坦白道："我还没。"

大概是最近带新秀徒弟的时间太长了，帆布鞋整体的气质比初见时多了一丝温柔细心的味道："这是新出的副本，应该还没有完整攻略，我先给你讲讲？不过有些机制我也不是特别清楚，只能说个大概了。"

江时相当随遇而安："嗯，没事，你简单说说，其他的等会儿我自己看。"

帆布鞋点了点头，开始介绍第一个 Boss 的具体机制。

与此同时，其他人还在顺着初始剧情往前推进。

等帆布鞋说完，团队频道彻底安静了下来。

江时还记得自己第一次跟他们打副本时的热闹，感受了一下内部氛围的变化，稍微有点好奇地问："今天怎么都没人说话？"

"别提了。"帆布鞋深深地看了旁边的新秀玩家一眼，语气很唏嘘，"这不是鱼为泽要退出'十字军'公会了吗，看，直接就把他给弄抑郁了。"

江时恍然大悟。这时候他才想起来，帆布鞋这个新秀徒弟是鱼为泽的忠实粉丝。

他忍不住笑了一声："退出公会又不是彻底退出游戏，换哪个公会还不都一样？"

这句话非但没起到安慰作用，反而让新秀玩家开口时带上了哭腔："谁知道他会不会彻底退出游戏啊，我朋友跟我说，鱼神都好几天没上线了。"

大概是出于好奇，旁边那个叫"甜心小可爱"的玩家也朝这边看了过来。

说到这里，新秀玩家的语调更加委屈巴巴："而且就算鱼神进了别家公会，他们之前都是这么多年的老对手了，总觉得……哪里怪怪的。"

明明是很幽怨的氛围，江时却莫名感到有些好笑。

虽然他也很惊讶鱼为泽没再上线这件事，不过看着眼前这位粉丝差点就鼻涕一把泪一把的样子，他还挺想找个地方坐下来好好聊聊："就鱼为泽那种游戏风格，没想到能有你这么多愁善感的粉丝。其实换个角度来想，他都给'十字军'卖命这么多年了，既然玩得也不高兴，换个新的环境不也挺好的吗？"

新秀玩家压着嘴角没吭声，但看表情，应该也在思考这个问题。

隔了一会儿，他才小声嘀咕："但是，鱼神退了'十字军'的话，还能去哪儿呢？"

就在这个时候，一直没说话的甜心小可爱忽然开了口："对呀哥哥，那你觉得鱼神去哪个公会好一些呢？"

江时回头看去。

初次听到这个女玩家开口说话，这声音……还挺可爱的。

这样想着，江时语调慵懒地随口应道："想去哪个就去哪个呗，他自己开心就好。"

甜心小可爱像是打开了话匣子，一边配合着队伍清着路上的小怪，一边继续搭话："哥哥，那如果不考虑鱼神开不开心的问题，你觉得他去哪家公会最合适呢？"

她随便一问，江时也随便一答："'血蔷薇'吧，老春那边的战术体系，包容度很高，而且也挺有容人之量。真要和其他那些公会比起来，还是去'血蔷薇'更如虎添翼。"

甜心小可爱还是那口软软的可爱嗓音："原来是这样，哥哥真懂。"

帆布鞋在旁边听着两人的对话，显然是怕江时把女玩家带偏了，忍不住插了话："大号你刚回归，怕是不太了解各公会的情况。有空你可以去玩家论坛多看看，目前猜测鱼为泽去哪家公会的帖子里，'血蔷薇'的可能性是最低的。"

"'血蔷薇'公会的大神玩家'回春妙手'和'狂踩'的配合无懈可击，不管怎么看，加上一个鱼为泽都显得不伦不类啊。而且，他们的气质是真的不搭，鱼为泽跟春神他们站在一起的话……嗯，我是真的想象不出来。"

"不搭？看上去或许是吧。"江时笑了一声，也没反驳，语调里并没有半点不悦，"不过合不合适，跟会不会加入向来都是两码事。到时候等鱼为泽真的退出'十字军'，你们口中提到的那些豪门公会，他应该哪家都不会去。"

新秀玩家问："为什么啊？"

江时想了想，最后说了两个字："感觉。"

一句话，直接将所有人吊起来的好奇心又都落了回去。

江时对众人这样的反应很无所谓，倒是抬头的时候刚好对上了甜心小可爱的视线。

这一身粉色的女玩家也不知道在想些什么，就这样直勾勾地盯着他看。还没等他捕捉到对方眼神中的深意，就在他们四目相对的瞬间，甜心小可爱忽然嘴角一勾，朝他露出了一抹甜甜的笑容。

对此，江时心里只有一个感慨——这游戏的人物建模①做得确实不错。

将路上的小怪全部清理之后，副本前期的剧情也读取完毕了。

跟四十五级的新手副本不同，这个副本是在结束剧情之后自动开启了首个 Boss。

因为帆布鞋提前打过招呼，江时也早就做好了准备。

第一个 Boss 名叫"毒焰火蛇"，最大的难点就是在玩家打出伤害的过程中，Boss 会对进入战斗的所有玩家造成持续性的中毒伤害。

只要不脱离战斗，这种中毒伤害就无法解除。

毫无疑问，这是对治疗玩家的一个巨大考验。

刚一进入战斗，江时直接在场内铺开了两个有持续恢复血量效果的符文领域。

恢复血量的领域所用的符文石是他回归之后研发出来的第一种中级石头，经过几天的仔细研究，已经可以实现百分之七十的金色出品率。

原本江时对自己的效率还感到非常满意，直到刚才进副本前看到了帆布鞋的反应。

看起来这种治疗类型的符文领域很少出现，要么就是难度太大一直没人能够雕琢出来，要么就是由于某种原因，它并不太受待见。

看帆布鞋这反应，大概率应该是后者。

---

① 建模：是指游戏内的场景、角色和道具按照比例制作设计成的物体，即设计师为游戏打造的各种立体模型。在游戏中，模型的分类有场景模型、建筑模型、人物模型以及道具模型等；

不过这毕竟是江时将恢复血量的符文石第一次投入实战测试阶段，所以他此时相当认真。

两个领域迅速完成之后，随着众人对 Boss 进行攻击，江时继续观察，也算是真实感受到了在符文领域的布置阶段，中级符文石和低级符文石之间明显不同的操作难度。

众所周知，符文石本身是一件通用道具。

其他职业的玩家虽然不能享受符文师本职技能提供的被动增益效果，但不管是什么效果的符文石，只要能够顺利地完成前期的操作，至少能发挥出基础效果。

所以最终的操作难点，就落在了使用过程和领域布置的时机与位置上面。

玩家使用符文石的主要手法，简单来说，就是需要同步唤醒石头上面的能量区域。

每个符文石的能量区域位置不同，唤醒所需的顺序也各不相同。

相比起来，最初版本的那些低级符文石所需的唤醒过程明显简单很多，往往只需要按照顺序连通上面四到五个能量点。可是到了下个版本，这些中级符文石，就像江时手上的这个恢复领域的符文石一样，在低级符文石的基础上增加了二次唤醒的需求，同时能量点的数量也从最初的四个提升到了七个。

江时安置符文领域的速度一如既往的快，但是连着用完两个符文石之后，他也忽然产生了这玩意儿到底能不能卖得出去的怀疑。

很显然，如果在周围没有任何干扰的情况之下，完成两轮、七个能量点的唤醒，需要一定的时间。可是一旦进入比较紧迫的环境当中，对于普通玩家来说，唤醒过程无疑就显得有些太难了。

玩家一边要时刻留意战局的变化，一边要分心来完成符文领域的安置，不管怎么看，这种符文石都没办法稳定使用吧？

毕竟要有这闲心，随身绑定一个治疗玩家队友，都比这种完全不能改变位置的符文领域要有用得多。

江时在心里忍不住也对这种恢复血量的方式感到嫌弃，但手上的操作始终没有半点停顿。

在用漂亮的走位躲避 Boss 技能之余，他同时使用第二职业祭司四十五级的大恢复术，中间穿插着十级的小恢复术，时不时再用技能"祝福结算"来一次大规模的群体恢复血量效果，配合着场上那两个数量始终没少过的符文领域，非常完美地将所有队友的血量稳在了一个相当安全的氛围。

这还是在他精神属性数值较低的情况下发挥的效果，如果他的治疗强度还能更高一些，完全可以做到将全队所有人的血量都稳在百分之百的状态下。

"毒焰火蛇"这个 Boss 他们打得相当顺利，对 Boss 输出伤害的环境也非常舒服。

结束的时候，骑士玩家对江时赞不绝口："大号，你那符文领域的几次追叠完成得漂亮啊，几乎是无缝衔接，我身上恢复血量的效果就没断过，操作绝了！"

"追叠"是法师类型的职业的常规操作，即确保己方增益效果或者敌方减益效果的追加。"追叠"完成得是否漂亮，主要就看玩家衔接技能的时机和各种效果的持续时长。

这对于江时而言只是基础操作，他回答得也很谦虚："还行吧。"

这个时候倒是帆布鞋心疼了起来："大号，你现在的治疗量提升上去了，要不试试纯靠第二职业的祭司技能给我们恢复血量吧。不然你这符文领域一个接一个的用，也太废钱了。"

玩"手艺人"职业的只有两种人，一种是商人，另一种就是有钱人。换种说法，其实能坚持下去的全是有钱人。毕竟，商人在学会研发道具的相关技能之后，为了省钱，都会果断选择其他职业，怎么也不会舍得把钱浪费在符文师这种吞金不眨眼的职业上。

和其他职业相比，手艺人职业可是消耗道具的大户。

符文师的符文石和魔药师的魔水一样，每个都是用了就无法复原的消耗品。而机械师和战争工匠虽然相对好一些，但他们手上那些机械和金魔傀偏如果损坏了，也只能花钱修复或直接丢弃。

真算起来，这开销都不是普通玩家承受得了的。

刚刚为了打一个平平无奇的小 Boss "毒焰火蛇"，江时就用掉了两块全新的紫色符文石。帆布鞋替他觉得心疼。

虽然江时不缺钱，但他向来很懂得领情，顺着帆布鞋的话应了声："嗯，我等会儿看看。"

到了打后面两个 Boss 的时候，江时就真的没再使用过恢复血量的符文领域了。

反正该做的测试在打第一个 Boss 的时候已经都完成了，需要的数据收集完毕，能省点东西也不是什么坏事。

于是江时一边用自己第二职业的祭司技能，恢复着队友们的血量，一边用几个具有控制效果的低级领域，精准地控制住 Boss，在减轻治疗压力的同时，也让全队以一种最舒适的节奏顺利地打完了整个副本。

队里的几个人都是普通玩家，看不太懂，如果换成回春妙手那种级别的大神玩家看到这个过程，绝对会被江时的操作震惊。虽然这只是个普通模式的副本，但以江时目前的治疗量，竟然能用这几个有限的技能稳住队伍里所有人的血量，所有技能的衔接堪称教科书般精准。

现在打完副本，帆布鞋看到最后一个 Boss 掉落的材料里还真有江时要的火瞳，毫不犹豫地直接交了过去。他不懂归不懂，但在打副本过程中江时为他们提供的那种舒适的输出环境实在无法让人忽视，他忍不住再次发出了试探："大号，真不来我们公会吗？"

江时将火瞳收进了背包里："哦，真不去了。"

"唉，好吧。"帆布鞋遗憾地叹了口气，将所有的战利品进行分配，看向旁边的甜心小可爱时又换上了赞许的视线，"小可爱呢，有没有想法？你打得很不错啊，那几次连枪操作特别漂亮，要不要考虑加入我们公会？"

"连枪"是枪手类型职业的一种操作，即玩家在作战的过程中通过调整身体的角度来缓冲射击带来的震动，从而实现多次射击的无缝衔接。

虽然这不算顶级的操作，但是对于普通玩家来说，也已经是不那么容易掌握的中高端技巧了。

甜心小可爱被帆布鞋这么一说有些蒙："啊？什么连枪？"

帆布鞋道："就是在打'火鸟'的时候，如果没有你最后补上连击次数，我们就要灭团了，真的太险了。"

甜心小可爱好像终于记了起来："那次啊，我是看时间刚好就直接用了'枪体艺术'技能，当时心里急瞎打的而已……总之有用就好，我哪会什么连枪啊。"

帆布鞋惊讶道："居然是凑巧吗？那你运气不错啊！"

甜心小可爱笑道："我也觉得运气不错呢。"

江时把火瞳收进了背包里，听着两人的对话，无声地朝着那个机枪女玩家看了一眼。

作为一位职业辅助，在打副本的过程中，他需要随时配合队友们的操作，自然把所有人的一举一动都看在了眼里。

虽然整体上看起来这个甜心小可爱没有任何问题，但是这个人一直给他一种很奇怪的感觉。

很多时候她的操作明明非常利落，却总能在一个很简单的地方，犯一些连队内那个新秀玩家都不会犯的奇怪错误。可如果她真的不会玩，每次到了那几个需要特别注意的关键点，连帆布鞋他们都会有所遗漏，她却总能看似误打误撞地给弥补上去。

真的就只是运气好吗？

江时的直觉告诉他，这个女玩家在隐藏着什么。

虽然一共只有三个 Boss，但是这个七十五级的普通副本依旧耗时不短。看得出来新秀玩家确实因为偶像退出公会的事情而心情低落，打了声招呼后就独自郁闷去了，其他人讨论了一下也打算原地解散了。

江时对此倒是没有意见。

就在他趁着这次打副本，收集了不少新符文石的数据，准备退出队伍再去深入研究一下时，就听到甜心小可爱在语音频道里怯生生地问："大家难得聚在一起打副本，我可以加你们的好友吗？下次有机会继续叫我呀？"

"当然可以！"帆布鞋第一个答应，紧接着骑士玩家也应了一声。

甜心小可爱快速跟两人互加了好友，又开口说道："大号哥哥，你能加我一下吗？不知道为什么，发你好友申请都被系统自动拒绝了呢。"

江时这才想起之前为了避开鱼为泽，他确实勾选了"拒绝接收好友申请"的系统设置。

虽然他觉得这个浑身粉色的女玩家各方面都有点奇怪，但是秉着"职业辅助，服务大众"的原则，在没有理由必须拒绝对方的情况下，到底还是很绅士地应了一声："当然可以。"

甜心小可爱如愿以偿地接受了江时的好友申请，连声音都显得更加软糯了起来："谢谢大号哥哥！"

鱼为泽如愿以偿地用小号加上了江时的好友，心满意足地退出队伍。

他用女声愉快地哼着小曲，刚想去其他地方溜达一下，就收到了两条消息，分别来自他这个小号上唯二的两个好友。

绿色控找鱼为泽来转达"十字军"最近的内部情况。

他在每天一次的汇报中得知了破军霸霸的状况，对方越焦头烂额，就越让他觉得开心。

而在收到另一条消息的时候，鱼为泽才终于意识到，他这个号上还有回春妙手的好友位置。而且这位广交天下豪杰的春神，居然还没把他给删了。

至于发来的消息内容，倒是非常简单直接。

回春妙手：最近不上线，看来是真准备退出"十字军"了？
其实退了也不错，要不要到我们"血蔷薇"来玩会儿，下周的
Boss战就直接帮你报仇啊？

"十字军"内部的事情一直没有外传，即便如此，天下终究没有不透风的墙。那些顶级高手只要在赛场上一接触，那些细节的配合问题怎么都藏不住。

虽然一直没有人把这些"十字军"公会内部的事情在明面上提起，但他要离开"十字军"其实早已经是公开的秘密了。

鱼为泽回复完绿色控后，看着回春妙手的这条消息沉默了许久。

其实刚才江时在副本里面的分析完全正确，从各种意义上来说，"血蔷薇"公会对他而言的确是十大公会中的最佳去处。

但是也像他后面说的那样，最合适的却未必会成为最终的选择。

甜心小可爱：咱两家公会这么多年的仇，还是别了吧。
回春妙手：你都不是"十字军"的人了，哪还有什么仇？
回春妙手：你怎么不看看22，人家都换了多少家公会了。
甜心小可爱：能感受到你是真的很希望我被众人唾骂了。

回春妙手口中的"22"全名是"二十二里地"，在最终定居"钢心流"公会之前，可是断断续续地在各大豪门公会之间一家接一家地跳槽。就连"十字军"和"血蔷薇"他都短暂地待过一个多星期，每次总是在临近签订职业合约之前突然退出公会。

如果他只是一个实力平庸的普通玩家，频繁更换公会最多也就是根据各家公会的入会协议，交一些违约款。可偏偏二十二里地头顶"最强防御玩家"的称号，每进一家公会都尽心竭力地冲锋在战场的最前线，让所有公会都感受到了他作为对手的难缠程度，一度荣登所有输出玩家"最不想碰到的人"的排行榜榜首。

众公会的粉丝每每以为自家战队即将拥有顶级防御玩家，却一次又一次地看到了二十二里地离开的消息，他们终于被这频繁到离谱的跳槽次数给弄得暴怒，直接给他冠以"二十二姓家奴"的臭名，以至于现在只有"钢心流"公会的粉丝还护着他，其他玩家都在幸灾乐祸地等着二十二里地跟"钢心流"解约的那天到来。

鱼为泽看得出来"血蔷薇"是真的很想挖他，回春妙手也很诚恳地跟他谈，可还是被这个反面例子给逗乐了。

他想了想，这次倒是没跟对方"打太极"。

> 甜心小可爱：你真想挖我？还是算了吧，说了没兴趣就是没兴趣。
>
> 回春妙手：怎么，已经想好了？要是不来我们这儿，你准备去哪里？透露一下？
>
> 甜心小可爱：不知道，要是我说哪家都不去你信不信？
>
> 回春妙手：哪家都不去？总不能像这个小号一样随便找个休闲公会混日子吧？
>
> 甜心小可爱：呵呵。
>
> 回春妙手：呵呵呵呵。
>
> 甜心小可爱：你太吵了，再见。

回春妙手眼睁睁看着"甜心小可爱"的游戏ID从好友列表里消失了。

很明显，对方直接把他给删了。

看着那忽然空出来的好友位置，回春妙手若有所思地摸了摸下巴。

旁边的人忽然开了口："怎么，他拒绝了？"

"嗯，拒绝了。"回春妙手看向自己的好搭档"狂踩"，"不过听鱼为泽这意思，好像是哪家都不准备去。"

"只要不去别家，就算不来我们这里倒也没什么所谓了。"

狂踩目前是狂战士排行榜上的首位，和"第一牧师"回春妙手一起坐镇"血蔷薇"公会，他们配合出的"燃血体系"更是无人能复制的战术。

平时在战场上，他完全可以将后背放心地交给回春妙手，冲出一片天；而在私下里，他的心思显然比那些运筹帷幄、满脑子战术的人要简单很多。

见回春妙手半晌没吭声，他才稍微觉察到了不对："怎么了，还有什么问题吗？"

回春妙手看了他一眼："我还真觉得鱼为泽有问题。他这几天不上线暂且可以理解成刻意避风头，可是却用小号加了一个叫'七枚银币'的休闲公会，刚才我还看到他在打一个七十五级的普通副本。"

狂踩皱眉道："他打普通副本做什么？"

回春妙手问："你还记得上周的野外地图 Boss 战，'夜行团'被哪个公会把'狂人泰特'给抢了吗？"

狂踩本来也不太关注这种低级 Boss 的争夺，闻言才去看了看击杀列表，愣了一下："'七枚银币'？"

"对，你说巧不巧？"回春妙手说，"所以我准备回头跟会长说一下，看看他能不能安排一些人进那个'七枚银币'，稍微打探一下情况。"

狂踩道："有必要吗？"

回春妙手定定地看着他："之前我也觉得这样好像有些小题大做，不过刚才跟你这么一聊，又忽然想起一件事来。当时鱼为泽刻意帮'十字军'招人就已经很奇怪了，传情报回来的人说，那次他还给加入的光精灵玩家提供了一些特别待遇。光精灵……这个职业，总会让人产生一些不太好的联想。"

"你是说，之前跟我提起过的那个'奶有毒'，你怀疑他回来了？鱼为泽做那么多就是在找他？"因为以前回春妙手曾经提起过那个第一赛季的大神太多次了，让狂踩瞬间捕捉到了他话里的深意，眉头皱了起来，"不过就算他回来了，应该也不用太过担心吧。毕竟他离开游戏那么多年了，五年前的玩家就算回归……现在的版本和当时已经完全不一样了。"

"如果你经历过当初的那个时代，就会知道不管过了多久，有些人依旧值得被重视。"回春妙手其实也有点后悔当初没有好友位置的时候把奶有毒的好友给删了，想了想也只能苦笑一声，"我最近太阳穴一阵一阵地疼，总有一些不太好的预感。希望只是我想多了而已，反正人先安排着，具体等抢完下周的 Boss 击杀再说吧。"

一提到击杀 Boss，狂踩也感到很头疼："所以想好主攻哪个地图的 Boss 了吗？"

回春妙手道："晚上开完战术会议再确定吧。"

这个时候，正在积极备战下周野外地图 Boss 的职业公会显然并不止"血蔷薇"一家。

就连现在为公关事宜忙碌得焦头烂额的"十字军"公会，都抽空召开了针对野外地图 Boss 的作战会议。

随着本届世纪杯结束，在比赛中展示过的八个全新的 Boss，也将在下周更新后正式投入十个野外地图当中。

各家公会如此重视这些 Boss 的最主要原因，就是争夺这八个全新 Boss 的首次击杀成就，将自家公会的名字刻在击杀榜上。

　　光是在"创纪元"大陆史册中永恒留名这一点，就足以让所有豪门公会尽力一搏。

　　而每次版本更新后各大公会争夺 Boss 的时候，也是其他小公会跃跃欲试的时候。

　　不过他们觊觎的对象并不是那些首次投放的新 Boss，而是那些豪门公会全面投入新 Boss 争夺战之后，无暇顾及的其他野外地图 Boss。

　　毕竟平时那些 Boss 都被大公会稳稳霸占，难得有一次机会可以摸摸，所有人都想趁乱捞上一笔。

　　这无疑是一些好事分子最常见的想法，如果是深井冰患者提议打野外地图 Boss，江时一点都不会觉得惊讶，可万万没想到，居然是"七枚银币"这位像客服一样特别好说话的会长找了过来。

　　"亲，你看我们真的不能再去打个 Boss 玩玩吗？"岛上森林问出这个问题的时候，眉眼间充满了期待，连带着旁边的啥笔携香看过来的时候，眼睛也显得圆润了起来。

　　江时也没想到自己心血来潮带着他们抢了一次 Boss，居然还把他们的瘾给带了起来，不由得有些失笑。

　　就他本人而言，当然没有拒绝抢 Boss 的道理，不过对于这家充满真善美的和平公会，有些事情他觉得还是应该先说清楚。

　　江时这个人，在需要他贴心的时候向来格外贴心。

　　于是，他将几个人叫到一起后，仔细地给大家分析了一下各个野外地图的 Boss 的实力，剖析了抢 Boss 具体需要面对的风险和可能造成的损失。

　　最后，他统计了一下目前能够参与 Boss 战的人员数量，提出了一个非常现实的问题——以"七枚银币"这家休闲公会的情况来说，他们人手不够。

　　"所以到底要多少人才行？我看着多动员一下？"啥笔携香摩拳擦掌半天，却等来这么一个消息，整张脸上都充满了遗憾。

　　"准确来说不是总体人数的问题，而是高水平队友的数量不够。其他不说，至少需要一个十人精英小队，再不济压缩一下，也得确保有五个水平比较高的人。"江时极有耐心地给他们掰着手指头清点，"从目前公会里的情况来看，我、老病，再加上之前打副本的时候遇到过一个操作还行的机枪女玩家，在她愿意来凑热闹的情况下，至少还得补充一个能用的治疗玩家吧，你看……"

　　江时将掰剩下的一根小拇指递到了啥笔携香的跟前，眉目微弯，露出一抹笑容："我们还少一个爆发力强、伤害高的输出玩家。"

啥笔携香一直觉得江时这个光精灵的人物建模好看得离谱，被他这么一笑，脸上的表情才勉强绷住："输出？骑士不行吗？"

"骑士也行。"江时坦诚地笑着回答，"但是，你不行。"

啥笔携香隔了几秒钟才读懂了这句话里的侮辱意味："哼！"

深井冰患者一直在旁边默默听着，这个时候发了条消息过来。

> 深井冰患者：抢 Boss 那么有意思的事，错过也太可惜了。要不这两天在公会里挖掘一下看看？

江时看了他一眼，问："你去？"

> 深井冰患者：算了，要不到时候就我们两个人一起去捣乱得了。

周围瞬间安静了下来。

江时感受到周围传来几道期待的视线，他们就这样看着他又不说话，他忽然觉得有些于心不忍。

他正琢磨着要不就按老病那个提议，到时候过去捣乱，也带上大家一起玩玩，就看到有一条熟悉的系统提示忽然弹了出来。

> 系统：恭喜，您召回的好友已经顺利绑定，请愉快地享受日后的游戏活动吧！

江时点开好友列表，看到上面新亮起的那个游戏 ID，嘴角缓缓地浮起了几分："老病，人够了。"

深井冰患者显然也留意到了自己好友列表里突然亮起来的头像。

对于这个人的回归，他的脸上丝毫没有喜悦之情，反而涌起了不好的回忆，整个人都明显僵硬住了。

江时开始一条接一条地收到消息。

> 深井冰患者：啊啊啊啊这家伙为什么也回来了！
> 深井冰患者：我就知道，你绝对不可能只给我一个人发了回归邀请！

　　深井冰患者：你召回谁不好，怎么偏偏就要召回他啊！

　　深井冰患者：那个死变态我真的受够了，你就不能找一些正常一点的人吗！

　　深井冰患者：我不玩了，再见，到时候你们找他去吧，我走了！

江时对深井冰患者的反应丝毫不觉得奇怪。

　　材料大号：行了，认识那么久了你不应该习惯得差不多了吗？

　　深井冰患者：他那变态的恶趣味，鬼才能习惯！

　　材料大号：放心，你不招惹他，他也不会来招惹你的。

　　深井冰患者：我不管，我可以尽量忍，但你让他离我远点！

　　材料大号：我尽量。

江时没忍住笑出了声，一回头就给新上线的好友发去了一条消息。

　　材料大号：欢迎回来。

下一秒，他收到了对方的回复。

　　君子范：好久不见，新名字不错。

除了深井冰患者之外，另外两人都没有君子范的好友。

江时想了想，干脆把他们一起加进了一个队里。

他打开小队语音，慢悠悠地问道："在哪儿呢，过去找你聊聊？"

君子范的声音从另一边传来，是很好听的男生声线，带着一丝气定神闲的感觉："稍微等我一会儿，在被人追杀呢。"

啥笔携香听江时说人够了，一进组发现对方是个四十级的回归玩家，他正在愣神，冷不丁听到这么一句话，便更蒙了。

啥玩意儿？看这情况，这个人难道不是才刚刚回归上线吗，怎么就已经被人追杀了？

唯有跟君子范认识的两人，对这样的情况丝毫不觉得奇怪。

深井冰患者嗤了一声，表达嫌弃之情。

江时笑了一声，问："又招惹谁了？"

君子范回答："路过看到几个兄弟，想试试手生了没，居然生气了。"

啥笔携香一时无语。

你随便在路边抓了个人就砍，是个人都得生气好吗！

江时倒也不觉得着急："也行，那你先跑着，好了叫我。"

啥笔携香忍了一下，到底还是没忍住，搭了句话："这……要不要过去帮忙？"

深井冰患者：不用。

江时瞥了一眼小队的聊天频道，也憋着笑意："没事，让他被追一会儿。"

啥笔携香显然不是很能理解这俩人的态度，毕竟在他的想法中，这人被追着打虽然有点活该，但是作为朋友，难道不应该两肋插刀吗？怎么可以见死不救呢！

啥笔携香拧了拧眉心，正想要主动伸出援手，便见君子范在小队频道里面发了一个地图坐标，又开口说道："都处理了，你们过来吧。"

这么快就解决了？看样子跑得还挺快啊。

啥笔携香这样想着，看了眼小队频道里的那个坐标，先一步找了过去。

直到抵达了坐标地点，他才明白过来所谓的"都处理了"是什么意思。

单从这场面来看，那显然跟他想的完全不一样。

所谓"遭人追杀"的君子范并没有小心翼翼地躲起来，而是堂而皇之地双手插着裤子口袋，以一个半蹲的姿势，出现在小道中央。

在他的脚边，是一具血量已经清空的玩家的"尸体"。

这个场景配合着对方"战族兽裔"的势力和"潜行者"的职业，很容易让人联想到刺杀现场。

这个坐标点刚好就在复活区的位置。

也不知道地上那个"尸体"是已经不想起来了，还是因为在地图中被击杀了多次，复活时间变得太长而无法起来，总之他一动不动地躺着，丝毫没有站起身的意思，身影看起来十分凄惨。

而最让啥笔携香感到诡异的是，当他靠近的时候，渐渐能听到半蹲在那的君子范正笑吟吟地跟地上的那具"尸体"聊天，还是一副哥俩好的语调。

"其实我觉得今天的天气挺好的，兄弟你觉得呢？

"虽然之前突然抹你脖子是不太对，但是你也喊人追了我几条街了，我们就算扯平了好不好？

"人生这么无聊，有时候想追求一下刺激，你应该也可以理解吧？

"说出来你可能不信，我才上线十二分钟三十二秒，其中有八分钟都在跟你玩追杀游戏，有没有觉得很有面子？

"只能说这么久没上线，刀子果然钝了一点。

"同样都是回归玩家，我居然连杀你都这么费力，怎么感觉现在自己变得特别弱啊。

"兄弟我知道你死在地上不能吭声，我们可以加个好友，你给我发消息说一下被暗杀的体验怎么样？

"唉，你为什么要拒绝我的好友申请呢？或者你再起来让我多杀一次都行，总不能就这样不起来了吧。"

地上的那具"尸体"沉默不语。

刚刚走到跟前的啥笔携香也非常无语。

一时间，当事人和目击者特别感同身受。

把人杀了然后跟"尸体"聊天？杀人诛心啊！

大概是啥笔携香傻乎乎地站在那里，实在太过惹眼，君子范留意到地上的影子，也抬头看了过来。

在这个过程中，啥笔携香可以清晰地看到对方捏了捏手里那把铁折扇。

然后，君子范眼底的锐意一闪而过，又笑着掩盖了下去："没注意，原来是队里的兄弟。"

江时几个人也跟着慢悠悠地到了，同样扫过现场一眼，顿时了然地挑了下眉。

深井冰患者故意拖拖拉拉地跟在最后面，更是狠狠地抽了下嘴角。

君子范拍了拍大腿从地上站了起来，遥遥地打了声招呼："来了。"

"嗯，来了。"江时走过去，稍带怜悯地看了一眼地上那个回归玩家，问，"不是被追杀吗，其他几个人呢？"

"跑了。"君子范回答的时候，手里的铁扇子摇曳生风，"有七八个人吧，我拦不住那么多人，就留了这兄弟一个。不过，刚才我们聊得挺好的。"

确定是……聊得挺好吗？

身为现场目击者的啥笔携香默默地抬头看了看天，心情一时十分复杂。

"行了，别跟人家聊了，跟我们聊聊吧。"江时一直都觉得君子范喜欢和"尸体"聊天的爱好十分难以理解，这个时候无比自然地搭上了对方的肩膀，将人带到了旁边。

他的余光瞥见地上那具一跃而起仓皇逃跑的"尸体"，在君子范下意识地要追过去之前把人拽住了，稍微控制了一下嘴角的弧度："简单来说，下周有野外地图 Boss 的首杀可以抢，有没有兴趣？"

啥笔携香开口提醒："大号，你说错了吧？是野外地图 Boss，但不是首杀。"

"我想过了，普通的野外地图 Boss 没意思，所以就是抢新 Boss 的首杀，没说错。"江时慢悠悠地解释了一下，看向君子范，"怎么样？"

君子范对这个提议颇为赞同："听起来不错。"

啥笔携香错愕地瞪圆双眼。

先不说他们"七枚银币"就是一个普通的休闲公会，单说跟前的这两位，还都顶着回归玩家的图标呢！之前还在说抢普通的野外地图 Boss 都少人，转眼间怎么就跨到准备拿新 Boss 的首杀了？到底是谁膨胀了啊？

"行了，反正都是玩，当然是找更刺激的项目玩了。"江时笑着问旁边的岛上森林，"会长，你觉得呢？"

岛上森林的神态看起来就已经充满了期待："我觉得很有意思啊！"

啥笔携香忽然有一瞬间怀疑这里就只有他这么一个正常人。他沉默了许久，只能将最后的希望放在了一直没说话的深井冰患者身上。

奈何深井冰患者的关注点丝毫没有在他的身上，而是始终警惕地看着君子范，一副随时都可能转身逃跑的样子。

君子范显然也感受到了这份提防，遥遥地笑着打了声招呼："老病，你又没死，别这么如临大敌嘛。放心，我只对'尸体'有兴趣，或者说有空我们约着打一架，打完再聊聊？"

深井冰患者脸色一变，激动地在小队频道里一通输出。

深井冰患者：滚滚滚滚滚滚滚滚！

啥笔携香认命了。好吧，这里真的就只有他一个正常人。

江时在旁边已经忍不住笑，把脸埋进手心里了。

关于深井冰患者跟君子范之前的过往，还得从一份暗杀委托开始讲起。

当年深井冰患者为了测试自己的新轰炸套路，连着掀翻了好几个公会的队伍，结下一堆仇，直接就被人连下了好几份追杀令。

然而非常凑巧，这些工作刚好就落在了君子范的手上。

君子范那时候就已经是黑市杀手榜上的顶级刺客了，虽然不擅长以一敌多，但是在一对一的暗杀任务上，他完全能将深井冰患者这种"矮炮"玩家打得服服帖帖的。

毫无意外，当时的暗杀任务完成得相当顺利，以至于君子范后来给深井冰患者这位有社交恐惧症的玩家留下了深深的心理阴影。

用老病本人的话说，这叫"梦魇"。

这个梦魇倒不是因为被追杀的次数太多，而是因为君子范本人的一个小癖好——他对活着的玩家兴趣一般，倒是对死在他手里的"尸体"特别有热情。

在《创纪元》这款游戏中，玩家在阵亡状态下是无法开口说话的，而君子范就特别喜欢这种"人性化"的设定。

每次完成任务之后，他格外热衷于跟他的"战利品"促膝长谈，短则半个小时，最久可以一个人聊整整两个小时，从诗词歌赋谈到人生哲学。

这个特殊的小癖好，让君子范成了黑市里最受欢迎的暗杀刺客。

不只因为他暗杀的业务能力强，还因为这个暗杀后的"特殊服务"杀伤性很大，侮辱性也极强。

所有人都想让自己的仇人感受到杀人诛心的味道。

而很不幸的是，深井冰患者当时体验的就是那一秒不少的"两小时陪聊套餐"。

这可是整整两个小时的热情对话啊！

对深井冰患者而言，这不仅是"诛心"，更堪称"酷刑"，当时他真的连死的心都有了。所以经过这次暗杀之后，他一回头就把那些对他下追杀令的公会又全部轰了个遍。

后来江时知道这件事的时候还挺惊讶。

毕竟像深井冰患者这样的重度社交恐惧症患者，在那种逃无可逃的环境下遭到这种惨绝人寰的待遇，居然没有留下心理阴影，也没有含恨退出游戏，可见他对《创纪元》这款游戏爱得深沉。

唯一值得庆幸的是，君子范真的对"活人"没有兴趣，要不然即便后来他们混熟了，深井冰患者也绝对不会允许自己的好友列表里存在一个如此危险且话很多的人物。

"所以什么时候去抢Boss首杀？"看得出来君子范对这种事情确实很有兴趣。

"满打满算，你应该还有三天可以升级。"江时说，"现在完成回归任务给的奖励挺好的，你抓紧时间升一下等级，先加一下公会，如果有需要的话，还可以找啥笔他们帮忙。等我回来之后就去市场上转转，帮你和老病把装备什么的换一套，物质条件也得跟上。"

君子范说："这个可以。"

江时看了他一眼："花的钱以后要还。"

"跟以前一样抠。"君子范说着，倒也无所谓地摇了摇扇子，"行吧，到时候尽管挑贵的买。等我回去接几个暗杀单子，就把钱全部还你。"

"我就没有省钱的习惯。"江时说着，直接将他托付给了啥笔携香，"那么带他升级的事就交给你了，没问题吧，啥笔？"

啥笔携香道："我倒是没什么问题，不过你刚才说等你回来，是有事要去忙吗？"

"哦，也没什么大事，就是陪我姐去吃顿饭。"江时笑了一下，"最多也就明天一天不在，有什么事可以等我回来再说。"

啥笔携香点头："行吧，谁让我是副会长，带人升级的事就我来吧。"

君子范翻了翻回归任务的列表，瞬间就从里面相中了一个最合眼缘的："那么，第一个任务先收集仇恨值？"

啥笔携香没有多想，直接点头："嗯，随你，我都可以。"

深井冰患者欲言又止地看了啥笔携香一眼，最后还是没多说什么，在心里为这位年轻人默默地点了根蜡烛。

虽然一千个玩家就能有一千种收集仇恨值的方法，但是放在君子范身上，他能想到的只有一种。

毫无意外，下一秒君子范就陷入了思考："那么，从哪个村里开始杀呢……"

啥笔携香一脸震惊。

虽然君子范说要"大开杀戒"，但实际上为了避免挑起太多不必要的纠纷，导致游戏内的环境失衡，《创纪元》官方对NPC这些原住民和玩家这些"异时空旅人"，都设置了一定的保护机制。

在没有满足特殊条件的前提下，所有玩家造成的伤害最多只能将NPC打到剩余百分之五的血量，反之亦然，换句话说就是——打不死。

如果不考虑暗杀NPC所带来的一系列后果，这确实是个收集仇恨值的好方法。

君子范的方法江时也考虑过，当时他之所以没有付诸行动，主要还是觉得用火腿鸡更方便一点。

不过对于这位杀手而言，不管是火腿鸡还是火腿鸭，都没什么意思，他这么久没上线，不动刀抹几个脖子估计也难缓解"手痒"。

江时看时间还早，就放心地把带君子范升级的任务交给了啥笔携香，自己则跟岛上森林商量符文石的寄售去了。

他打算先把紫色品质以下的中级符文石放在会长的店铺里面售卖试试，之后再按照销售情况，拿金色品质的符文石去拍卖行公开拍卖。

根据之前打副本的使用体验，江时将符文石的使用细节又进行了调整。

虽然他无法改变召唤领域所需触发的能量点数量，但是通过更改雕琢细节，他调整了能量点触发的顺序，大大降低了使用难度。

他跟岛上森林商量好之后，决定先寄售五个紫色品质的和十个蓝色品质的符文石试试水。

他们刚商量好了价格，还没解散的队伍里面突然热闹了起来。

小队语音里传来了啥笔携香声嘶力竭的呼喊："救命！有没有人过来救命！这个任务谁爱做谁做，我不干了！我以后再也不来新手村这个鬼地方了！快点来人，要出人命了啊——！"

和他形成鲜明对比的，是君子范事不关己的语调："可以啊，这就是我们的副会长吗？体力挺不错的。一边跑，一边还能这么中气十足地说话，我们的公会看起来很有前途啊。"

江时听得笑了一声："我也觉得挺有前途的。"

啥笔携香不可置信地听着两人的对话，他们竟然如此自然地将他忽略了过去，连忙开口："你们能做个人吗，还聊天？先来救我啊——！快来救命！这些原住民都疯了吧？"

江时本来也预想过可能发生的情况，但自己毕竟没在现场，这个时候稍微被勾起了一丝好奇心："所以现在是个什么情况？"

君子范道："也没什么，我在哈里奇村杀了一圈，现在全村的NPC追在后面和我们打招呼。"中间短暂的停顿中夹杂了远处传来的咒骂声，虽然江时不在现场，仍能感受到君子范似乎还回头打量了那些NPC两眼，才继续补充，"里面应该还夹杂了一队巡逻护卫队。"

江时挑眉道："听起来大家还挺热情的。"

君子范道："嗯，是挺热情。"

啥笔携香听着这两人淡定地对话，激动之下一度破音："打招呼？热情？这要是被巡逻护卫队的人抓住了，我们至少现在在监狱里面关三天！"

江时终于有了反应："那不行。"啥笔携香刚想搭话，就听他说了下半句，"三天后才出来的话，Boss首杀就要没了。"

啥笔携香气得头疼："这是首杀的问题吗？"

比起Boss首杀，重点难道不应该是那个监狱吗？那里狭窄阴冷，进去的人还要惨遭虐待，完全不是人待的地方好吗？

只需要稍微想象一下，就能知道他们被抓进监狱之后将会发生怎样惨绝人寰的事。

啥笔携香下意识就想开口痛斥江时这个人没有心，但是眼下的局面过分紧张，几乎不给他喘息的机会。

最终，他为求一线生机，只能硬生生地把话锋一转："对啊，就是首杀的问题！如果我们被那些巡逻队的人逮了，Boss 首杀就完全没戏了！所以我们绝对不能被抓进去对不对！大号你快想办法来救我们！"

"这我恐怕帮不上忙。"江时非常理智地思考了一下，得出一个结论，"现在谁过去都得跟你们一起被 NPC 追。所以我的意思还是你们自己加油吧，如果实在不行，只能含恨放弃 Boss 的首杀了。"

啥笔携香对他如此轻易便做出的决定感到极度震惊："见死不救？公会情谊呢？"

"情谊与你们同在，而且，我相信你们能逃出来。"江时看了下时间，"那么我这边就先下线了，后天见。"

说完，不等啥笔携香再开口，他直接退出了队伍。

两秒后，好友列表里的头像也跟着暗了下去。

深井冰患者说了一声"走了"。

　　　系统："深井冰患者"退出了队伍。

啥笔携香一脸蒙。

岛上森林道："这就都走了吗？那啥笔你要加油呀，我也要帮大号卖石头去了，回头见。"

　　　系统："岛上森林"退出了队伍。

啥笔携香十分无语。

"还真是一群冷血无情的人呢，是不是？"唯一留在队里的君子范笑了一声，"不过，我喜欢。"

啥笔携香已经气得不想理他了。

谁爱去谁去，他已经不想打那个野外地图 Boss 了。

毁灭吧！现在他辞掉副会长的职位，退出公会还来得及吗？

第五章　争夺新Boss

江时考虑到已经答应了江妍要帮她镇场子，为了保持良好的精神状态，便早早地离开虚拟舱，洗完澡就上床睡觉了。

第二天早上，他还做了一番晨练。

回家后他看了一会儿电视，独自吃了午餐，经过短暂的午休之后正式开始收拾行头，对着镜子摆弄了很久。

江家的基因确实不错。江妍明媚艳丽，江时更是一出门就能吸引一群人的注意力。

也正因此，江时在游戏里创建角色模型的时候相当省心。

他根本不需要去网上寻找那些经过精心调整的外貌数据，而是直接一键导入了自己的真实容貌，再稍微改一改，就完全是最引人注目的存在。

不过"创纪元"大陆中每个种族的外貌都有自己的特色，精灵族的外貌更是和现实中的人类大不相同，特别是在气质上。

此时镜子前的人的发型，由游戏中金色的披肩发转换成了现实中随意慵懒的棕黑色碎发，没有那形状特殊的精灵耳朵，浅蓝色的瞳孔也由琥珀般的茶色取代。他看起来依旧绅士儒雅，但是比起游戏里面的光精灵造型，稍微少了几分圣洁感，却多了一丝独特的吸引力。

江时换衣服的时候向来慢条斯理，他将江妍提前准备好的那套私人定制礼服穿上，有条不紊地系好领结，掐着时间下了楼。

看得出来江妍对今天的生日宴会确实非常上心，在江时下楼的时候，素来喜欢卡点出门的她居然早早地等在了那里，一见面就催促他赶紧出门。

两人还是一起乘着那辆招摇无比的跑车，前往韩意远的生日宴现场。

由于之前在体检中心拿到了那份让人十分满意的检查报告，江时对自己这位准姐夫的印象也相当不错。毕竟江妍也算是第一次对一个男人这么上心，他也很希望他的亲姐姐可以寻找到她的归宿，更何况两人站在一起确实称得上郎才女貌。

生日宴会的地点在一家高端酒店。

从下午开始，就已经有不少人陆续抵达宴会现场了。

韩意远在楼下迎宾，难得抽空回房间喝口水休息一下，一眼就看到了躺在床上摆弄手机的那个身影。

他润了润嗓子，到底还是多问了一句："确定不吃饭就走？"

躺在床上的男人长着一头黑发和一双黑瞳，抬眸的时候眼角带着一丝弧度，似笑非笑的样子总让人捉摸不透他的心思。

男人闻言，将视线从手机上挪了过来："嗯，需要去'十字军'公会的基地一趟，解约的事情要当面处理。"

韩意远自然也知道韩俞泽要跟"十字军"公会解除合约，可偏偏时间安排得这么巧，很难不怀疑他是不是在故意逃避什么，再开口也是意有所指："好像每次让你留下来一起吃饭，你就总有一些'重要'的安排。"

韩俞泽面色平静道："真不是故意的，下次，下次一定。"

"你应该数数这样说过多少次了。所以这次的'下次'又是什么时候，明年吗？"韩意远看了自家这位堂弟一眼，忽然想起了上次带江时做体检时的情景，有些感慨，"说起来你这个合约解得也确实有些突然，我本来还想让你有空带江妍她弟弟一起打游戏，结果上次才跟人家说了你是职业玩家，你就……"

"没事，你下次问嫂子要一下对方的游戏ID。比起之前，我退出公会之后空闲时间应该会更多。"说着，韩俞泽看一眼手机上的时间，活动了一下筋骨，从床上直接坐了起来，"你该回楼下继续迎宾了吧？时间差不多了，我跟你一起下去。"

韩意远的视线扫过韩俞泽，本来还想说些什么，最后动了动嘴角，只叹了口气："行，我送你下去。游戏ID的事，我回头问了再告诉你。"

韩意远今天穿了挺拔的正装，和穿着一身休闲服的韩俞泽走在一起，形成了鲜明的对比。

堂兄弟两人都身材高挑，不同风格也有不同风格的味道。他们并肩从电梯里走出来，引得一些路过的客人下意识地朝这边多看上两眼。

刚到酒店门口的时候，韩意远就遇到了几位来赴宴的同事，直接寒暄上了。

韩俞泽以前被医院的那些小护士"调戏"过，今天时间已经不早了，他自然不敢久留，见韩意远忙也不多说什么，招呼了一声就出发去停车场取车。

韩意远送人进门后，再抬头，落入眼中的只剩下了那个双手插着裤子口袋的背影。

他刚想把人叫住再叮嘱两句，又听到有人喊他。一回头，他看到那个迎面而来的身影。

韩意远下意识地张开双臂，直接将飞扑过来的江妍接了个满怀。

江妍笑得眉眼弯弯："生日快乐，我没来晚吧。"

这一下撞得有些结实，险些给韩意远撞出内伤，可他一看到江妍，眼底的笑意也有些藏不住了："时间刚好。"

江时本来跟江妍走在一起，结果江大小姐一看到韩医生就直接飞奔了过去，他只能一个人拎着手里的礼物袋子不急不缓地走了过来。

走近之后，他适时地递上礼物："韩医生，生日快乐。"

"谢谢，我先安排你们上去。"韩意远笑着接过袋子，转身之前，下意识地朝韩俞泽刚刚离开的方向看了一眼，结果发现，韩俞泽不知道是不是听到了这边的动静，停下脚步看了过来。

片刻的停顿后，韩俞泽忽然身子一转，大步流星地走了回来。

韩意远有点奇怪韩俞泽为什么去而复返，问道："怎么了，是忘拿什么东西了吗？"

"没有。就是忽然觉得，毕竟是生日宴，留下来吃个晚饭也不错。"韩俞泽说着，视线掠过江妍，然后缓缓地停留在了江时的身上，话题过渡得相当自然，"我好像还是第一次见嫂子吧。"

"嗯，是。"韩意远一时间不确定韩俞泽又打的什么主意，一边带着几个人上楼，一边给两边做了一下介绍。

等介绍到江时的时候，韩俞泽低低地笑了一声："你好，我叫韩俞泽。"

江时道："你好。"

韩意远安排江妍和江时入了座，才有空将韩俞泽叫到旁边，问出了心里的疑惑："你不是有要紧事需要回基地吗，怎么又不走了？"

韩俞泽的余光扫过宴会席里的身影："哦，忽然又没事了。"

"什么，今天不过来了？"电话那头传来了破军霸霸的声音，"不是说好先将解约的事安排好，然后再拿一个 Boss 的首杀给你饯行吗？"

作为"十字军"公会的现任会长，破军霸霸想得还挺美。都已经确定要解约了，居然还考虑着在解约前最后剥削他一次，让他当免费劳动力。

这次有八个新 Boss 首次投进"创纪元"大陆，各大顶级公会虎视眈眈，在这样竞争极度激烈的环境下，破军霸霸还是没忍住动了歪脑筋。

韩俞泽靠在墙上，将手机轻轻地贴着耳朵，心不在焉地敷衍着："嗯，突然有很重要的事，反正下周才正式解约。"

破军霸霸语调怀疑："重要的事？"

韩俞泽淡淡道："影响人生的大事。当然，如果退会之前'十字军'可以帮我解决这件事，要我现在赶过去也行。"

破军霸霸没敢吭声。

韩俞泽道："如果没其他事，那我先挂了。"

破军霸霸道："你等等！那两天后抢 Boss 首杀的活动……"

"哦，给我的'饯行活动'对吧？"韩俞泽的嘴角忍不住浮起了一抹讥诮的弧度，倒是没因为对方把他当傻子哄而太过生气，"有空再看。"

说完也不等听筒另一头的回音，他直接挂断电话，将手机收回口袋里，他没有着急回宴会厅，而是选择先去了一趟楼上的套房。

江妍已经陪韩意远去楼下迎宾了。

江时独自一人坐在位置上，考虑了许久正要伸手，忽然有人拿了一杯鸡尾酒递到他的跟前，正是他想选的口味。

他抬头看去，正好对上一双充满笑意的眼睛，江时愣了一下，接过酒杯说了声"谢谢"。

江时认出对方正是之前韩意远介绍的那位堂弟，刚才好像出门打了个电话，现在打完就又回来了。

眼见韩俞泽就这样拉开了旁边的位置坐下，江时垂眸将对方打量了一番。

就韩俞泽这像时尚杂志封面模特一般的长相，还挺帅的。

在江时的印象中，刚才在楼下看到对方时，他穿的衣服好像不是现在这一身，也不知道上哪里换了套衣服，在端正的黑色正装衬托下，倒是比初次见面时要更有气质。

"听堂哥说，你也玩《创纪元》？"韩俞泽率先挑起了话头。

他当然也感受到了来自江时的探究目光。

理论上他应该能做到淡定应对，但是因为江时的容貌和游戏中的那个人实在太过相像，让他忍不住地投去视线。这个时候也就只能通过对话的方式，来稍微缓解一下他盯着对方看的诡异感，同时还不忘笑着眨了眨眼，举手投足间充满了从容。

"嗯，刚回归不久。"江时很习惯这种被人注视的感觉，谈到《创纪元》也稍微来了点兴趣，他抿了一口鸡尾酒，缓缓地换了个相对舒适的姿势，"韩医生也跟我提过你是职业玩家，你是生活类玩家还是联赛类玩家？"

在"创纪元"大陆中，职业玩家一共分为两种。

有像"七枚银币"的会长这种主要以经营生意为主的，或者像君子范以前那样靠刺客身份接暗杀委托的，只要平时游戏的主要内容与生活息息相关，就被称为生活类职业玩家。

而如果将游戏的侧重点放在世纪杯职业联赛上面，包括破军霸霸这种服务于职业公会的管理角色，以及参与联赛的选手们，则归为联赛类职业玩家。

虽然称呼上有所改变，但后者更接近以前电竞时代的那些职业选手。

江时之前只听韩意远说了他堂弟是职业玩家，并没有具体说是哪一类型，自然也不好主观地做出判断。

"我是联赛类的，不过最近在考虑转公会的事。"韩俞泽回答得相当坦诚，但也稍微留了点小心思，不动声色地卖了卖惨，"你也知道的，职业玩家不好当，想找到一家有发展前景的公会很不容易。"

职业玩家确实不好当，除了像鱼为泽、回春妙手那些顶级大神之外，很多联赛类的职业玩家可能奋斗到最后，却连替补席都坐不上。虽然每当有大神玩家宣布转会，总能在圈内掀起轩然大波，可实际上在这些万众瞩目的背后，还有成千上万的普通职业玩家在各家公会之间辗转，只求一个立足之地。

江时结合之前韩意远连自家堂弟的游戏 ID 都没能记住的情况，下意识地将韩俞泽归为那些辗转求生的普通职业玩家。

看在对方未来也是一家人的分儿上，他表达了一丝的同情："是不容易。"

"不过问题不大，应该很快就能稳定下来。"韩俞泽说着伸手从口袋里摸出手机，看似漫不经心地随口一提，"我们都是《创纪元》的玩家，相识就是缘。要不留个联系方式，等我稳定之后来找你玩？"

江时朝这张充满诚意的脸上看了两眼，想了想便同意了："可以。"

毕竟有韩意远跟江妍的那层关系在，就算未来他们不在游戏里有交集，留着联系方式也说不定什么时候能用得上。

下楼迎宾的两人回来时，韩俞泽刚好心满意足地存好了新的通讯录名片。

韩意远显然也很惊讶韩俞泽跟江时坐在了一起。

他拿眼神询问了一下，见韩俞泽依旧没有想要换位置的打算，视线不由得在两人身上转了转。

最终他仿佛忽然意识到了什么，也没多说，转身继续张罗去了。

生日宴会正式开始，场面顿时热闹了起来。

江时起初也是以为这个韩意远的堂弟只是过来打声招呼，没想到对方居然真的就这样在他身边坐下了。

不止如此，在吃饭的过程中，对方还时不时地压低声音问他有没有什么要吃的。

这个堂弟很热情，又没有过分热情。

明明他的每个动作都自然而然地表露着热情，却还保持着恰到好处的分寸感。

韩俞泽又给江时盛了一碗汤，是江时喜欢的翡翠豆腐，因为是先给自己盛过一碗后才随手接过的江时的碗，整个过程看不出有什么问题。

整体来说，这顿饭江时吃得相当圆满。

直到客人都走得差不多了，韩意远把江妍姐弟送到楼下，看着他们离开，回来第一件事就是把韩俞泽拉到了旁边："所以说，这就是你突然没事了的原因？"

韩俞泽一副"我听不懂你在说什么"的样子。

韩意远拧着眉头看他："别装了，吃饭时我都看到了，你在游戏里认识他？"

"有这么明显吗？"韩俞泽摸了摸自己的眼角，嘴角却浮了起来。

虽然觉得没什么用，韩意远还是忍不住提醒了一句："那是江妍的弟弟。"

"嗯，我知道是嫂子的弟弟。"韩俞泽笑着抬了一下眼，"以后一起玩就更方便了。"

韩意远在手术台上面对任何突发情况都能保持冷静，这个时候却没忍住狠狠地抽搐了一下嘴角。

不过韩俞泽倒也确实不是什么社交能手，相反，因为一心只在游戏领域，他在现实生活中的朋友很少。

韩意远眼见他难得能有个聊得来的人，考虑到家里一直担心他会不会抱着虚拟舱在游戏里过一辈子，还是觉得这种现实中能接触到的朋友，怎么都比虚拟游戏好友要靠谱很多。

韩意远斟酌之后，没有多说什么："总之你自己看着办，但是一定要悠着点，知道吗？"

韩俞泽的笑容始终挂在脸上："放心。"

他眼巴巴地等江时上线都已经等了五年，应该没有人比他更能悠着了。

韩俞泽笑了一声，转身走了："那么我也先回去了。"

他怎么也没想到居然能在现实中遇到"奶有毒"，也就是江时。因此在和江时见面后，他的心情非常不错。

他最开始关注"奶有毒"并不是因为那张脸，经过今天一晚上的接触，回来之后他越想越有趣。

所以，这算不算是网友见面？

韩俞泽今天洗澡洗得格外久。

他用冷水反反复复地将自己冲了好几遍，然后才吹干了头发从浴室里出来，盯着手机上多出来的联系人片刻，忽然就没了睡意，又一头钻进了虚拟舱。

他在登录界面切换了那个女号，没想到打开好友列表后，一眼就看到了那个亮着的游戏 ID。

江时回家之后，倒是比他上线得还早。

韩俞泽发了一条消息。

甜心小可爱：大号哥哥，这么晚了还不睡觉呢？

江时其实就是上线看一下君子范的升级进度，见他和啥笔携香都已经逃脱了巡逻队的缉拿，也就放心了。

江时正琢磨着要不要去主城里溜达一下，看到了新发来的好友消息，给出了回复。

材料大号：刚上线。

甜心小可爱：这么晚上线啊，是去忙什么事了吧？

材料大号：嗯，去外面吃了个饭。

甜心小可爱：吃得开心吗？

材料大号：还行吧。

韩俞泽回想了一下今天自己那无微不至的用餐服务，看着"还行吧"这三个字的评价，短暂地沉默了一下。

甜心小可爱：唉，只是还行吗？我还以为哥哥出去约会了呢。

材料大号：不是，陪家里人去参加一个生日宴。

甜心小可爱：原来是这样哦！

江时总感觉这个甜心小可爱在故意打探什么。

实际上从最初打副本开始，他就觉得这个女玩家从头到尾都透着古怪。至少在他看来，这个甜心小可爱的真实实力远不止她表现的那样。她故意藏着掖着，要么就是一个实力远高出普通玩家的高手，要么就是她的操作风格很特别，容易被他们辨认出来。

不过不管对方出于什么原因，在还没弄清楚她在打什么主意之前，只要她没有过激的举动，江时觉得还是睁一只眼闭一只眼算了。

但是有一点可以肯定的是，这个女玩家确实很爱撒娇。

江时挑了挑眉，不知道对方闲聊的目的，也就没有继续聊这个话题。

正好他本来就有事找她，借着这个机会就直奔主题。

　　材料大号：对了，你后天有空吗？应该需要下午到晚上的时间，中途可能没时间吃晚饭。

　　甜心小可爱：有空呀，哥哥要带我打副本吗？

　　材料大号：不打副本，去抢野外地图 Boss。

　　甜心小可爱：哇，抢哪个地图的呀，可以选吗？

　　材料大号：明天决定抢哪个，有想法的话可以提，来不来？

　　甜心小可爱：当然来呢！

对话结束，韩俞泽看着好友聊天框里的对话内容，眼底的笑意一闪而过。

果然，只要是可以搞事情的场合，这人就从来不会缺席。

片刻后他再次点开好友列表，给绿色控发去了一条消息。

　　甜心小可爱：最近"十字军"应该开了研究 Boss 首杀的会议吧？想办法打听一下，看他们准备把主力队员安排在哪个地图。

　　绿色控：好嘞，收到！

当韩俞泽安排绿色控去打听消息的时候，各家职业公会内部也暗流涌动。

毕竟互相竞争了那么久，这些公会之间也都知根知底，谁还没在对方的内部安插上几个卧底。

对于这种事情，公会管理人员都心知肚明，而且确实没办法详细排查，基本上都是睁一只眼闭一只眼的状态。

　　就是在这种"比比谁更有心眼"的环境下，偶尔有需要的时候，各大公会之间还会泄露一些想要让对方知道的信息，算是通一通气。

　　就比如这次 Boss 首杀争夺战的安排，公会管理员们就通过安插在其他公会内部的卧底悄无声息地传达着消息，彼此试探。

　　投放进来的新 Boss 总计八个，包括十几家职业公会加上一些私人公会，如果这些公会一不小心全部挤到了同一个地图里面，自己打得吃力不说，还会将其他地图的 Boss 拱手送人。这种便宜别人的事情，自然谁都不会愿意看到。

　　从某种角度而言，这也算一种默契，悄无声息间，各家公会的主要争夺目标就这样均分在了各个野外地图当中。

　　当然，这些事跟江时一点关系都没有。

　　反正新 Boss 一共有八个，最后的结果就是八选一，至于到时候撞到的对手是谁，对于他们这种光脚的不怕穿鞋的公会根本没有影响。

　　他们本来就是过去玩玩，既然如此，就应该有玩玩的心态。

　　能抢到 Boss 当然是好，如果实在抢不到，除了可能会掉落一些装备、道具之外，似乎也没有什么额外的损失。

　　他们现在可是休闲公会的玩家，拿不到新 Boss 的首杀才是正常情况，抢不到也没什么丢脸的。

　　所以江时直接把地图选择权交给了岛上森林和啥笔携香，他自己随便上线溜达了一下就下线休息了。

　　等他再登录虚拟舱，仍是首先确认了一下君子范的升级进度，随后就直奔第三区的主城舍尔沙勒，岛上森林的店铺就开在这里。

　　比起次日的 Boss 争夺战，江时眼下更关心新款中级符文石的销售情况。

　　作为第三区的主城，舍尔沙勒人来人往，十分热闹。

　　在集市正对面可以看到高高竖立着的旗帜，上面画着缠绕在黑色药瓶上的银蛇图腾十分醒目，这正是第三区管辖公会"响尾蛇"的会徽。

　　江时沿着岛上森林给他的门牌号一路找去，终于找到了那家"森林小店"。

　　岛上森林今天还没上线，不过因为提前跟店铺里的服务员 NPC 打过招呼，江时一说明来意，对方就非常热情地介绍了起来。

　　"啊是这样的，因为这款符文石并不常见，最初贩卖的时候确实有些麻烦，直到昨天晚上才卖出第一块。"名叫布尔沃的服务员 NPC 在说话时保持着宾至如归的笑容，完全和那位会长一样，"不过在那块卖出去后，那位顾客在今天早上又回来了，然后他就将剩下的所有同属性符文石一起收购了。"

"所以说，这些符文石是被同一个人给买了？"江时接过对方递来的账单翻了翻，最后停留在了购买者的所属公会上，他思考了一下也没再多说什么，打开背包从里面拿了一批新的符文石出来，"这些是我新研发出来的中级符文石，效果都不太相同，具体作用可以看读取后的详细介绍。还是每种有五个紫色品质和十个蓝色品质，麻烦也帮我上架售卖看看，等过几天我再过来。"

"当然可以，您是老板的朋友，我们肯定竭力为您服务。"布尔沃依旧面带笑容。

江时将符文石递交过去，然后接过了贩卖第一批符文石得到的盈利。

听到对方的话，他忍不住朝NPC的脸上多看了一眼，笑了一声："你这口音，跟我们会长学的吧？"

布尔沃道："是的呢，老板说顾客就是上帝。"

"就……"江时想了想，最后只能给出这么一个评价，"挺好的。"

从森林小店出来，江时看了看周围人头攒动的集市，掂量了一下刚到手的银币，转身朝着拍卖行的方向走去。

之前他在岛上森林这里寄售的都是紫色品质以下的符文石，想看看这种恢复效果的符文石到底有没有销售市场。现在虽然只是被一个玩家买了，但也足以说明这种符文石的性能得到了认可。

普通的玩家根本没必要一次性收购那么多同效果的符文石，可是结合对方所在的公会，一切就能解释得通了。

"响尾蛇"公会是一家汇聚了全"创纪元"大陆最多大神玩家的职业公会，其中由魔药师"蛇蝎密咒"、魔剑士"无人渡"和森族萨满"暮色降临"组成的"三魔体系"，是让一众顶级大神都无比头疼的存在。

在本届刚刚结束的世纪杯联赛中，"响尾蛇"公会拿下了第二次冠军，足见其近几年发展之迅速。但是与此同时，公会内部依旧缺乏顶级治疗玩家。

实际上很多公会都面临着这样的窘境。

众所周知，因为"血蔷薇"拥有顶级牧师玩家回春妙手，而"黑塔"公会拥有顶级祭司玩家诗人的泪，所以有点实力的牧师和祭司玩家几乎都将这两家公会作为了自己的首选，因而水平中等偏上的那部分玩家，相当稀缺。

如果放在平时江时还不会多想，但是一旦联想到了明天的Boss首杀战，思路就瞬间清晰了。

治疗玩家数量不足，需要用符文石来凑，只要有需求，就存在销售市场。

于是，江时非常放心地将回归后制作出的首个金色品质符文石交给拍卖行，相信它一定可以卖出一个相当不错的价格。

而就在江时迈入拍卖行大门的时候，那些被人打包收购的紫色符文石已经辗转到了一个令他意想不到的人手里。

"响尾蛇"公会的公会领地。

蛇蝎密咒刚走进休息室，一眼就看到了为了逃避开会在里面躲懒的两个人，以及不知道为了什么事情找过来的公会成员"闯世界"。

闯世界本来在那说着什么事情，看到蛇蝎密咒进来下意识地噤了声，背脊也跟着一直。

这样明显的动作把房间里的另外两人逗乐了。

无人渡笑眯眯地拍了拍闯世界的肩膀，安抚道："虽然老毒物的名字听起来确实很毒，在外面的名声也是真的不太好，不过好歹是同一个公会里的人，怎么也不至于把你给生吞活剥了，你别那么紧张！"

闯世界默默地擦了把不存在的冷汗："是，是……"

蛇蝎密咒的人物建模本身就自带一种阴冷效果，他面无表情地扫视一圈之后，周围的气压也跟着明显地一沉："不去开明天的 Boss 首杀会议，都躲在这里做什么？我觉得，你们最好能给我一个合适的偷懒理由。"

无人渡和坐在沙发上的暮色降临交换了一个眼神，憋着笑将刚才闯世界带回来的东西递了过去："你看看这个符文石。"

蛇蝎密咒接过符文石，看到是紫色品质的时候微微皱了下眉，等看清楚具体的领域效果后，神态才稍微有了改变："哪儿来的？"

"喏，闯世界在市场上淘来的。"无人渡把蛇蝎密咒的神态变化看在眼里，"有点可惜呢，如果能够大批量收购这种符文石的话，明天抢 Boss 首杀的时候，我们的胜率估计还能提升很多。"

蛇蝎密咒问："所以收到了多少颗？"

听到他问到了具体的问题，就算心里犯怵，闯世界还是硬着头皮回答道："五个紫的和……十个蓝的。"

他的声音压得很低，而且底气相当不足，很明显也知道这个数量对于公会而言连塞牙缝都不够。

蛇蝎密咒没再说话，伸出了手。

闯世界乖乖地把背包里的这些符文石全部交了过去。

蛇蝎密咒道："到时候找财务那边的人给你报销。"

闯世界怯怯道："谢谢。"

蛇蝎密咒看了一眼符文石上面的制造者 ID，又问："跟对方联系过吗？

如果他还有库存的话，白色品质的符文石也可以一起收购。"

别说这种顶级大神了，就是有点实力的普通玩家，对于那些最低等的白色品质道具也基本不会多看一眼，足以见得这种恢复效果的符文石对"响尾蛇"公会来说有多么宝贵。

蛇蝎密咒这句话说出来，甚至都有些饥不择食的味道了。

"联系过了，但是没联系上。我试着加他为好友，对方好像设置了拒加好友。"闯世界在这样被直勾勾盯着的阴冷视线下又忍不住想擦冷汗了，语速飞快地一通说明，"寄卖的那个店铺我也问了，服务员说这些符文石的制造者是他老板的朋友，具体怎么联系他也不太清楚。不过我打听了一下，对方应该也没有太多的存货，就是一个生活玩家随便做了几个拿出来卖一卖的。"

生活玩家，随便做做？

制作这些治疗符文石如果真的这么简单，他们公会的技术部门也不至于始终没有新的突破了。

蛇蝎密咒听着这番过分轻描淡写的话，忍着没有冷笑出声，想了想说："有空的时候再去一趟，告诉他们以后还有同类符文石出售的话，直接联系我们。"

闯世界点点头："明白。"

无人渡在一旁听着两人的对话，这时候才重新开口："怎么样，我们应该不算什么事都没做故意旷工了吧？这种符文石的效果实在是太妙了，简直就是为我们公会量身定制的啊！"

"既然是量身定制，为什么技术部门的那些人却没能研发出来？"蛇蝎密咒冷冰冰的一句话直接堵住了无人渡的嘴。

如果换成别人，恐怕早就被这阴冷的气场给吓得没声了，也就无人渡还能像没事人一样往下接话："那说不定就是因为太难了呗，就需要某种机缘巧合才能研发出来。要不然，我们在市场上关注了那么久，怎么第一次见到这种效果的符文石啊？五个紫色的和十个蓝色的，啧，这紫色品质的概率明显低了一点，想要雕琢出金色品质的估计就更难了，你说是不是啊，暮色？"

在沙发上差点睡过去的暮色降临把眼睛睁开了一条缝："啊？啊……是吧。"

蛇蝎密咒没有理会这两人的一唱一和。

他捏着手上的符文石，看着雕琢者的游戏 ID 若有所思。

材料大号，听起来像是一个小号的名字。

可惜完成的符文石只有紫色品质，如果对方能制造出金色品质的符文石，他绝对不惜任何代价都要邀请这个人加入"响尾蛇"公会的技术团队了。

　　不过实际上品质不是重点，回头还是得找机会联系一下这个材料大号，如果可以的话让公会找他购买一下雕琢的技术手法。虽然之前他们还没有过类似的操作，但好歹也算是一个可以考虑的方向。

　　拍卖行里，江时刚在柜台门口填写好了登记表格，打了个喷嚏后疑惑地揉了揉鼻尖，将表格给柜台的服务人员递了过去："这样就可以了是吧？"

　　"嗯，是的，谢谢您的配合。"服务人员相当客气，"根据流程，您的拍卖商品'金色符文石'将会在下周三晚上进行拍卖。等拍卖结束之后会有服务人员与您进行联系，请注意查收邮件。"

　　江时道："好的，没问题。"

　　从拍卖行出去的时候，他又看了眼背包里堆着的几种符文石，都是最近雕琢出来的新品类。刚好，可以在明天的 Boss 首杀争夺战里试试水。

　　他正想着，啥笔携香就发来了好友消息。

　　啥笔携香：经过讨论之后，我们准备去抢 Boss "死亡猎杀者布鲁斯"，如果你觉得没问题的话，那我们就定下了啊？

　　材料大号：好的，我都行。

　　君子范连着努力了几天，终于在 Boss 首杀战之前顺利做完了第三次转职业任务。

　　当天所有人在"七枚银币"的公会领地集合，除了江时和那几个熟人之外，还来了一批看热闹的普通玩家。

　　他们挑挑拣拣，勉强组成了一个二十个人的团队。

　　虽然这看起来是将近一个团的人数，实际上面对那些顶级公会的骨干成员，这些人充其量也就是一些凑数的小喽啰而已，只能在关键时候起一些特殊作用，重要的操作和战术还得看江时他们几个人。

　　进行团队分配时，江时将深井冰患者、君子范和甜心小可爱跟自己分在了同一个小队里，小队的最后一个人则是最近新加入公会的一个祭司玩家。

　　这名玩家 ID 叫"禁锢的温"，虽然刚刚结束新秀阶段不久，但是天赋不错，整体操作比起同为治疗职业的会长岛上森林要漂亮得多，在江时自身治疗量有限的情况下，好歹填充了一个治疗位置。

　　全部准备好大概是在中午十二点的时候。

　　因为这很大概率是场持久战，江时额外留了半个小时的时间让大家下线自由活动，进入最后的备战阶段。

这天，"创纪元"大陆依旧十分热闹，但又明显与平日很是不同。

十大地区都涌动着一股暗流，所有玩家都将注意力投放在今日的 Boss 首杀争夺战上，随便在路边走着，就能听见人们在谈论相关话题。

"猜猜我刚才看到什么了，'火力者'公会的主力大军！看起来这次他们至少安排了五个团，这是要干一场硬仗啊！"

"五个团应该是最基础的配置吧，我路过'黑塔'公会领地门口的时候也看到了大部队，那叫一个壮观啊！"

"果然每个版本的新 Boss 首杀日都是世界大战。"

"能说什么呢，打起来打起来！"

"唉，我今天倒是想去凑热闹的，当一具尸体躺在地上看神仙打架也很不错，可惜还要参加公会活动，没办法过去。"

"好巧，你们的公会活动不会也是抢 Boss 吧？"

"是啊真巧，你们家公会抢的是哪个？"

"呵呵呵，你猜我告不告诉你？"

"真的是……职业公会抢新 Boss 首杀，普通公会抢每周 Boss 击杀，热闹啊！"

"得嘞，反正我就等着看晚上的首杀成就花落谁家了。"

"作为一个经历过上个版本的人，告诉你们，零点前能完成新 Boss 首杀那都叫神速了，等着吧！"

"这么晚？打持久战啊！"

江时前几天一直在雕琢符文石，这种需要长期集中注意力的操作很损耗自身的体力，他已经处在十分饥饿的状态下。

考虑到对战过程中体力降到太低很有可能会减缓动作的精准度，江时趁着部分队员们下线吃饭的时间，自己在游戏里找了家西餐厅饱餐了一顿，才重新回去集合。

这个时候，离线的队员们也陆陆续续地重新登录了。

团队列表里原本暗着的 ID 一个接一个地亮了起来。

还剩最后几个人的时候，江时一边给队形进行着最后的调整，一边才想起来问了一句："'死亡猎杀者布鲁斯'的刷新点应该是在第九区的格兰维尔丛林吧？你们当时怎么想到要选它的，是觉得地形不错吗？还挺聪明。"

"我哪里懂得看地形啊！"啥笔携香实话实说，"当时就是因为不知道去哪里，小可爱说她对这个 Boss 熟一点，其他人反正也没什么想法，那就直接选了呗。"

江时调整完最后一个位置，朝甜心小可爱看了过去："你选的？"

"嗯，'死亡猎杀者布鲁斯'是这届世纪杯八进四比赛的 Boss 嘛，那场比赛我刚好有看。"甜心小可爱在这样的询问下露出了人畜无害的笑容，缓缓地眨了眨眼，"大号哥哥你当时说过，有想打的 Boss 都可以提，所以是有哪里不合适吗？"

"不，挺合适的。"江时不动声色地收回了探究的视线，"就像刚才说的那样，地形选得不错。"

甜心小可爱肉眼可见地开心了起来："那就是说我误打误撞蒙对了？"

"主要还是得看和我们抢 Boss 的对手是谁了。"江时不置可否地应了声，见终于全员都上线了，在团队语音里发布了今天的第一条指令，"走吧，格兰维尔丛林，出发了。"

韩俞泽顶着"甜心小可爱"的 ID 跟在队伍当中，琢磨了一下江时刚才似乎意有所指的对话。

他们认识了那么久，只是一些用词上面的改变，就足以感受到对方明显的试探。

不过韩俞泽本身也没准备掩饰，反而早就做好了随时曝光真实身份的准备。

毕竟他自认还没那么好的演技，要在这个人面前完美地掩藏自己的身份，倒不如及时行乐，小号这种东西能多用一会儿就算一会儿。

这样想着，韩俞泽相当淡定地打开了刚才忽略的好友消息。

最后一条内容停留在两分钟之前，来自他还留在"十字军"的好徒弟。

　　绿色控：师父你确定还不准备上线吗？会长那边都快要发飙了。

　　甜心小可爱：没关系，我不上线，让他飙吧。

　　甜心小可爱：到时候等我去基地，帮他多带几盒静心口服液。

　　绿色控：啊哈哈哈哈师父你好损。

　　绿色控：其实我也喜欢看这孙子干着急的样子，但今天毕竟是新 Boss 的首杀日，你真不打算过去看看吗？如果首杀名单里面没你的 ID 不是亏大了吗？

　　甜心小可爱：我有去看，这不就已经在团里了。

　　绿色控：什么团？

　　绿色控：不会是"七枚银币"的团吧？原来你前几天让我打

听，就是为了这个？

绿色控：你那个团真没问题？是那个辅助想拿首杀吗？

甜心小可爱：行了，Boss 见。

韩俞泽淡淡地堵住了绿色控的话，关上对话框。

从某种角度来说，他其实还挺喜欢徒弟格外会抓重点的能力。

不过仔细想想徒弟最后的那句话，他觉得其实还可以有一个更好的理解——四舍五入，也算是奶有毒专程出面为他镇场子了吧。

江时在团队频道里面发了一个位置坐标，带着"七枚银币"全员抵达之后，不动声色地埋伏了起来。

比起其他人，当时参加过 Boss"狂人泰特"争夺战的那些队员明显要适应很多。

特别是啥笔携香，相较第一次参与的时候明显要更耐得住性子了，他一动不动地藏在草丛当中，还不忘跟江时最后确定一下战术的安排："所以等会儿我主要就是负责带其他几个队的人在外围干扰，剩下的交给你们主力队就行了是吧？"

要是那些职业公会，就算划分也是普通团和主力团的区别，像"七枚银币"这种只能安排主力队的情况，怎么听怎么寒碜。

但是江时一开口，就是一派淡定。他丝毫没有因为人数少而露怯，底气充足得仿佛坐拥千军万马："嗯，到时候你注意我在地图上面的标记点，随时游走支援，剩下的交给我们就行。"

啥笔携香忍不住暗暗地搓了搓手："我们公会居然还有抢新 Boss 首杀的一天，出息了啊！"

江时无声地笑了一下，补充了一句："说不定，还有机会榜上有名。"

简简单单的话，顿时让团队的士气大涨。

江时所在的小队频道里面冒出了一句话。

因为实在没办法跟这么多人待在一起，深井冰患者主动申请出去探察敌情，这个时候发来了第一手消息。

深井冰患者：周围一圈确定过了，埋伏的公会很多，职业公会的话，应该是"剑与酒""响尾蛇"和"十字军"三家。

深井冰患者：哎嘿嘿嘿只能说是天意啊，"十字军"上次追着我们杀了一路，这次也算是有怨报怨有仇报仇了吧！

居然又跟"十字军"公会正面撞上了？也确实挺巧。

江时看到消息的时候微微挑了下眉梢，脑海中不由得浮现出了一个 ID。

前阵子听说鱼为泽一直都没上线，今天版本新 Boss 首杀这种重要场合，他应该不会缺席吧？

这个男人他从认识到现在，可从来不会错过这种有意思的活动。

下午两点整。

随着一阵风吹过，看似平静的格兰维尔丛林暗中涌动起了浓烈的杀意。

江时依旧没有让"七枚银币"的人开始行动。他等待得极有耐心。

第九区这种高级地图上的野外地图 Boss，单是击杀难度上，就远比第一区的"狂人泰特"要来得困难得多。

在这种情况下，最先接手 Boss 未必是一件好事。

毕竟单凭"死亡猎杀者布鲁斯"自身的伤害，就已经随时可能会造成区域性的爆炸伤害，更不用说要一边躲避 Boss 技能，一边应对周围其他公会随时可能发起的攻势了。

稍有不慎，那就随时可能遭遇团灭。

在这一点上职业公会自然更有经验一些，像"剑与酒""响尾蛇"和"十字军"这些老狐狸们自然谁都不愿意做这个冲锋的冤大头，因此比起这些顶尖公会，反倒是中级公会的人在发现 Boss 之后先一步纷纷地冒了出来，转眼间就厮杀到了一起。

江时带着团队在掩藏自身的前提下缓慢移动着，等找到"死亡猎杀者布鲁斯"的位置时，现场已经满地残骸了。

啥笔携香跃跃欲试："这些人内耗得差不多了啊，我们要不要趁机上去捞一笔？"

江时看了一圈场中玩家的公会名，言简意赅："再等等。"

啥笔携香十分无语。

不得不说，这三个字他可实在是太熟悉了，甚至熟悉到已经不需要再问为什么。

旁边，甜心小可爱始终无比乖巧地服从指挥，埋伏在原地动都没有动一下，只是时不时地用余光瞥过那个光精灵的身影，眼底满是耐人寻味的笑意。

韩俞泽自然知道江时在等什么。

眼下加入战场的都是一些中、高级的普通公会，已知的职业公会"剑与酒""响尾蛇"和"十字军"没一个人露面，用脚指头都可以猜到，这些职业公会也蹲守在旁边某个位置，等待行动。

而"七枚银币"的人数本身连那些普通的中级公会都比不过，要在这种情况下抢下 Boss，唯一的机会就是"趁火打劫"。

不过对于这一点，不管是韩俞泽还是江时，向来都得心应手。

"死亡猎杀者布鲁斯"持续发威，加上各家公会之间的厮杀，阵亡的人数也就越来越多。

起初的时候他们还能快速复活，但是随着同一个人在同一张地图内的死亡次数增加，复活的时间增长了，地上堆叠的"尸体"也开始越来越多了。

君子范不住地把玩着自己手上的铁扇子，也有些蠢蠢欲动："死了好多人啊，有点想过去找几位地上的兄弟聊一聊。"

听到这话，深井冰患者和啥笔携香均一脸无语的表情。

江时留意到终于有那三家职业公会的队员下场了，但人数不多，很显然是安排下去进行试探的先头部队，俗称"炮灰团"。

江时留意着"剑与酒""响尾蛇"和"十字军"切入的方位，初步估计了一下，大致上判断出了这三家公会埋伏的位置。

他若有所思地摸了摸下巴，余光忽然捕捉到了一个行动方式和现场格格不入的身影。

当所有人都在浴血厮杀的时候，这种哪边死人多就往哪边钻的独特走位，可谓是叫人眼前一亮。

"拾荒者"是从传统网游时期开始，就经常会出现的一个特殊群体。

他们主要的工作就是游离在各个地图当中，专门捡玩家被击杀后从背包里面掉落出来的装备和材料。

可是通常情况下，拾荒者只会出现在战后场所，像这种顶着枪林弹雨来"上班"的还真不常见。

只能说，不是对自己的操作极度自信的人，是绝对不敢这么做的。

江时稍微一关注，就被对方那敏锐的判断力和精准的走位给吸引到了。

也就是在这个时候，他留意到了对方的游戏 ID，顿了一下，他问："老病，君子，看一下 Boss 东南方向二十八度角位置，那个拾荒者，有没有觉得有点眼熟？"

韩俞泽之前还关注着"十字军"队伍的动向，闻言也看了过去。

在看清楚 ID 后，他的视线也如江时最开始那样微妙地一顿。

然后就听到君子范的声音从小队语音里响起："嗯？那不是当年被整个服务器的玩家追着骂的那个捡破烂的吗？"

这个拾荒者的游戏 ID 就叫"捡破烂"。

在第一赛季的时候江时也是只闻其名未见其人，之所以印象特别深刻，主要是这个人比他还更能引起众怒，被所有玩家骂的人实在不多，这个捡破烂就是其中一个。

大概是因为过于臭名昭著，江时下意识地以为这人是个男性玩家，没想到今天见到本尊，居然是一个矮人族的姐姐，还是盗贼职业。

和同为深穴矮人的深井冰患者这个"矮炮"截然不同，盗贼是一种利用手中的扳手作为武器，能随时在地面上创造各种陷阱的"猥琐流"职业。

不过从某种角度来看，盗贼职业宛若官方为拾荒者量身定做的。

江时远远地观望了一会儿，眼见着捡破烂检查完一堆尸体又快速地开始巡视下一堆，对她这在枪林弹雨中毫发无伤的走位也是颇为感叹："这操作，优秀啊！"

啥笔携香屏息凝神，随时等待着指令，冷不丁听江时说了这么一句，因为过分紧张而虎躯一震，回神之后气得直喊："能不能靠谱一点！我们是来抢 Boss 的，你怎么还开始看起戏了！"

"有什么关系，犀利的操作就是应该好好欣赏，反正还早，再围观一会儿。"江时微笑着拍了拍啥笔携香的肩膀，示意他放轻松，"现在不用这么紧绷，还有好一段时间要等，可以先原地休息一会儿，就当看娱乐节目了。"

啥笔携香的嘴角抽搐了两下，到底还是没有再说什么。

他就这样绷着表情，面色冷漠地看着不远处那些公会群殴的画面。隔了一会儿他发现，这种近距离观战好像确实还挺有意思的。

江时也重新进入了看热闹模式。

就像他说的，时间还早。这种新投进游戏的顶级 Boss，就算在毫无干扰的情况下，光靠一家公会的力量，也至少得打上几个小时。更何况，眼下还处在这么多公会共同竞争的混乱局面中。

这些公会打得不可开交，打 Boss 的进度自然要慢。

在前期，他们就根本没有插手的必要。

他们需要等的，主要还是 Boss 血量只剩百分之十的最后阶段。

"死亡猎杀者布鲁斯"的血量在一众公会的努力中迅速下滑着。

那些提前攻击 Boss 的中、高级公会的玩家随着死亡次数越来越多，复活时间越来越长，被迫退出了接下去的争夺。

逐渐地，场面也开始由三家职业公会正式接管。

起初"十字军""剑与酒"跟"响尾蛇"都还在彼此试探，当 Boss 的血量降到一半以下之后，一直在等待时机的主力团队终于露面了。

自此，局势有了彻底的改变。

江时一眼看去有了新的发现，饶有兴致地挑了下眉。

单看阵形的调整情况，"十字军"跟"剑与酒"这两家公会已经达成了共识，打算先联手把"响尾蛇"这个巨大的威胁给解决了。

就这三家公会目前的情况而言，确实是"响尾蛇"最为强势，结盟这个战术本身倒是没什么问题。

只可惜，现在游戏里的口头盟约都太过虚伪了。从"十字军"和"剑与酒"在围剿"响尾蛇"的阵形安排上看，就明显各自打着算盘。

不出意外的话，恐怕没等他们搞掉"响尾蛇"，内部就得先打起来。

江时其实很喜欢看这种窝里斗的戏码，但也没忘记今天自己到底是来干什么的，观察一番之后眼看时间差不多了，他终于下达了第一个指令："第四小队的准备跟我出发，其他人留在原地，等我提示，随时准备接应。"

团队频道里顿时弹出了一片"1"，表示收到。

江时带着自己小队的一行人采取了行动，单独埋伏在另外一边的深井冰患者也开始朝他们这边移动。

通过刚才的观察，江时已经快速地锁定了目标群体。

他果断地先挑了最近位置的那一队人，在他们刚冒头的时候二话不说，刚一碰面就直接在原地布置了一个带减速效果的符文领域。

这批"十字军"的队员刚从复活区域赶回来，显然没想到，居然在与战场还有一段距离的地方遭到了袭击。

在符文领域的持续效果下，他们所有的动作被减速了。

有人眼疾手快，率先做出反击，被江时轻描淡写地利用走位避开。

与此同时，江时队里的其他人也已经围了上来。

打头阵的江时只是一个七十五级的小辅助，伤害效果还很有限，而匆匆赶来的君子范和深井冰患者可都是刚刚更换过装备的强势输出。还有队里的那个甜心小可爱，穿了一身金色的私人定制装备，一通使用技能，造成大量伤害，让才刚刚复活归来的"十字军"众人转眼间又一命呜呼。

"十字军"的队员们看了一眼这批伏击者的所属公会，只能在公会频道寻求支援。

队员 1：会长！格兰维尔丛林（3332，992），在这个位置，我们被"七枚银币"的人给埋伏了！

什么"七枚银币"？破军霸霸在看到这个公会名的时候稍微愣了一下，回想过后还是没记起来刚才清理掉的那些公会里有这么一个名字。

眼看着争夺 Boss 的核心区域战况激烈，他到底还是没有分神去处理这个小问题。

破军霸霸：别管他们，复活了就赶紧回来！

比起这些，令破军霸霸心里更加烦躁的，还是鱼为泽居然真的没有上线这件事。

要不是因为那个鱼为泽放了鸽子导致他们主力团里缺人，他也不至于纡尊降贵地去跟"剑与酒"这种三线公会合作！

破军霸霸叮嘱了从复活点回来的队员们自己小心，继续关注着前方的战斗。

结果不到半分钟，公会频道再次有人哀号，这回是另一个坐标的位置，又有一个小队遭到了伏击。

又是"七枚银币"？破军霸霸只觉得太阳穴一阵突突地跳，直到第三支遇害队伍出现的时候，他才不得不顶着前方的巨大压力，分了一个主力团内的小队出去，支援后面复活回来的队员。

可就当这个支援小队抵达所报坐标点的时候，"七枚银币"的五人早就已经完成了转移，挥一挥衣袖，没留下半个人影。

连着几次都扑了个空，破军霸霸原本就很浮躁的心情就更加糟糕了，他咬着牙下达了指令。

破军霸霸：追！你们就在外围游走给我继续追！把这几个搅屎棍先清理了再说！

而实际上，遭到伏击的公会并不止"十字军"一家。

江时带着一小队的人随时游走着，也不靠近 Boss 战的中心区域，就这样专门在外围堵各公会刚从复活点回来的落单队员。

他真的没有针对任何人，只是像这些职业公会对付普通公会那样，在决胜阶段正式到来之前将敌方的复活时间尽可能地拖得更长而已。

起初，江时先试探了一下队里人的操作情况。

其中君子范和深井冰患者可以跟上他的节奏算是情理之中，比较出乎意料的是，就连甜心小可爱和队里新进来的那个牧师，从头到尾都配合着队伍的节奏，居然半点都没掉队。

如果是巧合的话，只能说"七枚银币"这家公会真是卧虎藏龙了。

江时一边琢磨着，一边留意了一下周围的情况。

只是一眼，他瞬间发现了职业公会针对他们这支专门抓落单的队伍所采取的行动。

猫抓老鼠那么久，算是终于正面撞上了。

此时带人围上来的那批是"十字军"三团的指挥队伍。

这些人虽然比不上那些顶级职业玩家，但是放在游戏里也已经是绝对的高端玩家了，实力远不是那些普通玩家可以比的，再加上他们还带了两个小队，刚打了个照面，就仗着人数优势，齐刷刷地迎了上来。

"跑。"

江时也没犹豫，自身提速的同时，还不忘在团队频道里面发出一个新坐标，这是发给啥笔携香他们看的。

然而目前"七枚银币"的其他人与他们还有一段距离，在正式会合之前他们只能自生自灭。

转眼间，成片的机械设备已经从"十字军"的团队里面鱼贯而出。

"十字军"是拥有最多机械师玩家的公会可不是说说而已。

虽然每个人可以操作的机械数量有上限，可是整个队甚至整个团的机械同步发起进攻，这阵仗依旧震撼得足以让人密集恐惧症发作。

江时布置的减速领域，让绝大部分机械在穿越的过程中速度有所下降。

深井冰患者看准时机直接开启了狂轰乱炸模式，在区域范围内随机发射炮弹的轰炸效果下，补了五枚连环炮。

在接二连三的爆破声中，成片的机械残骸散落一地。

深井冰患者迎着追击到跟前的密集机械，很快又连续发射了手雷、机关炮。

面对成片的轰炸目标，他非但没有被人围剿的狼狈，脸上反而逐渐洋溢起了兴奋的表情。

君子范看到这样的画面，忍不住摇头："完了，这个爆炸狂魔上头了。"

说话间他飞奔的脚步没有半点停歇，铁扇子在跟前一下又一下地摇曳着，对于不在他业务范围内的机械攻击丝毫没有反击的打算，也完全看不出逃命的狼狈。

江时一个接一个地完成符文领域的布置，各种效果重叠交织的一片区域，为深井冰患者提供了十分完美的输出环境。

听到君子范的话，江时也跟着笑了一声："玩得开心就好。"

在持续的拉扯下，他们距离啥笔携香一行人的集合位置就只剩下两个路口。

甜心小可爱忽然开了口："有埋伏。"

江时自然也已经敏锐地感知到了，没等话音落下，定身效果的符文领域已经在左侧方的区域展开。

他的指挥言简意赅："别停，冲过去。"

两个人的声音几乎是一前一后响起，中间完全没有间隔，让众人跟着毫不犹豫地加速。

在前方埋伏着的是"响尾蛇"的队伍。

看得出来，"响尾蛇"的众人也是来抓江时他们的，不过看到后方的"十字军"队伍，自然而然也产生了一起歼灭的心思。

在攻击距离较近的近战玩家被江时的符文领域定身的瞬间，"响尾蛇"队伍中那些距离较远的远程玩家已经快速地发起了攻势。

江时眼疾手快，片刻间就在跟前与自己的后方接连布置下了两个符文领域。

带有空间属性的符文石，可以让存在于两个领域内的一切物体发生位置置换。这也正是江时这次想要测试的新型符文石之一。

队内名叫"禁锢的温"的牧师手忙脚乱地想要避开敌方技能，再抬头，就这样眼睁睁地看到那些交织在一起的子弹和法术技能在穿过那片区域的瞬间没了踪影，下一秒，便像是瞬间移动了一般，出现在了自己身后的另一片符文领域中。

后方追击的"十字军"部队显然没想到会遭到这种"偷袭"，齐齐中招之后，顿时哀号一片。

"别碰领域，绕过去。"江时轻描淡写地提醒了一句，还不忘配合禁锢的温，给队友们使用了几个聊胜于无的恢复术。

而在这个时候，"响尾蛇"的近战玩家们穿过了定身领域，已经追了上来。

韩俞泽一路浑水摸鱼了那么久，眼看那些人逼近最前方的江时，终于提枪上膛："你们先走。"

七十五级技能的"枪体艺术"状态开启，他枪头一转已经对准了最前排的几个人，快速切换各种状态，一通爆发直接扫射倒了一片敌人。紧接着他避开敌方的攻击，将几个人击飞至半空中，又开启加速移动的效果，精准地锁定了敌人的方位之后，一边反身射击，一边利落地跟人拉开了距离。

然而后方的位置突然闪出了一个潜行者。锋利的匕首寒光一闪，眼看就要划破甜心小可爱的脖颈，突然一个符文领域建设完毕，成片的藤蔓盘踞上了潜行者的脚踝，与此同时，两个微型机械的电击攻击对他造成了短暂的麻痹效果，给了韩俞泽反击的机会。

江时在掩护甜心小可爱后撤的过程中，将对方所有的操作尽收眼底。

江时掩护成功，前方几个人顺利和啥笔携香的团队会合。

江时反手再次使用减速领域，减速效果生效之后，在追击过程中已经狼狈不堪的"十字军"团队一边在与"响尾蛇"的队伍纠缠，一边抬头，就看到了"七枚银币"的大部队也杀了过来。

韩俞泽挺久没玩火炮专家了，刚才操作了一番，心情还算不错，在归队之前不忘补上几次射击，直接将追在最前方的几个人逐一爆头。

他的走位可以说是相当风骚，啥笔携香带着众人迎上来支援的时候，看到的就是这样的场面，忍不住咋舌："小可爱，牛啊！"

韩俞泽笑了一声："还行吧。"

江时在刚才的过程中一言不发地观察着甜心小可爱的操作，毫无疑问，在几个关键的时间点，对方的配合默契无比。

这个时候，江时继续观察着局面，准备给团战创造反击的机会。

眼看着这些职业公会的队伍经过一路厮杀，最后让"七枚银币"众人收割了残局，江时这才忽然没头没尾地提了一句："那谁，你的变声器忘记开了。"

"啊，有吗？我看看……呃……"韩俞泽反身灭了几个"十字军"的成员，杀得正上头，脱口应了一句才意识过来，瞬间闭了嘴。

团队频道短暂地安静了一瞬。

啥笔携香不可置信的声音直接提高："什么，小可爱妹子你的声音夹得这么自然，居然是变声器吗？！"

江时意味深长的一声轻笑隐约过耳。

韩俞泽忽然觉得自己的真实身份要藏不住了。

他设想了一下重新伪装的可行性，利用自己软萌的女声试探性地挣扎了一下："我的意思是，想看看是谁开了变声器呢。"

然后他就听到江时又笑了一声，相当有深意。

算了，其实也没什么好藏的。

解决了所有的追击部队，韩俞泽打开好友列表发了私聊消息。

　　甜心小可爱：你是怎么看出来的？
　　材料大号：你如果稍微改改操作手法的话，或许还能瞒久一点。

韩俞泽默默地看了一眼天。

人人都知道鱼为泽是一位机械师大神，但其实最初的时候他玩的职业是火炮专家，后面在接触游戏的过程中发现机械师更能让他发挥实力，从而选择转职。这件事很少有人知道，偏偏昔日的奶有毒就是其中一个知情者。

说到底还是大意了。

韩俞泽瞬间看开了，放弃挣扎。

　　甜心小可爱：所以接下去你打算怎么做？我已经躺好了，准备把我踢出队伍吗？
　　材料大号：倒是不用。
　　材料大号：反正今天我想抢 Boss，你想搞"十字军"，各取所需，也不是不能合作。
　　甜心小可爱：说说条件？
　　材料大号：欠着，想到了再告诉你。
　　甜心小可爱：你这便宜占得好像有点大。
　　材料大号：你也可以退出公会。
　　甜心小可爱：不过问题不大，让你占便宜我乐意。

江时很满意韩俞泽这种识时务的态度。

他们瞬间在私底下达成了协议，江时也就没有在其他人面前揭发。

等江时心满意足地关上对话框，直接重新分组，将韩俞泽利用了起来："现在这个抓落单敌人的速度还是太慢了，等会儿君子你带着老病和牧师去搞北面复活点，我跟鱼……小可爱去搞南面那个点。"

不得不说，一旦知道了这个小号背后的人是谁，"甜心小可爱"这个称呼太难以启齿了。

然而韩俞泽显然十分受用："好的，大号哥哥！"

江时扫了他一眼，又单独发了一条好友消息。

　　材料大号：你闭嘴。

其他人自然捕捉不到细节上的微妙。

眼看君子范应了一声直接就带着另外两个人走了，啥笔携香反倒对江时这样的安排有些不太放心："治疗都不带着，就你们两个人真的没问题吗？要不把人多的团队交给会长，我跟你们一起过去？"

江时显然不想增加难度，笑着一口回绝："好意心领了。"

啥笔携香一愣。虽然没有证据，但他从这五个字里面莫名感受到了浓浓的嫌弃。

江时招呼上韩俞泽，直接转身奔向由他们负责的复活区域。

他一边疾速在地图上移动，一边单独将两个人拎出来放在了空着的第五小队，才将语音切到了小队频道："清理战场，延长敌人的复活时间，该怎么打应该不用我多说了吧？"

软萌的女声从小队语音里响起："嗯，知道。"

江时忍无可忍："把变声器关了。"

韩俞泽忍不住笑出了声，这才用了属于自己的正常声音："就这么嫌弃？"

熟悉的男声落入耳，让江时稍微舒服了一些："我嫌弃的不是声音。"

是人。

韩俞泽听懂了话内的含义，又笑了一声。

之前江时听说韩俞泽已经好几天没上线了，本来还以为对方会因为要退出公会的事情而心情不好，今天再一接触，倒觉得这人玩小号玩得还挺快乐。

江时的余光从侧面那个并肩齐行的身影上掠过，在奔向第一拨敌人前，问了一句："老规矩，掩护阵形，没问题吧？"

韩俞泽道："嗯，都可以。"

"死亡猎杀者布鲁斯"的血量不知不觉间已经跌到了百分之三十。

天色也早就随着时间渐晚，逐渐暗了下来。

"创纪元"大陆采取的是和现实一样的二十四小时制度，伴随着夜幕降临，周围时不时泛起的技能特效成了丛林中的唯一光源。

夜间作战，很多操作比起光线充足的情况更难发挥出来。不管是从操作角度还是从捕捉敌人位置的角度，对玩家们都是十分艰巨的考验。

不过，某些人却显然乐在其中。

在敌众我寡的情况下，暗下来的天色反而成了他们最好的掩护。

整整几个小时的时间，几乎都是江时一行人单方面的狩猎时刻。

> 报告！三团第二小队归来途中遇袭，再次被团灭！
>
> 报告！"七枚银币"的人又来了，我们队已经阵亡五次了，需要等三十分钟才能再次复活……
>
> 报告！我们队再复活已经要一个小时了！
>
> 报告！为什么这边也有"七枚银币"的人，他们到底安排了多少队伍？
>
> 报告！我们也被团灭了，对面好像只有两个人……
>
> 报告！我们这里遇到的是三人组合！

接二连三传来的团灭汇报，让破军霸霸在心烦意乱之下差点把手上的武器都给砸到地上。

就在刚刚，他们"十字军"跟"剑与酒"公会的联盟协议已经正式撕毁，争夺 Boss 的场面也完全转化成了三方混战，再加上"七枚银币"那个不知道从哪里冒出来的搅屎棍公会，简直是……

不过现在唯一值得庆幸的是，Boss"死亡猎杀者布鲁斯"的注意力已经顺利掌握在了他的手上，而血量也在朝着百分之二十五持续逼近。

截至目前，破军霸霸只需要保证三次以内的阵亡次数，不让复活时长变得太久，要想拿下这次的 Boss 首杀，还是非常有机会的。

眼看着还有其他队伍的人在复活归来的途中惨遭迫害，破军霸霸干脆自我催眠地开启了眼不见为净的模式，放心地将指挥权交到阿克达斯的手里，自己则专注于对 Boss 的牵制上。

被困在外围的人说到底都是次级团队，他们的主力团队不出问题才是重点。

而实际上，同样惨遭迫害的情况也存在于另外两家公会。他们正处于跟"十字军"一样的窘境，一边很奇怪"七枚银币"到底是哪里冒出来的队伍，一边碍于要争夺"死亡猎杀者布鲁斯"，根本分不出人手过去处理。

不过"响尾蛇"公会的蛇蝎密咒在陆续收到的反馈消息中，提取到了一个非常关键的信息。

"七枚银币"公会显然是划分了两个区域在进行行动，一边三人成组，另外一边则是只有两个人，可即便如此，依旧将他们公会从复活点出来的那些小队成员，一批接一批地打回了复活区。

明明他们"响尾蛇"才是成员实力普遍强劲的职业公会，现在反倒成了被碾压得一蹶不振的那方。

不说对方到底采取的是什么手段，从人数差距就不难看出，光是双方的实力就天差地别。

所以，到底是哪里冒出来的这一队高手？

之前蛇蝎密咒已经有了一些想法，再次看到成员们在公会频道里的哀号，终于做出了决定："暮色，指挥权给你，我带三小队的人过去看看。"

暮色降临看到团队队长的位置瞬间就落到了自己的身上，只是一阵无语："抢 Boss 你还乱跑？"

蛇蝎密咒刚才就已经将自己换到了第三小队，这时候带着同队的人直接按照公会频道里的最新坐标找了过去："Boss 还有百分之二十的血量，我过去接几批人回来，来得及。"

无人渡瞥了一眼蛇蝎密咒渐行渐远的背影，笑着安慰了一句被迫上岗的暮色降临："让老毒物去吧，这兴趣都已经被勾起来了，拦着只能让他更加手痒。"

暮色降临倒也不是做不了指挥，相反，其实他的心思十分细致。只是他最大的问题是，能不做的时候实在是不想接指挥这个苦差事。

这个时候无人渡也帮忙说话了，他也没其他办法，只能心不甘情不愿地应道："行吧，Boss 进入狂暴状态之前一定要记得回来。"

蛇蝎密咒道："当然。"

身在格兰维尔山道上的深井冰患者三人并不知道危险的临近。

他们刚刚又解决掉了一批"响尾蛇"的队伍，正觉得心情不错。

整个过程说起来非常简单，打得过就上，打不过就跑。

而比起刚开始的频繁遇敌，经过这几个小时的屠杀之后，现在他们捕捉落单人员的频率已经降低了很多。

很显然各公会的成员都已经被打得延长了复活时间。随着复活的时间越来越久，他们每次作战之后休息的机会就越来越多。

深井冰患者抱着几乎与他一般高的重型炮十分爱惜地擦拭着，君子范也靠在树边，一边等待着下批受害者的到来，一边慢悠悠地摇着扇子，颇有出门踏青的悠哉。

只有牧师玩家禁锢的温累得精疲力竭，拄着拐杖站在旁边，早已一改最初过来玩玩的心态，看向同队的另外两个人时，已经是一副活见鬼般的表情。

太狠了！这可比他原来见过的那些自诩高端的玩家要狠太多了！

他还是第一次见到，两个输出玩家直接追着整个甚至两个队打的。能做到这种程度的，他能想到的也就是那些职业大神了。

而更让禁锢的温感到震撼的，是单独分到第五小队去的那两个人。虽然他们被划分到了两个不同的区域，他并不能看清楚那两个人的情况，可是击杀的消息还是接二连三地在团队频道中实时更新着。

就在刚刚，几乎转眼间就连续弹出了十几条"十字军"队员惨遭杀害的击杀播报，禁锢的温隔着屏幕都能感受到现场的惨烈。

要知道，那两个人可不是治疗职业。这让整个场面看起来更加离谱。

所以，这些家伙真的是人吗？

禁锢的温稳了稳情绪，到底还是没忍住，点开了好友列表里那个他从来没有发过消息的头像，努力克制地输入文字。

　　禁锢的温：您好，我想约个时间进行反馈。

让他惊讶的是，对方几乎瞬间就发来了消息。

　　回春妙手：直接说吧，我们这边马上就快结束了。

实际上，禁锢的温正是回春妙手向"血蔷薇"公会提议，被安排进"七枚银币"公会的那个卧底。

这个时候看着这个无数牧师玩家心目中治疗之神的 ID，禁锢的温回复消息时也忍不住激动了起来。

要知道，他发消息的对象可是站在治疗玩家金字塔顶端的春神啊！

禁锢的温几乎是一段接一段地将今天做梦般的所见所闻详细发送了过去，最后不忘郑重地给出结论。

　　禁锢的温："七枚银币"这四个人都强得离谱！真的太离谱了！如果他们不是成天都在游戏里随便溜达，我都要怀疑是哪家的大神开小号来玩了！

禁锢的温过于震惊，唯有成串的感叹号可以表达他此时的心情。

发完之后，他心潮澎湃地等着回复。

说到小号，回春妙手自然知道鱼为泽确实是开了小号。而此时他更关注的显然是另一个问题。

> 回春妙手：你是说，跟甜心小可爱在同一个小队的那个人叫材料大号？
>
> 禁锢的温：是的没错，他是"七枚银币"这次的总指挥。
>
> 回春妙手：什么势力、职业？
>
> 禁锢的温：光精灵。
>
> 禁锢的温：不过不是祭司，玩的是符文师。

身在第十区的 Boss 争夺现场的回春妙手沉默了。

已知甜心小可爱就是鱼为泽。

只能说，火炮专家加上符文师的组合，可真是让人感到莫名熟悉。

果然，不好的预感总是会格外灵验。

禁锢的温向回春妙手汇报完毕，正疑惑对方那奇怪的反应，忽然听到君子范开口提醒了一句："注意，来人了。"

作为日常活跃在黑市的顶级杀手，君子范对于作战位置的选择自有一套标准。

此时他们所在的位置正是复活点出来的必经之地，而且还稳稳占领了高地，从这个视野看去一目了然，但凡有什么异动都能在第一时间发现，这次也不例外。

禁锢的温闻声一抬头，果然看到有一队人正在朝他们逼近。

从那个位置，不难判断是其他公会派来的支援部队。

禁锢的温正提起精神准备迎击，借着深井冰患者轰去一炮炸开的火光，看到领头那人的游戏 ID 时直接心头狠狠一跳，一度怀疑自己是不是劳累过度而产生了错觉。

领头的人是蛇蝎密咒。

"响尾蛇"公会的三神之一居然亲自带队过来支援？

所以他们前面做的那一系列事到底是有多招人恨啊！

经过君子范的提醒，深井冰患者显然也留意到了来人。

禁锢的温感觉掌心似乎产生了一层薄汗："我们是不是应该……"

君子范道："那是当然。"

禁锢的温闻言，第一时间转身就想跑，结果便见君子范摇着铁扇子已经迎了上去，后半句话慢慢地传来："肯定还是直接干了。"

禁锢的温一脸疑惑。本能告诉他这时候回头必死无疑，但是考虑到自己被安插进"七枚银币"的目的，到底还是咬了咬牙跟上君子范，彻底豁出去了。

对方三人非但没跑，反而准备应战，这确实是蛇蝎密咒没有想到的。

逐渐靠近的过程中，他快速地扫了一眼对方的游戏ID和职业，手里的药剂瓶在他思考的过程中已经开始冒起了隐约的毒气。

蛇蝎密咒的职业是森族兽裔中的魔药师。作为四个手艺人职业之一，各式各样的药品是他主要的输出手段。

众所周知，魔药的主要效果就是不同款式的中毒效果。因此，素有"第一魔药师"之称的蛇蝎密咒，自然而然又多了一个"老毒物"的称号。

只要关注过近几届职业联赛的玩家都知道，放眼整个联盟，如果说套路最"脏"的是鱼为泽，那么最"毒"的无疑就是蛇蝎密咒了。

刚一碰面，蛇蝎密咒在最远的距离，抬手在君子范的身上挂上了一层"冰冷毒"，持续损失血量的同时还有减速效果。

跟他同来的"响尾蛇"成员们趁势蜂拥而上。

然而就在他们近身的瞬间，君子范的身影微微一晃，就在众人面前失去了踪迹。

众所周知，夜晚往往是对潜行者职业最有利的作战时间。

进入潜行效果后，君子范迅速地与周围的黑暗融为一体，化身最危险的狩猎者。

他的潜行时机把握得极准，"响尾蛇"众人扑了个空，不等他们做出反应，又迎来了一阵连环轰炸。

蛇蝎密咒扫了一眼后方的深井冰患者，狭长的蛇眼微微眯起了几分。

刚才那番操作可以说是配合得十分漂亮，从君子范吸引火力到深井冰患者集中输出，这是拿他的队员们当小怪打呢。

这个时候，蛇蝎密咒也总算知道那些落单的队伍为什么会接二连三地被团灭了。

单说眼前这两个人的身手，明显远远高于普通玩家，如果来的不是他们主力团的队伍，恐怕也得栽跟头。

不过能被"响尾蛇"这种职业公会选进主力团的，在游戏里也绝对称得上高端玩家，反应自然也非常迅速。

深井冰患者这一番轰炸的时机精准漂亮，而"响尾蛇"三队的众人则是利落地后撤，果断地向后滑步，堪堪避开了致命伤害。

队里的治疗玩家快速帮队员们恢复了血量，所有人听着蛇蝎密咒言简意赅的指令，丝毫没有停顿，直接朝着那个发射炮弹的矮人冲了过去。

深井冰患者也很干脆。他火速在地面上摆下数个地雷阵，一边飞速后撤，一边冲着众人的脸连发数炮。

成片爆炸造成的光线映亮了黑暗中的丛林。

蛇蝎密咒看着队员们持续追击，自己则在后方保持着一个微妙的距离。他的注意力始终停留在周围黑暗的环境中。

那个潜行者从刚才进入隐身状态后就再也没有露过头，但蛇蝎密咒知道他一定没有走远。

很显然，对方在等待一个一击必胜的机会。

蛇蝎密咒也在等。

不过他等的，是对方发起进攻时解除隐身效果的瞬间。

屏息凝神间，远处的连环爆炸成了最冷峻的背景音，连每一下的呼吸声都似乎清晰地浮现在耳边。

终于，寒光一闪而过。

同一时间，几瓶魔药也已经齐齐抛出，在蛇蝎密咒身边炸裂的瞬间，毒区密布了周围的所有角落，形成了最完美的防线。

而君子范的身影再次出现时，手中的铁扇子已经直接迎上了蛇蝎密咒的咽喉。

近在咫尺的距离使蛇蝎密咒能够看清楚对方的武器外观，他阴冷的眉目间终于闪过了一丝惊讶。

潜行者的高额伤害，让蛇蝎密咒的血量以肉眼可见的速度迅速下降。

眼看着血量就要见底，君子范因为在靠近蛇蝎密咒的过程中不得不踏足毒区，身上的中毒效果瞬间也叠至了十层。

在持续流血、减速、虚弱等多重负面效果的作用下，君子范一个突刺将蛇蝎密咒击飞在半空中。

他准备等蛇蝎密咒的血量下降到百分之五时去补上伤害技能将其击杀，却见对方在落地的瞬间再次连用了三瓶魔药，恢复自身一定血量的同时，身上还增加了短暂的防御增益效果。

君子范眉头微皱。

这反应速度也太快了。

魔药师让人觉得最恶心的一点，还在于他极其顽强的生命力。

完成第二次转职业任务后，魔药师能获得"联动"和"药盾"两个技能，在开启技能的五秒内可以触发被动效果，每使用一瓶药剂就可以恢复自身百分之五的血量和增加百分之五的防御效果，足以在关键时刻起到扭转局面的巨大作用。

此时，蛇蝎密咒在前期骗出君子范的高额伤害技能之后，又利用这两个技能强行将自己的血量给恢复了一截。

一番操作过后，他直接将中毒效果有十层之多的君子范逼入了孤立无援的境地。

给君子范再次接连叠加上不同的中毒效果，蛇蝎密咒眼见君子范再次隐身撤离，却丝毫不着急追逐。

他转身去支援矮炮那边的追击队伍后，没过几秒就收到了君子范被击杀的消息。

持续的中毒效果，到底还是夺去了对方最后的血量。

队友们自然也是目睹了君子范中毒而亡的全过程。

深井冰患者：？？？

君子范道："大意了，他太毒了。"

如果放在平常，深井冰患者很乐意嘲讽一番，然而眼下"响尾蛇"的大部队将他追得极紧，光靠他跟牧师两个人才勉强反杀了两人，随着蛇蝎密咒加入战场，他们到底没能幸免于难。

躺在地上的三个人安静了一会儿。

团队语音里传来了江时的声音："怎么回事，都死了？"

很显然，另外的二人行动小组留意到了这边的情况。

"嗯，死了。"躺在地上的君子范十分安详，"'响尾蛇'带了一队人过来，里面有一个魔药师特别毒。"

禁锢的温从最初接收到君子范的进攻信号起就觉得不对劲，这个时候终于忍不住在团里问了一句。

禁锢的温：你们是不是不知道蛇神是谁？

君子范反问道："嗯？谁啊？"

禁锢的温一时无语。

难怪他们刚才冲得这么果断，果然这些回归玩家根本就不认识现在的职业大神啊！

另外那边的江时也有些茫然。

不等他问，小队语音里面已经响起了韩俞泽的声音，他颇有耐心地进行科普："'响尾蛇'公会的蛇蝎密咒，人称'老毒物'，人如其名又阴又毒。这种时候居然还亲自带队过来，可以啊，挺给我们面子。"

江时之前观察过一段时间的职业联赛，乍听"蛇神"没反应过来，但是听到蛇蝎密咒这个 ID 回过了神，忍不住笑了一声。

就像韩俞泽说的，在抢夺 Boss 首杀的关键时刻，"响尾蛇"公会内部这么核心的人物还愿意亲自过来对付他们，确实很有面子。

既然人家这么给面子了，自然也应该礼尚往来了。

君子范听不到第五小队的队内语音，自然也不知道韩俞泽说了些什么。

但是从团队频道里微妙的寂静中，他依稀感受到了对方似乎来头不小："嗯？他很厉害？"

这次是啥笔携香忍不住了："从第二赛季一直称霸到现在的顶级大神，能不厉害吗！怎么，老毒物居然亲自堵你们去了吗？还能不能跑掉，要不我们过去支援？"

"不用，注意复活时间，现在别起来送死。"江时说话间已经朝着他们的位置赶了过去，想了想言简意赅地补充道，"君子你们等我们到了再复活，起来后直接去南面复活点继续抓落单的人，这边交给我们。"

君子范混迹黑市那么多年，从来不硬逞英雄。

他最讨厌的就是这种看别人不顺眼偏偏还杀不掉对方的局面，而且刚才经过那次接触他已经意识到了两边装备的巨大差距。

如果装备同等的情况下他自然很乐意杀过去，但现在自知硬件条件有差距，他半点都不坚持："好。"

另外那边，蛇蝎密咒清理掉三个人后并没有留在原地，直接前往了最近的复活点。

没见到君子范他们复活，他倒是等得很有耐心，一边护送己方公会成员离开复活点，一边在蹲守的过程中清理了一下另外两家公会的敌军。

"十字军"和"剑与酒"公会的玩家们小心翼翼地复活，好不容易没有再撞见"七枚银币"那三个阴魂不散的家伙，结果一抬头就看到了蛇蝎密咒的主力团队伍，只得泪流满面。

蛇蝎密咒站了一会儿，见自己公会新复活的那部分人顺利奔赴了争夺Boss 的现场，正准备起身返程，便用余光扫见了复活点中出现的君子范三人。

早在地面上铺满的毒区，瞬间给复活起身的三人身上叠了几层中毒效果。

蛇蝎密咒刚要动手，有什么声音落入耳中。

他敏锐地一个侧翻避开袭击，再抬眸，便见自己刚才所站的区域已经落下了一片密集的弹痕，根本没给他丝毫思考的时间。

密集的扫射让他和同队的队员被迫往后撤了两步。

而这一切才刚刚开始。

符文领域毫无预兆地从他们刚刚踏足的那块区域竖起，从土壤中钻出的藤蔓，紧紧地固定住了"响尾蛇"众人的脚踝。

蛇蝎密咒有点惊讶。

符文师？什么时候等在那儿的？

蛇蝎密咒的判断相当准确。

这个符文领域的范围远比普通玩家所建的符文领域要大很多，显然是出自拥有符文领域增益被动效果的符文师之手。

从另一方面来说，因为符文领域的范围巨大，施法者得以非常刁钻地卡在了一个不易觉察的极限距离，连蛇蝎密咒一个没留神都着了道。

君子范三人等的就是江时和韩俞泽此时的掩护，他们借着"响尾蛇"几人被定身的瞬间迅速撤离，避免被困在复活点出不来的惨剧发生在自己身上，跑得相当麻利。

蛇蝎密咒看着那逐渐远去的猎物，一双阴冷的蛇眼里面没有太多额外的表情。

他垂眸朝周围扫过一眼，终于捕捉到了刚才出手的两个人。

先出手的显然是那个机械城的火炮专家，至于那时机精准地建立起来的符文领域，则来自站在外围位置的那个符文师了。

昏暗的环境很影响视力，当蛇蝎密咒终于看清楚对方的游戏 ID 时，眉目间终于有了一丝错愕。

材料大号，这不就是那个恢复属性符文石的制造者吗？

原来这并不是什么人的小号，而且还是"七枚银币"的人。

很显然，他跟刚才逃走的那三个人应该是一个小队的。

蛇蝎密咒原本就被勾起的兴趣顿时更加浓烈了，留在脚底下的藤蔓只能起到短暂的定身效果，本就是擦着边缘位置完成的操作，一旦摆脱控制，迅速离开符文领域之后，他后续的操作完成得相当利落。

蛇蝎密咒早就已经留意到了火炮专家再次调整好的射击角度，便使用技能"凝速"，瞬间制造出了具有加速效果的三瓶药剂，分别使用在了自己和队内的另外两个队员身上。

队内几人朝着不同方向侧翻拉开距离，借助加速的增益效果，惊险无比地避开了连串的技能扫射。

骑士和牧师缺少加速效果，受到了很多伤害，但也并不显得慌张，一边拉开距离一边重新提升血量，很快也恢复了状态。

其实从最开始两人露面支援到第一套技能攻击结束，他们的配合默契完美得足以令人咋舌。然而江时还是不满意地挑了下眉，明显认为这并不是鱼为泽该有的水平："刚才对方的撤退路线明明可以预测出来，为什么不选择追击？"

韩俞泽相当坦白："没办法，那老毒物跟我太熟了，赛场上不知道交锋了多少次，我要不稍微演一演，他回头准去'十字军'那儿告状。"

江时啧了一声："你怕告状？"

韩俞泽无声地一笑："当然不，我怕的是某些人被我气死。"

江时其实觉得"鱼为泽退会之前暗下黑手，'十字军'会长气至晕厥"这类新闻标题其实也挺有意思的，但是考虑着现在他们是临时搭档的身份，还是难得心善了一把，大度地没有追究："行吧，那就其他人你去搞定，蛇蝎密咒交给我。"

韩俞泽对这样的安排自然没什么意见，就问了一句："你有办法弄死他？"

"弄不死。"江时深知两边的等级和装备的差距，面对连君子范都搞不定的老毒物，自然也不吹那没什么意义的牛，实话实说道，"但我能恶心死他。"

"干得漂亮。"轻飘飘的四个字里带着微扬的笑意，韩俞泽一个疾步加速，已经绕到了外围，继续缠上了重整阵容的"响尾蛇"众人，还不忘隔空鼓劲，"那你加油。"

"你也是。"江时接话，扫了一眼蛇蝎密咒的位置，把玩了两下手里的符文石，瞬间又建立起了三个新的符文领域，布局很刁钻，恰好阻断了蛇蝎密咒与其他人之间的连接，算是将他完完全全地隔绝了出来。

这是非常直接地下战书了。

"你们先解决那个火炮专家，我来搞定符文师。"蛇蝎密咒本来就对这个材料大号很有兴趣，这个时候自然也不端着身份，毫不犹豫地选择应战。

战区直接划分成了两块。

在江时布下的那片符文领域中，留给蛇蝎密咒的移动范围相当狭窄。

如果换成其他人恐怕难免束手束脚，但是这些职业大神常年斗智斗勇惯了，自然十分清楚该如何根据现状调整战术，威胁性不大的减速领域直接就视而不见，并快速地选定区域铺开了毒区。

同样是卡走位的做法，江时接下去的操作异曲同工。

他丝毫没有理会眼前的毒区，直接踩着毒区强行前进两步，使用伤害强度最高的灼烧领域将蛇蝎密咒的走位彻底封死，又快速调整了一下自己的位置。

一个是中毒，一个是灼烧，同样是流血的负面效果。

蛇蝎密咒看到在这种强硬的操作下，符文师身上已经叠了三层中毒效果。

反正对方故意堵住了退路，他就干脆也往前推进。

蛇蝎密咒利用之前创建的毒区作为掩护，直接发起了攻击。一片接一片的毒区在周围铺开，部分重合的位置同步堆叠各种负面效果，丝毫没有给自己留退路。

蛇蝎密咒的中毒效果叠加得相当快速，然而江时手中的操作也没有半点停歇。

就当江时身上的剧毒叠上十层的时候，周围的符文领域也在有条不紊地层层建立。但是因为蛇蝎密咒利落漂亮的走位规避，那些领域的位置显得有些缺乏章法。符文师毕竟属于辅助职业，即便技能生效，所造成的伤害效果也远远无法和持续的剧毒相抗衡，当蛇蝎密咒的血量掉下百分之三十时，江时在触目惊心的中毒效果下已经即将血量见底了。

不管从哪方面看都是蛇蝎密咒占优，但是不知道为什么，当他看到材料大号那丝毫不紧张的表情时，总有一种有什么要发生的预感。

就在这个时候，他看到对方手中的符文石闪过了两道光束。

这是要同时建立两个符文领域？

然而现在显然并不是惊讶的时候。蛇蝎密咒的反应已经十分迅速，但是对方显然提前判断出了他向侧面闪避的操作，他只觉得有一道光束从脚底下腾起，紧接着，眼前的景象跟着一转。

视野再次清晰的时候，他所处的位置已经发生了改变，落点不偏不倚，恰好就在所有符文领域堆叠的中心位置。

减速、定身、眩晕、灼烧……一时间，所有的领域效果齐齐生效。

蛇蝎密咒看着自己身上那瞬间叠满一排的负面效果，恍然大悟。

原来，刚才凌乱的布局就是为了给他来这么一手？

江时首次使用空间效果的符文石时，是用它切断了"响尾蛇"追击部队的技能攻击，再次使用，则让蛇蝎密咒体验了一把瞬间移动的奇特感受。

两人的距离直接被拉开，江时获得了大把的操作时间。

他刚才演了那么久，这时候才不疾不徐地利用第二职业的祭司技能，一点一点地给自己回满了血量。

然后再一看好不容易从成片的符文领域中艰难挣脱的蛇蝎密咒，他又一个健步，非常主动地迎了上去。

蛇蝎密咒看着刚刚将自己传送走的符文师主动找了上来，面对这欲拒还迎的做法，他只剩下了沉默。

而此时最让他心惊的，无疑是刚才那个让他瞬间位移的符文领域。

如果真的是如他所想的那样，这种符文石的作用简直无敌了。

江时显然没想给对手留下太多思考的时间。

如果刚才只是热身一下，那么现在才算是重头戏的开始。

在符文师的七十五级技能"通灵"效果存在期间，所有控制类的符文领域具有额外的伤害效果。

借着使用技能后这段时间的独特增益效果，他干脆直接将包里的所有符文石都摸了出来，一个接一个地开始安排。

虽然对普通玩家而言，符文师已经成了几乎灭绝的存在，但实际上在世纪杯联赛当中，这依旧是一个发挥空间极大的辅助职业。

在"响尾蛇"公会当中，"孤坟"就是一个顶级的符文师玩家。

作为孤坟的队友，蛇蝎密咒对于符文师这个职业的了解自然并不算少。可即便如此，眼前这个材料大号布置符文领域的速度依旧快得让他叹为观止。

所有符文领域的位置都精准完美，甚至衔接的过程也没有丝毫停歇，几乎前一个领域还没完全建立，一个新的领域就已经跟着铺设开来，环环相扣，层层相连，片刻的工夫，就已经在眼前建立起了一整片领域世界。

在这一瞬间，蛇蝎密咒莫名有个感觉——眼前这个符文师，恐怕比孤坟还要强一些。

蛇蝎密咒来之前不过是想要看看到底是什么人来捣乱，而这个时候，心里忽然有了一些微妙的想法。

他非常果断地利用毒区做掩护，意图后撤，同时打开了团队语音问："Boss那边怎么样了？"

无人渡的声音响起："快进入狂暴状态了，你怎么还没回来？"

蛇蝎密咒微微沉默片刻，余光扫过那莫测的身影："遇到一些麻烦。"

无人渡显然有些愣神："你，遇到，麻烦？"

话音刚落，团队频道中的第三小队几个人的头像齐齐暗下，都阵亡了。

无人渡的语调更加不可思议："什么情况，你们居然要被团灭了？"

蛇蝎密咒自然也留意到了队里其他人遭到击杀，不用问也知道一定是刚才那个火炮专家动的手。

他并没有进行太多解释："我会尽快回去的，你们那边多小心一点。如果我没猜错的话，'七枚银币'那些人今天的目标，就是 Boss 首杀。"

这个时候"剑与酒"公会的成员们因为阵亡次数太多，过长的复活时间已经让他们不得不退出了最后的 Boss 首杀竞争，至于开头那些杀得兴起的普通公会，就更不用说了。

而就在"响尾蛇"与"十字军"进行最后争夺的时候，居然有人告诉他们，那个之前甚至没听说过的"七枚银币"也在打 Boss 首杀的主意？

这要是放在平时，无疑是个连笑话都算不上的事。

可就在刚才，第三小队近乎团灭的情况仿佛是一个特殊的信号。

无人渡向来相信蛇蝎密咒的判断，"嗯"了一声，还是那句话："所以你什么时候可以回来？"

蛇蝎密咒飞奔的脚步随着眼前立起的符文领域堪堪顿住，只是转身的工夫，周围所有的退路已被再次堵住。

他同样在身边铺下了重重毒阵，阴森的语调里听不出情绪："我尽量。"顿了一下，又说，"对面的符文师，有点恶心。"

如果说之前还只是有些惊讶的话，此时的无人渡已经震惊得说不出话来了。

被公认最恶心的"老毒物"，居然还有说别人恶心的一天？这是世界末日快来了吧？

搭档那么久，蛇蝎密咒自然能猜到无人渡在想些什么。

他也不解释，而是拧着眉心继续跟交手的人互相伤害。

整个交锋过程中，二人几乎将游戏里所有的负面效果全都体验了一遍。

他在这边拼命给对方喂毒，那个符文师则是朝他使用各种控制效果的符文领域。

可在这种激烈无比的操作下，他们硬是谁都没办法打死谁。

甚至从某个角度来说，明明装备、等级各方面都占优的蛇蝎密咒，恐怕还是处于劣势的那一方。

毕竟，对面这个还顶着回归标志的符文师，甚至是还没有完成第三次转职业任务的七十五级玩家！再加上那个火炮专家……毫无疑问，这次来的两个人远比刚才撤走的那三个人难对付多了。

蛇蝎密咒有一种预感，如果不能在这里将这个符文师击杀，延长他的复活时间的话，那么接下来他必然会是一个大麻烦。

通过层叠的符文领域，蛇蝎密咒可以看到符文师隐约的身影，无声地融入周围的夜色当中，伺机而动。

已经数不清是第几次交手了，蛇蝎密咒第一次在这个游戏里感受到了麻木的感觉。

然而就当他做好了完全应战的准备，却见那个符文师在补上了角落那个即将消失的符文领域后，忽然毫无预兆地转身，头也不回地径直跑了。

片刻后有另一个身影从旁边的小路奔来，正是那个堵在复活点屠杀第三小队的火炮专家。他们就这样并肩飞奔，渐行渐远，背影显得和谐且欢乐。

等等，那个方向……

蛇蝎密咒的心头猛地跳了一下。

果然，在下一秒他就听到了无人渡的提醒："别理那些人了，你快点回来，Boss进入狂暴状态了！"

江时跟韩俞泽往Boss的位置靠近的时候，也招呼了另外三个人过来集合。

这段时间内，他们半路截杀的玩家人数估计数都数不过来，在这样激烈的Boss首杀战役中也算是奉献了绵薄之力。

这个时候Boss周围的人数，比起最初开战的时候明显要少了很多。

因为多次死亡而叠加得过长的复活时间，已经让绝大部分玩家失去了最后参与Boss首杀争夺的机会。

不过，还不够。

江时远远地扫上一眼心里就有了判断："先杀人。"

深井冰患者最乐意听到的就是这话，片刻间就架上了重型炮。

目前场上已经只剩下了"响尾蛇"和"十字军"两家公会，深井冰患者根本就不需要担心会误伤自己人。

哪边人多，他就往哪边一阵轰炸，神采也随着漫天的火光飞扬了起来。

什么是快乐？这就是！

君子范眼见深井冰患者瞬间进入战斗状态，不愿意在收拾残局这件拿手的事上被比下去，也潜入了黑夜当中。

不过比起那个轰炸狂魔，他还是保留了一丝冷静，记得多问了一句："下一步什么时候？"

江时留意了一眼"死亡猎杀者布鲁斯"的血量："百分之五，第二次狂暴之后。"

君子范点点头："收到。"

江时想了想还是多提醒了一句："注意和我的距离。"

其实所谓的保持队形，就是让五个人都注意一下各自的位置，免得杀得兴起，整个队伍又跑散了。

毕竟在这样的大混战中，团队作战才能将他的能力发挥到最大化。

从下午到晚上的 Boss 首杀争夺，比起外围复活归来的零星玩家，Boss 周围的这片区域才是完完全全的战场中心。

原本争夺战就已经进行到了白热化的阶段，这时候随着"七枚银币"这五个人这么一冲，就仿佛是融入了一根和稀泥的棍子，整个局面顿时更加混乱了起来。

"响尾蛇"和"十字军"两大职业公会显然也没想到，这个时候居然还会有其他公会来凑热闹。

公会内几个团的成员开始接连遭到黑手，折损的速度非常迅速，可偏偏还因为复活时间过长而无法起身，只能躺在地上干瞪眼。

Boss"死亡猎杀者布鲁斯"下降的血量成了全场所有人最关注的事情。

阵亡的"尸体"们躺在最佳观战区留意着 Boss 的血量，结果看着看着，注意力逐渐就被"七枚银币"的那一队人给彻底吸引了。

就这干净利落的手法，杀人简直像杀小怪一样！

如果说深井冰患者几人刚冒头的时候看起来好像在没有章法地满场乱杀，那么再往后看，他们的行动就逐渐显得横行霸道了。

而这一切的转变，完完全全靠那个站在他们背后的男人——江时。

比起之前和蛇蝎密咒一对一对战的局面，符文师这种团队控场类型的辅助职业一旦参与到团战当中，那才是发挥最强功效的时候。

没有一个输出玩家会舍得拒绝这种无微不至的"呵护"。

层层叠叠的符文领域，在周围区域创造出了堪称震撼的符文世界。

持续性的控制效果，同步配合着队内几个输出玩家的操作。在这样可以称之为完美的输出环境之下，深穴矮人和机械城的两个火炮专家几乎进入了完全不用动脑的简单输出模式，打出了巨额伤害。

而另一边，偶尔有几个勉强逃出来的，也被潜伏在旁边的潜行者用铁扇抹了脖子。

虽然君子范跃跃欲试地想跟地上的尸体们唠一唠嗑，但是这种大型屠杀现场对他而言也同样充满了诱惑。

深夜，一个又一个的人血量极低且落单，这简直是刺客职业最理想的暗杀条件！

外围的死伤人数随着这一队人的出现而不断上升，两家职业公会的人虽然也很想做点什么，偏偏此时巨大的人数反而成了他们最大的劣势。

"七枚银币"总共就只有五个人，要想在这硕大的战区里面把这些家伙给揪出来，像极了大海捞针。

牧师禁锢的温虽然跟得有些吃力，但也尽可能地追上了其他人的脚步。

他们在东边打完之后就直接跑到西边，毫无章法，到哪儿杀哪儿，一副不把这俩职业公会搅和得焦头烂额就不善罢甘休的样子，拱火拱得堪称一绝。

接连有队伍在外围惨遭攻击，数量之多很难不引起公会指挥的注意。

暮色降临终于忍不住问："这外面是怎么回事？'十字军'还有其他埋伏？"

"应该是'七枚银币'的那队人来了。"蛇蝎密咒其实也想出手，但这时候显然需要将争夺 Boss 首杀放在第一位。

他重新从暮色降临手上接回指挥位后，语调听起来很严肃："还有哪个团在外围？让他们注意拦截一下，绝对不能让'七枚银币'的人靠近 Boss。"

无人渡目睹了蛇蝎密咒从出去吃瘪到回来的全过程，听着这样郑重的交代，很是好奇："老毒物，所以'七枚银币'到底把你给怎么了？面对'十字军'都没见你这么提防，就跟防贼似的。"

蛇蝎密咒回想起之前接触过的那个有瞬间移动效果的符文领域，不知为什么就是有一种不太好的预感。

他想要解释，奈何三两句话说不清楚，只能沉声回答："照做就是了。"

眼下确实也没有太多的时间留给他们。

虽然已经确定这次鱼为泽并没有在到"十字军"争夺 Boss 首杀的队伍当中，可是此时在"死亡猎杀者布鲁斯"的血量不足百分之十的时候，Boss 的注意力再次被破军霸霸吸引了过去。

"响尾蛇"这边也想要发起攻击，争夺 Boss，但"十字军"显然做足了准备，要采取全体防御保人的战术模式。

连着几次的试探之后，不管"响尾蛇"的输出有多强势，"十字军"的主力团始终围绕着破军霸霸，阵型固若金汤。很显然，他们只要确保最后 Boss 还在攻击破军霸霸，首杀也就彻底稳了。

这是想顶着巨大的压力强行击杀 Boss 了。

不得不说，"十字军"的想法确实很好，而且临时的战术安排得也非常聪明，但是蛇蝎密咒自然不会愿意这么轻易松手，他扫视一圈，心里也有了想法。

"死亡猎杀者布鲁斯"的血量正在以每分钟百分之零点几的速度持续下降着。

战场中的人数，也随着玩家们的阵亡而逐渐减少。

很多人苦于复活时间过长而无法起身，地上的"尸体"也就越叠越多。

战火交织之下，氛围的紧张感一度浓烈到了极点。

而就在这个时候，江时开启了跟韩俞泽单独的小队语音："这是你小号的话，以前做的那些小苍蝇都带着没？"

韩俞泽当然知道江时问的是他的那些微型机械，扫了一眼自己的背包，说："看你想要多少了。"

江时道："够让八进四那场比赛的操作再来一次就行。"

韩俞泽第一反应是有些惊讶江时居然看了这场比赛，等下一秒捕捉到了话里的意图，顿时乐了。

当初八进四那场比赛，完完全全是他以一己之力阴了所有公会一手。等比赛结束后，他可是被其他几家公会的粉丝们在论坛上追着整整骂了好几页。

要是在今天如法炮制一次，普通玩家可能未必看得出来，但是放在那些老对手、老队友的眼中，完全就像是直接拉了一条横幅在告诉他们，他鱼为泽非但没有去帮"十字军"抢 Boss，反而另外找了个队来抢 Boss 首杀了。

韩俞泽当然知道这样跳出来搞事的做法无异于自曝，事后自然会引来很多的麻烦。

可是从另外一个角度想的话——不得不说，这操作好像还挺刺激！

对话间，两人丝毫没有影响作战，就在刚刚他们终于清理完了外围的其他玩家，也跟其他人一起朝着 Boss 所在的中央区域赶去。

韩俞泽思考过后，忽然很想看再次见到破军霸霸时候的场景，一边快速移动着，一边笑着提醒了一句："其他都没问题，但我这个号是火炮专家，使用机械的话没有完整的机械师增益效果，应该没办法实现当时的那种效果。"

江时没有直接回答。他似乎在思考最后的策略，过了几秒才再次开口："没关系，这次的局面本来就跟那场比赛不一样。"

韩俞泽问："哪里不一样？"

并肩移动的江时微微侧眸看了过来："至少这次，你还有队友。"

话语过耳，韩俞泽下意识地回了下头，两人的眼神有那么一瞬间的接触。

昏暗的环境，让光精灵整个人的轮廓都显得有些模糊，却又依稀散发着微弱的光，就这样直直地映入他的眼眸当中。

韩俞泽的嘴角无声地浮起了几分："确实，那我就放心了。"

江时得到了想要的回答，已经切换到团队频道。

他快速地在聊天框里发布了两个位置坐标，依次安排道："四、五小队去1号坐标点，啥笔携香你把剩下的人全部带到2号坐标点。"紧接着又简单地进行过交代后，他丢下了最后一句话，"都准备好了，等我信号。"

说完，江时直接跟整个队伍分道扬镳，独自一人快速地奔向了Boss所在的位置。

啥笔携香蹲了一晚上，即便是在全息游戏中都感到了脚麻。好不容易收到了指令，他顿时带着人屁颠屁颠地往坐标点赶去，此时看到了单独行动的江时，忍不住开口问道："哎？大号怎么一个人过去了，不会出事吧？"

韩俞泽也打开了团队语音："让他去，出不了事。"

"这样啊……"啥笔携香下意识应着，隔了几秒才反应过来，"等等，刚才说话的那个……你是谁？"

韩俞泽这才发现自己这次是真的忘开变声器了，也只是悠悠地笑了一下，没接话。

另外那边，江时靠近的时候，"死亡猎杀者布鲁斯"已经到了濒死的边缘。

Boss刚刚结束了最后一次狂暴状态，血量只剩下了最后的百分之四点八。

而争夺到了最后阶段，两家职业公会显然都已经杀红了眼。

所有的普通玩家经不住"神仙打架"的强度，基本上都死得差不多了，依旧屹立于场上的赫然只剩下了两家公会的主力团队。

百分之四点一，百分之三点八，百分之三点五……

白热化的局面中，可以感受到Boss每一点血量的下降都仿佛伴随着玩家们的心跳声。

就当 Boss 的血量下降到百分之三点二的时候，忽然有几条系统播报陆续弹了出来。

系统：恭喜公会"血蔷薇"顺利夺下"猩红猎人博比"的首次击杀！

系统：恭喜公会"黑塔"顺利夺下"荆棘刺客林德伯格"的首次击杀！

系统：恭喜公会"火力者"顺利夺下"沼泽伯爵詹宁斯"的首次击杀！

系统：恭喜公会"冥神殿"顺利夺下"暗夜守护者加拉赫"的首次击杀！

系统消息一条接一条。很显然是其他地图的 Boss 争夺战陆续结束了。

"死亡猎杀者布鲁斯"也即将被击杀了。

蛇蝎密咒利用一段时间完成了魔药的储备。他的余光扫过被团团守护在中间的破军霸霸，眼底的阴冷神色一闪而过，他忽然快步避开成串的技能袭击，侧滑到一个刁钻的位置，抓住时机，一通操作，成片的剧毒区域在 Boss 周围全面铺开。

蛇蝎密咒这一套操作精准卡住了技能的落点，给"十字军"的众人身上瞬间叠满了成片的中毒效果。

中毒效果的层数以肉眼可见的速度快速累积着。

六、七、八、九……十层！

蛇蝎密咒等的就是这中毒效果达到十层的瞬间。

无人渡也看准了时机，斩下一记"暴风剑"。

破军霸霸原本想带着 Boss 后撤，瞬间被巨大的风场牢牢扯住，往暴风的中心点而去。

蛇蝎密咒眼见对方退无可退，就要发起最后一击时，忽然间，毫无预兆的符文领域成片地在脚底无声展开。

两家公会的职业大神正激战在符文领域的位置，包括被他们哄抢的"死亡猎杀者布鲁斯"在内，全部被吞没其中。

蛇蝎密咒刚刚才浮起的嘴角直接一僵，到这个时候他终于意识到了什么。

很显然，等待时机的并不只有他一个而已，

所以这个领域是……

很快，蛇蝎密咒那不好的预感得到了验证。

一个十分熟悉的画面重新出现，周围的场景随着空间的切换，顿时陷入了一片混沌当中。

等到眼前的画面再度清晰的时候，铺天盖地落下的只有成片的绚烂火光，以及漫天的微型机械。

五分钟后，系统再次发出一条首杀播报。

　　系统：恭喜公会"七枚银币"顺利夺下"死亡猎杀者布鲁斯"的首次击杀！

第六章　商业奇才

"七枚银币"？这又是哪里冒出来的公会？

等待新 Boss 首杀结果的玩家们都彻底疯了。

这个时候早就已经过了零点，但是随着这条首杀播报弹出，全世界都再也没了睡意，所有人瞬间都清醒了。

很多玩家都是从下午 Boss 出现后开始等，也有一部分人专门设了闹钟，准时登录游戏来观看 Boss 首杀的情况。

通常情况下，这种顶级野外地图 Boss 的首杀都会由那些职业公会拿到，所以大家对此格外期待，也不过是想看看 Boss 的首杀最终花落谁家而已。

但万万没想到的是，这条系统公告上直接冒出了一个从来没有听说过的公会名。

玩家们反复确认了好几遍，才确定自己并没有把普通 Boss 击杀公告看成新 Boss 的首杀公告。

他们谨慎确认过后，感到更加蒙了。这到底是个什么情况？

整个"创纪元"大陆的街头巷尾都热闹了。

"这什么情况，'死亡猎杀者布鲁斯'在哪个地图来着？居然没有职业公会去抢吗？"

"谁说没有！是在第九区的格兰维尔丛林，我们公会最初也过去凑热闹，直接被那些职业公会清场了！"

"我知道！是'响尾蛇''十字军''剑与酒'三家职业公会的三方争霸，当时我还在猜到底鹿死谁手呢，啧。"

"什么？这三家公会都不好惹吧，最后居然谁都没抢到？"

"难道是鹬蚌相争渔翁得利，让那个'七枚银币'捡了便宜？"

"'剑与酒'这种不算顶尖的职业公会就算了，你们也不看看'响尾蛇'跟'十字军'里都有谁在。还捡便宜？你们怎么不自己捡一个试试？"

"我有个认识的朋友在'十字军'，他告诉我鱼为泽今天根本没有上线。估计，'十字军'内部因为他退会那事搞得有些不愉快。现在看来，是不是侧面证明了'十字军'少了鱼为泽就是不行？"

"不只是'十字军'啊，不管行不行，这还有一个'响尾蛇'呢！你当老毒物他们是吃素的？"

"我刚去问了在'响尾蛇'和'十字军'公会的朋友，他们挺有默契的，都发了我一串乱码让我琢磨。"

"哈哈哈哈我懂了，他们已经气到失语了对不对？"

在围观群众的议论当中，"响尾蛇"和"十字军"的成员正面无表情地退出格兰维尔丛林的地图。

纵使外面众说纷纭，也没有人能真正体会到他们内心的崩溃。

无人渡在"创纪元"大陆叱咤风云多年，自认为已经练就了一颗波澜不惊的大心脏，可是这次的经历，依旧让他有些按捺不住想要拔刀的冲动。

再侧眸看去，他发现蛇蝎密咒的脸色已经沉到了谷底，周围的气场比起平日里的阴戾乖张，还要冷几度。

无人渡相当贴心地走过去拍了拍蛇蝎密咒的肩膀，像是在安慰战友又像是在安慰自己："放宽心，胜败乃兵家常事……"

不说倒还好，一说，蛇蝎密咒不由得回想起了五分钟前的经历。

他原本只是压低的嘴角不受控制地狠狠抽搐了一下。

当时整个局面明明已经被他们稳稳控制在了手中。五秒！不，或许只需要三秒的时间！"十字军"的破军霸霸便会在中毒效果下流血而死。

而他们，只要在破军霸霸倒下的那一瞬间精准地吸引住 Boss 的注意力，出现在首杀公告上的便会是他们"响尾蛇"公会的名字。

可是那个符文领域，偏偏刚好早了那么一秒！是巧合吗？

如果并不只是巧合的话，那么那个符文师对时机的精准把控能力，未免强得太过可怕了！

蛇蝎密咒在第一次感受到那个空间符文领域的效果时，就已经意识到了这背后极大的操控性，却怎么都没有想到，那个符文师的下一个操作居然直接就把他给算计了。

包括 Boss "死亡猎杀者布鲁斯"在内，周围两家公会的所有成员都在符文领域的作用下，被集体转移了。

至于转移的落点更是早有安排，这行为完全属于请君入瓮。

那个"矮炮"的地雷阵明显是提前布置好的，一次性爆发的轰炸效果相当惊人。

可即便如此，如果没有之前蛇蝎密咒施加的那些中毒效果，轰炸也无法发挥出这样巨大的杀伤性。

如果说这一套技能彻底把"十字军"打得失去战斗力了，那么接下来的那片微型机械，明显就是冲着他们"响尾蛇"来的了。

密集的机械迷阵，仿佛八进四那场晋级赛决胜时刻的画面重演。而能做到这一切的只可能是那个男人——鱼为泽。

蛇蝎密咒也没想到，之前遇到的那个"机炮"玩家居然是鱼为泽！

他没有参与"十字军"争夺Boss首杀的队伍，反而用小号混在"七枚银币"这个公会反将一军？

这个人是真的一点也不怕身份曝光后会遭到口诛笔伐啊！

不过退一万步来说，鱼为泽这种跟老东家彻底撕破脸皮的做法，勉强可以算是"响尾蛇"公会在Boss首杀日收获的唯一的好消息了。

他们可以让人事团队的人去联系一下，问问鱼为泽有没有兴趣加入他们公会了。

蛇蝎密咒这样想着，勉强调整了一下不甘的心情，招呼旁边的无人渡和暮色降临："都结束了，回去吧。"

暮色降临向来随遇而安，这个时候却难免有些郁闷："这就完了？"

"不然呢，难道还想回去再打一场？"无人渡忍不住笑，"反正我不干这种秋后算账的事，我有大神包袱。"

"就你有包袱，我难道不也是懒得去？"暮色降临说着，朝蛇蝎密咒看了过去，"老毒物你说。"

"行了，走吧。"蛇蝎密咒摆了摆手，"相比起来，我觉得'十字军'那边的心情一定更加不错。"

另外两个人自然知道蛇蝎密咒是什么意思。

想起刚才那些微型机械，他们互相交换了一下视线，烦闷的心情顿时又愉快了起来。

有时候人生就是这样，只要想想别人比自己还憋屈，就没有什么过不去的坎。

"十字军"那边确实非常气愤。

破军霸霸甚至连团队都没有整顿，就黑着一张脸走了。

回到复活点的几个团队的"十字军"成员被丢在这里，茫然地大眼瞪小眼半天，最后没等到指令也选择了原地解散。

公会内部的气压非常低，"十字军"主力团的众人在回去的路上，谁也没有说话。

等回到公会领地的会议大厅，破军霸霸才狠狠地把门一摔。憋了一路的话说出口时因为过于气愤，声音一度有些破音："鱼为泽！鱼为泽这家伙……我就知道他这段时间不上线肯定是在憋着什么损招！可以啊，原来是在这里等着我呢！"

"十字军"的其他人站在旁边面面相觑，谁也没敢吭声。

阿克达斯玩弄着手套，头也没抬一下："你还不了解他？他如果真的什么都没做，那才叫见鬼了。"

即便是在全息游戏的世界中，破军霸霸也能感觉到气血涌上头顶，胸口也不可避免地剧烈起伏了两下。

他很想再说些什么发泄内心郁闷的情绪，可是张了张口，硬是气得一声都没能发出。

就当破军霸霸好不容易深吸几口气把心情调整了过来，刚刚掩上的会议室大门被人从外面推开了。

紧接着，一个绿油油的脑袋缓缓往里面探了探，环顾了一圈后，朝众人露出了灿烂的笑容："哟，大家都在呢？"

虽然俗话说伸手不打笑脸人，可谁不知道绿色控是鱼为泽的徒弟。

要放平时还好，可是偏偏在这个关头，这样的笑容怎么看怎么觉得是在嘲讽他们。

破军霸霸的脸色瞬间又难看了几分，他强行控制住即将爆发的怒意："有什么事？"

"哦也不是什么大事。就是我师父知道了我们错失新 Boss 首杀的事情，感到非常悲痛。他刚刚告诉我说一会儿就上线来看看，让我确认一下大家都有没有去睡觉。"绿色控笑容可掬，"现在看来，没睡就好，没睡就好。果然，各位前辈对公会的事就是上心啊！"

"十字军"众人一时语塞。

破军霸霸觉得自己的脑袋里仿佛连续炸了几串鞭炮，气得眼前一黑，愣是连回怼都忘了。

这谁还睡得着啊？

同一时间的"七枚银币"公会。

公会频道里的消息发得飞快，所有在线的成员在看到刚才的首杀公告后都十分激动。

这是与其他公会截然不同的喜气洋洋。

　　啥笔携香一边在公会频道里吹牛，一边还不忘在团队语音当中自我陶醉："刚才都看到了吗？野外地图 Boss 可是我亲自完成的击杀！最后 Boss 的血量可是被我们一群人硬生生给磨掉的！是我们，我带的这个团队！如果没有我这样强大的后盾，这次的 Boss 首杀也不可能收获得这么迅速！"

　　必须得承认，消灭完那两家职业公会的人之后，如果没有啥笔携香这个全程待机的凑数团队，光靠江时那边的五个人也确实没办法在那些人复活之前击杀 Boss。

　　在必要的时候江时向来不吝夸奖，虽然只是敷衍，语气也相当诚恳："嗯嗯，你是最棒的，不愧是我们的副会长，厉害。"

　　啥笔携香感到自己的尾巴已经翘得比天高了："必须的！"

　　江时应付完了，回头看向岛上森林："会长怎么样，击杀新 Boss 后的材料掉落都清算出来了吗？"

　　岛上森林道："嗯嗯，先别急，快了快了。"

　　江时道："慢慢来，我不着急。"

　　连职业公会都眼热新 Boss 首杀是有原因的。毕竟这是当前版本顶级的 Boss，完成击杀的瞬间掉落出来的，可全都是最新的高端材料。

　　这些也是除了首杀成就之外的最具吸引力的东西。

　　击杀 Boss 后铺天盖地掉落了一堆材料，对"七枚银币"这种普通的休闲公会来说，已经是建立公会以来所有收入的三倍不止了。

　　折腾了一晚上，江时也有些累了，在等待岛上森林清点的过程中，他抱着十字架在旁边闭目养神。

　　隐约间他听到有什么动静，将眼睛睁开了一条缝，看到是韩俞泽走了过来，便问道："还有事？"

　　拿到 Boss 首杀，深井冰患者跟君子范早就已经退了队，就连队里那个牧师也已经下线休息去了。

　　这个时候，第四、第五两个小队的列表里面只留下了他们两个的在线头像，从某种角度来说，这里仿佛成了一个独立的私密空间。

　　韩俞泽也靠上了江时旁边的墙壁，顺着他的视线看去，看到了两眼放光地在那数着资产的岛上森林，说道："不是什么大事，就问问你准备什么时候把我踢出公会。"

　　江时用余光瞥他："问这个做什么？"

　　韩俞泽对上他的视线："如果不着急踢我的话，我就安心换号去了。"

　　提到换号，江时瞬间就明白了韩俞泽的用意。

事后清算，杀人诛心啊。

江时对"十字军"那边的情况也非常好奇，不轻不重地说："没事，先不踢你，快去吧。"

韩俞泽笑了笑："那我去了。"

江时眼睁睁地看着旁边的人下线退出游戏，下意识想去看看韩俞泽准备要登录的那个号，打开好友列表才想起来对方已经被自己删了。

他思考片刻，回忆了一下韩俞泽最近的一些行为，感觉对方似乎并没有找他算账的意思，便搜索了鱼为泽的 ID，发出好友申请。

　　系统：抱歉，对方拒绝接收任何好友申请。

哦，开启了拒绝好友申请的设置啊。既然如此，那就算了吧。

江时挑了下眉，无所谓地关上了好友面板。

与此同时，鱼为泽的账号重新上线了。

他登录游戏的第一件事，就是给破军霸霸发去了诚挚的慰问。

　　鱼为泽：我这两天感冒发烧，一不小心就睡过去了，没来得及上线。

　　鱼为泽：新 Boss 的首杀居然没有拿到吗？

　　鱼为泽：怎么会这样呢，太可惜了啊！

静静地看他表演的破军霸霸一言不发。

唉，他的刀呢？好想砍了这个人！发烧？睡过头了？忘记上线？鬼才会信他的鬼话！

想杀一个人的心情是控制不住的，如果不是自知打不过鱼为泽，破军霸霸肯定不会试图控制自己。

而这时候他只能硬撑着一口气，咬牙切齿地回复。

　　破军霸霸：只有我们两个人，还在这演戏，有意思吗？

　　鱼为泽：嗯？我怎么听不懂你在说什么？

　　破军霸霸：呵呵，如果让我曝光你带别的公会的人抢了新 Boss 首杀，你猜外面的人会怎么看待你？

　　鱼为泽：嗯？是我还没睡醒吗，你怎么一直说我听不明白的话呢？

破军霸霸差点把手里的骑士枪给扔出去。

鱼为泽这个时候选择上线的用意溢于言表，但是破军霸霸怎么也没想到，这家伙居然能厚颜无耻到这种死不承认的地步。

然而抛开那格外具有辨识度的机械操作，他们"十字军"这边还真没有证据可以证明，那个机械城的火炮专家就是鱼为泽。

所以现在的局面，就算真像破军霸霸说的那样直接曝光出去，只要鱼为泽不认，又有谁能相信他们"十字军"的一面之词？除非今天"响尾蛇"在场的几位大神愿意出面作证。

破军霸霸的心思动了一下，很快又放弃了。

最近闹得这么沸沸扬扬，谁不知道鱼为泽即将退会的事情？这个人现在可吃香了，恐怕包括"响尾蛇"在内的各大公会都有招揽他的心思。所以不管怎么看，"响尾蛇"都不可能为了给他们"十字军"这个对手公会的面子，而选择把鱼为泽狠狠得罪一番。

破军霸霸满腔憋屈，思绪不由得有些混乱。

可偏偏他这边打算忍辱负重，韩俞泽却火上浇油。

　　鱼为泽：其实我现在上线也没什么事，就是知道首杀失利了上来安慰你一下。

　　鱼为泽：毕竟新 Boss 首杀这种事情，"十字军"这样的大公会榜上无名还是有些难看，作为会长应该很难跟上头交差吧？真是让人担心呢。

　　鱼为泽：不过，现在看会长你精神还不错，我就放心了。加油加油，还是要继续加油哦。

　　鱼为泽：好了慰问送到了，那我下线继续睡觉去了啊。你也知道，感冒发烧什么的，容易头疼。

破军霸霸强忍着想要吐血的冲动，赶在韩俞泽下线之前发出一条消息。

　　破军霸霸：你也别得意，日子都要到了，先说说到底什么时候来基地签解约协议吧。

　　鱼为泽：哦，明天下午就去。

发完最后一条消息，韩俞泽就下线了，留下破军霸霸一个人定定地看着已经暗下去的头像继续磨牙。

最后他无处发泄怒火，也烦闷无比地下线了。

现在游戏内到处都在聊着新 Boss 首杀的事情，每一个字都仿佛是扎在破军霸霸这位"十字军"现任会长心口上的一把刀，还不如耳不听为静！

当天破军霸霸心烦意乱，整夜都没有睡着。

第二天他上线溜达了一圈之后就又退出了游戏，眼巴巴地看着表，就等着和韩俞泽当面算账。

好不容易到了下午，吃完午饭，破军霸霸就直接蹲在了基地大门口。

时间一分一秒地过去，破军霸霸等得几乎要原地石化了，终于有一辆出租车进入了他的视野。

车上下来了一个十分熟悉的身影。

破军霸霸脸色一沉，神态凝重，三步并作两步迎了过去。

韩俞泽一下车也看到了那个朝他疾步走来的男人。

他不急不缓地支付了车费，将车门一关，双手插着裤子口袋，慢悠悠的步伐与破军霸霸的疾步形成了鲜明的对比。

"嗨，会长好久不见。"韩俞泽的脚步丝毫没有停歇，亲切地打了声招呼，还在擦肩而过的瞬间，顺便在破军霸霸的肩膀上拍了两下。

破军霸霸到嘴边的话还没来得及说出口，就眼睁睁地看到韩俞泽根本没把他放在眼里似的，从他身边走了过去。

他的脸色更冷了，紧握着拳头，转身看向那个转眼间已经走到大门口的背影怒道："鱼为泽，你给我站住！"

韩俞泽真的停下了脚步。

回头的时候，他依旧是那似笑非笑的样子，但是勾起的嘴角好像有一种别样的冷意："会长，还有什么事吗？"

简简单单的一句话，在这种态度下，忽然间让破军霸霸感受到了从未有过的压迫感。

四目相对，面前明明是他之前非常熟悉的人，却又充满了陌生。这是破军霸霸从未有过的感觉。

因为老会长易水边的关系，破军霸霸印象里的鱼为泽虽然装腔作势、性格乖张，根本不知道给他面子，可是对他给出的所有安排从来都没有拒绝过，始终保持着一分忍让克制。这让他产生了一种稳稳将这人拿捏在手里的错觉。

可眼下，韩俞泽举手投足间却传递着对他的不屑与鄙夷。

　　韩俞泽这一趟过来，仿佛是在告诉他，他韩俞泽未来的一切已经完全不再受他掌控了。

　　破军霸霸酝酿了一晚上的烦闷情绪本该彻底爆发，结果硬生生地被韩俞泽看来的这一眼给堵了回去。

　　最后，他色厉内荏地张了张嘴："什么事？难道你自己不知道吗！"

　　韩俞泽直接换上了一副无辜至极的询问神态。

　　他虽然没开口，却像是在无声地说：我不知道呀，要不你来告诉我？

　　面对对方这副准备装傻到底的态度，破军霸霸被气笑了："鱼为泽，你别以为我们拿你没什么办法！等着吧，昨天晚上的账我迟早都会跟你好好清算！我倒要看看，最后哪家公会愿意收留你尊大佛！"

　　"哦，知道了，所以还有事吗？"韩俞泽等了一会儿，见破军霸霸没再开口，才慢悠悠地勾起了嘴角，"没其他事的话，我就去办解约手续了。"

　　说完他没再搭理破军霸霸，转身走了。

　　韩俞泽当然知道破军霸霸在用什么威胁他。

　　当年他和易水边对话的时候破军霸霸也在场，退出"十字军"后他准备当个普通玩家，休闲游戏的事破军霸霸也知道。

　　可如果他不加入那些职业公会，只要他继续玩这个游戏，"创纪元"大陆上确实没有几个公会能够经得起"十字军"的全面针对。

　　不过，那又有什么关系呢？

　　最重要的是，他现在自由了。自由之后，最后倒霉的是谁，还不一定呢。

　　签署解约合同其实十分简单，比较麻烦的是鱼为泽这个账号上的一系列装备和道具的归属问题。

　　所有正规公会里面的职业玩家都会有类似的协议。

　　公会愿意提供大量的资源，当然是在职业玩家全心为公会效力的前提下。所以一旦职业玩家解约退会，身上的顶级装备等一系列公会扶持的资产，都需要进行重新判定，归还属于公会的部分。因为鱼为泽这个账号是机械师这种手艺人职业，那些与微型机械研发相关的技术，还需要跟技术部门进行交接。

　　韩俞泽用基地的虚拟舱进入游戏，将身上和仓库里的东西跟工作人员清算完毕。

　　等按下退会按钮后，他没有留意"十字军"的其他成员，保留着个人资料里空白的公会一栏，原地下了线。这种感觉就像是净身出户。

　　韩俞泽从"十字军"基地里出来，已经是傍晚时分。

风轻轻，天蓝蓝。

兑现完当年的承诺重获自由的感觉，真的相当愉快。

在路边等车的时候，韩俞泽的手机响了起来。

他看了一眼来电显示，按下了接通键："喂，易哥。"

来电的正是当年"十字军"的初代会长易水边。

他在现实生活里曾经是韩俞泽的邻居，从小到大为了护着他没少跟周围的流氓、混混打架斗殴，当初如果没有他，韩俞泽越混越野，难免误入歧途，所以虽然他已经退出游戏那么多年，韩俞泽依旧十分尊敬地称他为"易哥"。

也正是因为他们有着深重的交情，韩俞泽本来当年也想过退出游戏不玩了，最后还是答应了易水边多在"十字军"公会里效力几年。

易水边这个时候给韩俞泽打电话，开门见山道："听说你合约到期了，已经正式解决退会的事了吗？"

"嗯，解决了。"韩俞泽随手拦了一辆出租车坐进去，报了地址之后以一个舒适的姿势靠在后座上，"怎么了易哥？这是忽然想到我尽心尽力地为你多奉献了四年的青春，忏悔来了？"

"你就别损我了。当年卖公会是因为你嫂子要做手术，实在缺钱没有办法。"易水边苦笑了两声，"我啊，是真的彻底想通了，虽然还是叫'十字军'，但那已经不是我们一手创建起来的公会了，就算你留在那里也没什么意义了。当年的初心怎么看都像个笑话。这不，趁着你退会，我再跟你好好忏悔一下，让你因为一个合同被困了那么多年，哥是真的对不住你！"

韩俞泽前面的时候还有些唏嘘，听到后面直接乐了。

这些年来，易水边没少跟他说对不起，隔三岔五想起来就来个道歉，韩俞泽的耳朵都听得要起茧子了。

那时候易水边不得不卖出自己心爱的公会，为此失眠了整整好几天，最后放心不下才求着韩俞泽留下来继续为公会效力。

可实际上，那会儿韩俞泽早就已经动了退出游戏的心思，因为小时候欠了易水边很多人情，才答应继续玩几年，权当还债了。

所以按照韩俞泽原先的打算，等跟"十字军"解除协议之后，他就不准备继续当职业选手了。要么退出游戏，要么当休闲玩家，找找"十字军"的麻烦也没什么不好的。

不过，现在的情况显然不一样了。

"也别这么说。"韩俞泽笑了一声，反过来安抚道，"你也没什么对不住我的，要不是有你，我现在也许还是个在哪里鬼混的野小子呢。当年你这么放心不下'十字军'，我多效力几年也没什么，反正闲着也是闲着。而且……我那会儿确实没想当职业玩家，没这个合同拖着，我可能早就退出游戏了。"

易水边道："是真的怪我！唉，其实当时合同一签我就已经后悔了……现在看到你终于解约了，我也就放心了。说吧，有什么想要的？让哥补偿你一下。"

"补偿就不用了。其实从某个角度来讲，你不仅没有对不起我，反而我还应该谢谢你才对。"韩俞泽嘴角勾起了一抹意味深长的弧度。

易水边问道："所以你现在还准备继续玩吗？当年说不想当职业玩家了，现在呢？"

韩俞泽的视线落在窗外，眼底是满满的笑意："现在啊，我已经有想去的地方了。"

一路上两人又聊了一会儿其他的事情，抵达住处之后，韩俞泽就结束了通话。

他到家后并不着急吃晚饭，而是直接启动了虚拟舱，登录了那个女性小号，回到之前下线的地点。

他上线的第一件事就是打开好友列表，找到那个光精灵的头像，发了条消息。

甜心小可爱：有空吗，聊聊？

江时其实已经知道了鱼为泽退会的消息。毕竟这也算是近期万众瞩目的事件，现在玩家们除了在聊昨天的新 Boss 首杀，就是在说下午鱼神退会之后"十字军"内部一片混乱的事情，讨论得风生水起。

要不是亲身经历了这件事，他都不知道鱼为泽的讨论度居然这么高。

当然，其中一部分"十字军"的粉丝在痛骂鱼为泽，还有不少其他职业公会的粉丝们在幸灾乐祸。

江时本来以为韩俞泽今天不会上线，却眼睁睁看着他的游戏头像亮了起来。

看到他发来这么一句话，江时也没拒绝，因为好奇对方是不是因为退会的事情要哭一顿，便颇有兴致地赴约了。

结果没想到，韩俞泽找他聊的竟然是接下来选择去哪个公会的问题。

听对方一股脑儿说了一通，江时也反应了过来："你的意思是，当年你因为答应了易会长，所以才给'十字军'效力那么多年，结果因为得罪了太多人，现在没地方去了？"

"是这样没错。"韩俞泽看着江时，神态里带着三分期待、七分忧郁，颇为心累地深深叹了口气，"实在无家可归，就想问问你，'七枚银币'能不能可怜可怜我，收留我一下？"

江时看一眼韩俞泽的表情就知道，这人孤苦伶仃的样子全是装的。

可即便如此，他这楚楚可怜的神态确实让人难以拒绝。

最主要的是，只要一想到鱼为泽加入"七枚银币"后可能会引起的轩然大波，江时体内那唯恐天下不乱的基因就有些蠢蠢欲动。

果然，未知的未来总是让人充满期待。

江时想了想，也没打算拦着。毕竟确实没有拦的必要。

"七枚银币"的会长是岛上森林，副会长是啥笔携香，不需要他越俎代庖。

"想来就来呗，问我做什么？我们公会你也用这个号加过，反正没有入会审核，就提交一个申请。"江时说着，还不忘非常友好地提醒了韩俞泽一句，"不过你要加入的话还是得尽早。现在外面很多玩家都被 Boss 首杀的成就吸引过来了，光今天一天就已经涌进了一大批人，剩下的位置有限，慢了就加不进来了哦。"

经他这么一说，韩俞泽打开公会面板看了一眼。

正如江时所说，"七枚银币"公会确实增加了很多人，原本距离公会的人数上限还有将近一半数量的空余，这才一天的工夫，居然就只剩下五个位置了。

而就在他快速扫过的几秒钟里，又加入了两个人，空余的位置瞬间只剩最后三个。

韩俞泽心头一跳，跟江时打了声招呼，就毫不犹豫地下线切换账号去了。

他再度登录账号"鱼为泽"，直奔公会联合管理局。

几分钟之后，新的入会通知弹了出来。

系统：欢迎玩家"鱼为泽"加入"七枚银币"公会。

原本活跃异常的公会频道诡异地安静了一瞬。

新 Boss 首杀的成就，让"七枚银币"声势浩大地在"创纪元"大陆狠狠打了一次广告，不少被职业公会拒收的玩家自然慕名而来。

从昨天晚上开始，新人入会的系统通知就完全没有停过。

虽然在这些人里有一部分是其他公会安排进来的卧底，不过所谓的休闲公会原本就是"铁打的领地，流水的成员"。来来去去皆是过客，管他来的是什么人，只要公会足够热闹就好。

整整一天的时间里，公会频道的聊天就没有停过，而鱼为泽的入会通知弹出后的十秒钟，成了公会这一天里最为清静的时刻了。

但公会成员们也只是安静了一瞬，紧接着所有人的震惊就彻底爆发了出来。

> 新村学生：是我产生错觉了吗？看看我看到了谁！
>
> 新手上路：游戏里允许有同名的玩家吗？
>
> 柠檬味少女：同名什么！这真的就是鱼神啊啊啊啊！他下午刚退出"十字军"了，我刚刚还在猜他会去哪家职业公会，居然来这里了吗？
>
> 冲击皇冠梦：我跟你们想的就不一样了，我们刚刚抢了"十字军"的新 Boss 首杀，鱼为泽现在过来，是来找事的吧？
>
> 整个世界2C：这么一说，会打起来吗？
>
> 一个开有就：只有我怀疑是因为柜台人员登记的时候，不小心手抖登记错了吗？鱼为泽应该很快就会退了吧。
>
> 利尔斯里：确实，我想不出这种大神有任何加入我们公会的理由……
>
> 雪域迷城：啊啊啊不管他什么时候退会，四舍五入我跟鱼神在同一个公会里面待过了！
>
> 你好啊：大家有这时间去论坛嘚瑟一下吧。"十字军"那边现在如丧考妣的，外面的人都在猜鱼神会转去哪家大公会，结果来了我们这里，这不得去好好炫耀一下？
>
> 咯咯咯咯哒：这大概是我距离话题中心最近的一次。

公会频道里的消息以肉眼难以看清的速度飞快滚动着，成员的活跃程度瞬间冲破了会内曾经有过的最高峰。

更有不少人按捺不住兴奋，转身就将鱼为泽加入"七枚银币"的消息传了出去。

大概过了五分钟，韩俞泽这个引起轩然大波的当事人才在公会频道里露了脸。

> 鱼为泽：嘿，大家好。
>
> 鱼为泽：以后就是一家人了，还请多多关照啊！

什么寻仇，什么柜台人员手抖，所有的猜测都随着这么一句话，彻底烟消云散了。

"七枚银币"所有在线的成员看到这句话后，彻底沸腾了。

听这意思，鱼神是真准备要在"七枚银币"长待了啊！

场面过于火热，一度无法控制。

江时打开公会频道时，鱼为泽三言两语之间已经笑吟吟地跟公会成员们打成了一片。

要是不知道实情，光看鱼为泽这副相当熟稔的样子，还让人以为是哪位公会元老外出归来了。

江时没忍住笑了一声。

眼看有人发来了好友消息，他打开后发现是他们的那位副会长。

啥笔携香显然也被鱼为泽的突然入会给吓到了，直接连发了三条消息。

> 啥笔携香：大号你在吗？你在吗大号！
>
> 啥笔携香：你跟鱼神认识对吧，他到底是什么情况？
>
> 啥笔携香：会长她不在，我现在也根本不敢吭声，你如果看到了就赶紧回复，给我透下底？
>
> 材料大号：透什么底？
>
> 啥笔携香：那还用问吗！你告诉我，他真的是来加入我们，而不是来找我们寻仇的？

鱼为泽亲自动手抢的 Boss，难道还能回来找自己寻仇不成？

江时忽然有些好奇，如果告诉啥笔携香那个叫"甜心小可爱"的女性火炮专家就是鱼为泽，这位副会长会有什么反应。

不过他也就想了一下而已，考虑到对方的心理健康，他还是选择了先安抚一下。

> 材料大号：真的。鱼为泽之前先问过我，是我让他来的。
>
> 啥笔携香：太好了，那我就放心了！
>
> 材料大号：这就放心了？
>
> 啥笔携香：不然呢？
>
> 材料大号：没什么，过几天你就知道了。

啥笔携香：你能不能把话说清楚！

江时发了个"只可意会，不可言传"的表情包，然后就无视了之后的一系列消息，关上了对话框。

啥笔携香这种休闲玩家还是想得太简单。

现在的问题怎么可能是鱼为泽会不会找他们报仇呢？之后最大的问题，明显是其他几家意图招募鱼为泽的职业公会的态度，以及即将爆发的舆论吧？

其他职业公会倒还好说，"十字军"的人显然已经知道了鱼为泽参与了新Boss的首杀争夺，在他们眼皮子底下把肉骨头抢了，他们肯定不愿意就这么善罢甘休的。

所以，鱼为泽一开口江时就已经知道了，这家伙哪里是无家可归找人收留，完全是找地方避难，同时看他最近的游戏生活太过清闲，贴心地给他送乐子来了。

至于后续可想而知的舆论压力，就让"七枚银币"抗吧。

他江时只是一个再平常不过的普通公会成员，舆论的事就让正、副会长操心好了。

江时又看了一会儿热闹的公会频道，就没什么兴趣地关上了。

他转个身继续走向岛上森林的店铺，去提他的第二批符文石的寄售收入。

江时倒是没想到居然有人提前等着他，他还没进门，就被从转角冲出来的男人拦住了。

他扫了一眼对方的ID——闯世界，不就是那个收走了他所有恢复效果符文石的"响尾蛇"公会成员吗？

江时瞬间就明白了对方的来意，于是也不耽搁，开门见山道："抱歉，我知道你们对我的符文石很有兴趣，但是我并没有加入你们'响尾蛇'的打算。"

闯世界是公会的管理人员安排下来找江时的，结果因为店员NPC也不知道该怎么联系江时，他只能守株待兔，蹲守了一天一夜。

在这之前，他心里已经酝酿了一系列的邀请词，可万万没想到根本还没开口，就被对方给堵了回来。

这大概是闯世界邀人加入公会的经历中，被拒绝得最快也是最干脆的一次。

"响尾蛇"算是顶级的职业公会，这种公会的福利可是出了名的好。

像这种大公会平常都是一众玩家挤破脑袋也想要加入，就算有其他考虑，也会说明犹豫的原因，可从来没有像现在这样还没开始就宣告结束的。

江时这一句话，直接把闯世界给弄得不知道该说什么了。

他好半晌才回神，讷讷道："那个……就不考虑一下吗？"

"真的不考虑，谢谢。"江时客气地说了一声，稍稍侧身绕过，走进了店铺。

店员 NPC 布尔沃笑容可掬地递上已经清点好的寄售收入："您好，这是您放在我们店里的寄售利润，还请仔细收好。哦对了，这次的符文石依旧是门口的那位老板给全部收走的哦。"

江时跟布尔沃道了声谢，将银币收好，用余光瞥了一眼还等在门口的那个身影。

其实当闯世界出现在他跟前的时候，就不难猜到会是这样的结果。

"响尾蛇"明显看上了他的这些属性罕见的符文石，既然想要出面招揽他入会，自然不希望这些石头流入市场让其他公会的人看到。

门外的闯世界留意到江时的视线，干巴巴地朝他露出一抹笑容。

另一边，他刚刚已经转达了被江时拒绝的情况，耐心地等待着蛇蝎密咒的进一步指示。

闯世界不知道的是，蛇蝎密咒此时也感到很头疼。就在刚刚，他收到了鱼为泽加入"七枚银币"的消息。

在新 Boss 首杀现场认出鱼为泽的小号后，蛇蝎密咒就觉得这个能跟鱼为泽配合得天衣无缝的符文师，肯定不会是什么普通角色。

而现在，鱼为泽退出"十字军"后，居然没联系任何一家职业公会，直接进了这家休闲公会。

这个"七枚银币"公会，从露面开始一直到现在，所表现出来的一切，无不透着一种诡异。

这绝对不可能是一个普通的休闲公会！

而且蛇蝎密咒虽然具体说不上来，却隐约有一种感觉——不管是鱼为泽还是这个符文师，他都必须尽可能地招进"响尾蛇"来。要不然，后续的事情恐怕还会朝着一个更加失控的方向飞速发展。

蛇蝎密咒做出了决定。不管到底能不能挖到人，至少应该表现出一定的态度。

　　蛇蝎密咒：你想办法邀请那个材料大号来一下公会领地，一起聊聊。

闯世界看到这条消息的时候下意识地揉了揉自己的眼睛，有些不敢相信自己看到的内容。

什么情况？不就是个掌握了不错的符文石配方的普通符文师玩家吗，看蛇神这意思，居然想要亲自出面招揽！

闯世界一时间不知道该如何描述自己的心情。

眼见着符文师从店铺里走了出来，他强行回神，丝毫不敢怠慢地迎了上去："您好，还得打扰您一下。请问您现在有时间吗？蛇神他……想要请您去公会领地见面聊聊。"

江时还是不太习惯"蛇神"这个称呼，顿了一下才反应过来他说的是谁。

蛇蝎密咒约他见面？

"响尾蛇"的人会来找他算是意料当中，但是居然对他这么执着，这确实是江时没有想到的。

不过，虽然"响尾蛇"他是肯定不会过去的，但是有些生意……倒也不是不能谈谈。

俗话说得好，有钱不赚王八蛋。

这样一想，江时也露出了和善的笑容："有时间，劳烦带个路吧。"

因为江时之前的态度过分强硬，闯世界还在担心如果再被拒绝要怎么办，没想到这次对方居然答应得这么爽快。

喜出望外之下，他立刻做了个"请"的动作："好嘞，这边走！"

"响尾蛇"的公会领地位于他们管辖的第九区主城。

第一赛季江时还在玩的时候并没有职业公会这种说法，而且游戏刚推出的阶段，总共就那么几张地图，更不存在所谓的分区管辖权了。

因此，从某种意义上来说，这是他第一次踏足这种豪门公会的官方领地。

不得不说，这里的豪华和气派，果然不是"七枚银币"这样的小公会可以比的。

光是领地面积就已经超出了十倍不止，更不用说各式各样的建筑群的宏伟外观了。

难怪那些顶级公会为了十大区的管辖权打破了头，管辖区内每个月的营收提成还真不少，这才是真正的排场！

闯世界在前面带路，一边往招待大厅走去，一边暗中留意着身后那位符文师的动静。

眼看着对方露出了一副乡下人进城般的好奇模样，他忍不住在心里暗暗笑了一声，忽然觉得招募的事或许有戏。

抵达之后，他轻轻地敲了敲房门，扬声道："蛇神，我们到了。"

蛇蝎密咒的声音传了出来："进来吧。"

闯世界站在原地没有动，给了江时一个眼色。

江时会意，推门走了进去。

他第一眼就看到了两边沙发上坐着的四个男人。

最初只说是蛇蝎密咒找他，没想到"响尾蛇"的另外两位大神——无人渡和暮色降临居然也等在这里，还有一位则是担任公会会长的军刀五纵。

这四个人齐齐出面，从各种角度上来看，都算是给足了江时面子。

随着江时一进门，所有人的视线都聚集了过来。其中，军刀五纵这位响尾蛇公会会长的表情最为疑惑。

在这之前，军刀五纵大概也听说了闯世界找到好属性符文石的事，但对之后的情况并不怎么了解。

而就在刚刚，蛇蝎密咒突然发消息让他来接待室一趟，说是为了招人，这让他对这位素未谋面的符文师产生了极大的好奇。

江时自然感受到了这些视线里的探究。

他礼貌地朝众人点了点头，见对方没有开口，也就施施然站在那里，显得丝毫不着急。

作为这次会面的发起者，蛇蝎密咒没有出声。

旁边的无人渡倒是当惯了代言人，先热情地打了声招呼："材料大号你好，久仰大名。听老毒物说，你刚刚拒绝了我们公会的入会邀请？是这样的，你是回归玩家，可能还不太清楚我们公会有哪些内部福利。为了避免你不知道自己险些错过了什么，要不，就由我来给你说明一下？"

"谢谢抬爱。"江时朝他笑了笑，"福利什么的我确实不太清楚，不过应该也不影响最后的决定。虽然加入职业公会的机会可遇不可求，但我觉得，'七枚银币'其实也挺好的。"

这个"也"字用得相当精妙。

无人渡第一次见到有人将普通公会跟他们"响尾蛇"放在一起相提并论，稍微哽了一下，随后失笑地看向了旁边的蛇蝎密咒："果然，有才华的人都是有个性的吧？"

蛇蝎密咒并没有给出回应，而是远远地看着江时，再开口时，直接换了一个话题："争夺新 Boss 首杀的时候，你用的那个符文石，是有空间效果的属性吗？"

江时身在人家的地盘倒也不怕被报复，大方地应道："嗯，两个领域的位置同步转换，是单向性的，只能换过去，不能换回来。"

蛇蝎密咒沉思片刻，试探性地问："是紫色品质的符文石？"

江时答："金色。"

话音刚落，另外几个人的视线里纷纷带上了一抹错愕。

之前由闯世界带回来的那些符文石当中，最高的也不过是紫色品质。如果是这种情况，只要让他们的技术团队研究出材料配方和工艺方法，以"响尾蛇"雄厚的资本，要大批量投入生产并不是什么困难的事。

可如果是金色品质，那可就完全不一样了。

"创纪元"大陆上的顶级手艺人向来稀缺，其中最主要的原因，就是任何一件金色道具的制造要求都苛刻到了极致。

全手工也就意味着每一步都要亲力亲为。而在整个过程中，任何一道工序出现了一丝瑕疵，成品就注定与金色品质无缘了。

能做出紫色品质道具的手艺人有很多，差别不过是成功率高还是低的问题，但是能产出金色道具的人，万中无一，绝对是堪比现实顶级技术人员的稀缺程度。

江时在决定说实话之前，就已经猜到了众人的反应。

倒是这会儿见蛇蝎密咒一副早已料到的样子，他稍微感到惊讶，但再仔细一想，忽然明白了过来："蛇神，我放在拍卖行的那个金色品质的恢复符文石，该不会就是你买走的吧？"

蛇蝎密咒微妙地顿了一下，承认了："是我。"

蛇蝎密咒确实比其他人更早知道。

说来也巧，他已经很久没有去拍卖行溜达了，那天心血来潮进去看了看拍卖清单，一眼就看到了那颗金色品质的恢复符文石。

当时他是用一口价直接拍下来的，到手之后一看，制作人署名赫然又是之前的那个"材料大号"。

江时听到这样的回答，意味深长地笑了一声："既然这样，一切就好说了。"

他打开背包翻了翻，随手从里面摸出了一把符文石，搁到中央的桌子上。

稀缺的金色品质符文石顷刻间铺开了一排。

这显得过于豪横的做派，让军刀五纵这位豪门公会的会长都看直了眼。

江时把所有人的表情变化看在眼里，语调不徐不疾地说道："这么说吧，目前我确实没有换公会的打算。这趟过来，也是看在各位之前那么照顾我寄售生意的分儿上，想顺便问问，贵会是否还有其他的需求？"说着，他笑着指了指桌面上的符文石，"今天我身上带着的就只有这些，如果有需要的话我还可以回仓库取。或者说，需求量很大的话也能提前预订。只要你们说个合适的时间，我都可以保质保量地交货，童叟无欺。"

这次就连无人渡都有些语塞了："你这是专门找我们做生意来了啊？"

"有需求的地方就有市场，我们这种做小本生意的，当然不愿意错过贵会这样的大客户。"江时露出了服务性的微笑，"要是送去拍卖行，还得辛苦你们蹲点去拍，倒不如直接点，我还可以省一点拍卖行的手续费呢，对不对？"

无人渡一时无语。

是这个道理没错，但是听他这么一说，怎么总觉得有哪里不对呢？

蛇蝎密咒算是看出江时真的没有转会的想法了。

他的视线在金色符文石上停留片刻，问："如果现货全收的话，什么价格？"

江时道："就按当时拍卖的价格，蛇神应该再清楚不过了吧？"

蛇蝎密咒不说话了。

无人渡从这微妙的沉默中察觉到了什么，转头看去："老毒物，你多少钱买的？"

蛇蝎密咒道："一口价。"

拍卖行的一口价，可不是一笔小数目。

军刀五纵这位负责"响尾蛇"运营的会长向来对财务非常敏感，闻言，他忍不住了："你这生意做得有点太黑了吧？就算是一口价，那也是单个符文石拍卖的时候，现在我们全部收购，是不是应该考虑一下批发的情况？"

"这真不行。"江时笑得人畜无害，"其他人不懂行情也就算了，金色品质的符文石做出来有多艰难，在座的各位应该都很清楚。再加上这些属性效果……毕竟，物以稀为贵嘛。"

"响尾蛇"众人面面相觑。

出现金色品质的概率确实低，可就这人刚刚从背包里一抓就在桌子上摆了一排金色符文石的做派，哪里看得出来稀缺了？

这丝毫不怕金色符文石磕着碰着的样子，根本就跟路边摊推销没有半点区别嘛！

军刀五纵试图再挣扎一下："就算没有批发价，收那么多，怎么也该稍微打个折吧？"

"真不行。"江时依旧摇头，"而且还有一点我必须说一下，前面蛇神的一口价还只是恢复效果的符文石，至于空间效果的符文石，那是另外的价钱。"

他非但没有降低价格，反而还要额外加钱，军刀五纵感到胸口一闷，险些当场吐血："你怎么不去抢？"

江时笑道："怎么能这么说呢？这空间符文石的实战效果，新 Boss 首杀的时候你们应该都已经领略过了。靠着它，'七枚银币'这样的小公会可都拿到首杀了呢，如果放在你们这样的大公会岂不是更不得了？虽然需要花钱，但是这些投资换回来的说不定不只是下个野外地图 Boss 的首杀了，还可能是世纪杯的第三个冠军。不管怎么看都不亏吧？"

军刀五纵沉默了。

拿这些符文石抢了他们的新 Boss 首杀，还要反过来狠狠赚他们的钱，这哪里是什么都不知道的回归老玩家，这就是一个彻头彻尾的奸商吧！

蛇蝎密咒感受到了会长的激动，想了想说："这样吧，金色品质符文石，还包括蓝色、紫色品质的，只要不是最低的白色品质，我们都可以将现有的以及你后续三个月产出的全部承包，但是价格上需要给我们打个八……九折吧。"

"这样吗？"江时拧着眉头陷入了思考，许久之后才再次开口，"好像也……行吧。"

军刀五纵想按人中。

赚翻天了还做出这么一副为难的样子，做个人好吗！

心痛之下，他下意识地捂了捂胸口，就听江时继续说道："不过看在你们这么不舍得花钱的分儿上，我这里其实还有一个更划算的提议。"

军刀五纵心里骂骂咧咧，表面上却是扬起了一抹真挚的笑容："请问是什么提议呢？"

"是这样的，你们想要招我入会，不过是想要我这些符文石的制作配方而已。毕竟不管怎么样，从外面收购永远比不过自己制造，对不对？"江时微笑着环顾一圈，顿了顿继续说道，"我虽然没有换公会的打算，但其实可以把制作配方单独出售。到时候签订的网络合约我保证会遵守，就看贵会有没有兴趣了。"

蛇蝎密咒抬眸扫了他一眼："只要能收购到足够的符文石，我们完全可以自己研究具体的配方，你凭什么笃定我们就需要花额外的钱去购买配方？"

江时似笑非笑："是这样吗？要是能研发出来，你们何必花那么大功夫招我入会，还想买我三个月的符文石？"

这个人真是半点都忽悠不到。

蛇蝎密咒不说话了。

他难得头疼地揉了揉太阳穴，最终选择了妥协："说吧，制作配方是什么价格？"

"每一种都按照一百个同属性的金色品质符文石的价格算，如果买断，在这个价格基础上乘以五。"江时一字一句，条理相当清晰，"当然，买断之后我只保证不会再出售给别家公会，且不会将制成品放进市场去卖，但仍然保留自主制作权和使用权。另外，如果出售之后有别家公会的技术团队自己研发出同属性效果的符文石，也一概与我无关，我对这种情况不负责。"

条款分明，责任清晰，可以说是占完了好处还半点亏都不吃。

可即便如此，"响尾蛇"这边却依旧没办法拒绝。

恢复效果的符文石确实是他们公会内部的刚需，至于空间效果的符文石，则刚刚让他们在新 Boss 首杀争夺战吃了个大亏。

他们职业团队中本身就有一个符文师，新的符文石属性绝对能让他们的队伍如虎添翼，不管从哪个角度来看，这都是十分必要的投资。

尽早把这项技术掌握在自己手上，对他们"响尾蛇"公会发起世纪杯比赛三连冠的冲锋，确实有极大的助力。

于是经过讨论之后，军刀五纵狠狠咬着牙，还是做出了决定。

在安排公会内部的工作人员完成合约签订之后，他不仅需要含泪掏钱，还不得不笑着和江时加上好友，笑着提醒他以后如果研发出新的符文石属性，一定要记得优先跟他们"响尾蛇"联系。

"好说好说。"江时签完合约之后收了钱，将制作配方交给"响尾蛇"的技术人员，笑着跟其他人挥了挥手，"那么我先走了，合作愉快。"

"嗯，合作愉快。"

"响尾蛇"众人面无表情地看着江时的背影走出了领地大门。

是啊，没损失任何符文、任何材料，就背了几千万的银币离开，这能不愉快吗？

军刀五纵因为开销过大，一直捂着胸口，直到再也看不到江时的踪影后才幽幽开口："说真的，我一直以为五年前的那个人是心最黑的符文师，现在看来……这个回归玩家的黑心程度，恐怕有过之而无不及。他们符文师都这么黑心吗？"

无人渡问道："五年前？哪个？"

"奶有毒，第一赛季的老牌大神了。那时候你们还没来玩这款游戏，没印象也很正常。但是怎么说呢……"军刀五纵回忆了一下自己还是普通玩家时的所见所闻，即使现在自己已经位居豪门公会的会长之位，想起早年的传说，依旧忍不住抖了抖身子，"总之，只要记住他就是一个凭一己之力，搅得整个游戏不得安宁的存在就是了。"

话音落下，他仿佛陷入了漫长的回忆。

隔了很久，他再次朝那个已经没了人影的大门口看过去，有些不太确定地喃喃："说起来，这个符文师刚好也是个回归玩家……不过游戏ID都不一样，应该不会这么巧吧？"

心血来潮谈了这么大一笔生意，江时扛着一大堆银币直奔第九区主城的货币兑换中心。

在这里，可以通过提交订单将虚拟游戏货币与现实货币进行转换。

反正他在"创纪元"大陆里的小金库暂时也不缺钱，倒不如兑换出来，有空的时候还能带着江大小姐去吃顿好的。

货币兑换中心的工作人员显然已经很久没有接待过这样的大客户了。眼看着上千万的银币，一个个的眼睛都有些发直。

接待的人员当即叫了今晚值班的大堂经理，现场给江时开通了一条特殊的贵宾服务渠道，确保未来的长期服务。

江时找了个沙发坐下，在等待工作人员按照汇率兑现期间，留意了一下公会频道里的情况，发现之前聊得火热的韩俞泽终于没了声。

不过韩俞泽虽然没再在公会频道里面露头，却没闲着。

世界上果然就没有密不透风的墙，游戏世界也一样。

也就一个小时的工夫，鱼为泽退出"十字军"加入"七枚银币"的消息已经在外面传得沸沸扬扬。

不止游戏内部，就连论坛里都积极讨论着这件事，短短的时间里甚至已经迅速衍生出了好几个版本，玩家们将事情传得越来越离谱。

回春妙手在争夺新Boss首杀的当天知道的消息，一直等到现在，终于按捺不住了。

小号的好友被删，眼看着好不容易逮到了韩俞泽的大号在线，他开门见山地套起了话。

> 回春妙手：我就好奇地问一句，抢自己前东家的首杀成就好玩吗？
> 回春妙手：不愧是你啊，现在真看得出来，你确实跟"十字军"彻底闹掰了。

韩俞泽扫了一眼消息，原本还有些奇怪在隔壁地图竞争Boss首杀的回春妙手是从哪里弄来的消息，再仔细回想一下当天的情景，顿时明白了过来。

　　鱼为泽：那个牧师，禁锢的温，是你们"血蔷薇"的卧底？

　　回春妙手：说卧底多难听啊，就是公会成员偶尔练的小号，玩玩而已。

　　回春妙手：你不也拿小号随便加了个公会吗？

　　从某种角度来说，回春妙手还真是个有意思的人，就像现在。明明十分坦诚地承认了卧底，但在这份坦诚当中，又总能让人感受到一种隐隐约约的猥琐。

　　韩俞泽跟这位春神打了那么多年交道，丝毫没有浪费时间跟对方玩话术游戏的意思。

　　鱼为泽：行了直接说吧，找我的目的到底是什么？

　　鱼为泽：别告诉我，你就是想要喊我一起嘲讽一下"十字军"的愚蠢。

　　回春妙手：当然不是。我来是想问问，你们准备什么时候退会呢？

　　回春妙手：到时候一定要提前打声招呼，我在"血蔷薇"把位置给你们空出来。

　　回春妙手：只要你们能过来，下一届的世纪杯夺冠绝对不在话下，待遇什么的比你在"十字军"只高不低。

　　"你们"这个词用得非常微妙。

　　韩俞泽挑了下眉，敷衍地装了下傻。

　　鱼为泽：我们？怎么，除了我之外，那天抢 Boss 首杀队伍里的人你还看上谁了？

　　回春妙手：你进"七枚银币"找的是谁，我看上的就是谁。

　　回春妙手：能跟你配合到那种程度的光精灵，你说呢？

　　鱼为泽：光精灵？不是吧，连一个回归玩家你都不放过？

　　回春妙手：说反了吧，难道不是你不放过他？

　　回春妙手：当年故意把约战编成了一个被放鸽子后寻仇的故事，让你徒弟放出去，真当我看不出来，你想让人家退出游戏后也可以在外面看到你的消息，把他骗回来玩呢？

　　鱼为泽：什么叫编？怎么又骗了？

　　鱼为泽：原来你们就是这么看待这件事的？

　　回春妙手：其他人我不知道，我这边还真找不出另外的解读。

　　回春妙手：要不然呢，你以为造几张假的烟花截图，这件事就能变成真的了？

　　韩俞泽一时无语。

　　你知道个屁！那些截图根本就不是造假好吧！

　　不过回春妙手这一番话，倒是让韩俞泽隐约想明白了什么。

　　难怪奶有毒一回来就突然删了他的好友，不会真跟这个回春妙手想到一起去了吧？

　　韩俞泽的嘴角微微抽搐了一下。

　　他刚想为当年约战的事情辩驳一下，忽然看到公会频道里面冒出了一条消息，注意力就被吸引了过去。

　　材料大号：七十五级困难副本，缺个输出玩家，有人来吗？

　　鱼为泽：带我一个！

　　原本十分和谐的公会频道，因为韩俞泽接了这么一句话，瞬间沸腾了。

　　他立即回复，然后飞速发去了入队申请。

　　然后，韩俞泽无视了公会频道里面铺天盖地的问号，慢悠悠地给回春妙手回了最后两句话。

　　鱼为泽：也别扯什么有的没的了，你怎么知道我们一定会退会呢？

　　鱼为泽：行了我要去打副本了，不说了。

　　回春妙手：别跑，你再跟我好好聊一会儿！

　　正好这时候队长发来了团队确认，韩俞泽扫了一眼最后收到的消息就关上了聊天框。

　　紧接着，他跟队里的其他人一样，直接传送进了副本当中。

　　回春妙手那边没得到回音，又连发了几串问号，结果都石沉大海。他只能看着最后收到的那几条消息陷入了沉思。

鱼为泽是什么意思？难不成还真准备在这种休闲公会常驻了？

不是吧，这是要直接放弃参加下一届的世纪杯比赛？

鱼为泽这家伙真能忍得住？

回春妙手沉思许久，最终得出的结论是——鱼为泽绝对忍不住！

就在回春妙手苦思冥想的时候，同一时间陷入沉思的，还有这次队伍的小队长啥笔携香。

作为公会的副会长，啥笔携香平时经常会带一带公会成员打副本，相当敬业。

这次他喊了江时，就是想借他的回归玩家福利，增加一点额外的装备、材料。

然而令他万万没想到的是，鱼为泽居然也会对这种七十五级的副本感兴趣。

虽然他们不是第一次组队了，但上次毕竟是二十五个人的副本团队，跟现在五个人小队的情况完全不同。

特别是眼下进了副本之后，啥笔携香感觉自己的一举一动都好像落在了大神的眼皮子底下，无论干什么都有种诡异感。

越忐忑就越紧张，就在前期等待剧情、清理小怪的过程中，他连着失误了好几次。

好在韩俞泽丝毫没有责怪他的意思，换句话说，韩俞泽的注意力压根就不在他身上。

江时显然也对韩俞泽的突然加入不太理解："你来刷七十五级副本做什么，缺这点材料？"

"不缺。"韩俞泽回答完，笑眯眯地问了一句，"难道你缺？"

江时想了一下："也不缺。"

当初江时卡着等级不升级，确实是想多攒点难以收购的高级材料，好去研究这段时间制作出来的符文石的配方。但是现在，他已经研发出了恢复和空间效果的两种新型符文石，接下来没有继续收集材料继续研发的打算了。

不出意外的话，这几天江时会把第三次转职业任务给做了，然后专心升一升等级。

两人在这边搭着话，队里包括啥笔携香在内的另外三个人则都是第一次跟这种名声在外的职业大神一起打副本，全程大气都不敢出。

不过即便如此，今天的副本打得依旧比任何一次都更加顺利。

一边是江时施放精准的辅助技能，另外一边是鱼为泽堪称丧心病狂地输出伤害。

明明是困难模式的副本，结果却在啥笔携香这个队长几乎没什么作为的情况下，轻轻松松地通关了。

啥笔携香本来只想睡前打一次副本，结果连着通关了三次，而且结束的时候，距离他预定的睡觉时间甚至还有半个多小时。

原来这就是和大神一起打副本的感觉！

啥笔携香感激涕零地跟另外两个队员退出了队伍，队长就这样落在了江时的手上。

他见韩俞泽丝毫没有走人的打算，提醒道："打完了哦。"

"我知道。"韩俞泽虽然这样回答，却依旧站在原地没有动。

江时道："有话快说。"

韩俞泽露出了笑容："现在进了'七枚银币'，我们算不算'自己人'了？不管是前面抢新 Boss 首杀还是今天打副本都非常愉快，所以之前你删掉我的好友，准备什么时候加回来？"

江时还以为韩俞泽要说跟"十字军"解约受了什么委屈，没想到居然是这事。

听完之后，他眨了眨眼："我发过好友申请了。"

韩俞泽难得愣了下神："什么时候的事？我怎么没收到？"

江时不答反问："你设置了拒绝好友申请，怎么收？"

韩俞泽一顿："哦。"

大意了！

但他的反应也很迅速，几秒后就快速完成了操作："好了，现在能收到了。"

江时也不矫情，当即发了个好友申请过去。

韩俞泽顶着铺天盖地弹出来的好友申请，接连清空了几批申请，才从中间找到江时的游戏 ID，将他给加进了好友列表。

他心满意足地看着那个单独分出来的小组人数从"0"变成了"1"，这才关闭了好友列表。

再抬头看向江时的时候，他琢磨着今天与回春妙手的对话，把心里的问题抛了出来："最后还有一个小小的疑问，你回归游戏，突然删我好友是为什么？"

这个问题问得可以说是非常直接了。

江时低低地清了清嗓子。

之前他心血来潮加鱼为泽的好友，主要是想围观一下他逼疯"十字军"会长的全过程。所以这次既然对方都开口了，他也就重新加了好友。

不过即便如此，以鱼为泽想一出是一出的做法，其实江时不太确定当年他爽约的事是不是真就这样过去了。对方充其量是最近没有想要旧事重提的意思。

江时做事向来妥帖，既然都已经谈到了这里，为了确保日后能愉快地玩游戏，也觉得应该把那件事好好解决一下。

于是他清了清嗓子，态度相当诚恳，半真半假道："是这样的，五年前放你鸽子的事呢，确实是我不对。回来之后我发现你还在玩这个游戏，一时羞愤，觉得无颜见你，所以冲动之下选择了删好友的逃避方式。现在看来这个做法确实不太理智，但是如果换位思考的话，你应该可以理解的对吧？"

韩俞泽道："嗯，可以理解。所以就五年前的事，你现在有什么想要跟我说的吗？"

江时想了想："现在的话，进了同一个公会就是一家人了。既然好友也已经加了回来，那些事情要不就过去算了？"

韩俞泽挑了挑眉："过去算了？"

江时察觉到了韩俞泽脸色的微妙，适时地改口："当然，如果针对五年前的事要补偿你一下的话，我也不是不能考虑。"

既然他还知道补偿，想来也不至于像回春妙手那样，完全曲解他的意思吧？

想到这里，韩俞泽的脸色稍霁，也稍微挺了下背脊："什么补偿？"

江时思考了片刻，提议的过程中随时留意着韩俞泽的表情："要不就补上当年的约定，跟你打一场？"

韩俞泽的表情僵住了。

江时见韩俞泽不予回应，眉心稍微拧起了几分。他也不确定这家伙到底想要什么，斟酌了一下，勉为其难地再次开口："也确实，都五年了……真要算利息的话，打三场也行。"

韩俞泽忍着揉太阳穴的冲动，忽然感到有些心累，不想说话了。

看来这人还真以为他对他恨之入骨了。

第七章 黑市杀手

　　江时自认为提出的补偿方案相当有诚意，见韩俞泽依旧不太满意，也没准备继续加码。他看了眼时间，打了声招呼就下线睡觉去了。

　　虽然出国这段时间的治疗效果非常显著，但是有了前车之鉴，他也减少了很多游戏时间。

　　争夺新 Boss 首杀那天他熬了个夜，然后就又找韩意远所在的医院预约了体检，时间正好安排在第二天。

　　一夜好眠。

　　江时揉了揉惺忪的睡眼，摸过手机随意地扫了一眼，动作就这样停顿住了，紧接着他再次揉了揉眼睛，才确定自己并没有产生错觉。

　　未读消息来自他姐夫的那位堂弟。

　　　　韩俞泽：今天我哥有事让我来陪你一下，睡醒之后直接下楼
　　就好，我在门口等你。

　　江时定定地看着这条消息许久，忽然怀疑江妍在背地里对他进行过奇奇怪怪的描述。不然在韩家人的眼里，怎么感觉他是个生活不能自理的人。

　　去医院做个体检而已，他又不是什么重症患者，还需要有人全程陪护吗？

　　江时揉了把头发，打起精神加快了起床的速度。他走到床边往下面一看，果然看到了一辆新能源跑车等在楼下。

　　他想了想，给对方回复了一条"马上下来"，就转身走进卫生间里洗漱。

　　随着消息的发出，新能源跑车里的手机也微微振动了两下。

　　韩俞泽一眼扫过这条消息，眉目间浮现起了一丝笑意。

　　他发了一个微笑的表情，然后继续跟韩意远发着消息。

　　对话是从五分钟前开始的。

　　　　韩意远：你已经出发接人去了吗？
　　　　韩俞泽：嗯，已经等在楼下了，怎么了？

　　韩意远：应该是我问你才对吧，昨天睡觉之后我越想越觉得不对劲，江妍的弟弟也是我负责的病人，怎么过来做个体检反而你这么积极？

　　韩俞泽：之前不是跟你说了，他是我游戏里的朋友。

　　韩意远：但是我今天明明有空，如果让江妍知道我故意装有事，这……

　　韩俞泽：韩医生，这还没结婚呢怎么就开始怕老婆了？

　　韩意远：你懂什么。

　　韩俞泽：如果真担心的话，你可以请半天的假出医院躲一躲，到时候别让我们撞见你就行了。

　　韩俞泽：行了人来了，先不跟你说了。

　　韩俞泽留意到从门里走出来的那个身影，快速地发出最后一条消息后就关掉了屏幕，将手机收回口袋。

　　昨天知道所谓的"真相"后，韩俞泽确实有些无奈。不过刚好就在这个时候，他知道了江时预约体检的事情，忽然又觉得这一切或许就是上天的安排。

　　毕竟能再在现实生活中见面，总比直接错过要强得多。

　　现在他手握游戏内外的双重保障，双管齐下的话，怎么看都很有机会成为江时的绑定队友。

　　江时走近的时候，韩俞泽适时地摇下车窗说了声"早"，随后按下按键打开了副驾驶座的车门。

　　本来准备坐后排座位的江时顿了一下："早……"

　　之前他听江妍说过韩医生的这位堂弟不喜欢别人搭他的车，就算必须得带人也从不让人坐副驾驶座。原本他已经把手伸向了后车门，这时停顿片刻朝车上的人看了一眼，便随意地坐上了副驾驶座。

　　韩俞泽收敛了一下得逞的笑容，在出发前将已经说过的内容强调了一下："今天我哥有事要忙，知道你要体检，特地让我过来陪你。"

　　江时道："就是做个体检而已，其实不用这么麻烦。"

　　"不麻烦。"韩俞泽说，"刚好我最近也没什么事，闲着也是闲着。"

　　江时原本还想说些什么，听到韩俞泽了这么一句，便想起这人刚跟职业公会解约的事。

　　每届世纪杯比赛结束之后，都是职业公会内部人员变动最大的时候。这段时间，不管哪家公会都会大批量地筛掉签约的职业玩家，导致游戏内的"失业率"大幅度飙升，同时也让很多人心里郁闷，开始频繁地在游戏里惹事，让"创纪元"大陆好好地乱上一阵。

所以像韩俞泽这种被公会辞退了又不在游戏里闹事的人，会觉得生活无聊也是可以理解的。

江时侧眸扫了韩俞泽一眼，考虑到日后准备组织起来的固定队伍，忽然对这位前职业玩家产生了一丝招揽的心思，顺着话题问道："你现在已经退出公会了？"

韩俞泽道："嗯，退了。"

江时道："那之后准备去哪里想好了吗？"

韩俞泽点头道："昨天已经找到新公会了。"

江时本来觉得如果韩俞泽真没地方去，可以喊他来"七枚银币"一起玩，此时听到这样的回答，只能点点头："那就好。"语气里多少有些遗憾。

前职业玩家的实力不管怎么样都不会太低，只能说他还是慢了一步，可惜了。

韩俞泽倒是瞬间理解了江时的用意，笑着问道："怎么，你有公会要介绍给我吗？"

江时说："哦，也不是什么大公会，下次你要真没什么地方去了再来找我吧。"

不知为什么，韩俞泽这一瞬间忽然想起了昨天自己装可怜的画面，嘴角下意识地浮起了几分，道："好的，一定找你。"

两人有一句没一句地搭着话，很快抵达了医院的地下车库。

停完车后，他们坐电梯去了服务大厅，韩俞泽非常主动地从江时手中接过体检信息卡，让他坐在旁边等着，自己则十分自然地排队去了。

接下来是排队体检，一个一个项目进行下来，江时发现这个人对体检的每一项流程居然都挺熟悉的，就算与韩意远比起来也不差。

"这个啊，因为我本来就跟堂哥一样，学的是医科专业。"对于江时的惊讶，韩俞泽倒也丝毫不掩饰，"按照原计划，等什么时候我不当职业选手了，可能也会考虑重操旧业吧。"

难怪韩医生会跟他这位堂弟走得这么近，原来他们学的是同一个专业。

江时对医学专业并不是很了解，想了想又问："这么多年不接触，再来医院工作的话能干得了吗？"

"主治医生什么的肯定是不行了，也不适合我，不过……"韩俞泽拿着手里的检查单子挥了挥，"做做这种后勤工作的话，我觉得我应该还是非常合格的。"

"确实合格。"江时笑了一声，觉得这个人还挺有意思的。

　　因为有提前预约，再加上有熟门熟路的韩俞泽陪同，当天的体检完成得相当顺利，等所有的报告单收集齐全后也才刚刚中午。

　　江时所有的检查数据都很稳定，韩俞泽随便翻了翻，问道："你上次体检距离现在还没一个月吧，检查得这么勤，是担心身体哪里出问题吗？"

　　这些检查项目绝大部分跟脑部有关，反正迟早都是一家人，江时丝毫没有隐瞒的打算："我之前在国外做过脑部手术，其实恢复得不错，不过为了预防用脑过度还是多来检查检查，免得我姐不放心，一言不合又禁止我上网。"说完他笑着眨了眨眼，"说真的，游戏的防沉迷系统都没她监控得严格。"

　　江时说得相当轻描淡写，因为他确实没把自己的病太当一回事，但是见说完之后韩俞泽一直再没吭声，又多问了一句："怎么了？"

　　韩俞泽也不知道在想些什么，这才回过神来："没什么。"他拿出手机看了眼时间，"早起空腹体检，你应该还没吃过东西吧，到中午了，要不请你吃个饭？"

　　江时说："可以是可以，不过你专门来陪我这一趟，还是让我请吧。"

　　韩俞泽自然不会放过通过请客提升存在感的机会："我有门口自助餐的会员卡，别浪费。"

　　江时倒是没想太多："也行，那下次我请。"

　　韩俞泽微微一笑："嗯，下次一定。"

　　中午的自助餐厅人流量并不太大，再加上韩俞泽选了贵宾区的位置，整个午饭的过程都很愉快。

　　韩俞泽当然也没有忘记选择自助餐的用意，吃饭的过程中特别留意了一下江时选菜的偏好，不动声色地摸透了他的口味。

　　这顿饭吃了一个半小时左右。

　　等他们从餐厅里面出来，江时考虑到今天已经麻烦了人家很多，并没有让韩俞泽送他回去，而是选择了打车。

　　这次韩俞泽倒是没有坚持，看着江时开门上车，站在原地挥了挥手。

　　直到车辆的背影渐渐地从视野尽头消失，他才摸出手机给韩意远发了一条消息。

　　韩俞泽：江时之前去国外做过手术？具体是怎么回事？

　　韩意远请了半天假，看起来确实挺闲，几乎瞬间给出了回复。

　　韩意远：检查完把他送回去了？怎么突然这么问，是检查出什么问题了吗？

　　韩俞泽：能不能盼点好的？

　　韩意远：还不是因为你突然问这么一句，故意吓人呢？

　　韩意远：具体情况我也不太清楚，但是听江妍说好像是五年前的事。你那时候也在玩游戏，应该比我更清楚一些吧，好像是因为当时他为了一个什么活动在游戏里玩了通宵，结果一直没有被发现的脑神经方面的问题就暴露了出来。然后江妍就把他送到国外去了，前阵子才刚回来。

　　五年前、活动、退出游戏、回归，这一系列的关键词，终于在韩俞泽的脑海中串联成了完整的时间线。

　　他想回到五年前掐死自己还来得及吗？

　　怎么感觉江时删他好友的时间连一个月都不到，还真是便宜他了呢。

　　江时并不知道自己无意间说了什么，回家之后看时间正好，就进入虚拟舱登录了游戏。

　　他原本是想去做第三次转职业的任务，结果刚要去搜攻略，副会长的消息就发了过来，隔着屏幕都能感受到对方的鬼哭狼嚎。

　　啥笔携香：嗷嗷嗷大号你终于上线了！你快过来我一人承受不来！"十字军"的那些狗东西实在是太欺负人了！

　　江时眨了眨眼，隐约间猜到了什么。但是秉着严谨的态度，他还是先问了一下。

　　材料大号："十字军"怎么了？

　　啥笔携香：那些杀千刀的东西到处针对我们公会的成员！

　　果然，有意思的事来了！

　　猜想得到了证实，江时的神态多了几分蠢蠢欲动的期待。

　　材料大号：你在哪儿呢？具体是什么情况？

"他们的做法简直惨绝人寰、人神共愤、丧心病狂啊！"啥笔携香在两人见面之后，表达得更加声情并茂，"从今天凌晨开始，公会里面就陆续有人在野外地图被'十字军'的人追杀了。我们公会收留的都是一些随便玩玩的休闲玩家，不是新手就是各种各样的小号，要不就是像你们几个这种刚刚回归的老玩家，哪里经得起这么折腾啊！到现在为止就已经有十几个人顶不住压力退会了，还有一部分人感觉气不过，想杀回去，然后……"

"然后，就又多死了一次？"江时补上了啥笔携香后面的半句话，终于忍不住笑出了声，"听着挺惨的。"

"你还笑得出来？"啥笔携香难以置信地看着他。

"不然呢，哭吗？"江时反问。

"倒也不是这个意思……我找你就是希望你能帮忙想想办法，好歹态度端正点！"啥笔携香崩溃地捂了捂脑袋，"其实这事应该交给会长处理的，但是你也知道会长她除了做生意之外对其他事根本就不上心，结果这事就落到我手上来了。可我能怎么办，对面可是'十字军'啊。你说，我能怎么办！"

江时以前就觉得啥笔携香这人挺好玩的，这会儿才发现，他好像居然还是个表演型人格。

他没有让对方继续唱独角戏，由衷地给出了参考意见："其实很简单，就看你们想要什么样的处理结果了，最简单的做法就是我们退让一下。毕竟'十字军'故意针对我们公会明显是为了鱼为泽，你是副会长，直接把鱼为泽踢了就能给他们一个认怂的态度。"

"那可不行。"啥笔携香一口否决，"树活一张皮，人活一口气，被这样打压了半天就要认怂？我们公会虽小，但还不至于被随便什么人爬到头上来这么欺负！"

江时没想到这位副会长居然这么铁骨铮铮，正对他有些刮目相看，就听啥笔携香又迟疑地补充了一句："不管怎么样，要想在面子上过得去……怎么也得撑十天半个月的吧。"

"咳咳咳……"江时干咳了两声，"其实呢，还有另外一条路。"

啥笔携香好奇道："什么路？"

江时笑着眨了眨眼："正当防卫听说过没有？"

啥笔携香一脸疑惑："嗯？"

江时道："通俗一点就是，互殴。"

啥笔携香迟疑道："这……能行吗？"

江时还是一贯的平淡语调："试试看呗。"

几分钟后，"七枚银币"的公会频道弹出了一条消息。

材料大号：野外地图打架，来个治疗玩家。

啥笔携香看了看公会频道里的内容，又看了看自己刚刚被拒绝的入队邀请，表情幽怨："怎么感觉你每次都不带我玩？"

"下次，下次一定。"江时说，"今天和'十字军'的首次交锋必须快准狠，我怕你跟不上。"

啥笔携香不服气道："那你随便找个治疗就能跟上了？"

"他不用跟。"江时说，"而且我也就随便喊喊，估计我们帮里也没有这么喜欢打架的治疗……"

随着忽然弹出的入队申请，他的话戛然而止。

江时点开了申请人的资料面板翻了翻。

游戏 ID：板正小青年。

势力：光精灵。

主职业：祭司。

看他的装备，还算不错。

"人够了，那我这边先出发了，等我好消息吧。"江时满意地通过了入队申请，留下这么一句话后转身就走。

深井冰患者跟君子范那俩唯恐天下不乱的家伙，早就已经在队里等着了。

转眼间就只剩下啥笔携香一个人愣在原地。

明明他是来找人倾诉的，怎么感觉倾诉完之后反而更加憋屈了呢？

呜呜呜呜，这些人就是觉得他实力差，不带他玩！

江时就近找了个传送点。

虽然"创纪元"大陆的所有地图都是互相接通的，是一个完整的大型世界，但因为太大，路途遥远很容易在途中浪费太多的时间。如果将各个地图中的传送点开启，就方便了很多。

不过这次的目的地在江时没有去过的第八区，他还没有开启第八区的传送点，只能选择先去最近的地图，再一路跑过去。

途中，他切换到团队语音频道，说："都准备好了吗？在第八区的达赫拉荒城等我。"

深井冰患者跟君子范都在小队频道里打了个"1"。

很显然，完成第三次转职业任务后，为了尽快升级，他俩这几天没少跑地图。

新进队的祭司玩家板正小青年也开了口，是个相当清脆的少年音："我们打'十字军'的人吗？"

"嗯，没错。"江时之前在公会频道里问的时候并没有说要打谁，这个时候听到这么一句，稍微有些好奇，"你是奔着'十字军'来的？跟他们有仇？"

板正小青年道："没仇，猜的，闲着无聊过来看看。"

江时才刚跟啥笔携香说公会里的人估计都不爱惹事，没想到一回头就组到一个"闲着无聊"的人，忍不住笑了一声。

而且看得出来这位治疗还非常积极，第一个抵达后又问了一句："我到了，你们人呢？"

江时道："稍等，我在跑图。"

板正小青年问道："跑什么图？"

江时道："我刚回归，没开第八区的传送点。"

板正小青年"哦"了一声。

江时本来以为自己这看起来不靠谱的做派会让人家打退堂鼓，结果这么一声"哦"之后，这位光精灵祭司没了声，看样子是很有耐心地等在了那里。

终于，江时一路狂奔，跟其他人顺利会合。

他捡了一根树枝在地上简单画了一下策略图："等会儿我们就先这样……再这样……最后这样……"说完，他又转身看向板正小青年，"等会儿可能会有混战，到时候你先找一个安全的地方躲好，有需要的时候我会给你坐标位置。"

板正小青年拧了拧眉："不用我跟你们一起？"

江时道："也不是不要一起，但你不进战场能更安全一点。"

板正小青年直勾勾地看着他："不进战场的话，你们直接用恢复血量的血瓶就行，就不需要我治疗了吧？"

"那还是需要的。"君子范也打开了语音频道，"血瓶的血量恢复效果太弱了，今天我们要赶场子，争取将全部的野外地图给打个遍，有人治疗的话能给我们节省很多恢复状态的时间。"

板正小青年沉思片刻，似乎接受了这个说法，点了点头："好像还挺有意思的。不过不用找地方让我躲，我一直跟着你们就行。真发生混战的话可以不用管我，我能自保。"

光听对话的内容，江时就觉得这个治疗玩家有点意思，既然对方都这么说了，他也没有拒绝，拍板道："那就全员一起行动，出发吧。"

深井冰患者从头到尾没吭声，直到这个时候才忽然给江时发了条好友消息。

深井冰患者：你有没有觉得，这个光精灵的穿衣风格跟你很像？

江时闻言才回头打量了板正小青年一眼。

之前他没太注意，经深井冰患者这么一说，还真是。

江时选择将第八区的达赫拉荒城作为第一站，并不是毫无原因的。

"十字军"最近一次清理"七枚银币"的公会成员就是在这张地图上，不出意外的话他们应该还没有走远。

"达赫拉"虽然名为荒城，但是随着新版本开放，每走一段路都能遇到不少前来打怪升级的玩家。这里非但感受不到荒芜的气息，放眼看去倒像旅游胜地一样，十分热闹。

一行人一路走去，在好几个地方都看到有玩家为了争夺怪物而大打出手。

如果放在平时，他们免不了停下脚步看会儿热闹，但是眼下显然并不是掺和的时候。

一直到荒城东北方向最角落的位置，江时才停下脚步，然后找了个怪物分布较为稀疏的区域慢吞吞地打起了怪物。

至于队里的其他人，则悄无声息地躲在了旁边。

达赫拉荒城最多的怪物是八十五级的骷髅怪，战士、骑士、弓箭手……各种类型的怪物应有尽有。

这些怪物会不定期地从沙地中冒出来，有时候刚好伸出一只手抓住玩家的脚踝，在晚上的时候显得有些瘆人。

而江时选择的地方，显然并不受骷髅怪的青睐。

在这样的情况下，他一次性最多只能打两只怪，看起来倒是很符合光精灵这个纯辅助角色的设定。

结合"七枚银币"公会被追杀了一整天的情况，他的行为也很有特意找这么一个隐秘的地方偷偷升级的感觉。

江时知道"十字军"肯定还有人留在地图里放哨，但是这么大的区域，他实在懒得去找，干脆就抛了个诱饵出去守株待兔。

事实证明，"十字军"那边果然很快上钩了。

其实今天"十字军"这样摆下天罗地网在各大地图追杀"七枚银币"的人，也是有着自己的任务。

负责达赫拉荒城的是第八小队，他们本来前面刚刚打赢了团战，正准备换地图，没想到居然让他们找到了一个落单的辅助，顿时像一群狼盯上了小白兔一样喜上眉梢。

江时早就发现了那些鬼鬼祟祟靠近的身影，丝毫不觉得着急，还在那里有一下没一下地逗着骷髅怪，直到"十字军"的人快要走到他跟前了，才露出惊讶的神态："哎呀，我都躲得这么隐蔽了，你们怎么还能找到我？"

第八小队的队长看清楚这个光精灵的外貌时，不怀好意地搓了搓手："真不好意思啊，现在我们公会的安排就是见到'七枚银币'的人就杀，如果打疼了你的话也别怪我们啊，要怪就去怪你们会长收了不该收的人。"

"原来是这样啊。"江时朝他们露出了笑容，"那将心比心，如果被打疼了，你们也千万不要怪我哦。"

第八小队队长愣了一下才反应过来他话里的意思，回头跟自己的几个队友交换了一下视线，仿佛听到笑话般笑出了声："还挺有自信的啊，那我们就不客气了。"

江时点点头："嗯嗯，我们也不客气了。"

什么意思，我们？

察觉到这个词的用意，"十字军"众人这才反应过来，去找周围可以藏身的地方，结果一转身，纷纷被铁扇砸中，又接连挨了几发炮弹。

短暂的硝烟在达赫拉荒城的角落爆发，随后又很快恢复了平静。

也是在这个时候，江时选择这里作为蹲守地点的另一个用意展现了出来。

这里刚好就在复活点附近，随着第一场单方面的屠杀结束，第八小队的人紧接着被陆续杀了三轮，最终躺在地上欲哭无泪。

江时抱着巨大的十字架靠在旁边坍塌的半堵墙壁上。

几步远的位置，蹲在第八小队"尸体堆"跟前的君子范感慨道："哎呀，策划为什么要设置复活时间随着死亡次数增多而变长的机制呢？躺在地上没办法起来只能干瞪眼，这多气人啊对不对？

"其实呢，我很能理解你们的心情。毕竟你们刚刚生动形象地演示了什么叫'偷鸡不成蚀把米'，这种送货上门的举动看起来确实很蠢也很憋屈，不过我们确实有段时间没露面了，不认识我们也确实不是你们的错。

"说真的，为什么非要针对'七枚银币'呢，这不是单纯送上门来给我们找乐子吗？说真的，何必呢？

"如果我是你们的话，现在应该尽快在公会里多喊点支援过来。不然如果我们心血来潮守你们一天的话……哦，下线退出游戏好像也是不错的选择呢。相识就是缘，我这个提议是不是非常不错？"

躺在地上的第八小队成员早就没有了之前耀武扬威的嚣张样子。

此时听着君子范那因为慢悠悠的语调而显得更具嘲讽意味的话语，他们强忍着胸口的怒意，才没吐血。

这种堪比唐僧念经的折磨仿佛萦绕在耳边的梦魇，听得第八小队众人神情恍惚，连深井冰患者也逐渐处在崩溃的边缘——这家伙跟"尸体"聊天也就算了，居然还全程开了小队语音！

最终还是江时适时走出来打个圆场："好了君子，差不多就行了。"

第八小队众人听着这样的仗义言论正有些感动，便听江时继续往下说道："毕竟我们是正当防卫，要是让人家觉得我们欺负人就不好了。"

第八小队众人十分无语。

都追着我们杀了多少次了？还能叫正当防卫？

内心凄苦的第八小队队长顾不得面子，在公会频道里哭诉求助。

　　第八小队：会长！救命！我们被"七枚银币"的人反杀了，有其他兄弟在吗？我发坐标位置给你们，求支援！

破军霸霸虽然快速安排了一队人过去支援，但是看着公会频道里的求助消息，还是有些郁闷。

最近因为鱼为泽退会的事情，他已经被外面传出的数百个版本的故事搞得心力交瘁，这才报复性地盯上了鱼为泽所在的公会。

他原本以为这种小公会最怕事，稍微施加一点压力就会把鱼为泽给踢出去了，怎么也没想到对方居然还演了这么一出。

就目前收到的消息，看"七枚银币"的人的意思，居然还想要反击？

破军霸霸的第一反应是想痛骂那群没用的东西，又十分怀疑自己最近是不是流年不利。

他找了刚刚安排的小队队长，发消息问。

　　破军霸霸：都过去支援了吗？
　　第九小队：去了，马上就到。

　　破军霸霸：嗯，那就好。

　　第九小队：放心，那里好像就四个人，交给我们。

半个小时后。

　　第九小队：对不起会长，那些人太阴了。救命，我们也被团灭了！

破军霸霸不得不又安排了一队人。

结果过了半小时，他再次收到了"遭到反杀，寻求支援"的哭诉。

破军霸霸一脸震惊。

什么意思？这帮人是觉得他没机会看动画片，所以给他表演什么叫"葫芦娃救爷爷"吗！

破军霸霸暗暗咬了咬牙，干脆自己组了个团队，在公会频道里招人，前往达赫拉荒城。

而在另外那边，躺在地上的"十字军"公会成员已经从最初的五个人拓展到了十五个人，还躺得相当整齐。

不过这确实也不怪他们。

江时的队里有符文师提供控制技能，再加上矮人炮手的群体伤害，光是提前准备好的符文领域配合着地雷阵，就够那群人在原地复活起身的瞬间被打死打伤。

更何况，君子范这个潜行者玩家还始终在旁边蠢蠢欲动，暗杀绝对是刺客类型玩家最擅长的事。

几次下来，"十字军"众人遭到击杀掉落的那些装备、材料，就已经铺了一地，琳琅满目，仿佛捅了什么地方的宝藏窝一样。

这样的场景任谁看了都难免眼红，可偏偏"七枚银币"的人对这些东西丝毫没有兴趣，连一点往背包里捡的意思都没有。

这做法刺激得"十字军"众人更加眼热，生怕有哪个玩家路过当了那得利的渔翁，硬是连躺在地上认命的心情都没了，一个个都迫切想要原地复活，尽快将自己掉的东西捡回去。

江时就是利用"十字军"众人这样的心态，又将他们杀了两次。

他们在野外地图的复活时间更长了。

"十字军"众人就这样再一次躺在了地上，却从绝望中感到了新的希望，就连听君子范的话都觉得亲切了起来。

因为从公会频道的消息来看，他们的会长很快就会亲自带着兄弟们来支援了！

"差不多了，换地图吧。"就在"十字军"众人产生期待的时候，除了打架之外没开过口的江时却忽然招呼了其他人一声。

君子范跟"尸体"们聊得正兴起，闻言有些遗憾："哎？不继续守了吗？"

"再守就真有大部队来了。"江时看了一眼地上的"尸体"堆，余光意味深长地从不远处的废墟上掠过，"节约时间，不然今天的任务怕是完不成。"

君子范拍了拍腿，从半蹲的姿势站了起来："好吧，下一张地图去哪儿？"

"第九区，海斯勒海岸。"江时说，"你们先去，我没开地图传送点，得先跑一跑。"

君子范道："我也没去过，一起跑一起跑。"

深井冰患者在队伍频道发消息。

深井冰患者：我好像也……嗯。

板正小青年道："那我也一起吧。"

江时笑了一声："走，出发。"

于是，躺在地上的"尸体"们没能等来支援大部队，就看到一直守着他们的四个人头也不回地转身跑了。

"十字军"众人的内心十分崩溃。

杀完就跑，是不是玩不起？有种留下来一决胜负啊浑蛋！

众人义愤填膺，只觉得气血直冲头顶。其中，倒是有人还算清醒。

第八小队队长作为第一批遭罪的成员，已经被杀得心如止水，这时候的第一反应是快速传达信息。

第八小队：会长，你们先别过来了，那几个人走了，好像是
要去第九区的海斯勒海岸！

还在半路上的破军霸霸看到消息也很无语，当即不再犹豫，带着一个团的人转换了目的地。

但"十字军"众人不知道的是，在他们确认目标位置的同一时间，另一边的团队语音中响起了江时的声音："往这个方向跑的话，最近的地图是哪个

来着？"

板正小青年道："凯里尼亚平原。"

江时点头："行，那就先去那边。"

板正小青年疑惑道："你刚才不是说去……"

江时脚步未停，道："刚才是刚才，随便说说而已。我们好多地图都没开传送点呢，等跑到海斯勒海岸天都要黑了，这么远，谁爱去谁去。"

板正小青年愣了一下，随即点头："阴险。"

这个词用这样的语调说出来，充满了认可的意思。

江时笑了一声："多谢夸奖。"

从刚才打架的配合来看，江时发现这个祭司玩家的操作很不错，再加上对方一路上表现出来的态度，几乎可以认定他也是个爱凑热闹的同道中人。

不过这个时候，江时更加在意的是已经在旁边蹲了很久的另外一位同道中人。

江时飞奔的脚步没有停歇，远远地回头往后看了一眼，果然看到那片尸骸遍野的区域里出现了一个忙碌的身影。

那人举手投足间，丝毫不顾及地上那些"十字军"成员滴血的内心，一件又一件地把地面上掉落的装备和材料往背包里塞去。

这位名为"捡破烂"的玩家最初确实是路过的。

按照她的想法，每天玩游戏的乐趣就是在各个野外地图溜达，找一些合适的地方随便捡些东西"贴补家用"。

今天她也偶遇过好几个"十字军"成员对"七枚银币"成员虐杀的现场，这次难得看到"十字军"这种豪门公会倒霉，就忍不住多看了两眼，结果发现江时这批人是只打架却不捡装备的"老实人"。

这简直暴殄天物！

捡破烂踩着满地的装备和材料一件接一件地捡着，丝毫没有理会地上那些恨不得原地诈尸的"尸体"，单纯且快乐。

眼看着背包很快就要装满了，她忽然敏锐地捕捉到了掠过的视线，警惕地抬头看去，正好跟那个已经跑远了的光精灵符文师四目相对。

捡破烂的心头略微一跳。

她一直以为自己藏得非常隐蔽，现在看来，居然早就已经被对方发觉了！应该不会吧……

正想着，忽然弹出的一条组队邀请仿佛验证了她的猜测。

系统："材料大号"邀请您加入队伍。

捡破烂拧了下眉心，毫不犹豫地点了拒绝。
结果下一刻，又弹了一条组队邀请出来。

系统："材料大号"邀请您加入队伍。备注：继续打架，进队给你发位置坐标。

捡破烂原本要再次拒绝的动作因为后面的备注而顿住了。
她思考了片刻，终于还是选择了接受。

系统："捡破烂"加入了队伍。

这条入队通知显然引起了队里其他人的注意。

深井冰患者：？

君子范一脸惊讶："哦？"
板正小青年愣了愣："嗯？"
捡破烂扫了一眼队里的四个人，直接开启了小队语音："备注是什么意思？"
她明明是矮人族的女性角色，声音听起来却很冷酷高傲，即使没有见面，也能想象出对方那张拒人于千里之外的臭脸。
这个声音和预先的设想有些反差，江时稍微愣了一下才笑着回答："字面意思。"
捡破烂问道："无缘无故要送我东西？"
江时道："我确实很想送，就看你有没有兴趣了。"
捡破烂沉默片刻，问："条件？"
江时的语调还是很平淡："来都来了，合作一下？"
捡破烂"呵"了一声。
经过五秒钟的思考，她回答："成交。"
君子范全程听了两人的对话，这时候才低低地吹了声口哨："小姐姐，挺酷啊。"
捡破烂没有理他，而是给江时丢下了一句"坐标发队里"，就带着已经装满的背包转身，回主城的家去安置第一批战利品了。

破军霸霸抵达目的地之后安排几个小组分散开，进行了地毯式搜捕，结果半个人影都没看到，心情十分暴躁，干脆腾了一个位置，将之前的第八小队队长给组了进来："你确定他们去的是海斯勒海岸？"

第八小队队长眼睁睁地看着自己掉落的装备和材料被人捡走，神情恍惚地刚刚复活，突然被这么一吼，有点没回过神："应该……是吧。"

破军霸霸气得想吸氧："什么叫应该？"

第八小队队长相当委屈："不信您问现场的其他人……他们确实是这么说的啊。"说着，他努力回想了一下当时江时的话，刚要再开口，看到公会频道里的新消息后稍微放软了声音，小心翼翼地提示道，"会长，他们……好像换地图了。"

破军霸霸狠狠地咬牙："不用你说，我看到了！"

又是求助消息，但因为这次的受害人并不是安排出去找"七枚银币"麻烦的小队，碰到这种情况显然语气里带了些埋怨。

公会内部很多人本身因为鱼为泽退会的事情而有所不满，围观了一整天破军霸霸对待"七枚银币"公会的态度，按捺许久的内部矛盾瞬间就彻底爆发了。

世界这么黑：怎么回事？我在凯里尼亚平原被"七枚银币"的人杀了。公会里面负责打架的人呢，队伍都哪儿去了？之前在那叫嚣杀人的数量，现在一个个都不管了是吧？

天使的白：对对对，我也想问！我好好的在那升级，怎么突然冲出来一队人打我！

三克拉的恋语：别急别急，会长看到肯定会处理的。要不先给个位置坐标，我去帮忙？

世界这么黑：不用了，人打完就跑了，等你们过来黄花菜都凉了。

依稀：我也被杀了！到底从哪儿冒出来的人，根本不给反应的时间，这些狗东西也太阴了吧！

妖精猫：哦哟，今天是会长先派人出去打"七枚银币"的吧？怎么只许欺负别人公会，就不许人家有脾气反杀回来？

泡如此：就是的，自找的麻烦，在这里叫什么？谁是狗还不一定呢。

行动目标：你们什么意思啊，到底还是不是"十字军"公会的，前面去打"七枚银币"的嘶吼也没见你们说什么，这会儿来幸灾乐祸了？

特别光滑：之前我就想问，正好借着这个机会，跟破军霸霸摊开了说吧。

特别光滑：鱼神要解约退会的事，既然已经做出决定，那就这样了，现在突然打"七枚银币"是什么意思？为什么要找退会的老功臣的麻烦？这就是你们对待老牌大神的态度？

状态特别好：我之前还可惜鱼神退会呢，现在看来，公会内部之间早就有矛盾了吧？

你要的自由：不会吧不会吧，这就开始讲资历了？鱼为泽在外面什么口碑你们这些粉丝不知道？就算有内部矛盾，不觉得是鱼为泽自己的问题吗？

泡如此：给我直接看笑了，受害者有罪论都来了是吧？

特别光滑：鱼神的口碑还不是为了"十字军"才变差的，怎么现在准备过河拆桥了？

你要的自由：别说这些有的没的，自己公会的人被欺负了还在那看笑话，不团结的就直接退会呗。

妖精猫：谢谢提醒，这就退。

罗罗罗罗：是的是的，当初我就是奔着鱼神来的，说得好像谁稀罕在这儿待似的。退会了，以后论坛见！

三言两语间，公会频道突然被成员们退会的消息给填满了。

破军霸霸面色阴沉。

公会里这些激化矛盾的人无疑都是鱼为泽的粉丝。确定鱼为泽要解约之后，他本来也没想把这些人留住，他们这个时候退会了，从某个角度来说也算排除了公会里的一些不稳定因素。

比起这些，此时更让破军霸霸感到头疼的，无疑是"七枚银币"那些人的行动。

他们的游戏 ID 他都记得，正是跟鱼为泽一起抢 Boss 首杀的那批人。

单从人数上来看，他们"十字军"自然占尽了优势，可是一旦进入野外地图的游击战，这种人数优势可以说根本没用。

他们倒是可以追击，可问题在于就算满世界搜查后发现了对方的踪迹，等他们大部队抵达，这些人恐怕早就跑没了影。

装备精良的大部队碰上打游击战的小团体究竟有多难赢，他总算彻底体会到了。可偏偏，还找不出半点解决问题的办法！

继续互殴比比谁更狠吗？那种休闲公会是个人都能申请加入，退完一批人再来一批人，人员的流动性比之前高，对公会没有任何损失，但他们这些精挑细选的精英成员受到的影响大；追杀"七枚银币"那支小队？问题无疑又绕了回来，要在"创纪元"大陆里堵到那四个人，根本就是大海捞针！

破军霸霸现在回想起早上一拍脑门做出的决定，只觉得是搬起石头砸了自己的脚，有点骑虎难下。

他看了一眼好友列表里鱼为泽的离线状态，暗暗咬了咬牙。

就算鱼为泽没有上线，都能将他们"十字军"公会搅得天翻地覆，果然是个祸害！

但现在又该怎么办呢？

到了这个局面，总不能让他这个豪门公会的会长扯下脸皮，反过来跟"七枚银币"这种小公会道歉讲和吧？

"十字军"大部队始终找不到"七枚银币"一行人的踪迹，其实跟江时临时拉入伙的那个捡破烂有关。

众所周知，盗贼的技能是设置各式各样的陷阱。

陷阱作为盗贼输出伤害的主要手段，如果提前安置，还可以在有人靠近时起到警示作用。

而眼下，他们只需要让捡破烂在来位置坐标拾荒的过程中，顺手在路上随便安置上几个陷阱当作干扰项，预警范围就比原先扩大了十几倍。

就连分散寻找他们的"十字军"巡逻兵都很难不动声色地靠近，更不用说需要重新集结才能过来的大部队了。

用一句话概括一下江时队内的情况——一方杀人杀得愉快，另一方靠拾荒赚得盆满钵满。

每个人都很快乐。

当江时打到第四个地图的时候，一天没见的韩俞泽终于上线了。

江时相当爽快地将五人小队切换成了二十五个人的团队模式，在第一时间发去了组队邀请。

韩俞泽光速入队。

其实在陪江时体检之后，他也直接回了家。但是因为今天得知的信息量太大，他又特地跟韩意远通了个电话了解一下情况。

这一了解，直接将向来心大的韩俞泽给了解得更加郁闷了。

心情复杂之下，他本来还犹豫要不要上线，最后狠下心登录游戏看了一眼，没想到居然收到了江时的组队邀请。

说实话，他有些受宠若惊。不过这样的情绪在进入团队看清楚队员后，顷刻间就荡然无存了。

深井冰患者跟君子范也就算了，都是老熟人。但是为什么还组了个光精灵的祭司玩家？

这三个人好歹都是"七枚银币"的成员，这个盗贼又是怎么回事？

没记错的话，这好像也是个从第一赛季起就名声在外的风云人物。

韩俞泽一眼扫过就知道必然发生了什么状况，暂时收敛了一下自己复杂的小心情，问："你们在玩什么？"

江时回答："享受你带进公会的乐子。"

韩俞泽挑了下眉梢，了然道："'十字军'那边开始找事了？"

"可以这么说，不过现在准确来讲，是我们在找事。"江时笑了一声，在小队频道里面发了一个坐标位置，"怎么样，来不来？当然，你毕竟才刚刚退出'十字军'，如果觉得实在下不去手的话……"

韩俞泽根本不需要等江时说完，对老东家大打出手的心理建设已经瞬间完成："游戏里没有情谊。稍等，我来了。"

单听这话，韩俞泽给人的感觉要多薄情寡义就有多薄情寡义。

江时却很乐意得到这样的答复。

在原地等韩俞泽过来会合之后，一行人再次出发，继续今天的"任务"。

别看队伍里只是多了鱼为泽一个人，团灭对手的速度肉眼可见地提升了很大一截。

不过这期间江时留意到了韩俞泽所用的机械，居然不是金色品质，而是他平常很少会用的紫色品质。

结合这几天发生的事情，他也不难推测出原因："退出'十字军'，他们还把你的家给抄了？"

"咳咳，也不是，家里的仓库还有。"韩俞泽没想到江时的眼睛这么毒，回答得相当漫不经心，"之前清理完资产还没回过家，就没来得及拿。"

江时道："哦，倒也不急，紫色品质的也够用了。你身上机械的余量还有多少？不够用的话等会儿往队伍后面挪挪，老病应该很愿意多打点伤害。"

突然被点名的深井冰患者一脸疑惑。

"那不行，我还是要给'十字军'一个态度的。之前还在想该以什么样的形式跟他们再见面，现在这个机会倒很难得。"韩俞泽说到这里轻轻地笑了一声，却突然隐约感受到了一道注视。

他敏锐地回头看去，恰好捕捉到了那个游戏 ID 为"板正小青年"的祭司毫不遮掩的探究视线，看看他又看看江时，像是在琢磨什么。

韩俞泽稍微拧了下眉，不由得联想到了之前那个牧师禁锢的温。

他忽然有些怀疑是不是"血蔷薇"那边见卧底人员暴露，又给重新安排了一个。

韩俞泽正琢磨着这种阴谋诡计的可能性，恰好被他怀疑的那个人发来了消息。

> 回春妙手：什么情况，听说你跟"十字军"彻底闹掰了？
>
> 鱼为泽：能不能有点新的用词？都退会了能不闹掰？
>
> 回春妙手：喷，我说的不是这个。
>
> 回春妙手：别告诉我你还不知道，现在论坛可热闹了。还是你厉害，论坛里的大名人啊！类似"鱼神带队追杀'十字军'成员"的帖子可已经传开了，一个个还带着截图，讨论得那叫一个风生水起。
>
> 回春妙手：难道你留在休闲公会，就是为了这一刻？要真是这样的话，你的目的达到了，"十字军"跟你一起上了舆论的风口浪尖。
>
> 鱼为泽：他们爱讨论就讨论去呗，关我屁事。
>
> 回春妙手：看得出来你确实杀人杀得很快乐了……
>
> 回春妙手：不过就算你想动手，也可以到我们"血蔷薇"来呀。毕竟，"七枚银币"这种小公会面对"十字军"也占不到便宜吧？来我们这里，我们给你撑腰，带上奶有毒他们几个，保证直接给你们提供最高待遇。
>
> 鱼为泽：谢谢，如果有换公会的想法我一定第一时间联系你，所以你可以先把安排在这个"小公会"里的卧底都调走吗？一把年纪了还玩这种把戏，幼不幼稚？
>
> 回春妙手：你是说禁锢的温？我记得他已经退会了啊。
>
> 鱼为泽：那个板正小青年不是你们安排的人？

回春妙手：不是啊，这是谁啊？

鱼为泽：算了这不重要，我继续打架去了，回头再跟你说。

回春妙手：你不觉得你的话题每次都结束得很过分吗？

鱼为泽：不觉得。

韩俞泽留下最后一句话，下意识地朝着那个合作了一路的板正小青年看了过去。

如果他不是"血蔷薇"安排的话，难道是其他公会派过来的卧底？

祭司……该不会是"黑塔"公会那边的人吧？

虽然对"七枚银币"这种小公会来说，有没有卧底确实没什么区别，但是眼看着这人一路上除了看他的那段时间外，基本都在盯着江时，韩俞泽总觉得，很有必要好好探探对方的真实身份。

一群人手起刀落，转眼间又清理了两个地图。

经过这段时间，"十字军"在野外地图的公会成员数量明显降了下来，已经开始刻意回避他们了。

不过，人数减少后虽然不能像最开始那样杀得尽兴了，却丝毫没影响众人的热情。

他们一张地图接着一张地图地找到"十字军"的队伍打过去，顺便还开了新地图的传送点。

"十字军"那边的人有多崩溃江时他们不清楚，反正他们的游戏生活简单且快乐。

一行人又在一张新地图里将"十字军"的人清理干净，便挑了个占据视野优势的山坡进行中场休息。

韩俞泽还在思考这个祭司玩家的来历，没想到打量对方的时候，对方也刚好又一次朝他这边看来。

四目相对，让他的怀疑显得太露骨了。

然而那个板正小青年却丝毫没有心虚的样子，面不改色地挪开目光后，直接看向了旁边的江时，开口就是这么一句："你果然是奶有毒吧？"

忽然提起的话题，让旁边躺平看天的两人顿时坐了起来。就连一直跟他们保持距离的捡破烂也被引起了注意。

很显然，捡破烂并不像另外两个人这么知情，但是作为从第一赛季开始就在游戏里的资深玩家，她自然也听说过"奶有毒"这个游戏ID。

江时也没想到自己会在这里被人认出来，而且对方还是公会里一位再普通不过的玩家，不是他的什么熟人或者仇人。

他稍感错愕，问道："你怎么看出来的？"

"熟悉的人。"板正小青年点了点旁边的韩俞泽，然后又指了指江时手中的那个巨型十字架，"还有，代表身份的武器。"

板正小青年的少年音里透着一股和年龄略微不符的稳重，像极了官方的说明："第一赛季，《创纪元》官方推出首次也是唯一一次特殊武器外观活动。全服前一百位完成任务的玩家可以在外观库中选择其中一个作为自己的独特武器外观，总计一百件，抢完即止。当时奶有毒就是首批完成的玩家之一，选择的是法杖类型的特殊外观，十字架。"说到这里他顿了一下，视线始终停留在江时的身上，内容却另有所指，"另外，黑市刺客排行榜榜首君子范手中的铁折扇，'血蔷薇'的回春妙手使用的油纸伞，还有鱼为泽的鹰头手杖，也都是当时活动里独一无二的战利品。"

说完，板正小青年露出了今日以来的第一个笑容："所以，其实很好认。"

其他人毕竟在那次活动之后也玩了很长一段时间，"创纪元"大陆上的玩家和 NPC 们应该没少看他们拿着武器乱晃。

但江时在拿到十字架后不久就退出了游戏，他确实有些惊讶跟前这人到底是从哪里知道的消息。

这么齐全的资料信息，让江时将这个随便组进队的祭司玩家重新打量了一遍："所以，今天你会申请入队，甚至会选择加入'七枚银币'公会，从一开始就是奔着我们来的？"

"可以这么说，但也不全是。"板正小青年想了想，给出了一个他认为最为严谨的答复，"准确来说不是为了你们，而是，为了你。"

韩俞泽原本还在旁边看戏，等听到最后一句的时候，不由自主地将身子直了直。以他的位置，一旦板正小青年有什么奇怪的举动，他随时都可以将这个大放厥词的祭司玩家当场拿下。

而板正小青年仿佛丝毫没有觉察到周围的危险气息，还在不急不缓地进行自我介绍。

他就这样直勾勾地看着江时，一字一句地陈述道："奶有毒，我是你的五年老粉丝。"

这样严肃的气氛和神态，让韩俞泽险些按不住手中的刀，直到最后五个字落入耳中，他露出了疑惑的表情。

另一边，江时产生了一丝不确定，愣了一下："五年老粉丝？"

"嗯，从你退出游戏前不久成为你的粉丝，一直到现在，已经超过五年了。"板正小青年看起来并不怎么习惯这种场合，但是一丝不苟的态度让他直勾勾的视线看起来非但没有半点局促，反而充满了诚恳，"我也知道这样说有些突然也很冒昧，但我还是想问一句，奶有毒，看在我关注你这么久的分儿上，你愿意收我做徒弟吗？"

韩俞泽脸色微妙。

拜师就拜师，你不觉得这种句式听起来有点问题吗？

江时没想到会收到这样突如其来的拜师申请，但仔细想想，这个板正小青年的外观和他如此神似，显然是对他非常了解。

居然能在他退出游戏的五年时间里始终当他的粉丝，这份坚持还是让他稍微有那么一丝感动的。

江时想了想，最终相当客观地表述道："虽然我们都是光精灵，但你的主职业是祭司，我玩的可是符文师。"

"这个不是问题。"板正小青年说，"我只想跟师父学战术。"

君子范在旁边摇着折扇笑出了声："这你就找对人了，奶有毒可是'战术大师'。"

江时扫了他一眼，语调里听不出什么起伏："谢谢夸奖。"

板正小青年还是这样直勾勾地抬着眼，仔细观察才能从其中捕捉到一丝期待："那么，最后的答案是？"

江时笑了一声："既然你都这么说了，当然只能说，我愿……"

"他的意思是，可以做你的师父了。"韩俞泽一直在旁边听着两人的对话，卡着江时完整说出那三个字之前插了进去，"那么恭喜两位，拜师礼成。"

江时不懂这人这个时候凑什么热闹，顿了一下也顺着点了点头，很自然地接了一句："同喜同喜。"

韩俞泽一时无语。

江时没想到自己居然莫名其妙地多了一个徒弟，不过仔细想想也不是什么坏事。反正，闲着也是闲着。

虽然他们不是同一个职业，但只要是光精灵势力之下的职业，他确实都能教。

江时相当淡定地给板正小青年发去了一个好友申请："我先加你好友。"

就在这个时候，一直在旁边没说话的捡破烂突然开口："也加我一下。"

"好呀。"

多个朋友多条路，江时自然没有意见。

君子范也过来凑热闹："算我一个，算我一个。"

捡破烂看起来并不是很想搭理他，但是看在组队的缘分上，还是面无表情地通过了他的好友申请。

这让在旁边纹丝未动的深井冰患者显得更不合群了。对他而言，一切的社交活动都是在浪费时间，完全没有存在的必要。

而另一个没有动作的就是韩俞泽了。他的原因更加简单，四个字——没有兴趣。

韩俞泽沉默地站在旁边，一抬头，就看到加了江时好友的板正小青年朝他走了过来。

他的第一反应是对方要来加他好友，正琢磨着应该摆出什么样的姿态，还是干脆假装不熟，便见板正小青年走到他面前，忽然压低了声音，语调里带着略微的好奇："鱼神，过了五年，您还没让他成为您的绑定辅助吗？"

韩俞泽疑惑地看着他。

板正小青年似乎并不需要他的回答，与他对上视线后，露出了一抹十分端正的笑容，表情坦然正直，像在打听一个令人好奇的情报。然后，就像什么事都没发生一样，朝江时那边看了过去。

他改口改得相当自然，用板正的语调说出那个亲切的称呼，听起来没有丝毫违和感："师父，那我们继续？"

他似乎很满意刚收集到的情报。

韩俞泽有点无语。

早知道他刚才就应该阻止这个拜师仪式了，很显然，这又是个不好搞定的人。

江时看到君子范跟捡破烂也互相加了好友，发现已经时近黄昏，看了眼系统时间："不急，要不大家先去吃个饭，吃完继续？"

"可以可以。"

其他人没什么意见，应了一句之后，都很有执行力地快速下线吃饭去了。

江时见韩俞泽站在原地没动，问："你不去？"

韩俞泽说："你去吧，我吃过了，等你们回来。"

江时点了点头，也退出了游戏。

游戏中，空旷的山坡顿时安静了下来。

韩俞泽觉得江时收的这个新徒弟恐怕不是什么省油的灯，他看着天空忽然幽幽地叹了口气，然后打开好友列表，找到了那个绿油油的头像。

这个时候他对于"徒弟"这个词有些过敏，就连看到绿色控的那一瞬间，太阳穴都忍不住突突地跳了一下。

他快速发去一条消息。

　　鱼为泽：今天一直都在线？公会里什么情况？

绿色控的公会一栏显示的赫然还是"十字军"。

等到韩俞泽正式找到下家之后，绿色控自然会跟着他一起走，只是这会儿见师父还在"七枚银币"这种休闲公会随便玩玩，就暂时没有着急退会。

这几天，他正耐心地潜伏在"十字军"内部当卧底，顺便恶心人。

今天"十字军"和"七枚银币"的"大战"，绿色控算是围观了全程。

这个时候听韩俞泽这么一问，他当即一股脑地将经过完整陈述了一遍，最后还幸灾乐祸地进行了总结。

　　绿色控：总之，今天会长那边不知道吐血几次了，笑得我肚子疼。

　　绿色控：师父你是没在公会里，不知道他们吵得有多精彩，特别是你开始动手的消息传开之后，这骂战，啧。

　　绿色控：等我有空整理一下聊天记录发给你，保证你看了神清气爽！

　　鱼为泽：这些不急。

　　鱼为泽：你注意一下那批职业玩家的情况，怎么感觉没动静了？

　　绿色控：唉？这我就不清楚了。

　　绿色控：你也知道，所有人都知道我是你徒弟，你这一退会，这些人防我防得可紧了，在路上遇到我都故意绕着走。

　　绿色控：其实我觉得他们就是心虚，要是半夜没做亏心事，怕什么鬼敲门？

　　鱼为泽：你在说自己是鬼？

　　绿色控：这些都不重要！不过有一点我可以肯定，会长已经通知在野外地图的公会成员们都回去了，应该已经放弃了和"七枚银币"互殴。接下来就不知道他打什么主意了，肯定是有后手的，我刚才在公会领地遇到了阿克达斯，看那眼神就觉得他在酝酿什么坏主意！

　　鱼为泽：行，知道了，你继续留意他们，有情况立刻通知我。

　　绿色控：收到，保证完成任务！

　　绿色控：不过……我到底什么时候可以跟你一起走啊？师父你可不能自己玩高兴了到时候把我给忘了。

　　韩俞泽心虚地咳了一声。

　　虽然这么说有些残忍，不过在今天快乐打架的过程中，他确实没想起来自己还有个留在"狼窝"里的徒弟。

　　韩俞泽看了一眼周围吃完饭开始陆续上线的队友，象征性地安慰了一句。

　　鱼为泽：放心忘不了，我先去忙了。

　　人类为了找乐子，无论做什么事都能高效且快速。

　　短短的时间里，一行人就全都吃完了饭。

　　最先上线的是君子范，紧接着深井冰患者跟捡破烂也上线了。

　　最不着急的大概就是板正小青年了，在江时上线之后大家又等了一会儿，才看到他不急不缓地重新冒头。

　　集合完毕，"反杀'十字军'"的行动继续进行了下去。

　　韩俞泽将从绿色控那问来的情况转述了一遍。

　　其他人一听，终于知道了渐渐在野外地图里找不到"十字军"公会成员的原因。

　　知道归知道，他们的心里还是抱着一些期待，直到这样一路找去确实只捉到几个人，所有人的兴致才渐渐落下来了。

　　破军霸霸将"十字军"在野外地图的公会成员强行召回后，留给他们的操作空间实在小得可怜。

　　就这样又找了一段时间，君子范终于彻底提不起干劲了："没意思，还豪门公会呢？直接就没人了。"

　　韩俞泽道："'十字军'应该想搞别的动作。"

　　君子范道："这动作想得也太久了，看样子今天是等不到了，要不我们就先到此为止了？"

　　"可以。"江时对"十字军"的能屈能伸叹为观止，对这个提议也没有意见，"那就下次继续吧，先散了。"

　　"走了，再联系。"捡破烂丢下一句话，第一个退了队，紧接着其他人也一个接一个地退了出去。

江时留意到韩俞泽站在旁边没有要动的意思，问："还没玩爽？"

韩俞泽道："嗯，有点。要不要再去几个地图？"

作为刚刚回归的玩家，江时还没将这些高级地图的传送点全部开启，虽然他们一直在打架，其实也是在顺便开启各个地图的传送点。

这样的提议对他而言绝对不亏，自然没有拒绝的道理："我都可以。"

韩俞泽心满意足地看到自己从第二小队调到了第一小队。

随着二十五人团队切换回小队模式之后，队里只剩下他们两个人。

因为野外地图基本已经没有了"十字军"的人，排除了所有干扰因素，让韩俞泽跟江时硬生生地将打架行动玩成了地图观光。

如果放在以前，韩俞泽听说那些什么事都不干，专门到处跑地图、拍照片的玩家时，难免嗤之以鼻。

而此时此刻，他却深深感受到了这些人的快乐。

在荒芜的沙漠中穿越绿洲，从古代遗迹的残垣断壁中领略历史，踩着皑皑白雪站在高山之巅看着星辰璀璨……这就是快乐的"旅游"时间。

韩俞泽不知道江时有没有什么想法，至少对他而言这确实是一次堪称完美的体验。

直到又开通一个新的地图传送点后，他忽然留意到已经暗下来的天色，看了一眼系统时间，快乐消失了。

韩俞泽联想到今天刚接收到的信息，沉默了一下，忽然没头没尾地冒出一句："时间不早了，你准备睡觉了吗？"

江时看了一眼时间，刚刚晚上八点。

江时拧了下眉，奇怪地看向了韩俞泽："不想睡。"

韩俞泽点头："那再走走。"

然而两人重新出发还没有五分钟的时间，他再次回头看向了江时："从下午玩到现在已经很久了，你累不累？要不还是先下线休息一下？"

江时奇怪地看他一眼，淡淡道："不累。"

两道疾步飞奔的身影穿梭在萧瑟的树丛当中。

才刚到八点十分，韩俞泽思考过后再一次开了口："天都黑了，应该到上床睡觉的时间了吧？"

一而再再而三的催促，让江时有点不耐烦："你有病吧？"

韩俞泽噤声了。

这不是觉得你有吗……

韩俞泽下意识地想要望天，忽然收到了自家"卧底"发来的消息。

　　绿色控：师父师父，虽然会长他们一直躲着我，但我还是打听到了！

　　绿色控：这些家伙果然没那么容易善罢甘休，会长看没办法堵到你们的人，悄悄跑到黑市去了！看他这样子，估计是打算买凶杀人！

韩俞泽挑了下眉。

哦？更有意思了。

黑市这种地方，向来鱼龙混杂。

除了一些和别人结下私仇的玩家会慕名前来，这里还有很多唯恐天下不乱的 NPC，有时候玩家来这里只在街上走一圈，离开的时候背包里都很有可能少几件装备，往往就是被那些偷盗成瘾的 NPC 给顺走的。

因此，这个地方对普通玩家而言往往是危险地带，能不去就不去。

如果论闹事的概率，除了那些各大公会争夺野外地图 Boss 的现场，也就属这里最高了。

那些原住民 NPC 如果偷了普通玩家的东西，并不会有什么麻烦，但如果碰上有脾气的玩家，发现少东西后回来和 NPC 大打出手是很常见的。

这种影响 NPC 与玩家之间的和谐的情况自然引起了《创纪元》官方的重视，只要比较一下就可以发现，黑市中以巡逻队身份出现的游戏管理员的数量，比普通城区里多出了不止三倍。

可即便如此，依旧不能降低犯罪率，足见这里的治安有多混乱。

破军霸霸是接到领导任命才来接触《创纪元》这款游戏的，从进入游戏开始，他的目的就非常明确，一直都在处理"十字军"公会上上下下的大小事务，平常自然不会来这种治安混乱的地方。

这次也算是托"七枚银币"众人的福，让他有了第一次踏足黑市的机会。而且，还是以开小号的形式。

不得不承认，他还挺不习惯这种略显黑暗的氛围。

在"十字军"成员面前向来威严十足的破军霸霸，在黑市中，也不免表现得有些局促。

特别是这一路走来，周围那些 NPC 时不时投来不怀好意的视线，更让他浑身上下都感到极不自在。

破军霸霸好不容易绷着表情走到了黑市交易大厅，找到一家挂着"暗杀中介"招牌的店铺走了进去。

忽明忽暗的灯光，将店铺内部恐怖的氛围烘托到了极致。

这家店铺的老板相当健硕，耳朵上成串的耳钉在昏暗的灯光下散发着若隐若现的光芒。

看到破军霸霸进来，他咧嘴一笑，脸上巨大的刀疤扯起了一个弧度。

他的声音因为长期吸烟而非常沙哑："这位朋友，要雇杀手吗？"

这轻描淡写的语调，仿佛他做的不是什么见不得人的买卖，而是在推销菜场上的大白菜。

破军霸霸扫了一眼挂在墙上的价格表，找了柜台最里面的一把椅子坐下，尽量让外面的人看不到他："具体什么规则？"

这家黑店的老板名叫卢克，是"创纪元"大陆里的NPC，从第一赛季开始就在黑市做生意了。

他迎来送往惯了，形形色色的人都见过，此时一看破军霸霸这副不想被其他人看到的样子，顿时了然："第一次来吧？"

破军霸霸低低地"嗯"了一声，算是回复。

卢克笑了一声，叼上一根雪茄，从角落里翻出一本落满灰尘的册子递了过去。

他长满老茧的手指轻轻地点了点上面的价目表："黑市统一价，每三个人头为一单。一类暗杀刺客服务费四十万银币，二类服务费十万，三类五万，四类及以下一千到五千银币不等。"说完，见破军霸霸陷入了沉思，他又意味深长地进行了补充，雪茄随着话语上下摇晃着，"另外，我们这里是双重保密机制。不管选择哪一档杀手合作，买卖双方的所有资料均会加密，你不知道服务方的真实身份，服务方也不会过问你的任何信息。所以除了价格之外不需要有其他顾虑，我可以向你保证，绝对安全。"

破军霸霸没想到这就被对方看出了自己不想曝光身份的心态。他掩饰地咳了两声："一类和四类的价格怎么差距这么大？"

"那当然，杀手一共有四个分类，在这之间可是从平均一百单有百分之九十的完成度到不足百分之三十的完成度的巨大跨度。"说到这里，卢克低低地笑了一声，"不过就算是一类杀手，也只是暗杀排行榜前十名以外的刺客。如果老板想让排行榜前十名以内的那几位朋友出手，就得自己跟杀手本人去详谈了。那都是另外的价钱，报价全凭他们的个人意愿，上不封顶。"

破军霸霸陷入了沉思。

很显然，他没想到这黑市中居然有这么多门道，一时间有些拿不定主意。

虽然他揪着"七枚银币"那些人不放，归根到底是因为两家公会间的纠纷，对他们这种正规的职业公会而言，买凶杀人这种下三烂的手段，实在放不上台面。

另一方面，他并不想让上面的管理人员知道他被逼到了这个份儿上。

如果这次他真要下单，费用绝对不能报销。

当初破军霸霸跟阿克达斯商量之后决定来这里，也是为了尽快解决问题，是没有办法中的办法。

可是来这里之前，他真不知道黑市的价格居然离谱到了这个程度。

三个人头四十万银币！这头是镶金的吗？

而且，这居然还只是一类杀手的报价。

破军霸霸不确定一类杀手里的那些人能不能搞定鱼为泽这种顶级高手，他更倾向于让杀手排行榜的第一名出手。

但是排行榜前十名开外的杀手就已经贵成了这样，前十名会给出多么离谱的价格可想而知了。

破军霸霸想着即将离开自己的私人小金库，隐隐感到了心疼。

卢克常年在黑市与各式各样的人打交道，没少遇到这种使用小号来问价的人。

看着破军霸霸犹豫的表情，他脸上了然的笑容更分明了一些，让自己这张本该十分狰狞的脸显得和善了起来。

最后，他干脆推销了起来："是这样的，如果你担心普通杀手干不了这个活儿，又觉得排行榜前十名的杀手太贵，我这里倒是有一个不错的推荐。"

破军霸霸脱口问道："什么推荐？"

卢克打开文件夹翻了翻，从里面找到了一份资料推了过去："看看这个00074号。他是最早那批跟我合作的暗杀刺客，当年的委托完成率接近百分之百，常年稳稳地霸占着杀手排行榜第一名的位置，也是各位老板格外青睐的大热门。可惜他前面离开了一段时间，现在刚刚回来，就从排行榜上掉了下来，现在在一类杀手的名单当中。如果暗杀对象非常棘手的话，我觉得你可以找他，从性价比来说，他应该会是最好的选择。"

破军霸霸看着资料里面近乎满分的各方面属性，皱了皱眉："你的意思是这个人刚刚回归？"

卢克知道他担心的是什么，叼着雪茄，吐出了一串烟圈："他跟我是老熟人了，实力方面绝对让人放心。每次的委托完成情况会有独立的暗杀系统进行评估，没完成委托可以全额退款，老板你尽管试试，绝对不会让你吃亏的。别看他现在还只是一类杀手的价格，过不了多久，等他回归杀手排行榜的前十名，再找他，恐怕就是另外一个价格了。"

破军霸霸原先还有些犹豫，最后听说可能涨价，便狠狠地咬了咬牙："行！那就他吧！"

卢克笑了笑："谢谢惠顾，那么，请先支付定金。"

破军霸霸一哽："可以。"

定金是按照总价乘以百分之三十进行结算的。

因为破军霸霸的需求是尽可能多地击杀，次数上不封顶，而且暗杀对象有四个人，所以最终按照四份订单的价格进行了支付，委托一共有三天的时间，金额多退少补。

如果说破军霸霸来的时候表现得很紧张，那么当他带着空空如也的钱包离开时，脚步都显得相当虚浮。

破军霸霸一走，老板卢克通过暗杀系统联系上了00074号。

语音接通，卢克跷着二郎腿笑吟吟地往老板椅上一坐："不错吧74号，你这才重新出山没多久，我就帮你接到一单大生意了。"

另一边，响起的是君子范的声音："可以啊卢克，不愧是老搭档了，仗义。"

"行了，有那时间说好听的，不如抽空来我这跟兄弟喝几杯。"卢克笑了一声，翻了翻刚刚登记的信息，"你现在要是有空的话，我给你把暗杀名单发过去？"

君子范道："还有名单？听起来这单生意还挺大。"

"可不是，这可是一笔三天内杀几个人就能收获相应报酬的大单！"卢克说着，直接将名单录入了暗杀系统，"好了我已经上传了，你自己看看。"

君子范笑道："谢了。"

卢克也笑了笑："等你过来请我喝酒啊，臭小子！"

君子范显然是去看暗杀名单了，一时没有接话。

隔了很久他才重新出声，语调里带着些玩味："这些就是我要暗杀的人？"

卢克道："没错，有什么问题吗？"

"不，没有。"君子范一边摇着扇子，一边努力憋笑，"就是觉得，这位老板挺有眼光的。"

他想了想，给出了一个精准的评价："阔气。"

"什么意思，找人暗杀我？"几乎在同一时间，江时刚听到韩俞泽转达的新情报，"'十字军'是不是不知道君子范是做什么的，找人暗杀他，不怕被他反杀了？"

"不止君子范，我们其中的任何一个人恐怕都不好杀吧？"韩俞泽顿了一下，"哦，你新收的徒弟除外。最近可以让他少出门了。"

他的语调里带着一些幸灾乐祸的感觉，让江时有些好奇板正小青年在短短的时间里，究竟怎么得罪这位鱼神了。

他正要问，忽然弹出的入队申请打断了两个人的对话。

君子范重新进入队伍中，看着里面的两个人低低地吹了声口哨："没打扰吧？"

韩俞泽笑道："有。"

江时拿十字架把他赶远了点："没有，什么事？"联想到刚才韩俞泽说的情报，不等君子范回答，他又有了自己的推测，"不会是已经有人找你送死了吧？"

"嗯？你们怎么知道'十字军'找到黑市去了？"君子范的语气听起来更惊讶。

韩俞泽问道："真买凶了？"

"懂不懂规矩，就算'十字军'真下了单，也得到明天才正式生效。"君子范对这些门外汉有些嫌弃，也不多说废话，直接传了一份名单到小队频道里，"喏，我刚收到的新委托。恭喜各位，现在你们都是我的猎物了。"

江时快速扫了一眼，发现除了一直在暗中行动的捡破烂和板正小青年这个不被重视的治疗玩家外，他、深井冰患者、鱼为泽，甚至君子范本人赫然都在这份名单上。

他先是一乐，随后思考了片刻，认真抛出一个问题："这单子里的其他人也就算了，你要怎么搞定自己？自杀？"

君子范难得有点无语："这是重点吗？"

韩俞泽问："所以是谁去黑市下的单，破军霸霸？"

"这我就不知道了。"虽然没在眼前，但是听语调也可以想象到君子范无辜地耸了耸肩，"黑市有双向保密的保护机制，雇主和杀手都不知道对方的具体身份。不过估计也差不多吧，这个老板的唯一要求是在野外地图杀人外加恐吓施压，除了'十字军'的人之外也没其他人会干这种无聊事了。"

韩俞泽点头："确实。"

君子范问道："奶有毒人呢，说吧，又在想什么坏主意？"

江时笑了一声："帮你提升暗杀成功率这种事，怎么能算坏主意呢？我就是觉得现在可以下线睡觉了，等明天大家都在的时候，再过来集合一下。"

君子范挑眉："所以你们的意思是……"

韩俞泽笑道："那还用问？"

江时的语调里充满了期待："买凶买到正主身上的缘分，当然不能辜负了。"

次日，"十字军"公会领地。

阿克达斯推开破军霸霸的办公室的门，看着坐在桌前的男人问道："去黑市安排的事情怎么样了？"

订单从今天开始正式生效。

破军霸霸登录游戏后就一直留意着任务的进度，却一直没有收到新的消息，闻言回答道："不清楚，黑市系统还没动静。不过鱼为泽本身就不好对付，也不知道接单的人到底是什么身份，说不定已经失败几次了。"

"一次击杀都没有？不至于吧。"阿克达斯皱了皱眉，"鱼为泽不好对付，难道'七枚银币'的其他人也都搞不定？会长，你下单之前到底有没有了解清楚？别被人骗了。"

"骗不了。如果完不成委托可是会退回全款的，大不了就当浪费了这几天的时间，到时候咬咬牙找排行榜前十名以内的杀手再下一次单。反正一定要让他们吃点苦头，我就不信逼到无法正常游戏了他们还能不对我们服……""软"字还没出口，破军霸霸的话到这里戛然而止，紧接着语调忽然扬起了几分，"开始了！黑市系统给我推送暗杀进度了！一个，两个……可以啊，这次一口气拿到了三个人头！"

阿克达斯愣了一下："这么快？一次三个，不会是一打三吧？"

破军霸霸笑了一声，郁闷了一整天的心情跟着愉快了不少："管他有没有找帮手，我只看结果。包括鱼为泽在内，除了那个君子范外都遭到了击杀。不错啊，果然一分钱一分货，这个杀手看起来确实很强。"

阿克达斯也跟着笑："这是好事。"

破军霸霸一时间也没了继续处理公会事务的心思，打开好友列表，往下面的"卧底"一栏里面翻了翻，找到其中一人发去了组队邀请。

下一秒，收到组队邀请的人就进入了队列当中。

破军霸霸想要看好戏，顺便也将阿克达斯拉进了队里。

他扫了一眼暗杀系统里再次刷新的人头数量，打开小队语音，期待地问："怎么样，'七枚银币'那边现在是什么情况？"

被拉进来的人使用的是一个叫"哆来咪发"的新账号。闻言，他显得有些蒙："什么，什么情况？就……一切正常吧？"

"一切正常？"破军霸霸眼看着暗杀系统的人头数量已经提升到了六个，眉心稍稍拧起了几分，"你确定正常？鱼为泽没露过面？其他那几个玩家就没有什么动作？"

哆来咪发第一次当卧底，本来以为进这么一个休闲公会会相对轻松，没想到才上岗就被会长拖到队里当面询问，一时间有些结巴："动作的话……之前他们组上队伍继续打我们的人去了，这事我应该已经跟您汇报过了呀。"

破军霸霸问道："然后呢，没了？"

哆来咪发在具有压迫感的持续追问下带上了一丝哭腔："真没了！现在他们在公会频道里面聊天呢，看起来应该休息了，就正常玩！"

破军霸霸一头雾水。

他不怕对方有什么动作，眼看着人头数量已经累积到了九个，在这种情况下"七枚银币"的人不应该采取一些行动吗？比如在公会频道里面哭诉，或者急切地寻求支援之类的。怎么还能有心情聊天呢？

就在这个时候，人头数量再次一个一个地增加，转眼间累积到了十二个。

破军霸霸依旧不死心："聊天，是哪种聊天？他们有没有表现出不高兴的感觉，应该有烦躁的情绪吧？"

"烦躁？"哆来咪发重新打开"七枚银币"的公会频道看了看，非常确定地回答道，"没有啊，他们在喊'七枚银币'的会长唱歌，氛围挺好的啊……"

破军霸霸沉默了。

他反复看了看暗杀系统里面的四个暗杀对象，除了那个君子范之外，其他人名字后面被击杀次数的显示均为"4"。这让破军霸霸忽然有些怀疑。

他们不是在被人追杀吗，被杀了四次却一点没影响到心态？还是说，系统故障了？

同一时间，在卡尔德拉山脚的某个复活点，三个身影整齐地躺在树荫下，一边在公会频道里面对会长起哄，一边等待着复活时间结束。

从左往右依次是江时、深井冰患者和韩俞泽。

因为矮人种族身高的局限性，他们在地面上摆出了一个"凹"字，快快乐乐地一起躺着。

在等待复活期间，"尸体"不能在当前频道说话。君子范手起刀落完成击杀后，非常熟练地发去了入队申请。

进组之后，他看到队友列表上那三个已经暗下的头像。

君子范摇了摇扇子，问："下次复活时间是多久来着？"

"十五分钟后。"江时在小队语音里面回答着，低低地叹了口气，"也就这时候才会觉得复活机制不够人性化，这越来越久的复活时间简直影响我们自杀的速度。"

深井冰患者在小队频道里发了一句话。

> 深井冰患者：君子范，你闲着也不合适吧？你自己也在名单
> 里，赶紧自我了断，快快快！

"我就算了，以后还要在黑市混呢。"君子范对这个提议很不以为然，"在这个游戏里上哪儿找一个能暗杀我的杀手？只有我活着，才能证明这份订单的真实性。"

韩俞泽忍不住咳了一下。

江时淡淡地问："躺着都能呛到？"

韩俞泽笑着接话："难得碰到一个比我还自恋的。"

君子范在这两人的一唱一和下又摇了摇折扇，刚想说些什么，随着队伍面板的消失，弹出了一条"你已被踢出小队"的系统消息。

下一秒，躺在地上的几个人齐刷刷地复活起身。

江时催促道："赶紧干活。"

君子范点点头。

因为他们早就已经卸下了所有的防御装备，甚至连身上的背包都清空了，君子范手起刀落后三个人齐刷刷地再次躺下，连半件装备都没掉落。

君子范又一次加入小队的时候，正好听到江时在小队语音里放的歌，正是岛上森林刚发在公会频道的那段音频。

女生的声音很柔和，音调跑得相当离谱。

这应该是所有人听过最刻骨铭心的"夺命之歌"了。

君子范拿着扇子的手稍稍不稳："你们为什么那么喜欢喊会长唱歌呢？"

"因为会长唱歌特别要命。"江时回答，"你等会儿不是还要录制视频交差吗，这不，让会长帮忙酝酿一下绝望的情绪。"

韩俞泽悠然地附和："确实，特别有感觉，快听哭了。"

君子范一时无语，已经感受到绝望了。

眼见江时跟韩俞泽又开始在公会里面起哄，让岛上森林再来一首，这次连深井冰患者都忍受不了了，选择退出队伍。

下一秒，君子范也快速离队。

江时这边还在循环播放岛上森林的歌声，见转眼间又只剩下了他们两个，反倒良心发现地征求了一下韩俞泽的意见："还听吗？"

韩俞泽道：“听吧。”

江时点头：“那继续。”

大概是实在受不了公会频道里那鬼哭狼嚎的氛围了，君子范不等收工，就提前录制起了记录视频。

他们利用从市场上购买的录制道具拍摄，君子范的脸并没有出镜。

从这个角度，可以看到铁扇子将地上的深井冰患者的脸托起了一个我见犹怜的角度。

君子范嘲讽的话语里带着似笑非笑的语气，仿佛变成了影帝，表现出了他作为杀手的专业："不好意思，我也不想跟你们动手，但是老板下单，不问原因。要怪，也只能怪你们得罪了不该得罪的人。呵，如果想要不继续被追杀，建议你们赶紧反省反省，夹着尾巴做人，说不定以后的游戏生活还能过得舒服一点。总之老板让我带话了，服个软，也不是没有放过你们的可能性。"

被迫配合表演的深井冰患者十分无语。

你有病吧？

然而君子范的话并没有结束，他低低地"啧"了一声，语调跟着一转："当然，就我个人来说……"

深井冰患者终于发现，最恐怖的并不是"十字军"下单时要求的反复恐吓威胁，而是君子范接下来的自由发挥。

大概是被前面那段表演给激发出了灵感，君子范在面对"尸体"时那控制不住的表达欲一发不可收。

君子范滔滔不绝的话语，让躺在地上的深井冰患者忽然想起了当年被这人硬聊了几个小时的恐惧。一番比较过后，他顿时觉得岛上森林的歌声也不是那么难以接受了，便火速再次发去入队申请。

江时正跟韩俞泽一起欣赏着会长的第二首金曲，见深井冰患者又进了组，疑惑地问："进进出出干吗呢？"

　　深井冰患者：赶紧的，把君子范组进来。

江时眨了眨眼，留意到深陷视频录制中的君子范，瞬间反应了过来。

他笑了一声，看热闹不嫌事大地将君子范又拉进了队里。

君子范快速地为视频做了一个收尾，然后才进队，问："怎么了？"

江时道："老病找你。"

深井冰患者：你差不多就行了，再没完没了我一炮轰了你啊啊啊啊！

君子范无辜地叹了口气，语重心长道："老病，不是我说你，你的心理素质真不行。"

深井冰患者：滚啊啊啊啊啊！

深井冰患者：你说你是不是有病！随便录一会儿就行了，还真享受上了？你这个变态离我远点知道吗！臭！变！态！

背景音是岛上森林鬼哭狼嚎的歌声，小队频道里是深井冰患者受到刺激后铺天盖地的消息。

周围明媚的阳光照在身上，韩俞泽感受着躺在自己不远处的江时的气息，忍不住低低地感慨了一声："啧，年轻真好啊。"

卡尔德拉山脚下。

蓝天、草地、尸体、杀手……画面十分和谐，看起来岁月静好。

但很显然，有人心情愉悦，就有人心情没这么好了。

随着一次接一次的击杀消息传来，破军霸霸眼睁睁地看着人头数量逐渐超过二十个，开始朝着三十个飞奔而去。

这还只是第一天而已，如果一直保持着这样的速度，追杀满三天的话，他需要支付的报酬岂不是要……

在之前的接触中，连"十字军"的职业玩家都很难捕捉到江时这些人的踪迹，所以按照破军霸霸最初的计划，三天内平均能对每人完成五、六次的击杀，就已经是很好的战绩了，也足够表达出他们"十字军"想要传递的威胁信息。

他就是想要让那些人知难而退。

可是他怎么也没想到，这个前排行榜第一名的杀手，实力居然强劲到了这个地步。

破军霸霸眼看着鱼为泽游戏ID后的击杀次数已经高达八次，一度以为自己产生了幻觉。

短短半天的时间，就把他认识的那个鱼为泽暗杀了八次？游戏里居然还有实力如此恐怖的刺客玩家吗？

难道是哪家公会的职业大神手里缺钱，偷偷发展起了第二产业？

这样的念头一闪而过，很快就被破军霸霸自己否定了。

不对啊！即便是顶级的职业玩家，也是在世纪杯的赛场上交过手的，不可能有人能把鱼为泽那家伙按在地上这么打啊！

这么多的死亡次数，简直像鱼为泽脱光了装备站在那里任对方杀一样！

破军霸霸思来想去，结合"七枚银币"公会频道那其乐融融的氛围，觉得唯一的可能性就是这个黑市交易系统出现了故障。

为了避免结算时损失更多财产，他当即毫不犹豫地给游戏管理员提交了报错反馈。

五分钟后，反馈被驳回，收到的回复里还附带了一个快速通道。破军霸霸点进去，正是服务方在完成订单期间录制的反馈视频。

"不好意思，我也不想跟你们动手，但是老板下单，不问原因……"

杀手那语重心长的声音响起，十分符合要求的嘲讽话语随着视频的播放而传出，语气里带着七分轻蔑、两分不屑和一分规劝投降的苦口婆心。

破军霸霸关注的重点却并不在这段话造成的侮辱性效果上。

虽然从这个角度并没有拍摄到杀手的正脸，但是镜头下面的那把铁扇子，却十分清晰地落入他的眼中。

知难而退个屁啊！用铁折扇作为武器外观的……不就是"七枚银币"的那个潜行者吗！果然鱼为泽是脱光了装备在那给人杀吧！

破军霸霸终于意识到了真相，感觉胸口猛烈地起伏了几下，险些吐出一口血。

他的私人小金库，要彻底没了啊！

在他的世界中，仿佛只剩下了从耳边擦过的阵阵清风。远处的喧嚣被他屏蔽在外，脑海里只有对未来的茫然。

不知过了多久，破军霸霸才回神。

他愣愣地盯着那持续增加的击杀数量，以及杀手最新上传的另一段记录视频，许久之后深深地吸了一口气，咬牙从好友列表里找到鱼为泽，发去了消息。

　　破军霸霸：在吗，聊聊？
　　鱼为泽：哟，稀客呀。

破军霸霸心里苦，但也无处可说。他只能调整一下心态，尽量让自己的话看起来心平气和一点。

破军霸霸：直接点，说吧，你到底想怎么样？

鱼为泽：嗯？反了吧？

鱼为泽：如果我的记忆没出问题的话，一开始好像是"十字军"先打我们公会的人，我们最多算是正当防卫。

破军霸霸：这里只有你跟我两个人，兜圈子就没意思了吧？

鱼为泽：就因为只有你跟我两个人，谁知道你会不会人前一套，人后一套，转身就把聊天截图发出去？

鱼为泽：行了会长，咱们认识了这么久，谁还不知道谁？都是千年的狐狸，也别玩聊斋了。

破军霸霸内心的想法被揭穿，不由得暗暗痛骂了一声，彻底不兜圈子了。

破军霸霸：真是你想太多了，虽然你已经解除了合约，但至少我们曾经是同一个公会的人，退会之后，以前的情谊还是在的。

破军霸霸：未来在游戏里咱们也低头不见抬头见，将关系闹得太僵，对你我都没有好处，你说是不是？

鱼为泽：听起来好像是这个道理。

破军霸霸看着鱼为泽的最后一句话似乎有松口的意思，暗暗进行了一下深呼吸，正准备回复，却见对方发来了新的消息。

鱼为泽：所以，到处散布我的不良舆论，追着我进的新公会施压，然后又特地去黑市下单暗杀我跟我的朋友，做这些事，对你们"十字军"或者对你本人到底有什么好处呢，会长？

破军霸霸深呼吸到一半，差点一口气没提上来。

破军霸霸：你还提暗杀？

鱼为泽：嗯？有什么不能提的吗？

破军霸霸知道黑市有匿名机制，万一哪天他买凶杀人的事流传出去，也不会有确凿的证据，落人口实。

像"十字军"这种豪门公会居然要靠黑市买凶来向"七枚银币"施压，

对方还只是一个名不见经传的小公会，怎么看都有些不符合身份。

至于鱼为泽那批人，破军霸霸倒是丝毫没有瞒着的意思。

他的目的性太强，根本不可能瞒住，甚至从委托的要求就不难看出，他非常希望对方精准地知道这是他们"十字军"的安排，并知难而退。

可是计划归计划，现实的情况对他而言显得过于残忍。

特别是此时破军霸霸已经知道了那位接他订单的杀手是什么身份，再看鱼为泽最后那佯装无辜的回复，连标点符号都仿佛充满了嘲讽。

看到这明知故问的语气，破军霸霸被气乐了。

别说得这么事不关己！难道不是你鱼为泽先去帮外人抢了他们公会的新Boss首杀？就算是他们先派人攻击了"七枚银币"，但以"七枚银币"那种小公会的成员人数，最后根本没有他们"十字军"被反杀的时候折损得多！

至于黑市下单是什么情况，最清楚的反而是"七枚银币"的这群人吧。

从头到尾，到底谁才是真正的受害人啊！

破军霸霸在内心崩溃的同时，也发出了回复。但从这冰冷淡漠的内容，完全看不出来他在发疯边缘的崩溃情绪。

　　破军霸霸：我觉得我们双方目前都需要冷静，所以才来找你约个时间一起聊聊。

韩俞泽躺在地上随手回复着消息，看到最后一句时自然也明白了。

他不想在发消息的过程中被人套话，破军霸霸又何尝不是？对方看起来像是讲和，实际上还是不相信他。

继续这样互相套话也没什么意义，不如两边都敞亮一点。

　　鱼为泽：现在就有空，稍等。

韩俞泽无声地笑了一下，给破军霸霸回复之后，问旁边的江时："队长借我用用？"

江时没问原因，立刻将队长的位置给了他。

韩俞泽也不客气，打开好友列表，发了个组队邀请。

下一秒，小队频道里面弹出了系统消息。

　　系统："破军霸霸"加入了队伍。

江时疑惑道："嗯？"

深井冰患者和君子范也都一头雾水。

看清楚队内情况的破军霸霸面色阴沉。

韩俞泽笑着介绍："是这样的，因为最近我们公会跟'十字军'之间有一些误会，破军会长特地过来跟我们忏悔讲和。我觉得人贵在有自知之明，所谓'知错能改，善莫大焉'，就看在他这么卑微的分儿上让他进队了，也算是给他个机会。"

破军霸霸反驳道："我什么时候说过要讲……"后面的话语随着新弹出的系统消息戛然而止。

韩俞泽将五人小队的模式切换到二十五人的团队之后，又有两个人陆续被邀请进了队里。

　　　　系统："岛上森林"加入了队伍。
　　　　系统："啥笔携香"加入了队伍。

岛上森林激动道："现在组队是有什么新活动吗？抢 Boss 还是打架呢？期待。"

啥笔携香至少还有进队先看一下队员 ID 的习惯。他的目光扫到队里的破军霸霸时，语调跟着升高："怎么还有'十字军'的会长？这是什么情况？该不会是'十字军'来找我们约公会战了吧？"

破军霸霸一时语塞。

虽然公会战向来是公会之间解决恩怨的最好方式，但如果他们"十字军"真的向"七枚银币"这种小公会宣战，那才是把自己钉在耻辱柱上吧。

他们不仅赢了胜之不武，输了……虽然不可能，但万一真输了，绝对会被所有玩家疯狂嘲讽。

韩俞泽作为邀请这三个人入队的一方，只是笑了一声，语调不急不缓："别急啊稍等，我们这边忙完了再好好跟你们说。"说完，他提醒了一句，"可以复活了。"

话音刚落，新入队的三个人可以清楚地看到那三个原本暗着的头像齐刷刷地亮了起来。

紧接着，随着君子范退出了队伍，片刻后他们三个人的头像又瞬间熄灭了。

从阵亡到复活到再次阵亡，整个过程行云流水，一气呵成，显然他们已经驾轻就熟。

啥笔携香恍然大悟："我知道了，你们被'十字军'的人杀了，要支援是吧？说吧，这次又在哪里堵你们了，稍等一会儿，我这就喊兄弟们过去支援！"

破军霸霸听到这里彻底忍不住了："我还在队里，怎么杀他们？"

啥笔携香反应过来："哎？对哦！"

破军霸霸心里十分疑惑。这个傻子到底是怎么当上副会长的？

但是这时更让他郁闷的是黑市系统推送过来的新消息。

队内的头像一亮一暗，击杀次数瞬间又增加了三次。还是在他面前实时更新的。

按照以三个人头为一单结算，韩俞泽无疑是当着他的面，给他表演了一次四十万银币消失术。

表演完之后，韩俞泽还仿佛没事人一般，在团队语音里开了口："对了，破军会长，你刚刚说要来干什么？现在人齐了，可以好好说了。"

破军霸霸顿了顿，低声说道："我是来讲和的。"

他认输了。

从队伍里退出的时候，破军霸霸整个人都显得有些虚浮。

就在刚刚，他经历了人生中最为耻辱的半个小时。

他给队里包括鱼为泽在内的每一个人都"发自内心"地表达了歉意，并且保证日后绝对不会再出现无故挑起争端的情况。

当然，目前这些已经产生的服务费还是必须在黑市系统里结算的，不仅如此，为了表达"十字军"对"七枚银币"共结友好的诚意，他还承诺送给"七枚银币"巨额的公会建筑物资，以及十分宝贵的同盟公会位置——只要他们"十字军"还占有第六区的管辖权，所有同盟公会在第六区内进行各种买卖都将享受高额的税款减免。

这已经是破军霸霸能做出的最大程度的让步了，割地、赔款，一样没少。

而这一切，只为换鱼为泽的一次公开表态，借此维护一下"十字军"对外的形象，顺便平息一下他们公会内部那些鱼为泽粉丝的怒火。

憋屈吗？当然憋屈！但是仔细想想，至少可以保住面子，也算能勉强接受。

破军霸霸这样努力地说服自己，等待鱼为泽那边的反馈。

他终于等来了对方的消息，是很简单的两个字。

　　　鱼为泽：搞定。

破军霸霸觉得悬着的一颗心终于彻底落下了，随之而来的是松懈下来的虚浮感。

他迫不及待地打开了公会频道，但公会频道里并没有想象中的和谐，依旧充斥着没完没了的骂战。

鱼为泽所谓的"搞定"，丝毫看不出有实质性的效果。

破军霸霸：你确定公开表态过了？

鱼为泽：确定啊！

破军霸霸点开他发过来的图片来看了一眼，差点两眼一黑。

从背景不难看出，这是《创纪元》论坛中某个讨论度极高的热门帖子。

注册 ID 为"鱼为泽"的用户在帖子里给出了一句回复。

鱼为泽：不信谣不传谣，我跟"十字军"关系挺好的，大家不要为我吵架啦！

破军霸霸：你管这个叫澄清？

鱼为泽：不然呢？"公开场合""本人出面""缓和关系"，每条我都做到了哦。别急嘛，很快就会有人留意到的。

鱼为泽：那么公会物资跟第六区权限的事情就拜托你慢慢落实啦，以后咱们井水不犯河水，后会无期。

破军霸霸还想追问，没等消息发出去，就眼睁睁地看着聊天框从眼前消失了。

再打开好友列表一看，根本找不到那个三个字的 ID。

确实是后会无期。

鱼为泽直接把他的游戏好友给删除了！

韩俞泽丝毫不担心破军霸霸会不守承诺。毕竟他现在确实已经出面"调解"过了，如果到时候破军霸霸突然改口，只会让"十字军"的舆论更加复杂。

删了破军霸霸的好友之后，他陆续删了阿克达斯等几个向来与他不对付的"十字军"职业选手。

随后，他心情不错地加上了这几个人的好友——深井冰患者、君子范、板正小青年……

他早就想清一清好友位置加新伙伴了，旧的不去，新的不来。

还没解散的小队内，啥笔携香觉得自己仍在梦中："'十字军'主动跟我们服软了？这到底是为什么？"

"大概是被我们杀自己人也毫不手软的狠辣劲儿给吓到了吧。"江时随口一答，再次复活起身，拍了拍看起来很遗憾的君子范，安慰道，"这次赚的银币已经不少了，也够了，下次还有机会。"

君子范叹了口气："我以为可以玩满三天三夜的，唉……不过三十个人头的收入，只能算凑合吧。"

深井冰患者：我觉得现在这样就很好。

让他跟这个死变态玩三天三夜，他真的会疯！

啥笔携香留意到了公会物资的动静，定定地看了一会儿这前所未有的增长速度，愣神许久才再开口："那么，明天又到了新一周野外地图 Boss 的争夺战了，我们还抢吗？"

岛上森林道："啥笔，我觉得可以抢呢！抢吧抢吧！"

"你们要玩可以自己去看看，我这周怕是不行了，现实中有事。"江时早就发现了正、副会长对野外地图 Boss 已经产生了浓烈的兴趣，不过这个时候，还是不得不浇了盆冷水。

"啊？不能调整一下吗？你要不来的话，我们自己怎么去？"啥笔携香自己都没察觉，不知不觉间他已经对江时产生了强烈的依赖感。

"真不行。"江时遗憾地表示，"野外地图 Boss 错过一次还能有下次，但明天的事如果错过了，可能会直接要命。"

啥笔携香疑惑道："这么严重？"

江时默默地抬头看了一眼天："嗯……非常严重。"

要怪也只能怪他这段时间在游戏里玩得太久了，江妍反复的叮嘱没有效果，为了让他做到劳逸结合，直接强行给他安排了一些额外的行程。

就像这次，江大小姐在跟韩医生约会的时候，宁可捎上他这个"电灯泡"，也要他跟着一起去外面多走动走动。

哦，好像还是两个"电灯泡"，虽然不知道为什么，但是据说，到时候那个韩俞泽也会同行。

也不知道是不是错觉，江时在说完话之后，感觉旁边的鱼为泽忽然意味深长地朝他这边看了一眼。

第八章　海底城

"怎么样了，起床了没？"迷迷糊糊间，江时听到姐姐的声音从门外遥遥传来。

他摸过手机看了一眼时间，揉了把头发翻身下床，打开了房门。

江妍一看江时一副还没睡醒的散漫样子就知道他又熬夜了，忍着火气敲了敲门板："赶紧点，准备出发了。洗漱后好好整理一下自己，我在楼下等你。"

"嗯，知道了。"江时又打了个哈欠，在江妍宛若杀人的眼神下清醒了一些，转身走进了卫生间。

十分钟后，他静静地站在衣柜前。

江妍的意思很明显，所谓的"整理"，就是想让他好好打扮一下自己。但是去约会的人是她江大小姐，又不是他。非要说有什么需要顾虑的，大概就是还有个韩俞泽在场。

和不太熟的朋友一起出去玩，确实不能表现得太敷衍。

这样想着，江时认真地选择了一下今日的着装，换好后神清气爽地走出自己的房间。

江妍一直在楼下等着，在江时的身影出现在楼梯口时多打量了两眼，这才满意地将手里的车钥匙甩了两圈："走吧，出发了。"

因为江时起得晚，直接忽略了早餐，在路上他稍微用面包垫了垫肚子。

二人抵达商场时刚好是约好的中午时间。

韩家兄弟俩早就已经在商场门口等着了。

韩意远迎上来，非常自然地将手递到了江妍的手里，等她挽上后问："先吃饭？"

江妍回答："都可以。"

"先吃饭吧。"旁边的韩俞泽开了口，留意到江时投来的视线，心情不错地扬了下嘴角，"早上起得晚还没吃早饭，正好跟午饭一起解决了。"

江妍笑着指了指身边的江时："那就先吃吧，刚好，这位也是。"

韩俞泽笑着朝江时看了过来："好巧啊。"

江时从刚见面的时候就已经注意到，眼前这人显然经过了精心打扮，跟约会的主角韩意远站在一起丝毫没有被比下去。

这样想着，江时顺着抛来的话题接了一句："这大概就是游戏玩家的统一作息吧。"

韩意远很快在商场里找了一家评价不错的店铺。

几人进入包厢落座后，韩俞泽非常自然地将点单的任务接了过去，动作十分娴熟。

听着每一道都非常符合自己的喜好的菜名，江时不由得抬头朝这人多看了两眼。

江妍本想跟韩俞泽提醒一下他们姐弟有什么忌口，结果等点完菜之后她发现，居然半点毛病都挑不出来，有些惊讶："你怎么知道我们的口味？"

"嗯？看样子我点得不错？"韩俞泽笑了笑，"我只是按照自己的想法点单，你们能满意那最好不过了。"

韩意远这个餐厅的选择者，从始至终都没有说话。

他的视线扫过菜单上韩俞泽平日里非必要不会选择的几道菜，听到这样的回答，心里默默地"呸"了一声。

哪有什么凑巧？明显是这家伙提前做了准备工作，就等着在这里表演发挥呢。

因为江妍还在场，韩意远虽然心痒但也不好说些什么，等江家姐弟俩去洗手间的时候，才无语地看向韩俞泽："可以啊，就这么几天的工夫连人家吃饭的口味都摸透了，什么时候打探的消息？以前我怎么没发现，原来你的情商这么高呢？"

"以前这不是没有朋友嘛。"韩俞泽慢吞吞地合上菜单并搁到了旁边，"行了，不会让你白来的，下午一定给你创造单独约会的机会。"

韩意远道："给我创造机会？难道不是你自己想和江时见面吗？"

韩俞泽耸耸肩："一样一样，各取所需。"

韩意远前几天进入《创纪元》论坛的时候，无意中也感受到了堂弟在这游戏里的风评，现在也算是真正体会到了这人有多少小心思。

他不想继续这个话题了，只能稍微停顿了一下，不放心地最后提醒一句："交朋友、玩游戏可以，但他毕竟是江妍的弟弟，你一定给我悠着点，别欺负他。"

韩俞泽点头："我现在就特别悠着。"

韩意远一时语塞。

江时并不知道韩家兄弟俩刚才都谈论了什么，再回来的时候，一眼就发现韩俞泽已经把位置换到了他的旁边。

对此，韩俞泽给出的解释是这样的："这里是上菜口，我坐这里方便递盘子。"

江时微微挑了下眉。

如果放在宴席上，这么做当然没什么问题，但是他们四个人用餐，总共就那么几道菜，这种行为看起来虽然十分绅士，却难免有些刻意了。

不过面对这明显的殷勤，江时也没有多问什么，说了一声"辛苦了"就在自己的位置上坐下了。

过了一会儿，服务员开始上菜，四个人一边用餐一边随便闲聊。话题主要围绕在韩意远跟江妍这对热恋中的情侣身上，气氛非常融洽。

快吃完的时候韩俞泽率先起身，去收银台结账。

江妍也站了起来："我去补个妆。"

韩意远的视线从头到尾就没从自己女朋友身上挪开过，闻言笑着摆了摆手："去吧去吧。"

饭桌上只剩下了江时跟韩意远两个人。

江时扫了一眼站在收银台前的那个背影，指尖轻轻在桌面上敲了敲，若有所思。

随后，他忽然开口问道："韩医生，之前你说过韩俞泽也是职业玩家吧？"

韩意远本来担心堂弟一门心思想交新朋友，最后会碰上钉子。此时，见江时似乎有想要了解的兴趣，顿时精神一振，自然也很愿意接话："嗯，对，不过他应该跟你说过，前段时间他刚好跟上一家公会解约，最近处在职业生涯最低谷的时候……这全息游戏的东西我不太懂，你们既然都玩这款游戏，今天就一起好好玩玩，应该有很多共同话题。"

江时顺口应道："是的，解约的事情，他确实跟我说过……"

本来是下意识的一句回答，尾音却随着他脑海中忽然闪过的一个念头，微微拉长了几分。

等等，韩俞泽刚刚解约？

每个赛季都会有很多职业玩家面临解约转会的情况。所以之前韩俞泽说这件事的时候，江时一直没有太放在心上。

但是这个时候着重提起转会的事，结合这段时间接触下来韩俞泽所表现出来的莫名其妙的熟稔，忽然间好像有什么信息十分微妙地渐渐重叠在了一起。

江时低头沉思。会有这么巧吗？

他回想了一下跟韩俞泽初见至今的种种，沉默片刻后换了种略微遗憾的语调，漫不经心地随口说道："但我一直忘记问他的游戏 ID 是什么了。"

"哦，对，还没告诉你他的游戏 ID。"韩意远见江时有兴趣，便顺势给韩俞泽帮了下忙，"之前我也忘了，不过回去后又问了问我堂弟，现在不仅能记住 ID，还特地了解了一下这个游戏。其实我堂弟在你们的全息游戏世界里应该还挺有名的，鱼为泽，这个游戏 ID 你应该有听说过吧？"

江时看似淡然地将果汁杯送到嘴边，闻言，握着杯子的手稍稍停顿了一下。

虽然他有所预感，但是在心中的猜测得到证实后，还是免不了有错愕的神色从眉目间一闪而过。

随后，他的嘴角也跟着浮起了一抹笑容："嗯，听说过……久仰大名了。"

韩意远对自己刚刚的"帮助"非常满意，笑道："等回去后你们可以联系一下，加上游戏好友。到时候，你在游戏里有什么事情，可以找他帮忙。"

江时淡淡一笑："好的，谢谢韩医生，不过……"

好意他确实心领了，不过这游戏好友，怕是早就已经加上了。

江时在心里嘀咕了一句，指尖在酒杯上缓缓摸了摸，语调轻飘飘地转了个弯："不过确实太巧了，我正好是鱼神的粉丝呢，没想到本人居然就在我眼前，总觉得现在还没做好加好友的准备。所以韩医生，关于我已经知道他游戏 ID 的事情，能不能先请您暂时保个密？"他看着韩意远，微微一笑，"我想等做好准备的时候，自己去跟鱼神说。"

"可以可以，当然可以。"韩意远听江时这么说，自然没有拒绝的道理，笑容也更加温柔。

从现在的情况来看，他怎么感觉江妍的弟弟好像也有点想跟韩俞泽成为朋友的意思呢？

韩俞泽结账回来就看到两人相谈甚欢的样子，回到自己位置上坐下，随口问了一句："聊什么呢？"

韩意远深深地看了他一眼："在聊游戏里面的事。"

韩俞泽捕捉到了他神态里的奇怪："你懂游戏吗？"

"就随便聊聊。"江时没等韩意远这个老实人说漏嘴，先不动声色地转移了话题，"现在吃完午饭了，接下来有什么安排吗？"

韩意远以为江时不好意思了，露出一副"我绝对保密"的表情，冲他眨了眨眼，跟着往下说道："那就看你们想去哪儿了。"

等江妍补妆回来后，四个人坐着商量了一下。

最终，江妍跟韩意远打算先去看一场电影，韩俞泽跟江时纷纷表示对上映的电影没太大兴趣，于是决定到同一楼层的室内游乐场看看，消磨一下时间。

四个人兵分两路。

江时慢吞吞地走在后面。而他的视线始终停留在眼前那人的背影上。

二人一路无言，直到喧闹的室内游乐场远远地落入眼中，江时忽然开了口："鱼……"

很轻但又十分清晰的音节，在不远处铺天盖地传来的人声中，很快被吞没了。

然而，这个字也足够让走在前面的韩俞泽猝不及防地顿了下脚步。

回头看过来时，他虽然神态平静，语调里却有不难察觉的试探："刚才没听清……你说什么来着？"

"鱼。"江时扬了下嘴角，露出一抹温柔和善的笑容，伸手指了指门口的那个设备，"我是说，我们可以先去玩一下钓鱼。"

韩俞泽感觉有哪里不对，但是具体哪里不对，一时半会儿又说不上来。

他也没多想，让江时等在门口的钓鱼区域，自己去柜台那边兑换游戏卡。

之前他从来没有来过这里，等待工作人员开通会员期间，他下意识地朝门口看了一眼。

从这个角度可以看到人群当中那个高挑的身影，像被打了一道光，自然而然落入了他的眼中。

"你的卡好了，帅哥？"

韩俞泽回神："啊，谢谢。"

他伸手接过递来的游戏卡拿在手里，迈步走了过去。

回去的时候刚好遇到一群高中生涌入游戏场，韩俞泽眼疾手快地拉了江时一把，才避开了推搡，他垂眸打量了江时一番："没事吧？"

江时稍微有些走神，闻言摇了摇头："没事。"

"喏，已经充值了。"韩俞泽把游戏卡递了过去，"看看，你想怎么钓？"

现在的室内游乐场几乎全是全息设备，所谓的钓鱼也是实景模拟。

江时拿着游戏卡没动，站了片刻又递回去："还是算了，我要钓的鱼也不在这里。而且江妍拉我出来是想让我多放松一下，要是又玩这些全息设备，让她知道了估计又得气成河豚。"

韩俞泽还是觉得江时话里有话，不过听到后面，注意力被吸引了过去：

"也对，今天应该休息。"

他朝周围看了一圈，最后目光落在了角落的歌曲点唱机上："要不去唱几首？"

江时倒是没什么意见："可以。"

室内游乐场一派热闹，随着练歌房的玻璃门关上，所有的喧嚣被隔在了外面，狭隘的空间里一时间只剩下了他们两个人。

好在韩俞泽刚进来就点了两首歌，才让突然安静的氛围显得没有那么尴尬。

江时同样戴上了耳机，安静地听着，才发现韩俞泽唱歌居然还挺好听的。

韩俞泽的声线通过设备十分清晰地从耳边掠过，完美地与游戏里鱼为泽的声音彻底融合。这个时候再仔细想想，明明不难认出，他怎么就一直没有注意到呢？

韩俞泽唱完之后捕捉到了江时的走神，通过麦克风轻轻地"喂"了一声："被我唱困了？"

江时扫了他一眼，嘴角忽然微微浮起了几分："没困，就是想到了一个事情。"

韩俞泽问道："什么事？"

江时控制着表情，好让自己别笑得太过明显："就是忽然觉得你的声音，听起来很像我的一个朋友。"

话音刚落，在周围昏暗的灯光下，他依旧可以察觉到韩俞泽在这瞬间的神态变化。

韩俞泽敛着眉眼低低地清了下嗓子，回复听起来似乎甚是从容淡定："哦，是吗？"但下一秒就换了个话题，将另一个话筒递了过去，"你要不要也唱几首？"

要说有什么变化，大概是后面他再说话的时候，嗓音显然压低了几分。

江时没继续为难明显心虚了的韩俞泽，随手接过话筒："嗯，也行。"

于是，韩俞泽也发现了江时唱歌十分好听的优点。

明明他们在游戏外没见过几次，但是在这样狭隘的空间中相处，却没有产生半点尴尬，氛围融洽。

两人就这样轮番唱了几首歌，眼看着韩意远和江妍那对情侣观看的电影快结束了，他们也懒得再去找其他娱乐项目，干脆坐在练歌房里又聊了一会儿。

话题最初在韩意远跟江妍的身上，渐渐就落在了《创纪元》这款游戏上，最后江时顺便问了一句："对了，之前你还没告诉过我你的游戏 ID 吧？"

不出所料，韩俞泽谈笑风生的状态顷刻间荡然无存。

顿了一下后，他掩饰地清了清嗓子："最近还在考虑后面要怎么安排，等我确定下来之后，再挑一个合适的时间跟你说吧。"

江时微微挑了下眉，拉长语调"哦"了一声，似笑非笑地点了点头："合适的时间。"

话音落下，他没有继续追问。

江时在游戏里的角色建模本来就是根据自己的外貌生成的，所以丝毫不用怀疑韩俞泽有没有认出来。

不过比起现场揭穿他，毫无疑问，还是静静地围观他表演要更有意思。

江时就想看看这人的葫芦里面到底卖的是什么药。

新收到的手机消息打断了这个话题。江时点开扫了一眼："他们看完电影了，问我们在哪儿。"

韩俞泽道："嗯，那出去吧。"

江时把话筒挂了回去，刚要去摘耳机，却被韩俞泽快了一步。

再抬眸，韩俞泽已经将两个耳机都端端正正地挂好，对上视线的时候神态里带了一丝询问："还有什么问题吗？"

"不，没什么。"江时不动声色地揉了揉耳根，起身推开了门，"走吧。"

分散的四个人重新会合，接下来是江大小姐最爱的逛街环节。

韩意远刚见面就将韩俞泽拉到旁边，压低了声音道："怎么样？"

韩俞泽无语地看了他一眼："就两个小时的时间，能怎么样？"

"是吗？"韩意远最后还是给堂弟保留了一点面子，"我以为按照你的性格，会直接对他说当你游戏里的绑定队友的事。"

"其实啊，我倒是挺想直接说的……"韩俞泽说着，朝着不远处的江时的背影瞥了一眼，在心里默默地叹了口气。

走在前面的江妍手里正拿着冰激凌鸡蛋仔吃着，忽然回头看了过来。

四目相对的瞬间，韩俞泽的第一反应是韩意远把他的事跟女朋友交代了，下一秒就见江妍发现新大陆般冲他招了招手："快过来看看，这个《创纪元》，好像就是你们在玩的那款全息游戏吧？"

硕大的显示屏上正播放着游戏的宣传动画。

从他们所在的二楼平视过去，《创纪元》的宣传语正好落入眼中。

韩俞泽走到玻璃栏杆旁边，扫过一眼，顿时了然："线下宣传？看样子又要推出新活动了。"

为了更好地提升宣传效果，《创纪元》官方在每次发布活动的时候，从来都是线上线下双管齐下，在宣传费用这方面从不吝啬。

此时除了承包下来的硕大屏幕外，还在展示现场布置了高端的全息设备，随着周围绚烂的灯光变换，偌大的活动现场顿时被逼真的全息影像全部覆盖，将商场的中央区域变成了一片神秘的海底世界。

"这是……海底城？"江妍虽然从来没有接触过《创纪元》这款游戏，但不知不觉间也被这样的场景深深吸引了。

"应该是新活动场景的资料片。"江时之前一直在低头摆弄手机，这时候将屏幕举到了众人眼前，"网上的消息也已经放出来了。'莫尼安克奇'是这座海底城的名字，到时候会以限时地图的特殊形式对外开放，据说又会是种前所未有的体验模式。但具体是个什么活动，估计只能等正式开始的时候才会知道了。"说话时，他有意无意地朝韩俞泽看了两眼，唇角微扬，"应该又是一个不输庆典系列的大型活动。"

一句"大型活动"，将江妍瞬间拉回了现实："你记得悠着点。"

江时点点头："知道了。"

江妍又忍不住朝那片震撼人心的海底世界看了一眼，道："如果你自己控制不住的话，我不介意进这个游戏协助你一下。"

江时应道："我会控制住自己的。"

为了让江妍赶紧打消跟他一起玩游戏的念头，江时转身果断拖着姐姐拐进了旁边的奢侈品商店。

反正他刚刚用"响尾蛇"公会的那笔钱兑换了不少现金，能花钱解决后患就绝对不要犹豫。

看着江妍满载而归地从商店里出来，江时默默瞥了眼旁边明显在努力憋笑的韩俞泽："好笑吗？"

"没。"韩俞泽真挚地眨了眨眼，"我就是觉得你们姐弟的关系挺好的。"

江时淡淡一笑，转身走了。

一起吃完晚饭后，今日的四人聚会正式结束。

对江时来说，今天最大的收获就是知道了鱼为泽的真实身份。

他心情不错地进浴室洗了个澡，然后就躺进虚拟舱登录了游戏。

　　上线后，他第一时间打开公会频道看了一眼，果然成员们都在讨论刚刚宣传的那个神秘活动。

　　江时没有继续看消息，而是打开了任务面板，找到了第三次转职业任务的指引界面。

　　最近接二连三的事情耽误了他的进度，让他没有时间去完成任务，但这次他必须在新活动出来之前，先把第三次转职业任务给搞定了。

　　就在这时，忽然有一条组队邀请弹了出来。

　　韩俞泽显然也刚到家不久，见江时进队之后打开了团队语音："做第三次转职业任务吗？我陪你一起？"

　　江时一听就知道这人跟他想到一块儿去了。

　　他清楚地知道光精灵作为辅助缺乏伤害的本质，为了更快地完成任务，自然没有拒绝的道理。但是考虑到提出这个建议的对象的品性，他也不会就这样天真地上当："说吧，条件是什么？"

　　"即将推出的新活动你应该也听说了吧？"光听韩俞泽充满掩饰性的话，确实丝毫听不出来他们刚刚才见过面，"不出意外的话又会是团队合作，到时候我们一起参加新活动，你觉得怎么样？"

　　江时挑了下眉。作为一名专业的辅助玩家，每次大型活动来临，往往是他最受欢迎的时候。

　　毫无疑问，韩俞泽第一时间找过来，就是想抢在深井冰患者跟君子范之前先下手为强。

　　果然这个人向来不会做让自己吃亏的事情。

　　不过就这件事来说，江时并不算吃亏，因为能有个免费的帮手帮他做第三次转职业任务，他没有拒绝："行吧，成交。"

　　事实证明，韩俞泽这个免费帮手确实十分可靠。

　　第三次转职业的任务说难不难，说简单也不简单，最麻烦的一点在于反反复复清理小怪和收集道具的烦琐过程。

　　经过整整三个小时，江时才顺利完成所有的任务，再打开个人的系统面板一看，原本卡在七十五级的等级上限终于提升，与此同时，他身上的回归玩家标志也彻底消失了。

　　不知不觉间，他居然已经回归将近一个月了。

　　如果说前段时间他还只是随便玩玩，那么接下来就该进入正式的升级过程中了。

江时看了看完成任务后可以学习的几个符文师技能，有些跃跃欲试。

> 八十级技能"复刻"：十秒内使用的下一个符文将拥有"复刻"效果，可同时构建出三个相同的符文领域效果；
>
> 九十五级技能"引魂阵"：可将场上任意两个符文领域的位置进行调换，该操作可连续进行两次；
>
> 一百一十级技能"符文世界"：十五秒内，根据符文石的使用速度，最多可以构建十五个符文领域，创造出与领域链接的符文世界。

俗话说，"一代版本一代神"。虽然江时还没有亲自测试，但是以他对这个职业的了解，在经历过上个版本的低谷之后，符文师的时代即将来临。

江时仔细地研究了一下新技能的文字描述，再抬头的时候，留意到韩俞泽一直站在旁边看着自己。他眨了眨眼，又有了想法："看你最近都没怎么升级，要一起吗？"

刚刚结束的世纪杯联赛需要保证公正性，当时参与比赛的所有职业选手都按照规定卡在了八十级。

现在比赛已经结束了一段时间，但是韩俞泽一直在折腾"十字军"的那些破事，也没心思升级，直到现在还卡在八十三级，比起前段时间回归后迅速完成第三次转职业任务的深井冰患者和君子范还要低几级。就连江时，在"好友召回"系统里面领取了来自深井冰患者和君子范为他积累的经验分成之后，等级也已经升到了八十级。

真得夸一句，这个召回活动的福利确实非常不错。

韩俞泽听江时忽然这么一问，没有认为对方是在关心自己。以他对江时的了解，知道对方又在打他这个免费劳动力的主意了。

不过对他来说，倒也没有拒绝的道理，便看破不说破地点了点头："当然可以。就是今天已经不早了，我先下线休息了，明天见。"

江时应道："嗯，明天见。我回家园一趟，一会儿也准备下了。"

今天在外面玩了一整天，江时确实感到有些疲惫。

之前他身上还有回归玩家的标志，所以一直被迫使用临时储备点存取物品。眼下随着第三次转职业任务的完成，回归标志消失，被锁定的"家园系统"重新开放，他决定先回去好好看看。

随着临时储备点的取消，管家 NPC 司衡也回到了家园当中。

江时来到自己当年的住宅地址，刚一进门，就看到站在门口不远处的少年恭恭敬敬地朝他鞠了一躬："欢迎回来，先生。"

这样的住宅放在现在，或许并没有多惊艳，如果放在第一赛季来看，绝对称得上是豪宅。

江时朝周围扫了一眼，由衷道："这么多年来把这个家打理得井井有条，真是辛苦你了，司衡。"

"不辛苦，我有准时从您的金库里提取属于我的服务费。"司衡的回答一如既往的一丝不苟，"鉴于五年来您首次回到这个家，请允许我就这段时间内出现的部分调整进行一下简单说明。首先，部分失效的道具已经单独存储在第三仓库当中，请您尽快决定是否提交系统回收或者作为其他用途，请不要让这些道具继续占据宝贵的存储空间，让收纳工作变得辛苦。"

江时道："明后天吧，到时候我好好清点一下仓库。"

"好的，先生。"司衡点了点头，继续说道，"那么第二，本套房屋的使用权已经逾期两年，您应该庆幸金库里的余款够多，一直在自动扣费，但是还请您尽快决定是否需要续约，第一区的地皮最近涨价不少。如果您想要突显尊贵的身份，建议去第八、九、十区的主城购置新的房产。不过有一点我必须提醒您，目前那三个区的房价已经被彻底炒起来了，如果您真的选择在这个时候进行购买，要提前做好被当成冤大头的准备。"

江时道："你的提醒永远都这么的正中要害。"

"多谢夸奖，先生。"司衡说，"还有最后一条，在前面两件事全部解决后，希望您可以拨一部分资金给我，让我可以去家具市场挑选一些家具回来装点家园。目前家里的都是五年前的老式家具，早就跟不上潮流了。"说到这里，他微微一笑，"您也知道，作为一位管家，我对自己的工作向来有很高的要求。"

"是的，我知道，你的强迫症和洁癖一直都非常严重。"江时看着离开五年依旧纤尘不染的房子，由衷道，"所以当时我才会一眼就在市场里看中了你。"

司衡敛着眉目，笔直地站在那里，对这样的评价不置可否。

不过江时这个时候特地跑一趟，当然不是为了跟他的好管家唠嗑的。

他转身上了二楼，将五个仓库全部打开，找了半响，才终于翻出了两套装备。

司衡一眼就认了出来："这不是那个……"

江时道："嗯，是'裤子'当年给我定制的。"

司衡拧了拧眉心，提醒道："这是五年前的装备了。"

言下之意，五年前的装备属性和现在的相比，确实弱太多了。

这点江时当然也很清楚。但是比起自带的装备属性，有时候套装的被动效果更加重要。

这两套装备的被动效果分别是"增加符文领域的作用范围"和"延长符文领域的存在时间"。

虽然单件装备的增益都不算大，但是五件装备组合在一起，在实际作战的过程中往往可以起到十分重要的作用。

还好这套装备没丢，就看新活动出来的时候能不能派上用场了。

江时心满意足地将套装折叠整齐后重新放回了仓库，关上库门的时候有些怀念自己那位老兄弟了。

老病跟君子都回来了，这位仁兄怎么就一点动静都没有呢？

哪怕上线几天，帮他打一套新装备再离开也好啊。

随着《创纪元》官方线上线下的同步宣传，新活动很快成了游戏里玩家讨论的热门话题。

不只是玩家，有时候在路上，还能听到不少NPC小声地谈论着关于海底城"莫尼安克奇"的传说。

与此同时，在临近海边的几个城市里陆续发生了一些奇奇怪怪的事情。着装神秘的旅人，海面奇怪的动静，夜间缠绵的歌声……短短几天时间就将所有人的期待值提升到了极点。

从某种角度来说，官方这次的活动侧面救了"十字军"公会一条命。

随着"七枚银币"被列入"十字军"的同盟公会，不可避免地引起了一番激烈讨论，新活动资料片的推出，分散了一些玩家的注意力。

"十字军"那边恨不得立刻息事宁人，但"七枚银币"的管理人员们忽然忙碌了起来——这段时间申请进入他们公会的人，真是太多了！

短短几天的时间里，就涌入了一大批人。

这些人毫无意外，基本都是奔着鱼为泽来的，他们要么是从"十字军"里刚刚退出的，要么就是在论坛看完帖子，看热闹不嫌事大地摸过来了。这些人的数量比之前被"十字军"搅和得退会的那批有过之而无不及，硬是让这个休闲公会前所未有地满员了！

岛上森林根本没想到结局会变成这种情况，只能一边增加入会审核的选项，一边准备等公会的活跃度达标后，利用"十字军"补充的那部分公会物资，进行一次公会扩建。

韩俞泽这几天要么跟江时一起打副本，要么就跟江时在野外地图打小怪，游戏玩得有滋有味。

自从他们重新加上好友之后，他就不需要舍近求远地去公会频道发消息混脸熟了，自然没怎么留意公会内的情况。

直到绿色控找过来，他才知道公会的人数居然已经达到上限了，只能去找啥笔携香清理了一个长期不上线的玩家，这才把绿色控加进了公会。

韩俞泽去找啥笔携香之前打过一声招呼，江时暂停了升级活动，在原地等他，也留意到了那条新人入会的系统提示。

他回想了一下，感觉对这个人好像有点印象："这个绿色控就是你徒弟？"

韩俞泽道："嗯，是。"

他刚想说"回头介绍你们认识"，便见他可爱的小徒弟就非常不把自己当外人地在公会频道里发起了消息。

　　绿色控：师父我来啦！
　　绿色控：你的绑定辅助呢？在哪里？

韩俞泽没工夫看江时的表情，立刻打开好友界面，给绿色控单独发了条消息。

　　鱼为泽：还没绑定！你闭嘴！

下一秒。

　　绿色控：啊哈哈，提前祝大家明年愚人节快乐！

韩俞泽面色一僵。你可真会找补。

江时道："你这小徒弟还挺幽默的。"

韩俞泽干笑道："有时候我也这么觉得。"

江时看了看自己目前的经验进度条："还升级吗？"

韩俞泽希望他别继续这个话题，当即顺着应道："升。"

今天他们一直就这样在野外地图打小怪升级。

虽然韩俞泽在退出"十字军"的时候将顶级的装备套装交还了回去，但就算他使用的是市场上的通用装备，也是个伤害极高的输出玩家。所以只要有他这个免费劳动力在，江时只需要随便用个小恢复术意思一下，剩下的时间就在旁边看树看山看天空，十分悠闲。

就这样，江时又补了个回血技能，然后不急不缓地点开新收到的好友消息。

消息来自他前阵子新收的那个小徒弟。

> 板正小青年：师父，最新消息，新活动在三天后开启，核心活动非常有意思。

> 板正小青年：是大逃杀活动，不限制参与人数，您一定很有兴趣吧？

江时眉梢微挑。大逃杀？他当然有兴趣了。

虽然板正小青年言之凿凿，但是官方只透露了一张实景地图，江时也就没太把他的话放在心上。

直到临近活动开启，官网正式公布了活动详情，"七枚银币"的众人才感到非常惊奇。

啥笔携香的语气里更是充满了对板正小青年的崇拜："你怎么知道会有大逃杀活动？你在官方内部有认识的人吗？"

板正小青年回答："我不认识官方的人，就是根据收集到的消息猜的。"

啥笔携香惊叹道："猜的？这也能猜？"

"能。"板正小青年点了点头，从背包里取出了一个笔记本，展示上面记录着的信息，"虽然没有具体的活动消息，但是从官方透露出来的那个实景地图不难看出，这完全是一个与外界隔绝的地方。地图的构造虽然单一，但面积基本和目前其他几个大区相近，至于周围的迷雾……曾经红极一时的大逃杀类型游戏，应该就不需要我进行说明了吧？"

啥笔携香挠头："但仅凭这些，好像也不能判断新活动是大逃杀模式啊？"

板正小青年看了他一眼："你这几天一定没有去沿海城市收集情报。"

啥笔携香哽了一下。

他确实没有。

板正小青年将笔记本往后面翻了翻，开始陈述这几天自己打探来的情报内容："之前我已经走访了包括亚瓦兰渔港在内的几个沿海城市，就是为了确定这次海底城活动的入口位置。但是在跟所有当地的 NPC 沟通后，我发现几乎每个临海的城市里都出现了相似的传说，我整理了一下，具体内容是这样的——"他顿了一下，继续说道，"当海边开始传来蛊惑人心的歌声，大海的入口将会打开，海洋之主西里尔将会筛选出真正的勇士，这是海底城莫尼安克奇重回地面的唯一契机。"

江时一直在旁边听着，这个时候也明白了："'筛选'这个词用得还挺巧妙。"

"配合着隐藏剧情一起看可能更有意思。"板正小青年将笔记本翻到了记录的最后一页，平静地看向众人，"不只是原住民 NPC 们，海边城市这几天还多了很多来历不明的外来人口。我虽然没来得及接触他们，但是也远远地看到过，他们全部穿着斗篷，仔细观察可以看到藏在下面的鱼鳍。而且有很多人在与他们擦肩而过的时候，还听到了类似'诅咒''献祭'的字眼。"

陈述完毕后，他将笔记本收回，缓缓地抬了下眼，进行总结："所以根据以往官方推出的活动模式，结合提前透露的情报信息，我判断前期的大型逃杀部分结束后，筛选出来的'真正勇士'，大概还要面临一些很有意思的事情。"

君子范摇了摇铁扇子："又是诅咒又是献祭的，封建迷信要不得。"

板正小青年露出一抹笑容："总之我最后的推测是，除了大逃杀模式之外，或许还会有隐藏 Boss。"

韩俞泽听到这里，也被勾起了兴趣："听起来确实还挺有意思的。"

"有意思归有意思，但是我们的副本还打不打了？"因为五人副本江时基本已经刷完了，于是今天喊了啥笔携香一起打十五人的副本，然而随着官方爆出新活动的相关消息，整个副本队伍里的人都开始讨论起来，他只好无奈地开口提醒。

话音刚落，满员许久的十五人队伍里，有人因为等太久而退了出去。

啥笔携香急忙道："开啊，谁说不开了？这人怎么跑得这么快！等等啊，我再喊一个人就开工。"

韩俞泽眼看啥笔携香又跑到公会频道喊人去了，一时间没忍住笑，对江时说："你有没有觉得自己现在很像个压榨劳动力的资本家？"

江时看了他一眼，露出了微笑："最近拉着你打小怪升级，果然辛苦你了。"

韩俞泽道："那倒没有，是我自愿被你压榨的。"

两个人在这里旁若无人地斗嘴，站在不远处的绿色控频频朝这边看来。

刚才所有人都在讨论新活动，只有他显得心不在焉，仿佛可以看到那张脸上清晰地写着：我是谁，我在哪儿，发生了什么……

没错，这就是绿色控首次以韩俞泽徒弟的身份见到江时后，本能的反应。

至今他的脑海中还浮现着大大的问号——这位就是他师父想要绑定的大神辅助？

啥笔携香重新喊人，迅速补上了队里的空缺，发了一个团队就位确认后就正式进入了十五人副本。

队里除了板正小青年之外还有一个牧师玩家。

虽然这是需要十五名玩家一起打的高等级副本，但是有韩俞泽、君子范、深井冰患者这几个实力强劲的输出玩家在，整个过程非常轻松，这让江时都没什么存在的必要，反倒给他提供了思考其他事的空间。

按照目前官方透露的消息，本次活动的报名规则是两人一组，除了要尽快提升等级来提高战斗力外，一直没有被重视的装备问题也要提上日程了。

于是在副本里浑水摸鱼了一路的江时，在打完副本后直接将韩俞泽拉到了旁边："先别下线，跟我去私人定制装备店看看。"

韩俞泽当然没有意见："可以。"

也许是受到了新活动的影响，平日里就非常热闹的装备市场今天更是人山人海。

倒不是他们突然都舍得砸大价钱来购买新装备了，而是因为目前公布的活动奖励实在太丰富，甚至只要报名就能得到大量奖励，这让玩家们蠢蠢欲动。

江时来装备店之前没想到这里居然有这么多人，再加上身边还跟了个韩俞泽，他正考虑要不要在被人拦住围观前离开，却先被韩俞泽拉着朝街道的另外一个方向走去。

韩俞泽道："带你去我经常光顾的老店。"

江时闻言道："好。"

五分钟之后，江时才知道韩俞泽经常光顾的老店，原来是"十字军"公会的指定合作店铺。

虽然那些职业选手的装备都是由专业部门量身定做的，但是一些公会内部的高级玩家，通常会来这边定制装备。

老板的游戏 ID 名叫"大锤锤锤"，他显然听说过前段时间"十字军"的那些闹剧，见到韩俞泽时，神态难免有些微妙："谢谢鱼神关照我的生意。"

"应该的。"在二楼的私人接待间里，韩俞泽坐在沙发上笑了笑，"我们想为接下来的大型活动做做准备，你懂的。"

"懂的，懂的。"老板作为生意人，不会介入"十字军"公会内部的破事，只能实话实说，"不过这个时间来确实晚了点，就说我们店吧，工作时间已经全部被'十字军'预约了。其实不仅我们，只要稍微有点名气的铸造师现在恐怕都来不及接私人定制的活儿了，毕竟时间只有那么多……要不我把现成的装备拿过来给你们看看？我们店只售精品，虽然不是私定款，但鱼神你应该最清楚不过了，各方面的属性效果绝对都是业内顶尖的，要不然'十字军'也不会来找我们合作，对不对？"

"也行。"韩俞泽用余光示意了一下旁边的江时，"先把光精灵的装备拿出来给这位看看吧。"

老板笑道："好嘞。"

也不知道是不是江时的错觉，单听韩俞泽最后那句话的语调，仿佛他是一位财大气粗的暴发户。

他走了下神，便见老板已经将一大堆装备摆了出来。

老板道："虽然我们库存里光精灵的装备不多，但是每件都绝对是顶级的，两位可以看看有没有相中的。"

江时快速扫视了一遍。

就像老板说的，这里的每一件装备确实都是极品属性，但很可惜基本上附带的套装效果都是针对祭司职业的增益，偶尔找出一两件符文师能用的，效果也不那么尽如人意。

江时想了想，将包里那两套压箱底的装备拿了出来，问得相当直接："老板，有这种增益效果的吗？"

老板接过来上下一打量，眼睛顿时亮了起来："出自裤大师的金色装备？这都是绝版的老古董装备了吧！可惜了，这装备如果是新版属性，在交易行里得拍上天价。"

江时道："所以，你们有这种效果的装备吗？"

"还真没有……"一句话把老板拉回了残酷的现实，"虽然这些年来大家都在研究裤大师的那些作品，但他的那些套装增益效果，确实不是那么容易就能研究透的。"

江时自己就是手艺人，虽然跟装备打造不在同一个体系，但也很清楚极品装备中"失之毫厘，谬以千里"的学问。

他点头"嗯"了一声，看向韩俞泽："这里应该没有我要的装备，你呢，要看看吗？"

韩俞泽直接站了起来："那我也不看了。"

两个人下楼之后，沉默地站在路口中央。

韩俞泽见江时站着不动，问："这里没有的话，换家店看看？"

"不用了，约不到私人定制的话就没有任何意义。"江时说着，又看了一眼背包里的装备，在心里默默叹了口气。

虽然第一赛季的装备属性确实差了一点，但有的时候套装的被动增益效果，远比那些可以用操作弥补的属性数值重要得多。

从刚才老板的反应就不难看出，虽然裤大师已经不在江湖，但江湖里依旧充满了裤大师的传说。

江时略有感慨，刚把装备放回背包，动作就随着忽然弹出的系统消息顿住了。

> 系统：恭喜，您召回的好友已经顺利绑定，请愉快地享受日后的游戏活动吧！

不会吧，难道这人还真能被他给念回来？

江时点开好友列表，一眼就看到了那个刚亮起的游戏头像，眉目间逐渐浮起了一抹由衷的笑意，对韩俞泽说："看样子，我们的装备上线了。"

说着，他直接发去了好友消息。

> 材料大号：裤子！欢迎回来！
>
> 木川裤子：奶有毒？
>
> 材料大号：嗯，是我。
>
> 木川裤子：改的什么奇奇怪怪的名字？
>
> 材料大号：这不重要。
>
> 材料大号：有个大型活动要开始了，这两天有空做装备吗？
>
> 木川裤子：？

来得早不如来得巧，等听江时说完来龙去脉，木川裤子的情绪也肉眼可见地高涨了起来，根本没有犹豫，就非常愉快地将做装备的活儿应了下来。

不过应完之后，他还在自己的专业领域里非常难得地谦虚了一下。

木川裤子：新版本的情况我还不太了解，所以现在只能保证把原来送你的那两套装备进行一下属性上的提升。如果想要新的套装，只能等我再琢磨琢磨了。

材料大号：那两套装备的特效非常好，够用了够用了。

材料大号：你先看看需要什么材料，到时候整理一份清单，我直接给你送过去。

材料大号：对了，如果时间允许的话，你看看能不能再搞一套机械师的装备出来。

木川裤子：你要机械师的装备干吗？

材料大号：这次是双人组队的报名活动，给搭档用。

话是这样回答的，但是江时发完消息后有点走神。

对啊，他跟韩俞泽已经熟到帮他定制装备的程度了吗？

木川裤子没有继续追问。事实上，对于这位锻造狂人而言，只要有订单就意味着有新的挑战。虽然他刚上线就被抓去做苦力，但是转眼间就跃跃欲试地准备升级装备这件事了。

有一句老话说得好——你永远都可以相信裤大师。

第二天晚上，木川裤子就完美地完成了回归后的第一份订单，二人约定在江时的家园里当面交货。

江时将新到手的装备更换上进行了一下操作测试，感到相当满意："做装备这种事情，还得是你！"

沙发上，顶着回归标志的木川裤子不置可否："主要还是时间太紧了，现在这属性先凑合着用，后面再慢慢换。"说着他朝不远处的韩俞泽看了过去，问道，"机械师那套感觉怎么样？我不清楚你的操作习惯，就先随便弄了一套，还顺手吗？"

韩俞泽此时已经把之前那套通用装备换了下来，闻言笑着应了一声："特别好。"

不仅属性好，附加的技能效果也很好，而且这是江时作为搭档送给他的第一套装备，更具有纪念意义。

江时听韩俞泽说喜欢，心情很不错，这会儿才留意到木川裤子的等级："你回来之后一个回归任务都没做吗？明天下午海底城的活动正式开启，要不今天我通宵带你升一下等级？到时候你也可以报名参加看看。"

"不用了，我准备睡觉了。"木川裤子看了一眼已经临近晚上十点的时间，表现得相当没有干劲，"升级这种事情我向来没有兴趣，有那时间我不如再多做几套装备。现在这样慢慢来就挺好。"

江时最初也没多想，这时候听木川裤子说完，隐约有了猜测："所以你当时选择离开游戏的原因是……"

木川裤子坦诚地回答："第二赛季版本更新。"

江时道："懂了。"

裤子是纯正的生活玩家，果然懒得升级。

"总之你们自己慢慢玩，祝你们在活动期间不要和太多人结仇。"看得出来木川裤子是真的完全不想提升等级，打了声招呼就下线睡觉去了。

至于江时，刚刚拿到新鲜出炉的装备自然兴致不错，喊了韩俞泽一起去竞技场开了个训练房间，两个人就这样快乐地互殴了两个多小时。

在彻底习惯了这套装备的套装效果后，他才心满意足地下了线。

新活动是在中午十二点准时开始的。

时间十分充足，江时吃完午饭后又去外面溜达了一圈，再上线，刚好是新地图海底城正式开启的时候。

各个沿海城市的海面都涌动了起来。

狂风席卷着巨浪高高腾起，海面仿佛被一股神秘力量撞开，露出了一条条前往海底城的通道。

这些沿海城市基本上都已经人满为患了。

所有的NPC好奇地在旁边张望，围观来自四面八方的玩家们涌入海底的盛况。

海底城的几个入口全部开放，驻守在门口的NPC"人鱼骑士"校验着每个玩家的身份，以"旅人"和"勇者"进行划分，将他们传送进了不同的区域。

"是这样的，如果你只想去海底城观光游玩，在进城的时候选择'不接受勇者挑战'即可，到时候系统会将你传送到主城区，有兴趣的话还能以观众的身份去围观'勇者'挑战的全过程，这就是所谓的'旅人'。如果你选择'接受勇者挑战'，就会被冠以'勇者'的身份，到时候会被直接传送到野外区域，进入后续的大逃杀模式。"板正小青年认真地给众人进行着科普，"这里需要注意的一共有三点。第一，'旅人'可以是单人身份，但是'勇者'必须是以双人组队的形式进行报名；第二，在玩家没有做好决定之前系统会留出思考的时间，但是一旦做出选择就是不可逆的，玩家在这两个身份之间无法互相切换，所以一定要慎重选择；第三，成为'勇者'有一定的时间限制，大逃杀模式会在下午两点正式开启，开启后的一个小时内仍然可以报名进入，再之后，就只能以'旅人'的身份围观了。"

"知道了，你了解得非常详细。"就情报收集方面，江时对自己这位小徒弟的能力越看越满意，"我这边已经组好队了，是跟鱼为泽一起。所以你们其他人呢，要进行报名的话想好怎么分组了吗？"

"哎，你确定要跟鱼为泽一组了吗，真不看看我跟老病？"君子范扫了一眼从开始就站在一起的江时和韩俞泽，显得很遗憾，"好歹也是从第一赛季一起过来的老朋友，你一声不吭就跟人家绑定了，一点机会也不给我们留？"

江时没有任何歉意："先下手为强的道理应该不需要我来教你们了吧？"

君子范扫了旁边的韩俞泽一眼，叹了口气："确实，是我们不够深谋远虑。"

"我组队确实快了一点，不好意思了。"韩俞泽看起来心情不错，还不忘不轻不重地安慰君子范，"不过也别气馁，反正现在的组队主要就是为了报名，谁让这次刚好两人分组呢。等进去之后，如果有机会也是可以继续合作的嘛。"

江时在旁边听着，手里的十字架跟着晃了晃。

他很想提醒韩俞泽，以这样的神态配上这样的语调，有点小人得志的味道，仿佛在主动讨打。

君子范向来能屈能伸，知道没法跟江时组队了，便摇了摇扇子，笑呵呵地朝旁边的深井冰患者看去："他们都组好队了，要不我们……"

深井冰患者一脸惊讶。

他下意识地连连摇头，然而君子范仿佛丝毫没有感受到他的抗拒，直接上手一捞，仗着身高优势将矮人就这么拖走了。

啥笔携香看向岛上森林："会长，要不我们也去看看？"

岛上森林甜甜地微笑："好的呢，这么有意思的活动当然要参加一下啦。"

这边的几个人三言两语间各自组好了队，人生地不熟的绿色控苦着一张脸：“师……”

“父”字还没出口，有一个身影已经来到了他的跟前。

板正小青年道：“没人了，组个队吧？”

绿色控道：“也……行？”

江时笑着看着全员组队完成，低低地“啧”了一声：“果然，这种每个人都找到队友的感觉真是非常不错。”

韩俞泽挑了下眉：“那我们出发？”

江时道：“不急吧。”

他们正在海岸边的一家餐厅里，从这个角度恰好可以看到通往海底的道路上那众多的人影。

江时向来不喜欢这种人挤人的混乱场面，施施然地往椅子上一靠：“截止时间不是到下午三点吗，还早，等人少点再去。”

其他人看时间差不多就出发了，只有江时和韩俞泽不急不缓地在海边晒了一会儿太阳，一直拖到排队的人数明显减少了才正式起身。

守卫城门的人鱼骑士身穿盔甲，面容俊美。

终于轮到他们的时候，在确定选择了“勇者”身份后，人鱼骑士的神态间顿时增添了一抹敬重：“亲爱的勇者大人，海底城莫尼安克奇将对您正式开启。在接下来的三天里，您将与身边的搭档参与到残酷的挑战试炼中，不管最后的结局是成功还是失败，愿你们能够坚守选择，保留本心，相互扶持，不离不弃。拯救海底城的勇士，海洋之神将与你们同在！”

话音刚落，眼前的场景一转，待视野重新清晰之后，落入眼中的已经是一片蔚蓝的海底城。

透明的屏障包裹着大陆，将广袤的海洋彻底隔绝在了外面。屏障之外鱼群游弋，仿佛一个遗世独立的世界。

然而首先吸引江时的并不是这样震撼唯美的场景，而是一个独立的系统面板里统计的数字。

最上面一排陆续变化着的数字无疑是这片海底城内部的玩家人数。往下面，是一连串的积分排名。

很显然，前面那部分准时报名的玩家已经通过一系列未知的方式累积了不少活动积分。

目前排名前三的双人小组分别是“夜行团”公会的燃灯与熄灯、“爱与和平"公会的第四季与别来无恙以及"十字军"公会的阿克达斯与香榭梧桐。

再后面，一些耳熟能详的职业大神尽数在列，比如"血蔷薇"的回春妙手、狂踩；"响尾蛇"的蛇蝎密咒、无人渡、暮色降临、军刀五纵；"火力者"公会的中世纪装饰、自动化；"钢心流"公会的二十二里地、追风揽月等。

活动毕竟才刚刚开始，现在的排名还代表不了什么，但是看到这个堪称"众神争霸"的排名，就足以预见接下来的战况将有多么激烈。

世纪杯比赛刚刚结束的这段时间，果然是各位职业大神最闲的时候。

官方在这个时候推出了这么一个高收益的竞技性活动，看样子，这是不可避免地要沦为职业公会之间的排名竞争了。

江时回头的时候韩俞泽正好也朝他这边看来。四目相对的瞬间，两人都从彼此的眼中看到了一丝按捺不住的兴奋。

江时道："怎么说呢，总觉得这次活动的设定，是《创纪元》官方在带头搞事情。"

韩俞泽笑了一声，相当贴切地说出了四个字："诸神黄昏。"

在来参加活动之前，江时没想到海底城居然会这么热闹。不过等到接触过后才发现，这热闹并不是没有原因的。

除了绝佳的风景之外，最关键的是那随处可见的各种稀有材料。

他随便走了一段路，非常意外地没有遇到其他玩家，在海底植物上面采集了不少材料。单凭这奖励的力度，就足够让很多人挤破脑袋想要进来淘金了，但凡可以顺利带一批货出去，都算是小小地发财了。

江时走了一段路，再看了一眼自己的个人积分面板："这积分还挺容易得到的，单纯地采集材料就能增加。"

随着他每一次的采集动作，面板上原本是零的积分产生了变动，不知不觉间已经提升到了将近二百分。

不过这些积分跟排行榜前列的大神玩家们比起来，就显得很不够看了。

"是有增长，但是不多。"韩俞泽朝周围看了看，看到了一只路过的海底蜈蚣，就放了几个小机械出去将蜈蚣打死，然后看了看自己的积分，得出结论，"打怪也有积分。"

"也不多。"江时不轻不重地补充了一句。

看起来像是在拌嘴，但是三言两语间两人已经捕捉到了其中的关键——目前排行榜前几组的积分已经相当惊人，就算他们在第一时间进入了地图，根据采集和打怪获得的微不足道的积分，显然不可能获得这么高的排名，所以唯一的可能就是，还有其他的积分获取方式。

江时琢磨过后，脑海中浮现出了一个念头，他抬起头。

二人随意地对视一眼，就知道对方又和自己想到一块儿去了。

两人相视一笑，齐声说出两个字："杀人。"

"大逃杀"模式，没人"杀"，又哪里来的人"逃"呢？

比较遗憾的是，玩家们进入这片海底陆地的地点完全是随机的，所以江时和韩俞泽从一开始就跟"七枚银币"的其他人分开了。

而且在这次的活动地图中，好友、公会等所有的社交系统已经被全面关闭，现在他们的联系方式彻底断绝，接下去只能到处溜达，碰运气看看能不能碰到了。

江时跟韩俞泽一边采集着路边的珍稀材料，一边找了个方向继续前行，终于在进入海底城之后首次遇到了其他玩家。

那些人显然是一起的，仗着人多也不管来的是谁，一甩武器就冲了上来。

正因为他们冲得太过干脆，等到看清楚"鱼为泽"这个游戏 ID 的时候，再想跑已经来不及了。

面对普通玩家，两个人轻松取胜，再看一眼积分情况，果然如猜想的一样涨了不少，同时还在地上捡了不少那些人掉落的稀有材料。

韩俞泽对这次活动非常满意："不错，看样子要想在这里发财，就全看刀子够不够锋利了。"

"刚刚看到击杀这几个人后获得的积分，好像都不一样，估计跟这些人自身已有的积分有关。"江时说着，看了看目前的排名情况，抚了抚手上的十字架，"要是能搞定排行榜上的人，应该能够捞到更多积分吧？"

韩俞泽道："找找吧。"

也是在这个时候，二人终于弄清楚了为什么官方预留了那么长的报名时间。

其中一点自然是担心人数过多没办法一次性接纳，而另一方面则是因为这种积分获取形式。早进地图还是晚进地图并不能影响什么，尽可能地在这张地图当中抢夺别人身上的积分，才是决定最终排名的关键。

在获得积分的过程中，最省力的方式自然是让其他人先厮杀，等到积分累积在几个组的人身上后再去打劫。

如果真的采用这种方式，挨不挨骂倒是其次，最重要的是会收获很多"乐趣"，所以江时跟韩俞泽，当然毫不犹豫地融入了这场大型逃杀游戏当中。

他们两个搭档在一起，堪称神挡杀神，佛挡杀佛。

这种走到哪里就杀到哪里的做法，总结下来就是四个字——非常快乐。

随着活动的正式开启，以"旅人"身份进入海底城的玩家此时基本都收起了观光的心思，全部聚集在中央广场上。

在从四面八方涌起的水幕当中，投放的正是海底城各个区域的实景情况，随着越来越多的玩家掌握了获取积分的"精髓"，战争的硝烟不知不觉间已经蔓延开来，随处可见的绚烂技能效果吸引着人们驻足围观。

不知不觉间第一个小时已经过去了。

通过硕大的水幕，可以看到大陆周围的虚拟屏障进行了第一次收缩，没能觉察到危险降临的边缘玩家在被屏障吞没之后，被卷入了深海中，与其他在海底城对战失利的玩家一样淘汰出局。

"这个地图还会不断缩小玩家的活动范围啊？"

这话一出，就知道他是射击类游戏的老玩家了。

旁边的人听着笑了一声："没看这里面的存活人数越来越少了吗？里面还有一批专门去采集材料的生活玩家，要是不把活动范围限制一下，一直保持着这么大面积的区域，光是捉迷藏就得玩到什么时候了？"

"也是。"前面感慨的玩家点了点头，又看了一眼目前的排名情况，"现在就看最后是哪家公会的大神可以拔得头筹了。"

旁边的人也很热情："你要关注的话可以去官方论坛看看。前面活动刚开始的时候就有帖子在实时跟进排名情况了，排名前一百的玩家都统计得非常详细，谁上榜，谁淘汰出局，在帖子里记录得特别清晰，还搞了个什么有奖竞猜，热闹得很。"

"真的？我这就去看看！"

此时，《创纪元》官方论坛里，活动专区的热门帖子早就被设置成了"精华帖"。

除了发帖人在实时更新着排名情况外，下面的回复也多达两千多条，时刻关注着活动的进展。

就在刚刚，帖子里的排行榜再次更新。

这次排行榜前一百名的双人小队名单再次大换血，有十二组被淘汰出局，另外还有四组因为只剩下一人苟活而导致团队积分减半，被后来居上的其他小队顶替了。

而就在这十几组新上榜的玩家当中，有眼尖的人已经捕捉到了一个十分惹眼的 ID。

　　玩家一：等等，我看到了谁？鱼为泽也来了吗！之前没看到他，还以为他退了"十字军"后这次就不来玩了呢。

　　玩家二：鱼神怎么就不能来了？参加官方活动跟"十字军"有什么关系？

　　玩家三：不在豪门公会之后的待遇就是不一样了，他在这次活动的排名看起来上升得有些艰难啊。这个时候才勉强进入前一百名的话，估计很快就要被淘汰出局了吧。

　　玩家四：这倒是真的，鱼为泽的粉丝们也别急着反驳。实话实说，如果还在"十字军"的话，鱼为泽的搭档怎么都应该是香榭梧桐吧？这次梧桐都跟阿克达斯组队去了，鱼为泽就只能随便找个人来凑数，确实跟原来在"十字军"的待遇差距很大啊。

　　玩家五：你们居然还有人关心"十字军"的那些破事？之前他们跟"七枚银币"闹了半天，最后为了讲和直接踢了老盟友，把同盟公会的位置双手送给"七枚银币"了。

　　玩家六：不了解实情就别乱说话，我就是"十字军"的成员，会长说那是看在鱼神的面子上给了"七枚银币"同盟公会的位置，你在这里拱什么火？

　　玩家七：哎呀，我要笑了，破军霸霸谎话连篇，不会还有人不知道吧？他说是给鱼神面子就是了？还真是说什么都有人信。

　　玩家八：烦死了，这里是讨论活动的帖子，要吵架出去单独开个帖子好吗？

　　玩家九：哎，鱼神真的是随便找人组的队吗？我怎么感觉材料大号这个游戏 ID 有点眼熟呢？

　　玩家十：前面的人提醒我了，我是"响尾蛇"公会的，当时我们的新 Boss 首杀好像就是被他给抢了！

　　玩家十一：这是有什么故事吗？请展开详细聊聊。

还在海底城活动地图里的玩家都能看到积分榜上的排名情况，此时回春妙手虽然还高居第一位，但是看到在榜尾冒出来的几个游戏 ID，他确实半点都笑不出来："这鱼为泽，还真跟奶有毒组队了……"

不只是这两个人，深井冰患者跟君子范曾经也算是"臭名远扬"的大神玩家，虽然冲击性比起那两位要稍微弱点，可一旦凑在一起，还是有些让人难以接受。

狂踩见回春妙手一副苦大仇深的样子，手里的巨斧忽然蠢蠢欲动："这个奶有毒真的这么厉害？"

"怎么说呢……"回春妙手回想了一下昔日交手的画面，"主要还是他很会恶心人吧。"

狂踩惊奇道："除了老毒物外，还能有人比你更恶心？"

回春妙手面露尴尬："我就当你是在夸我了。"

狂踩豪放地一笑："本来就是在夸你。"

"谢谢，我怎么一点也高兴不起来呢。"回春妙手忍不住又看了看排名，眼见江时跟韩俞泽那组瞬间又上升了五六位，只能头疼地叹了口气，"总之具体是什么体验，等后面你遇到他的时候自己感受吧。我只能说，到时候你或许会发现，'响尾蛇'的孤坟甚至都不能算是一个符文师。"

狂踩惊讶道："这么夸张？"

"孤坟太正直了，大概是我先入为主的观念，从一开始就觉得他不太适合符文师这个职业。不过，这都不是重点。"回春妙手说到这里，言语间有些期待，"实际上我也挺好奇的，如果有机会可以让孤坟跟奶有毒对战，这两个符文师里的新、旧大神，到底谁能更占上风呢？"

听得出来回春妙手是真的不想跟这两个人交手，但连他自己都没想到，就是这么一句随口的感慨，居然一语成谶。

江时跟韩俞泽一路杀得非常愉快，刚刚避开再次缩小的活动区域，在飞奔的过程中就瞥见了从侧面掠过的两个身影。

对方看到他们的时候也步伐一顿。紧接着，也如他们一样丝毫没有避战的意思，直接迎了过来。

这两个人是"响尾蛇"公会的双人组合——孤坟、枯骨。

中央广场上也有人留意到了某片水幕上出现的正面交锋的画面："快来看！鱼为泽跟孤坟的小组对上了！"

话音刚落，原本在其他水幕前围观的众人顿时纷纷涌了过来。

不可否认，从活动开始到现在，这片海底城就没有消停过。但是毕竟地图范围太过广袤，玩家之间确实不是那么容易遇到的。很多人翘首以盼的，无非就是那些顶级大神的正面交锋。

打起来，打起来！

从围观者的视角来看，是孤坟跟枯骨这队双人组合率先发起的进攻，然而实际上只有当事人才知道，虽然没有提前使用技能，但江时跟韩俞泽反而是提前做好准备的那一方。

孤坟遥遥地就看到了站在韩俞泽旁边的那个光精灵，因为符文师向来稀缺，他下意识地认定对方的主职业是祭司。

直到他们继续靠近，眼看着有一片符文领域从脚底升起，孤坟才反应过来："对面那个光精灵也是符文师！"

"符文师？碰到你是不是算他倒霉了？"枯骨的主职业是枪炮专家，在对方攻击的瞬间利用扫射为孤坟创造了使用技能的环境，敏捷地避开了打头阵的那些微型机械，果断说道，"你优先创造有利的环境，看看能不能先把那个光精灵杀了。"

同样是职业玩家，枯骨跟鱼为泽自然没少交过手，深知自己不可能从对方身上讨到便宜，结合目前两人一组的情况，自然而然地将矛头先指向了鱼为泽的搭档。

如果放在赛场上，这必然不会是一个明智的选择，但眼下，对面的那个光精灵是个名不见经传的普通玩家，只要能够找到机会将他击杀，再去处理鱼为泽必然会方便得多。

"普通玩家"江时扫了一眼枯骨的走位，瞬间也明白过来，忍不住笑了起来："怎么办，他们要先打我。"

韩俞泽回答："谁打你，我就先打死他。"

江时顺势朝着侧面的方向指了指："喏，就是他。"

短短的时间里，枯骨已经调整了几个射击角度，然而他很快发现，对方安置符文领域的速度远比他想象中快得多。

在场的四个人都是攻击距离很长的远程玩家，江时所有的符文领域几乎都卡在非常极限的位置封锁着枯骨的走位，虽然制造的都是一些减速、持续流血等寻常至极的负面效果，但依旧对枯骨造成了极强的干扰。

枯骨原本胜券在握的几次爆发式的射击都落了空，他拧了拧眉心："这个符文师……"

孤坟凝重道："有点厉害。"

孤坟身为目前符文师职业的顶尖玩家，只从符文领域的安置速度就足以看出对方不俗的实力，心里赞叹的同时也更加认真了起来。

从交战开始，孤坟一直没有停过操作。

属于他的符文领域也在周围的区域中层层布开，不同效果的符文领域就这样互相重叠交织着，一时间有些难以分清哪个属于友方，哪个属于敌方，彻底迷了眼。

单从在中央广场的水幕前这个上帝视角看去，原本空旷的战场，就这样被大大小小的符文领域顷刻间覆盖了。

有人忍不住倒吸了一口气。

孤坟是众所周知的顶尖符文师大神，昔日在赛场上已经无数次地向观众们展示过他那堪称极限的布阵速度。可此时看过去，对面跟鱼为泽同组的符文师的操作完全不输给孤坟！

两边看起来难分伯仲，符文领域成片成片地布置下来，几乎以并驾齐驱的速度展开。

在这样密密麻麻的符文领域中，四个人的身影快速地穿梭着，每个人的身上都密集地堆满了各种各样的负面效果，却丝毫没有影响到交锋的激烈程度。

"鱼神那组的符文师……看起来也好厉害啊。"

有人感慨了一声，旁边的人闻言回神，才讷讷地开口："是我出现错觉了吗？我总感觉孤坟在布阵速度上面，好像比对方慢了点啊。"

一个玩家揉了揉眼睛，努力想看清楚场上的情况，结果在成片的符文领域中花了眼，自暴自弃地说道："有吗？我看着差不多啊。"

"是真的！"最先提出这个说法的玩家这次用了笃定的语气，"那个符文师已经快领先孤坟两个领域了！"

同一时间，在战场后方掩护搭档的孤坟的语调愈发严峻："你小心点，那个符文师安置领域的速度比我快。"

枯骨刚刚利用火力压制逼退了韩俞泽的机械大军，眼看着脚底忽然升起了符文领域，敏捷地向后闪躲，才惊险万分地堪堪避开。

眼看着自己的血量在对战过程中逐渐落于下风，枯骨有些惊疑不定："不说速度，你有没有觉得对方的符文领域有些邪门？"

"注意到了，他的领域范围比我广，应该是装备的效果。"孤坟心里也有些郁闷，作为顶级符文师玩家突然发现技不如人也就算了，不是说鱼为泽加入的那个"七枚银币"是个普通的休闲公会吗？居然连玩家的装备效果都要比他强，无疑更伤他自尊了。

孤坟心里叹气之余，快速收拾了一下心情，进行战术调整："这个符文师应该没那么简单，先别搞他了，还是正常打吧。等会儿我看看能不能找机会牵制一下鱼为泽，你留好爆发技能突袭他一次。"

"收到。"枯骨扫退了一拨从侧后方绕过来的机械蜘蛛，连续侧翻，从几个符文领域的间隙中穿了过去，快速拉近了跟鱼为泽的距离，十分迅速地一通扫射。

他的攻击转移得果断且利落，但韩俞泽也不是个愿意吃亏的人。

在血量下降一小截的时候，他自知闪避不开，干脆反身放出了几个机械，在枯骨再次拉开距离的时候进行引爆，打掉了对方一大截血量。

"鱼为泽的操作还是这么犀利。"枯骨自认为已经退得很果断了，没想到还是被摆了一道，毫不犹豫地朝孤坟的方向靠近。

在这种无法使用任何补给药剂的活动地图中，枯骨只能靠着孤坟的小恢复术来恢复血量了。

在这种双方都拥有治疗技能的情况下，暂避锋芒恢复状态应该是最合适的选择，结果没想到枯骨这一退，刚刚被他攻击的机械师反而迎了上来。

鱼为泽居然准备反攻？不知道为什么，在这样的念头浮起时枯骨只感到心头一跳，依旧走位精湛地闪避着周围那片烦人的符文领域，眼见进入了孤坟可以使用回血技能的范围，他刚要松一口气，便眼看着一片新的符文领域从跟前腾起，正好落在了韩俞泽正前方的位置。

"失误了吗？"枯骨看着这无法理解的领域位置，脱口问道。

回答他的，是孤坟极度微妙的语气："这领域效果……"

枯骨此时也留意到了韩俞泽持续恢复的血量，显得非常吃惊："这是，恢复领域？"

前段时间"响尾蛇"公会收购了两种符文石的制作配方，对于他们这种顶尖职业选手而言自然不是什么秘密，在平常的训练过程中也有使用过这两种符文石，但是为了能够在下个赛季的世纪杯中打出出其不意的效果，在训练场之外的地方暂时不能使用这些符文石。

这两种符文石的效果确实绝佳，孤坟试用过之后也是爱不释手，一直都很想知道配方到底出自什么人之手。但是之前不管他怎么询问蛇蝎密咒和会长，都只得到一句"不可透露"。

现在倒好了，阴差阳错之下，让他直接碰到了研发者！

符文领域给鱼为泽持续性地恢复血量之后，两边的输出角色的血量直接拉开了一截。

　　孤坟错愕之下再看向那个符文师，结果一眼扫到了对方的站位，心头豁然一跳，对枯骨喊道："别回来了，反打！"

　　话音落下的一瞬间，他卡着极限位置在枯骨跟前立起了一片眩晕领域，哪怕只有片刻的时间，也想为搭档创造那么几秒钟的输出环境。

　　结果，有另外一片符文领域在这眩晕领域的边缘上豁然立起，精准地将韩俞泽和枯骨两个人卡在其中。

　　被这片符文领域触碰到的一瞬间，两个身影就这样一晃，从场景中间消失了。

　　孤坟已经数不清心里第几次"咯噔"了，但也毫无办法。

　　他朝着侧前方的位置看去，那两个消失的身影就这样齐齐地重新出现在那片层层密布的符文领域当中。

　　前期被那个符文师看似毫无章法地布下的领域，此时仿佛围成了一道密集的墙，将利用空间符文传送进去的两个人紧密地包在其中。

　　显然，从一开始这就已经是一个既定的死局。

　　枯骨堪称反应神速，顷刻间已经全面开启了爆发模式，意图强行将韩俞泽击杀，奈何后者根本不给他半点近身的机会，笑嘻嘻地利用引爆机械的反作用力直接拉开了距离，操作着一堆微型机械顷刻间将枯骨还没来得及恢复上来的血量清零。

　　而另一边，本来已经果断后撤的孤坟还没转身，便见摆弄着十字架的光精灵站在他的身后，轻轻地掂了掂手里的符文石："相逢就是缘，别着急走呀。"

　　孤坟顿了一下，问道："我们公会的那两个符文石的配方都是你卖的？"

　　江时礼貌地笑了笑："嗯，是我。"

　　孤坟又问道："你到底是谁？"

　　江时奇怪地眨了眨眼："我的游戏 ID 不是在这吗？"

　　孤坟一时无语。

　　等韩俞泽解决了枯骨再回来，孤坟也只能毫无还手之力地被淘汰了。

　　完成击杀后，他们的积分进行了转移，原本在排行榜榜末的江时和韩俞泽直接跻身前五十的行列。

　　江时捡着地面上掉落的稀有材料，眼睛都略微亮了起来："这可比抢野外地图 Boss 要赚多了。"

　　"你这话要是被刚才那两位听到，估计他们得气得原地诈尸。"韩俞泽调侃了一句，然后也笑出了声，"不过你说得没错，确实很赚。"

　　中央广场的水幕前一片寂静。

　　直到眼睁睁地看着画面中的两人赚得盆满钵满后转身离开，才有人讷讷地开了口："刚才那个符文领域，是怎么回事？"

　　此话一出，其他人也终于回神，纷纷议论了起来。

　　"那是把鱼为泽和枯骨都传送过去了？还有这种符文石吗？我好像从来没见过啊！"

　　"传不传送的都不是重点，我怎么感觉孤坟全程都被那个符文师的操作压制住了啊。"

　　"材料大号，这个 ID……我以为是鱼为泽随便找的路人呢。"

　　"路什么人，你见过这么厉害的路人吗？"

　　"感觉他的每一个操作都帮鱼神把输出空间给安排好了，也太强了！"

　　"以前有过这么厉害的符文师吗？还是谁改名了？"

　　"现在玩符文师的人一共就这么几个，顶级玩家全在排行榜上了，改没改名自己去看呗！"

　　"啊这……总不能是谁的小号吧？"

　　"小号也不能压着孤坟打吧！人家好歹是目前最强的符文师，哪个大神开个小号能直接让最强符文师的称号易主啊？"

　　到最后越猜越没有答案，所有人不由得面面相觑。

　　这个跟鱼为泽搭档的符文师到底是什么人？

第九章　诸神黄昏

"果然还是需要击杀大一点的'猎物'才更有利于提升排行榜的名次吧？"

江时并不知道自己这个时候有多么受人关注，身在海底城，心思还落在该如何快速提升排行榜名次上。

看得出来，孤坟和枯骨在这之前捞了不少的积分，他们战败后退出地图，这些分数自然而然就累积到了江时跟韩俞泽的身上，让他们的排名有了一个明显的飞跃。

这还只是一场胜利的收益，如果再这么来个两三次的话……

江时越想，就越对打架抢积分这件事充满了期待。

韩俞泽看了看目前的积分排名情况，也有了自己的想法："这样看来，如果我们遇到回春妙手，是不是就可以直接爬上排行榜第一了？"

江时认同地点了点头："找找，万一呢。"

"阿嚏——"同一时间，位于地图另一侧的回春妙手莫名感到背脊一凉，不由自主地打了个喷嚏。

狂踩看了过来："怎么了老春，被什么人惦记上了？"

"有可能。"回春妙手默默地摸了摸鼻尖，"只希望不是我想的那两个……"

"人"字没有出口，结合刚刚发生的变故，他适时地闭了嘴。

鱼为泽跟材料大号那瞬间飙升的排名，配合上孤坟跟枯骨从排行榜上的消失，不用问都能猜到发生了什么。

虽然有点迷信，但回春妙手还是觉得尽量不要将这种倒霉的事联想到自己身上。

如果真的说什么来什么，他这饱经沧桑的小心灵恐怕也承受不住这样巨大的打击。

要怪也只能怪那两个人被消灭得太轻松了，导致大名鼎鼎的春神也不由得迷信了起来。

最终，回春妙手清了清嗓子，果断转移话题："行了，继续干活儿吧。"

目前已知的只是这个大型逃杀活动的积分规则，至于最终会在什么时间点、什么情况下分出胜负，官方还没有给出任何提示。

所以在这次活动正式结束之前，尽可能地夺取利益才是关键。

狂踩对于催他打架这种事情自然没有意见，远远地看到了一行路过的倒霉鬼。

他招呼了一声之后，不等回春妙手跟上，第一时间就迎了上去，以一敌众，将那些人解决了之后，站在原地等回春妙手来给他恢复血量。

这就是回春妙手喜欢跟狂踩搭档的原因之一。

作为一个输出玩家，狂踩总能将自己的本职工作保质保量地完成，从来不让人操心。

随着他们的这次击杀，回春妙手和狂踩作为排名第一的组合，总积分又往上攀升了一截，与位居第二的蛇蝎密咒跟无人渡又拉开了一些距离。

不过这两位顶级大神显然也逮到了新的"猎物"，只是片刻的工夫，被拉开的分数就重新逼近。

整个榜单上的积分一直这样瞬息万变，分数差距十分小。

到了这个时间点，笼罩在海底城周围的屏障又连续缩小了两次。

在这个过程中，所有玩家都朝着中心区域行进，自然而然地提升了各队彼此遭遇的概率，场面可谓激烈万分。

在这样紧张的角逐中，江时和韩俞泽的搭档组合是疯狂提升名次的典型。

自从击杀了孤坟和枯骨之后，二人又进行了一阵摧枯拉朽的屠杀，转眼间就要挤近排行榜前二十名了。

水幕前那部分关注着他们情况的玩家可以看到，这期间被这两个人淘汰出局的组合里不乏高手玩家，真要算的话，目前实力排名前十的公会的组合几乎被他们淘汰了个遍。

鱼为泽最近正处于舆论的风口浪尖，再加上材料大号这个不知道从哪里冒出来的黑马辅助，让他们在玩家论坛引起了极高的讨论度。

与此同时，还有一个帖子带着另外两个游戏 ID 进入了众人的视野。

楼主：有第一赛季的老玩家进来讨论一下吗？排行榜上的那两个 ID，会是我想的那两个人吗？

点进帖子之后可以看到截图上赫然是君子范跟深井冰患者的名字，他们目前位于排行榜的六十多名。

　　这样的排名比起江时他们还是逊色很多，很多人一脸好奇地进了帖子，然后又一脸疑惑地离开了，只有一部分从第一赛季就在玩这款游戏的老玩家掩饰不住内心的惊涛骇浪，热烈地讨论了起来。

　　玩家一：好像或许可能大概确实他们就是你想的那两个人。

　　玩家二：见鬼了，这些"毒瘤"怎么都回归了？

　　玩家三：我不是第一赛季的老玩家，就想问一句标题是什么意思，这两个人很厉害吗？

　　玩家一：具体不知道怎么说，但当年被他们逼疯的人确实不少。

　　玩家四：刚从隔壁鱼为泽的帖子进来，单从排名来看，这俩人的成绩也就一般吧。

　　玩家二：重点是排名的成绩吗？重点是这两个人本身！

　　玩家五：救命！希望我的公会别惹到这些家伙，惹不起惹不起。

　　玩家六：第三赛季的新玩家想问问，这俩人有故事？

　　玩家二：呵呵，故事？事故还差不多！

　　玩家二：游戏都已经更新到第三个版本了，只希望他们已经改过自新，重新做人了吧。

　　这个时候江时留意到了排行榜上的排名情况，眼看着君子范跟深井冰患者的名次在六十名上下飘忽了很久，第一个反应就是向他们表达同情："君子跟老病他们挺不容易啊，队里没治疗玩家，光靠掉落的那些回血果实，血量应该不太好维持吧？我们都快走过大半个海底地图了吧，怎么连他们的影子都没碰见？虽然我的治疗量不高，但给他们挂个恢复术什么的也是聊胜于无嘛。"

　　韩俞泽显然不这么认为，指了指自己还没回满的血量："辅助哥哥，我这血量都还没回满呢，你能不这么着急去兼济天下吗？"

　　江时瞥了他一眼："刚才你一个人冲进人堆里差点被围殴至死，这能怪谁？"

　　他的语调听起来虽然很随意，但是在韩俞泽身上的恢复术持续时间快结束的时候利落地补上了一个。

　　"我这不是非常放心地把后背交给你吗？"韩俞泽轻飘飘的一句话还没说

完，话锋忽然一转，"哟，大单子来了！"

江时闻言一抬头，遥遥地看到了对面两个人的游戏ID——暮色降临、军刀五纵。

是"响尾蛇"公会的大神和会长。

连回春妙手都能猜到孤坟跟枯骨的淘汰原因，时刻留意着"响尾蛇"众人排名的军刀五纵自然不可能毫不知情。

这时候他看到了江时跟韩俞泽两个人，第一反应就是对暮色降临提醒了一句"小心"。

不过实际上就算没有这句提醒，以暮色降临向来求稳的性格，也绝对不会太过轻敌。

特别是他们跟孤坟和枯骨不同，当时抢野外地图Boss首杀的时候他们正好在最前线的位置冲锋，对江时那特殊的符文领域可是有过亲身体验的，直到现在都难以忘怀。

中央广场的水幕前一阵沸腾。

围观的玩家们一时间都忍不住感慨，鱼为泽这组看起来要跟"响尾蛇"公会那组正面杠上了。

不过也不知道是不是命运的安排，同一时间在其他几个区域的水幕前，可以看到各地都有强强对决。

"血蔷薇"公会的回春妙手、狂踩对战"夜行团"公会的燃灯、熄灯；

"响尾蛇"公会的蛇蝎密咒、无人渡对战"爱与和平"公会的第四季、别来无恙；

"火力者"公会的中世纪装修、自动化对战"钢心流"公会的二十二里地、追风揽月……

中间，还不乏排名前一百的其他小组互相之间打了照面。

片刻之间，在这样越来越小的活动区域中，激烈的战火在海底城的各地燃起。

关注活动的玩家们看到各位大神对战的画面，只觉目不暇接，疯狂更替排名的积分榜完全能反映出他们此时此刻跌宕起伏的心情。

不断有冲突爆发，不断有交锋平息，也不断有人在血量清空的状态下被清除出局。

每当有一个大神级玩家的游戏ID从榜上消失，围观众人都不免发出一阵唏嘘。

"可惜啊，'夜行团'的这对搭档果然还是被春神克制了啊。"

"最近一直觉得'爱与和平'公会不太行，相比之下，'响尾蛇'还是要强势得多。"

"二十二里地最近的状态是真的不太好吧？他在世纪杯的发挥就一般，这会儿做个活动都有些力不从心的样子。"

"我倒是觉得自动化应该算不上大神了，整个对战过程都是中世纪在努力发挥，他什么作用都没有！"

明明是一个再普通不过的官方活动，一旦牵扯到排名，就不可避免地成了玩家们对一众大神玩家进行评价的渠道。

在这种环境下，某片水幕前没动的玩家们眼睁睁地目睹了暮色降临跟军刀五纵被淘汰出局的全过程。

"响尾蛇"公会的第一梯队组合再次遭到淘汰！

虽然军刀五纵并不参加世纪杯联赛，但是众所周知，就算是在那些顶级的豪门公会当中，"响尾蛇"这位公会会长的实力都绝对是顶尖的，甚至放到其他公会，他很可能完全不逊色于职业大神。也正因此，从某些方面来说，他跟暮色降临的组合的实力恐怕还要略高于孤坟、枯骨二人。

可即便如此，他们还是十分迅速地输给了鱼为泽跟材料大号的组合。

他们被解决的过程，概括起来几乎可以用"玩弄"这两个字来形容。

众所周知，鱼为泽出了名全靠那一手诡变无常的机械操作，当年在"十字军"的时候也常常以一己之力扭转乾坤。另一方面，他因为常年脱离队友单独行动，而遭到某些"十字军"粉丝的疯狂诟病。"不适合团队合作""没人可以和他配合"等评价，甚至一度成为打在他身上的标签。

然而偏偏在今天这个娱乐性质高于竞技性质的官方活动中，那个被所有人以为只是鱼为泽拉来凑数的符文师，却用自己的操作来向观战的所有人演示了什么叫完美契合的绝佳搭档。

材料大号到底是什么人，已经不重要了。

围观过这两场对战全过程的玩家们只觉得，这大概是他们看到过的鱼为泽最为畅快淋漓的战斗了，而这一切都是因为那一个个变幻莫测，令人目不暇接的符文领域。

如果能够将这一段视频公布出去，无疑会打破那些粉丝对鱼为泽的刻板印象。

鱼为泽不能和队友配合？有没有可能是因为目前"十字军"里的那一批人，本身的实力就跟不上鱼为泽的步伐呢？

而此时的场上，伴随着暮色降临跟军刀五纵的淘汰，所有人的积分再次发生变化。

排名更新——

"响尾蛇"公会的蛇蝎密咒、无人渡拿下巨额积分反超至第一；"血蔷薇"公会的回春妙手、狂踩，以微小的差距降至第二；"火力者"公会的中世纪装修、自动化攀升至第三；"七枚银币"公会的鱼为泽、材料大号，一举晋升至第六！

在一众耳熟能详的大神名单中，"材料大号"这个眼生的 ID 显得格外醒目。

如果说之前只有一部分人留意到了这个 ID 的话，此时，材料大号终于不可避免地吸引了所有玩家的关注。

也是在这个时候，最终之战一触即发！

随着越来越多的人淘汰出局，海底城可以活动的区域也在持续缩小。

此时再看排行榜，在榜的组合已经只剩下了不到五十组。

包括深井冰患者跟君子范在内的很多实力组合，都已经非常遗憾地被淘汰出局。

而就在这种剩余人数不多的情况下，在积分榜最末尾的那个 ID 格外引人注目，不仅因为列表上的小队只剩下一个成员的特殊情况，还因为她跟其他组合差距很大的积分。

捡破烂这个人，不可谓不特殊。

她的搭档明显已经被淘汰出局，只剩下她一个人带着一路拾取材料累积下来的可怜积分，苟活到最后挤上了榜单，堪称"剩者为王"。

至于捡破烂自己一个人到底是怎么从这片血雨腥风的大陆上生存下来的，恐怕只有她自己知道其中的艰辛。

这个人的生存能力，真是不服不行。

江时心里惊叹，语气也很是感慨："老病跟君子他们果然倒霉，居然真的到淘汰都没能跟我们碰面，单从运气这方面来看，还是捡破烂强多了。"

说话间，他依旧保持着很快的移动速度，朝着最后的安全区域前进。

后方不远处，是还在持续缩小的屏障。

　　这次活动范围的缩小显然跟之前完全不同，并没有再给玩家们缓冲的余地。

　　海水就这样持续性地将海底城一点一点吞没，始终没有停止的意思。

　　屏障之外，成片的巨型鱼群来回游动着。

　　屏障内部的玩家在这样的局面下不得不朝着一个指定的方向赶去，像是被一股无法抗拒的无形力量牵引着，显得被动且渺小。

　　江时在赶路的过程中经历了几次遭遇战，又淘汰了几队。

　　同一时间的其他地方也不乏交锋，短短的时间里，进入决赛的组合又淘汰了十余个。

　　江时看着自己跟韩俞泽的排名已经上升到了第五位，看似平静的语调中隐约透着兴奋："虽然不知道到底为什么一直在缩小范围，但遇敌的频率还真高了不少。照这样下去，不出一个小时活动应该就可以彻底结束了吧。"

　　这个时候已经将近下午五点了，如果抓紧一些的话，他们应该还能赶上吃晚饭。

　　韩俞泽也不知道想到了什么，忽然朝江时那边看一眼，似乎在打量他的脸色，紧接着脱口跟了一句："尽量速战速决吧。"

　　江时不确定韩俞泽是不是现实里有事，不过对于速战速决这个提议也没有拒绝的道理。

　　他敏锐地捕捉到又有两个身影从余光中一闪而过，笑着说了句"那就来吧"，就果断侧翻拉近距离，十分迅速地利用符文领域将那几个倒霉鬼留了下来。

　　韩俞泽毫不客气，见江时帮忙留人，直接就丢出一堆技能把这队人给击杀了。

　　结束的时候他还不忘做一个完美的收手动作，刚想要开口讨一句夸奖，忽然有一个机械音从头顶响起，与此同时整个海底也跟着笼上了一层若隐若现的红色光芒。

　　"叮咚——亲爱的勇者们，试炼将在十分钟后正式结束。到底是哪三组人能够顺利通过挑战，真是让人十分期待呢。请抓紧最后的机会继续努力哦，嘻嘻……"

　　这声音像是直接从耳边的空气中浮出，完完全全将人包围，带着一种莫名其妙的诡异感。

　　韩俞泽忍不住说道："还嘻嘻呢，这是官方在装可爱？"

"你的关注点就在装可爱吗……"江时看了一眼顶部已近在咫尺的屏障，这个时候联想到的反而是参加活动前板正小青年的那番话，"听刚才那些话里的意思，最后这里会只留下排行前三的队伍。这样看的话，我徒弟之前的分析居然对了，难道后面真的还会有隐藏 Boss？"

"哦，这样的话还真需要抓紧了。我们现在的排名是第五名。"韩俞泽看了一眼排行榜上目前位居第三的那组玩家，"而且如果真的还有隐藏 Boss 要打的话，我不是很想跟老东家再扯上关系。"

江时认同地点头："我也不想。"

目前"十字军"的阿克达斯和香榭梧桐组合正好排在第三位。

看这情况，他们应该刚刚淘汰了"火力者"公会的中世纪装修、自动化组合，完成了晋升。

从榜单上可以看出，从江时、韩俞泽所在的第五位往后的组合，总积分已经差了一大截，如果要想完成至少两名的提升，最稳妥的方式自然是淘汰前四名中的任意一组。

江时用自己的实际行动表达了对和"十字军"联手的排斥，比之前更加积极地寻找起了下一个目标："现在如果能让我们直接碰到'十字军'的人，我一定感谢上天的眷顾。"

韩俞泽恰好扫见侧面奔至的几个身影，语调微扬："那我们现在应该可以先感谢上天了。"

江时同样察觉到了那几个人，忍不住笑了："我就说老病他们的运气没捡破烂好吧。"

正被追逐的捡破烂也看到了江时跟韩俞泽。

在这样极限逃生的过程中，她几乎没有任何犹豫地将方向一转，带着身后的两人果断无比地飞掠了过来。

这种行为如果放在平时，像极了祸水东引，但放在此时，江时就差直接给这位可爱的盗贼姐姐一个欢迎的拥抱了——追在后面的那两个不是别人，正是"十字军"的阿克达斯跟香榭梧桐。

难怪捡破烂居然可以在海底城里单枪匹马地生存这么长的时间，她这逃跑的操作可以说是炉火纯青。

后面的两个人本来就追得就有些吃紧，状态紧绷下无暇分神关注其他，等靠近时才留意到江时跟韩俞泽的存在。

可这个时候他们之间的距离已经非常近了。

捡破烂从昔日盟友身边头也不回地擦肩而过，只留下一句云淡风轻的话：
"送你们的猎物，不谢。"

片刻间已经有成片的符文领域立起，将后面反应过来意图撤退的机械师阿克达斯稳稳拦住，作为搭档的牧师香榭梧桐也不得不留了下来。

江时三下两下就捉到了"猎物"，露出了似笑非笑的神态，看起来心情不错："走得那么快，真是做好事不留名。"

而此时此刻，已经无法撤退的阿克达斯显然笑不出来。

从刚才追杀捡破烂时的斗志昂扬，变成了满脸警惕："什么意思？"

江时朝他露出了笑容："刚刚还在担心积分不够进前三，现在刚好遇到了你们，你说是什么意思？"

阿克达斯虽然不满对方这样嚣张的态度，但他算是目睹了破军霸霸吃瘪的全过程，也不敢对这个光精灵符文师太过轻视。

他控制了一下表情朝韩俞泽看过去，说出口的话语似乎颇为理智："'七枚银币'跟'十字军'的恩怨刚刚才消停下来，这个时候如果又大打出手，要是被外面的人看到，似乎不太好吧？"

韩俞泽太了解这个人了，丝毫不吃他这套："这有什么不好的？消停不消停那是会长考虑的事，我们就是'七枚银币'普普通通的成员而已。再说了，阿克达斯，同盟公会这种表面上的东西到底是什么情况，你不至于不清楚吧？"

香榭梧桐赞同道："确实，活动归活动，交情归交情，直接来吧。"

阿克达斯一时语塞。

煽风点火是吧？交情？在这里的人都知道他们之间根本就不存在交情这种东西！

这是生怕他们打不起来，羞辱他吗？

"十字军"那些参加联赛的职业玩家里，就只有香榭梧桐这个治疗玩家跟韩俞泽的关系还算不错。如果放在以前韩俞泽还在公会，这种活动绝对是他们两个搭档的，怎么都轮不到阿克达斯来和会内顶级的辅助玩家组队。

而这一回，阿克达斯趁着韩俞泽退会，好不容易申请到了和香榭梧桐组队的机会，没想到香榭梧桐会在这个时候让他下来台。

明明他们是一个组的队友，要是他真在最后阶段被淘汰了，她能占到什么好处吗？

阿克达斯咬了咬牙，也不好现场跟香榭梧桐发火。

为了不在韩俞泽面前失态，他故作冷傲地笑了一声："行，那就切磋切磋。"

话音刚落，不等对方反应，阿克达斯就率先动了手。

先下手为强的道理，永远都不过时。

此时中央广场的水幕中，随着活动范围的逐渐缩小，水幕的画面已经完全集中在了那几个场景当中。

"七枚银币"和"十字军"的两组人一对上，瞬间就引起了所有人的关注，现场也是一阵轰动。

众所周知，阿克达斯是从第二赛季开始崭露头角的机械师大神。

自从他出现在众人视野中后，一路以来的表现始终非常优异，在世纪杯赛场上也屡有亮眼表现。但只可惜他所在的公会是"十字军"，而在"十字军"中，机械师职业大神已经有了一个鱼为泽。

不管外界怎么传阿克达斯会是鱼为泽的接班人，单单"接班人"这个词，就已经充满了低人一等的味道。

阿克达斯的粉丝们都很清楚，只要有鱼为泽在"十字军"一天，阿克达斯就势必要被压上一头。而这个情况，随着鱼为泽解约退会，彻底得到了解决。

阿克达斯向来对外表现得非常谦虚恭敬，只有他自己知道为了能够等到今天，他有多么隐忍。

他一直站在破军霸霸那边，就是为了得到公会会长的支持，现在终于拿到了自己想要的一切，虽然在和鱼为泽刚一碰面的时候下意识地露了怯，可仔细想想，这样万众瞩目的官方活动，不正是证明自己更强的绝佳舞台吗？

更何况，不管对面的那个光精灵有多强，现在二对二局面下，站在自己身边的毕竟是香榭梧桐，面对一个普通玩家，怎么看都是他们更占优势。

阿克达斯下定决心要证明自己，趁着对方没有注意，豁然暴起，眼底也渐渐浮上了一抹狠辣。

既然已经解约离开了，那就跌落神坛吧！

你的时代已经过去了，鱼为泽！

片刻间，阿克达斯操控的机械数量已经高达十余个。

在严密的摆布下，机械从四面八方聚拢过来，顷刻爆发。

从上帝视角看去，这样的操作速度几乎已经到了极致。但很可惜的是，他的对手的反应远比他快得多。

"轰轰轰——"

随着两边的机械大军接二连三地冲撞在一起，连环的爆炸声在海底城内阵阵蔓延。

千钧一发之际，阿克达斯所有的进攻路线被韩俞泽用同样的方式悉数拦截。

同时，可以看到还有两批的飞行机械自两边围拢，趁着二人未留神的空当直接近了身。

眼见这些机械就要造成巨额伤害，阿克达斯利用自己的第二职业枪炮专家的技能，借着后坐力一个侧翻加速，将将避开。

香榭梧桐倒是丝毫没有要闪避的意思，原地给自己使用了牧师的五十五级技能"灵魂信仰"，在自身不受控制期间硬生生扛下了所有伤害，随即又快速地给己方两人使用了恢复技能，漂亮地稳住了血量。

阿克达斯眼见有香榭梧桐作为后盾，顿时心里稍微安定了下来。

他放出了几个烟雾机械原地自爆，用滚滚的烟雾作为掩护，一边走位，一边快速地安置新的机械阵。

他应对得十分漂亮，整体的输出节奏也调整得非常稳定，可惜的是，他此时面对的不止一个韩俞泽。

眼看着排兵布阵到了最关键的时候，战场中央忽然立起的符文领域搅乱了阿克达斯的所有计划。

机械蜘蛛群在触碰到带有燃烧效果的符文领域，都不可避免地自燃了起来。

不仅阿克达斯自己顶着燃烧效果的符文领域移动得非常艰难，平时占尽优势的爆破性质的机械也在高温灼烧下接二连三地原地炸开，表演了一场绚烂无比的"烟花秀"。

阿克达斯也没想到对方的符文师居然能这么快地分割战场，头疼之余看了一眼二人之间的位置，拧眉犹豫了一下，产生了改变战术的心思。

但是他这边有意转火，韩俞泽却不乐意了。

"找我们家辅助的麻烦，问过我的意思了吗？"连着几道雷电射击袭来，韩俞泽操作着远程机械将阿克达斯拦下，似笑非笑地问了这么一句。

这种雷击效果的攻击所造成的伤害并不太高，但是一旦命中，就会引起短暂的麻痹效果。这在全息世界当中，极容易干扰操作的精细度。

不过这显然也只是提醒阿克达斯转回注意力的前置操作而已。

韩俞泽身边的其他微型机械随着这句话结束，已经毫不犹豫地发起了进攻。

机械师这种职业跟符文师一样，强弱的区别主要在于玩家能完成的机械操作数量。

阿克达斯之前同时操控了约二十个机械，而此时韩俞泽身边那片密密麻麻的机械显然有不止三十个。

这绝对是一个十分惊人的数量，但是阿克达斯与韩俞泽当队友那么久，自然知道这人的实力远不止于此。

在这样的狂轰滥炸下，他毫不犹豫地迅速闪避。

狼狈之余他操纵一批机械断后，还在团队语音中提醒了一句："梧桐注意看我信号，他们下一轮攻击的时候你就开启'祷言守护'。"

"祷言守护"是牧师完成第二次转职业任务后学习的技能，也是牧师玩家在上个版本所能学习的最高级技能。

开启技能后，在"守护"效果存在期间，所有溢出的治疗量都会转化为角色抵挡伤害的防护盾，关键的时刻可以掩护输出队友打出高额伤害。

阿克达斯既然会说出这句话，显然是准备要强行进行攻击了。

香榭梧桐虽然不是很喜欢阿克达斯这个人，但是在赛场上向来很有原则。她随时留意着队友的位置，在阿克达斯冲刺上前的那一瞬间，开启"祷言守护"，治疗量瞬间爆发出来。

阿克达斯的血量恢复到了上限之后，周身立刻覆上了一层厚重的护盾，足以在短时间内抵挡高额的伤害。

与此同时，阿克达斯毫不犹豫地开启了所有增加机械伤害的技能。

他一心想要快速将对手击杀，同时操作着数量几乎达到他能力上限的机械，疯狂地冲韩俞泽杀去。

同样都是机械师，韩俞泽能完成前面那样漂亮的操作，也就意味着他处在阿克达斯的技能范围之内。在这样的距离内，即便反应得再迅速，也很难避开。

眼见自己的机械大军已经将韩俞泽牢牢地锁定在了战场中央，阿克达斯的脸上浮起了一抹笑意。

但很快，他的笑容就凝固住了。

身处火力中心的韩俞泽非但没有像想象中一样狼狈地撤离，反而没有表现出半点想要回避的意思。

如果放在其他人身上，或许可以理解成被这样的大阵仗给吓蒙了。但是换成这个男人，总让人觉得哪里都不对劲！

果然，阿克达斯的预感得到了证实。

一片冰封领域在咫尺的位置豁然立起，半空中地面上的所有机械，在触及领域的瞬间暂时凝固了。

就在这么短暂的时间里，耳后的风骤然凛冽。

怎么可能，后方居然还有一批机械大军？鱼为泽是什么时候安排的袭击？

香榭梧桐提醒道："我的技能用完了，你自己躲吧。"

阿克达斯不明白，明明是自己发起的奋力一击，怎么反过来落进了对方的圈套中？但现在显然没有时间留给他深思。

阿克达斯快速收敛了心思，电光石火间也有了应对的方法。

前方他那批落在最后的机械还没触上冰封领域，他一边敏捷地闪避着攻击，一边召回机械抵抗了一次。

精准的扫射下，他转眼间就将对方的十几只机械统统击落在地。

这个过程可谓极度漂亮。因为完成得太过利落，阿克达斯那抹不安的感觉也跟着愈发强烈。

这感觉，就像是新手机械师操作的一样。

不管怎么看，都不像是鱼为泽能做出的操作。

等等，新手？

阿克达斯忽然意识到了什么，下意识地看了一眼符文师所在的位置，正好对上了江时似笑非笑的神色。

所以刚才那批偷袭的机械其实是……

糟了！被算计了！

阿克达斯这个时候终于得知了真相，可惜已经来不及了。

冰封领域的作用只有短短一秒时间，但阿克达斯短暂的分神已经为韩俞泽留出了足够的发挥空间。

空中、地面上，双方的机械激烈地交锋，留下了满地的残骸。

阿克达斯的计划彻底泡汤，让他破釜沉舟的决胜冲锋成了一个彻头彻尾的笑话。

符文领域再次不动声色地立起，仿佛早有预谋般，先一步阻断了"十字军"二人的全部退路。

阿克达斯还试图反击，但是根本没能再完成严密的机械部署。他每次试图进行操作，总会在第一时间被韩俞泽的机械大军击中。

阿克达斯自然不甘心，可就算不甘心又能有什么办法呢？

在彻底出局之前，他深深地朝着符文师的方向看了过去。

众所周知，手艺人职业除了拥有独一无二的附加技能效果外，制成品都是所有职业通用的。

这无疑是所有玩家都心知肚明的常识，但这样的常识有的时候反而更容易被人忽视。

毕竟有多少人能做到在这样步步惊心的激烈对决过程中，在确保操作精确度的同时，还能分心去使用那些不属于自己本职职业的道具呢？

可就刚才，这个符文师不仅完美地用符文领域配合鱼为泽，还有余力操作着十余个机械跟鱼为泽演了那么一段戏。

这样的专注度，未免有些强得可怕了！

然而阿克达斯已经没时间继续细想了。

完全占优的韩俞泽没有理由体谅对手的郁闷情绪，毫不手下留情地将两人淘汰出局。

韩俞泽对他们刚才的配合非常满意："不错，咱们这么久没合作，还是这么心有灵犀。"

"十字军"那两个人的背包里的材料掉了一地，江时头也不回地摆了摆手："赶紧的，走了。"

活动进入最后二十秒的倒计时，之前一直缓慢缩减的屏障忽然间加快了速度。

"来了。"韩俞泽快步跟上，与江时并肩朝着最后的区域赶去。

另一边，其他人也在朝着指定的安全区域快速移动。

在这个过程中，他们留意到了排行榜上的变化。

回春妙手跟狂踩没有江时他们那么好运，这一路上遇到的都是一些低排名组合，虽然也连续淘汰了几组，依旧比不上击败"十字军"的人获得的积分高，在最后的倒计时内，只能眼睁睁地看着"七枚银币"的双人组一举从第五飙升到了第一。

看着自己被挤到了第二名的位置，再瞥了一眼只剩下十余秒的活动时间，回春妙手自我安慰道："不错了，虽然我们运气不好，但至少是个前三。"

狂踩的目光扫过不远处陆续出现在视野中的身影："喏，运气好的来了。"

因为安全区突然加快缩小速度，目前剩下的十几组人被赶到了一起。

这个时候所有人都已经看到了彼此，但是因为剩余时间实在不多，他们互相点头示意了一下，一改之前硝烟弥漫的氛围，十分和平地都没有继续动手。

再动手也确实没有意义了，不如休息。

三，二，一……零！

随着倒计时结束，疯狂缩小的屏障终于停下来。

与此同时，那些一路狂奔的玩家发现自己的身体忽然闪烁出一种诡异的微光，然后一个接一个地化为泡沫融入了海里。

捡破烂也是这些玩家中的一员。

不过因为不是被击杀淘汰的，在出局的过程中她顺利地保全了背包中辛苦累积下来的所有材料，也算十分满意。

还没热闹几秒的最终区域中，转眼间就只剩下了六个人。

排名第一的是"七枚银币"公会的材料大号、鱼为泽组合；排名第二的是"血蔷薇"公会的回春妙手、狂踩组合；排名第三的是"响尾蛇"公会的蛇蝎密咒、无人渡组合。

他们虽然一直都没有遇到彼此，但都一直留意着排行榜上的排名变化。

蛇蝎密咒跟无人渡猜到了自己公会的另外两组人是被谁淘汰的，再加上材料大号这个"生意合作伙伴"的身份，此时看到江时跟韩俞泽，两人的神态都有些复杂。

他们大眼瞪小眼，谁都没有说话。

最后还是回春妙手清了清嗓子："那个，最后能留下来大家都辛苦了。不过看这情况好像还有后续剧情？从这地方的建筑风格来看，好像是一个祭坛吧？"

"嗯，是祭坛。"蛇蝎密咒收回了落在江时身上的视线，朝周围扫了一眼，"有隐藏 Boss 吧？"

大家都是老玩家了，此时此刻谁还猜不到官方策划的心思？

也没人纠结之前活动期间的恩怨，看到队伍列表切换成了团队模式，当即毫不犹豫地组到了一起。

团队语音里，无人渡问："估计一会儿剧情就开始了，打算谁指挥？老毒物你来？"

蛇蝎密咒道："辅助指挥更好一点。"

回春妙手无奈道："你直接点我名字得了呗……而且你一个魔药师好意思说辅助指挥，你不是辅助？"

蛇蝎密咒不为所动："所有人都知道我是输出。"

回春妙手十分无语。心想虽然你选的是辅助职业，但你走的是输出职业的路线吧？

回春妙手朝韩俞泽看了过去："队里就我一个治疗职业，我怕等会儿分神忙不过来，要不你来？"

韩俞泽道："没事，我家符文师也能治疗，你指挥吧，你可以的。"

回春妙手看向狂踩。

狂踩道："嗯，你指挥我放心。"

回春妙手扶额。你们这些职业玩家一个个的只想偷懒，真的合适吗？

他朝周围扫视一圈，最后跟江时对视了片刻，动了动嘴角。

不等他开口，江时已经给出了回复："我只是个普通玩家，这里有这么多大神，我不敢说话的。"

这还装上了？

回春妙手终于忍不住了："你普通个……"

不等"屁"字出口，之前那个熟悉的系统音忽然又响了起来。

在外面围观的玩家们看着已经完成组队的六个人，还没来得及震惊"七枚银币"的双人小队居然拿到积分榜第一，就听到毫无情绪的系统音似乎穿透了水幕上的画面，诡异地萦绕在广场上空，带着从血液里渗出的寒意，快速传遍了每个人的全身。

"叮咚——恭喜六位勇士完成了试炼挑战，被诅咒的海底城莫尼安克奇将永远铭记你们的名字。接下来，就请你们成为'海神克里琴斯'的祭品吧。嘻嘻……仪式正式开始啦。"

整个祭坛的地面随着系统音的响起而持续震动了起来。

地面上出现了多条裂缝，紧接着，原先深埋在地下的石像破土而出，上面带着神秘字符，与收缩到最小的屏障构建出了最终的活动区域。

"这算是沉浸式体验？倒还挺像这么回事的。"无人渡说。

"但我不喜欢。"蛇蝎密咒一直拧着眉心，显然对这种没完没了的活动已经感到了不耐烦。他朝周围观察一圈之后，视线停留在最近的那个石像上，紧接着手上的药剂瓶一抛，瞬间在身边铺下了成片的毒圈。

亏得现在几个人已经全部组在了一个队里，要不然就这突如其来的操作，实在让人怀疑他是在偷袭。

第二个采取行动的是无人渡。

前一刻他还跟蛇蝎密咒搭着话，下一秒手中的巨型魔法剑上就光芒一闪，朝着地上的那片毒圈劈了下去。

看似虚晃一招，但是剑上传导的电流导出，在那片无形的空气中蔓延，短暂地勾勒出了一个球状物体，随着光芒的熄灭而一闪而逝。

之前他们还没太注意，但此时这么明显地显形，让所有人留意到了周围逐渐笼罩过来的黑雾，正是从那些石像底下汩汩涌出的。

"都注意避开一点，这些黑雾应该是起干扰作用的。"无人渡对自己刚才的试探做出总结，一抬头正好跟空中出现的那双冰蓝色的眼睛四目相对，低低地吹了声口哨，"Boss 来了。"

"看到了。"狂踩的话音未落，就提着巨斧迎了上去。

无人渡笑了一声，等看清楚这个隐藏 Boss 的样子，也举着巨剑甩了几圈，开启"剑域拓展"技能增加了自己的法术伤害，跟狂踩打起了配合。

周围那些黑色的雾气虽然无形，却对所有人的行动非常敏感。

眼看着黑雾就要循着动作的方向朝着前方的两个人逼近，忽然成片的微型机械从周围散开，像是突然冒出的飞蝇群，瞬间在黑雾成团之前将其分散吸引了出去。

江时看准时机竖立起冰封领域。

正如他猜测的那样，这种黑色的雾气虽然无形，但会受到冰封领域的影响。视觉上仿佛在周围瞬间创建出了一个屹立的冰封世界，艺术感与实物感并存，甚是壮观。

在这个过程中，来自各个公会的众人明明没有进行过任何交流，却在第一时间心照不宣地做出了操作和判断，完成得相当完美。

回春妙手早就锁定了安全区域，在后方时刻保障着团队众人的血量，丝毫没有想要开口提醒的意思。

毕竟他们都是顶级的玩家，"见机行事"这四个字是刻在骨子里的。

就这情况，还要个屁的指挥，眼神交流不就行了。

名为"海神克里琴斯"的 Boss 的真身是一条深蓝色的海底巨龙。

其实这个 Boss 的外形和气势相当令人震撼，可惜遇到的这几个人是一个比一个地不把它放在眼里。

狂踩连着几次避开席卷而至的水柱攻击，迎着龙爪就是一记空劈，在这之前还不忘跳起来调整一下攻击的角度，打法十分凶狠。

他看似狂放地进行攻击，在团队语音里响起的声音依旧相当淡定："符文师是叫奶有毒对吧？操作确实挺好啊，根本看不出来有五年没玩了！要不考虑一下，来我们'血蔷薇'算了。"

江时正在利用符文领域引导 Boss 的走位，闻言稍微愣了一下。

他跟狂踩之前并不认识，回归之后也没有任何交集，突然从对方口中听到自己原来的游戏 ID，第一反应就是朝韩俞泽看了过去。

韩俞泽这个时候刚好回头，一脸无辜地澄清："问回春妙手，我可没出卖过你。"

话音未落，密集的机械已经在地面上铺开，随着巨龙爪子的拍落，瞬间爆炸，打满了伤害。

回春妙手看着队友的血量，清了清嗓子："确实不是鱼为泽出卖的，主要是我太了解你们了，能让他这么主动找去'七枚银币'的光精灵，也就只有你了。真的不难猜。"

这话像是在帮韩俞泽开脱，但仔细琢磨，话里话外又全指向了韩俞泽。

江时以前是加过回春妙手好友的，回归之后看到自己的好友列表里没有对方的 ID，知道是在自己退出游戏期间被对方删了。

之前见面的时候他下意识地装不熟，这个时候干脆不继续装了："你倒是还记得我。"

回春妙手删人在先，低低地清了下嗓子。

好在他脸皮该厚的时候向来非常厚，仿佛什么事都没发生一般，顺势往下接了话："等出去后，把好友加回来？"

江时表现得相当大度："可以。"

在对话的过程中，他精准地发觉了 Boss 的追击意图，利用减速领域给狂踩做了一下缓冲。

韩俞泽操作着机械进攻巨龙正在蓄力的左后爪。见回春妙手三言两语间就要到了好友位，他想起自己之前为了重新加江时好友遭遇的各种迂回的辛苦经历，说道："还是春神面子大呀，这好友想删就删，想加就这么轻松给加回去了。"

狂踩没听出他语调里的阴阳怪气，在前面砍得正欢："加好友？可以啊，也算我一个。"

韩俞泽有点想将炮火对准这几个队友了："你们'血蔷薇'的人都这么自

来熟吗？"

蛇蝎密咒一直在找合适的角度布置毒圈，忽然用独特的阴沉声线开了口："我们也加一下吧。"

无人渡一甩暴风剑，利用风场将巨龙困在其中："我觉得可以。"

韩俞泽把所有机械原地引爆了。

差不多就行了！

回春妙手也拧了下眉。

作为圈内的老牌大神，他很清楚蛇蝎密咒跟无人渡都是第二赛季才开始玩游戏的，理论上应该不认识第一赛季就退出游戏的奶有毒。

这个时候他们跟风提出加好友，让回春妙手隐约嗅到了一丝不一样的味道："你们也认识奶有毒？"

江时摆开一地的符文领域，满意地拍了拍手，进入了"偷懒"状态："哦，我跟这两位之前见……"

蛇蝎密咒在他说出符文配方交易的事前适时地打断："生意合作关系。"

江时愣了一下，瞬间领会地笑了一声："对，生意合作关系。"

回春妙手下意识地朝狂踩看去，老搭档从彼此眼中都读到了一丝警惕。

难不成"响尾蛇"公会的人也动了拉他入会的心思？

同一时间，蛇蝎密咒也跟无人渡默默地交换了一下眼神。

前面在听回春妙手几个人交流的时候，他们只觉得"奶有毒"这个 ID 听着有些耳熟，然后很快想起来了。这不就是之前会长军刀五纵提起过的那个符文师吗？

最初他们进行符文配方交易的时候，蛇蝎密咒只把这人当成一个研发型的人才，现在看来，恐怕远没有这么简单了。

先加个好友，总归是没什么坏处的。

团队语音陷入了微妙的寂静。

Boss"海神克里琴斯"的挑战还在有条不紊地继续着。

这样的持续性作战强度极高，也就场上的这几个顶级职业大神还能分神聊上两句了。如果换上任何一个实力稍弱的玩家，只要有一个环节没有跟上，恐怕局面瞬间就会崩溃得一塌糊涂。

外界的中央广场只能看到水幕中的画面，并不能听到大神们的具体交流内容。

在围观的玩家看来，这场 Boss 挑战非常惊心动魄，看着场中几位大神的每一个操作，他们都忍不住屏住呼吸。

别看场中的那队人有条不紊地进行着挑战，但所有人心里都很清楚，这样强度的 Boss 如果放在副本当中，至少应该是二十五人团队副本的程度。

也难怪场中的那几位在整个过程中，时刻保持着高强度的信息交流了！

画面当中，狂踩手中带着血光的巨斧一阵挥劈，斧头落在地面上时甚至斩开了一片深邃的裂缝。

"海神克里琴斯"遭到这次攻击后，被重重地震落在了地上。

战斗继续。

整个中央广场一片寂静，只有时间一分一秒地流逝着。

偶尔有人暗暗地咽了一口口水，不愿意将视线从水幕上挪开片刻，生怕错过任何一个精彩的瞬间。

十分钟。

十五分钟。

二十分钟……

终于，在将近半个小时之后，这场持久战随着巨龙的轰然倒地宣告结束。

画面当中，祭坛地面的巨砖层层裂开，泛出来的金色光芒逐渐散遍海底城，将整个海底城紧紧笼罩。

所有人都能听到系统音再次响起："诅咒终于结束了吗？海底城莫尼安克奇，自由了……"

再回神的时候，广场所有水幕上的画面已经全部消失，取而代之的，是屠龙者的游戏 ID——回春妙手、狂踩、蛇蝎密咒、无人渡、鱼为泽，以及……材料大号！

第十章　三庭坡

　　击杀 Boss 的过程太过激烈，以至于玩家们一度没能分神，直到那个游戏
ID 出现在一众顶级职业大神的 ID 之间，才后知后觉地有些愣神。

　　然后，他们纷纷聚在一起议论了起来。

　　只要观看过全程就不难发现，即便是跟这些大神们进行配合，这个符文
师玩家的所有操作都没有半点逊色。

　　这个材料大号到底是谁？

　　同一时间，击杀了隐藏 Boss 的几个人已经被神秘力量传送到了海底宫殿
当中。

　　重新获得了与外界的联系，韩俞泽收到了之前被屏蔽掉的一连串好友消
息，都来自绿色控。

　　他快速地扫过一遍，视线停留在最后一条消息上面。

　　　　绿色控：师父师父，你的绑定辅助一战成名了啊！真的是太
　　厉害了，现在外面的所有人都在猜测他到底是什么来头呢！

　　韩俞泽眼帘微微地垂落片刻，轻轻地拍了一下江时的肩膀。

　　江时投来了询问的视线。

　　韩俞泽不着急说话，从背包里取了件东西，笑着递了过去："大名人，送
你一件礼物。"

　　江时不知道这人的葫芦里又在卖什么药，疑惑地伸手接过。定睛一看，
是一张改名卡。

　　他顿了一下，问："为什么你要送我礼物？"

　　"这个……"韩俞泽被江时给问住了，干脆似笑非笑地看着他反问道，"你
觉得为什么？"

　　这回轮到江时没吭声了。

　　他直勾勾地看着跟前这人的眼睛，不知道为什么忽然想起了在线下跟韩
俞泽见面时的种种。

一直在旁边听着的回春妙手突然问了一句："怎么突然想起改名的事了？"

韩俞泽不以为然："突然吗？"

回春妙手无语："不突然吗？"

韩俞泽反问："这突不突然的，跟你回春妙手有什么关系？"

回春妙手哽住，动了动嘴角，最后在心里默默地"啧"了一声。

怎么就没关系了？原先知道奶有毒身份的人就这么几个，仗着信息偏差的优势，他们在挖人这方面一直是占有先机的，等名字一改回去，想挖奶有毒入会的竞争者可就不止眼前的这么几家了！

回春妙手最后憋出一句话："那这改不改的，跟你鱼为泽又有什么关系？"

韩俞泽笑了一声："本来是没关系，但现在要是用了我的改名卡，不就有关系了吗？"

回春妙手不解道："什么关系？"

韩俞泽淡然道："因我改名的关系。"

回春妙手一时语塞。

论臭不要脸，还得是你！

韩俞泽三言两语将回春妙手堵得哑口无言，笑吟吟地朝江时看了过去："怎么样，改名？现在外面全都在讨论你到底是什么来历，反正注定要出名了，低调不了，不如彻底高调算了。"

江时不得不承认，有时候韩俞泽真是把他的行为习惯给看得透透的。

当初回归的时候他心血来潮用了一下免费的改名机会，但他还是对原来那个 ID 的感情深厚一些。

要是没有听到前面两个人的对话，光听韩俞泽最后那句，说不定江时就欣然改回去了，毕竟他本来就是一个并不排斥出名的人。

可刚才韩俞泽的那番话，让江时就这样拿着改名卡站在原地不动了，他神态要笑不笑地说："用什么 ID 出名并不重要，倒是'因你改名'这个事，我好像需要考虑一下。"

刚刚嘴上没讨到便宜的回春妙手倒是直接笑出了声。

韩俞泽难得搬起石头砸了自己的脚，低低地清了清嗓子："一码归一码，你向来不是会被旁人的言语影响判断的人，对吧？"

"对，你说得都对。"江时调侃过了，垂眸扫了一眼手里的改名卡。

思考片刻，他还是选择了使用。

第一次生出改名的心思是因为回归玩家的免费机会，这一次有人送上改名卡，不改白不改，用就用了。

韩俞泽的几句话说得都没有错。以他的性格，既然注定低调不了，那就干脆高调得彻底一点好了。

他这个人果然唯恐天下不乱。而且，他确实更喜欢原来的游戏 ID。

江时在改名栏里输入"奶有毒"三个字并点下确认，看着自己资料列表中变回来的 ID 名字，他露出了满意的笑容。

从实用性来说，鱼为泽这个礼物送得非常合他心意。

随着 Boss"海神克里琴斯"被六名勇者击退，海底城莫尼安克奇终于重新浮出了水面。

根据官方消息，今天只是活动的第一天而已。

挑战活动宣告结束，接下来的很长一段时间之内，城内将有一系列全新的休闲活动正式向所有玩家开放。

上方的屏障随着城市重见天日而彻底消散，明媚的阳光下，不只是来来往往的一众玩家，就连城内居住着的人鱼 NPC 都一扫严峻的神态，整个海底城一派祥和安宁的景象。

路过中央广场的时候，总有人忍不住驻足看上一眼水幕上公示的游戏 ID，对那位夹在一众大神当中的陌生玩家添了几分好奇。

就在这个时候，有玩家无意中发现，原先水幕上显示的游戏 ID，不知什么时候已经从"材料大号"变成了"奶有毒"三个字。

怎么在活动结束后就突然改名了？

有人很茫然，顺手拍摄了现场画面传到了官方论坛的讨论帖中，没想到就是这么一个十分随意的举动，竟然引起了足以震撼所有服务器的轩然大波。

起初提到改名一事的只是在某个精华帖子中的回帖。

有人随意发了现场照片，有人也就随意地调侃了两句，紧接着，就有自称第一赛季老玩家的网友冒了出来。

玩家一：材料大号居然就是奶有毒？他回归了？

这样震惊的语气，让一些不明缘由的玩家纷纷询问，紧接着就讨论了起来。

玩家二：奶有毒是谁啊，求科普！

玩家三：第一赛季玩家？那时候应该还没有职业联赛吧？这

个奶有毒很厉害？

　　玩家四：厉害！当然厉害！说他是首位符文师大神都不为过！

　　玩家三：不认识，但他作为符文师，实力真的强，今天对上孤坟的时候完全就是碾压。

　　玩家五：倒也不用拿第一赛季情况来对比第三赛季吧，要我说孤坟的实力本来就一般，主要是符文师这个职业太鸡肋了，没人玩当然竞争性不强了。

　　玩家四：符文师鸡肋？第三次转职业的技能都看了吗，信不信符文师就是即将崛起的新神？

　　玩家三：说了那么多，这个奶有毒到底是谁啊？

　　玩家四：不知道怎么说，只能告诉你，他是个掀起过血雨腥风的男人。

　　玩家六：我还看到了深井冰患者跟君子范，好像还有那个捡破烂，什么情况，第一赛季的大神组团回归了吗？

　　玩家三：越来越好奇第一赛季的故事了，刚刚我们会长好像就是因为收到了奶有毒回归的消息，这会儿已经疯了……

　　玩家四：咳咳咳，以前的故事就不用了解了，我觉得应该马上就有新故事了。

　　玩家七：绝了……围观了一下午，万万没想到这个符文师居然就是奶有毒，真回来了啊？

　　玩家八：真不知道第一赛季玩家在那激动什么，就你们说的那几个 ID 都是那时候的玩家，都已经隔了多少年，一代版本一代神，这些老玩家就不用太放在心上了吧？

　　玩家七：现在说风凉话的都等着吧，年轻人，你们不懂被这些"祖宗"们支配的恐怖。

　　玩家四：我好像忽然理解鱼为泽为什么跑"七枚银币"去了。现在看来，前面说的那批人全部都是一伙的，好像就是在"七枚银币"吧？

　　玩家七：知道材料大号是奶有毒我就半点都不奇怪了，向各位公会的管理人员说声恭喜……咳，节哀。

　　如果说材料大号改名的事仿佛一记重磅炸弹，让论坛里面的人讨论得沸沸扬扬，等这些事情传入各家公会的管理人员的耳中，则让一众人纷纷苦了脸。

"响尾蛇"公会的会长军刀五纵在第一时间找到了蛇蝎密咒,开门见山问道。

　　军刀五纵:那个材料大号真的就是奶有毒?
　　蛇蝎密咒:回春妙手是这么说的,应该没错。鱼为泽他们也没否认。
　　军刀五纵:好吧……
　　蛇蝎密咒:有指示?
　　军刀五纵:指示说不上,看看能不能把"七枚银币"的这批人拉进我们公会吧,如果不能的话,就……
　　蛇蝎密咒:就什么?

　　另外那头的军刀五纵默默地抬头看了看天。明明头顶是一片明媚的阳光,他的内心却阴霾密布。

　　军刀五纵:就可以提前备战下一届的世纪杯了。
　　蛇蝎密咒:为什么?
　　军刀五纵:我怕这些家伙会搞事情。
　　军刀五纵:不,直觉告诉我,这些家伙一定会搞事情!

　　虽然很多职业公会都是在联赛举办之后发展起来的,但还是有不少公会管理人员是从第一赛季就开始接触这款游戏的老玩家了。
　　像军刀五纵这样第一时间来确认消息的并不在少数,更有人打听到了江时本人的头上。

　　帆布鞋:所以说,大号,你真的就是奶有毒?
　　奶有毒:嗯。
　　帆布鞋:鱼神去"七枚银币"就是过去找你的啊?
　　奶有毒:准确来说,应该是找我收留。
　　帆布鞋:我徒弟让我帮忙问问,能不能托你找鱼神要个签名。
　　奶有毒:突然联系我,就是为你徒弟?
　　帆布鞋:不,是我们副会长。
　　帆布鞋:他还让我问问,你们有没有兴趣加入我们"剑与酒"

公会。

　　奶有毒：签名可以帮你问问，公会的话，就不过去了。

　　帆布鞋没想到，自己当时随手捡进队伍打副本的回归玩家居然有这么大的来头。

　　结束对话之后，他非常遗憾地看向他们公会的副会长，依次回答前面的问题："是，以及，不来。"

　　"行吧……果然。"副会长"不思天地"头疼地捏了捏眉心，十分后悔当初没有听帆布鞋的推荐坚定地把人挖进公会里，"只能之后找机会搞好关系，看看能不能让他们改变主意了。"说完，他郑重地拍了拍帆布鞋的肩膀，"那么后面的事，就交给你了，兄弟！"

　　帆布鞋一脸蒙。交给他？这属于病急乱投医了吧！他一个普通玩家，哪有这么大的能力？

　　江时并不知道帆布鞋的郁闷心情。

　　就在刚刚，他在一堆疯狂增长的好友申请里面加上了回春妙手等人，然后打开了"禁止添加好友"的系统设置。

　　而此时，一手促成爆炸新闻的韩俞泽满意地塞来一张小卡片。

　　江时一眼就扫见了上面写着的时间和地点。

　　七月七日，三庭坡。

　　这回不等江时问，韩俞泽已经十分自觉地回答了问题，言语间是藏不住的笑意："你之前不是说要补偿五年前放我鸽子的事吗，邀请你重新赴约一次，应该不过分吧？"

　　江时顿了一下："所以你一找到机会就这么积极地让我改回原名，就是为了这个？"

　　韩俞泽的嘴角无声地扬了扬："可以这么理解，但是主要还是因为更喜欢'奶有毒'这个名字。"

　　不管怎么样，"奶有毒"还是比"材料大号"更好听吧。

　　因为临时有事，活动当天啥笔携香并没有上线参加。

　　等他登录游戏的时候，十分震惊地发现自家公会又因为某种奇奇怪怪的原因一夜扬名了。

经过深入了解之后，他上线的第一件事就是去找江时。

"公会管理？不，我不当。"江时听到啥笔携香的提议后，毫不犹豫地拒绝了。

开玩笑，这种辛苦自己、照亮他人的工作，从各个角度来看都不适合他。

不过啥笔携香在这时候主动找上门来，倒是提醒了江时一件事情："对了，我刚好要找你，看看公会里还能不能腾个位置出来，我有一个朋友要来。"

啥笔携香道："有的，你开口，那必须有。"

他快速找了个几个月没上线的成员，把他踢出了公会，随后向江时要了游戏ID，很快就把木川裤子放进了公会。

"回归玩家，又是你们第一赛季的朋友吗？"啥笔携香点开木川裤子的资料看了看，"骑士，跟我倒是同行。"

江时笑道："不，骑士只是他的副业。"

啥笔携香茫然道："副业？"

"嗯，是的。我先打副本去了，有空再聊。"江时没有详细解答，随口应了一声后看了眼时间，转身就要走，被啥笔携香一把拉住了，他询问地看了过去，"怎么，还有事？"

"有事啊！就是公会管理的事！"啥笔携香说，"你看看现在进我们公会的人，不是冲着你就是冲着鱼神来的，你当个管理员也算给公会撑个门面嘛！"

江时琢磨了一下，明白了啥笔携香忽然积极的原因。

之前不管是啥笔携香还是岛上森林，跟他们玩得都挺好，这期间显然是把他们当成普通的回归玩家了。

现在，他们在游戏里引起了这么高的关注度，眼看着一大批成员被吸引进公会，会长和副会长难免会担心他们日后一言不合就跳槽的可能性。

所以，啥笔携香这是想要用公会管理职位收买他们常驻呢。这确实不是什么好手段。

别说是"七枚银币"这种小公会的管理位置了，搁在君子范那几个人的身上，就算是"血蔷薇"那样的豪门公会把公会会长的位置让出来，他们想走的时候恐怕也照走不误。

江时从来不喜欢胡乱地许下承诺，毕竟，这种东西可都是要负责的。这时候他自然也不会乱答应什么。

江时莞尔，清了清嗓子给出一个提议："我真对管理没兴趣，你可以问问鱼为泽，他或许会喜欢的。"

"问了，鱼神也不要。"啥笔携香莫名觉得郁闷，"送上门的管理头衔都没人待见，怎么感觉你们就是不想承担责任呢？"

不得不说，啥笔携香这次的直觉倒是挺准的。他们就是放荡不羁爱自由。

江时扫了眼新弹出的好友消息，安抚地拍了拍啥笔携香的肩膀："负责任，该负的责任我们一定负。放心吧，至少我短期内没有任何转会的打算，在认识的这段时间里，我和你还有会长玩得挺开心的，感觉现在这样就挺好。至少，比待在那些豪门公会有意思多了。"

"真的？"啥笔携香询问的时候神态间带着几分审视，审视中又有些许的猜测，猜测里又透着很多的不确定，仿佛在试探他的真诚程度。

江时难得有些扛不住这样的对视，承诺道："真的。"

啥笔携香这才放心："那就好！"

江时道："说真的，与其找我当公会管理员，你不如问问鱼为泽。最近很多公会都在觊觎他，跳槽找下家的话，他的概率比我大很多。"

啥笔携香摆了摆手："不用问了，鱼神本来就是过来找你的，只要你不走，他肯定也不会走的。"

听到这句话，江时稍稍愣了一下。也不知道从什么时候起，鱼为泽跟他一起行动，在别人眼里居然已经是一件这么平常的事情了。

他只走神了片刻，催促的好友消息就又弹了出来。

江时打开看了一眼，跟啥笔携香辞别："老病他们催我了，没其他事我就先过去了啊。"

啥笔携香得到了想要的答案，此时相当随和："去吧去吧，玩得愉快。"

江时进入队伍的时候，队里其他人已经全部就位了。

除了深井冰患者、君子范和板正小青年之外，还有今天的主角——四十级的回归玩家木川裤子。

时隔几天，除了身上的装备已经完全换了一套，木川裤子的等级愣是半级都没有增长，一如回归当天那样。

江时扫过一眼就明白了："这几天你只是在给自己做装备？"

"对啊，我也就这么一个爱好。"木川裤子听他提到，笑着将身上的装备信息发在了小队频道里，"你看看，这身套装的属性还算不错吧？"

不等江时回答，有人已经在小队频道里面接下了话。

深井冰患者：不错不错！何止不错，简直完美！

深井冰患者：所以你能别发了吗！这已经是你第七次在队里炫耀装备了！

江时好奇地问道："你们不是只有四个人吗，他给你们每个人炫耀了两次？"

深井冰患者：他炫耀装备跟人数有关系吗？那是按时间来的！每五分钟来一次，你要是再晚点进组，他应该还能再秀上八、九、十次！

深井冰患者：哎不对，装备是重点吗？这副本还打不打了？

木川裤子看到后面那句话，顿时不乐意了："装备怎么就不是重点了？副本这种东西才无所谓吧！照我说，你们真的不用带我练级，辛苦自己还折磨我，何必呢……放我回去算了，我列了新的材料列表，还想去市场里面转转，买些回去试试新想法。"

君子范道："那不行，组了那么久的人，可不能白白浪费了。"

木川裤子道："你说的'组了那么久'，是指等某人进组的那十几分钟吗？"

"行行行，我的错我的错。"江时主动揽下责任，"你们不要再为我吵架了，接下来的两个小时，我保证兢兢业业地为各位服务。"

君子范反驳道："谁为你吵架了？要点脸。"

木川裤子的重点显然不在这里，他震惊地睁大了眼睛："什么副本要刷两个小时啊？"

江时纠正道："不是打一次副本两个小时，是带你做完回归任务的总时间，我应该没估算错误。"

板正小青年予以肯定："嗯没错，基本上差不多。如果按照任务的进度，准确来说，应该只需要一小时五十三分钟。"

江时满意地点了点头："那我估计得还挺准。"

木川裤子来之前没想到会这么麻烦，瞬间打起了退堂鼓："要不就算了吧，其实我真的不着急升级。"

作为队长的君子范直接无视了他的话："好了，都没问题的话，那就直接开始了。"

木川裤子不满道："我有问题！"

下一秒，进入副本的就位确认对话框就弹了出来。

君子范问道："谁还没好？快点儿。"

木川裤子只能心不甘情不愿地点击了确认。

目前"七枚银币"的情况，用万众瞩目来形容都毫不为过。

江时他们一进副本，其他各家公会的管理人员就从卧底人员口中得知了消息，然后都愣住了。

其中，"血蔷薇"的公会管理员就反复进行确认："什么情况？现在不是海底城活动的第二阶段吗，他们跑到低级副本去干吗？那里有隐藏的支线任务？"

卧底不太确定地回答："应该跟隐藏任务没什么关系。'七枚银币'的副会长刚刚放了一个回归玩家进公会，奶有毒、君子范和深井冰患者现在都在同一个副本里，看着应该是专门去带人升级的。"

这些人齐齐出动……就为了带人升级？

"血蔷薇"的管理员产生了一丝微妙的预感："又有人回归了？这次这个玩家叫什么名字？"

卧底道："木川裤子。"

这位"血蔷薇"的管理员也是第一赛季的老玩家，听到这个 ID 后顿时叫了一声。

卧底疑惑地问："怎么了？"

"血蔷薇"的管理员头疼地扶额："没什么，你先忙吧，我去找下春神。"

几分钟后，得知消息的回春妙手也陷入了沉默。

先是奶有毒、鱼为泽这对老搭档，再是深井冰患者跟君子范，现在居然又来了一个木川裤子！

这是从输出到辅助，再到装备的打造，一系列人才齐了啊！

如果不考虑那两个替补位置，就这五个人，都已经够"七枚银币"这家公会去报名参加世纪杯联赛了吧？

回春妙手之前想将鱼为泽拉进"血蔷薇"，后面再加上一个奶有毒，或许还考虑过深井冰患者和君子范两个人。

直到这个时候，他的脑海中忽然冒出了这么一个念头，不好的预感越来越强烈了。

世纪杯联赛从第二届开始就已经沦为了资本竞技的舞台，这一点鱼为泽应该最清楚不过，不会真的头脑发热地搞这种"草根"公会问鼎巅峰的戏码吧……

虽然他这么想，但越试图说服自己，这个念头就在脑海中越强烈。

等回春妙手回神之后，才想起来问："鱼为泽呢，没跟他们一起打副本吗？"

"好像没有。""血蔷薇"的管理员回答说，"队里的最后一个人是牧师，鱼神今天没跟他们在一起。至于他具体在做什么，就不知道了。"

回春妙手打开好友列表看了看，犹豫了一下，试探性地给鱼为泽发去消息。

　　回春妙手：有空吗？要不要组队打副本或者做做任务什么的？
　　鱼为泽：没时间。
　　鱼为泽：老狂不要你了？实在没人陪都找我来了？
　　回春妙手：找你联络一下感情不行吗？
　　鱼为泽：说了不去"血蔷薇"，别想挖人了。
　　回春妙手：没挖人，就找你玩玩。
　　鱼为泽：那你找别人玩去吧，我最近真没时间。

回春妙手的视线停留在"没时间"三个字上，继续旁敲侧击。

　　回春妙手：都从"十字军"里退出来了，还能忙什么呢？
　　鱼为泽：这时间点能有别的事吗？当然是忙着准备仪式啊。

这是回春妙手从未设想过的回答，他用回复表达了他的疑惑。

　　回春妙手：什么仪式？

韩俞泽这次倒是真的没骗回春妙手。

从发出邀请函开始，他就非常积极地投入到了那场约定的仪式当中，甚至都没时间像之前那样找江时一起玩了。

五年前他在三庭坡上准备的那套东西，虽然最终没能用上，但至今他一件未丢。

这回既然要和江时成为绑定队友，考虑到游戏版本已经进行了两次更替，韩俞泽觉得自己安排的道具有必要进行一下升级。

更何况他现在已经知道了江时当时没能赴约的原因，心里愧疚、后悔的情绪都有，就更想尽自己可能，用最好的仪式来进行弥补。

这样一来，他到集市上一溜达，觉得看什么都心动。

市场上顶级的新型烟火，买；服装店里刚做好的最华丽的服装，买；口感丝毫不逊色于现实中五星级酒店的特色菜，买；用来装扮氛围的各种荧光装饰，买！

这个过程中跑前跑后最为忙碌的，无疑是韩俞泽的小徒弟绿色控了。

忙碌归忙碌，绿色控倒是乐在其中。

他自始至终就只提出了一个愿望："师父，到时候一定要让我在场见证你们成为绑定队友！我要把整个过程全部都录制下来！"

"录，当然要完整地录制下来。"韩俞泽对于这种提议没有意见。

虽然他已经陆续购买了五套服装，路过店铺时留意到里面的那身白色西装，还是没能忍住强烈的购物欲。

以光精灵那圣洁纯净的外貌，到时候江时穿上这一套西装，一定相当合适。

韩俞泽正想着，一条好友消息弹了出来。

> 奶有毒：来打副本？
> 鱼为泽：先不了，这几天应该都没空。
> 鱼为泽：过几天吧，等过几天一定随叫随到。

为了确保仪式当天能给江时一个惊喜，他对最近做准备的事情绝口不提。

另外那边的副本门口，看到回复的江时则稍稍挑了下眉。

他们保持着原先的队伍，只有木川裤子在顺利升到七十级后立即退了组队，剩下四个帮他升级的人留下，正准备重新组人前往高级副本。

君子范见江时没吭声，问："怎么说，鱼为泽到底来不来？"

"他先不来了，我问问副会长。没输出的话，叫个骑士也行。"江时说着，给啥笔携香发去了组队邀请。

啥笔携香一听有副本打自然很乐意，瞬间就接受邀请，进了队伍。

副本开启。

前期剧情播放期间，君子范想起来问了一句："鱼为泽这两天都在忙什么啊？上次活动结束后好像就一直没见过他了吧？"

板正小青年一开口，说出的数据一如既往地精准："已经两天零十八个小时没有见到过鱼神了。"

江时顿了一下："你们还挺关注他的。"

君子范笑道："这不是为了你吗？这两天鱼为泽不在，看你玩得挺无聊的。"

江时的动作顿了一下。

他刚想问为什么鱼为泽不在他会玩得无聊，就听到旁边的啥笔携香忽然开了口："什么，鱼神这几天都没跟你们玩吗？我还以为他就是不怎么爱搭理我一个人呢！发生什么事了？不会是有别的公会来挖他，已经准备要跳槽了吧？"

"没，跟跳槽没关系。"江时下意识地看了看背包里的小卡片，回答道，"他这几天，应该是在认真备战。"

啥笔携香愣了愣："备战？什么备战？他要跟谁打啊？"

面对这样的疑问，江时言简意赅地回答了一个字："我。"

啥笔携香更蒙了："啥？"

江时解释道："跟我打。"

这次连板正小青年都看了过来："鱼神要跟……师父你单挑？"

"嗯，本来五年前就应该打这一场的，当时不是我刚好退出游戏了吗，这次回归他就想找机会补上。"江时操纵着符文领域控制副本里的小怪，见板正小青年还在发呆，提醒了一句，"我懒得用治疗技能，你别分神，给大家恢复血量。"

板正小青年应了一声："哦……"

他快速地收心，给在小怪堆里的深井冰患者一个加血技能，但是最后，还是忍不住问出了口："所以你们准备什么时候打，我可以去看看吗？"

江时点头："七月七日，三庭坡。到时候我给你们发坐标，要看的话直接过来就行了。"

板正小青年沉默了片刻，脑海中莫名浮现了一种可能性："师父您确定是约战吗？"

江时疑惑："当然，不然还能是什么？"

板正小青年张了张口，最后郑重表态："到时候我一定会去'观战'的！"

另外几个人也在小队语音和聊天频道里面陆续附和："我也去！"

江时为这几个人唯恐天下不乱的性格低笑了一声。

几人眼见即将开始打第一个Boss，聊天的话题暂且打住。

不过经过前面的对话，江时一边进行着完美无瑕的操作，一边琢磨了一下。这次的约战，既然鱼为泽都这么认真地开始备战了，他是不是也应该端正一下态度？要不这几天，也去竞技场里稍微热热身好了。

江时心不在焉地跟众人打着副本，结束之后他没继续，暂时跟众人挥别："你们找个人替我继续打吧，我去竞技场看看。"

啥笔携香问道："你一个人去竞技场？"

江时道："嗯，这不得备战一下。"

啥笔携香道："不，我的意思是，你一个辅助去竞技场和别人单挑？"

江时奇怪道："有什么不可以吗？"

"那可真是太可以了！"啥笔携香的眼睛肉眼可见地亮了起来，"大，哦不，奶哥你介意直播吗？到时候给我直播间的观众看看辅助打败一众输出的画面，绝对能引起热议！"

江时惊讶道："你还搞直播？"

啥笔携香道："对啊，我本职工作就是一个主播，之前没告诉过你们吗？"

板正小青年道："完全没有。"

啥笔携香尴尬地摸了摸头："咳，这些都不是重点！重点是我的直播间太冷清了，急需哥哥们帮一把啊！"

江时终于知道啥笔携香为什么有这么充裕的游戏时间了，原来他是个名不见经传的小主播。

他对于出镜这种事情倒是丝毫不排斥，秉着"救人一命，胜造七级浮屠"的慈悲心怀，点了点头："你要观战就观战吧，我都可以……"话说到这里，不等啥笔携香感恩戴德，他的尾音跟着稍微转了转，"不过在这之前，说不定还有一个更适合你走红的直播题材哦。"

"什么题材？"啥笔携香留意到江时的视线投落的方向，跟着转头看了过去，只见远远地有滚滚的烟尘落入眼中，有些愕然，"这是啥？"

江时对这样的画面相当熟悉，语调里还带着期待的笑意："送快递的。"

话音刚落，被一群人追逐在最前方的那个娇小身影忽然步子一顿，紧接着调整了一下角度，朝着他们所在的方向奔了过来。

与此同时，有一条好友消息也弹了出来。

　　　捡破烂：帮个忙。

江时扫过一眼，笑着跟队里的深井冰患者打了声招呼："老病，埋点地雷，给人家帮个忙。"

其他人也已经留意到了被追着的人是谁。

深井冰患者刚才在副本里打怪打得有些麻木，这时候顿时打起了精神，火速将地雷阵安排就绪。

江时把队伍切换到团队模式之后，给捡破烂发去了组队邀请。

君子范留意到新人进队的系统提示，忍不住笑了一声："这个女玩家看起来倒是比我们更能惹事。"

捡破烂不置可否地嗤了一声："被人坑了。"算是解释了自己此时这么狼狈的原因。

"没关系，问题不大。"面对女玩家，江时向来表现得十分绅士，"为女士服务是我们的荣幸。"

"我也很荣幸。"君子范前几秒钟还在调侃，后几秒已经一个箭步迎着人群冲了上去，用实际行动表达了对打群架的充分热情，"你们再不行动的话，第一个击杀我就先收下了啊。"

　　深井冰患者：不比速度，比数量。

君子范手里的铁扇子摇曳生风，理智地回应："我一个刺客跟你比什么数量，不比。"

　　深井冰患者：呸，你个尻包！

"随你怎么说。"君子范说话间已经完成了跟捡破烂的会面。

擦肩而过的瞬间，君子范铁扇出手，血溅三尺，追逐在最前排的那批玩家还没来得及反应过来发生了什么，就眼睁睁地看着自己的血量下降了一大截。

至于那个被君子范一眼相中的幸运儿，则感受了一次什么叫被人瞬间击杀的感觉。

君子范得手之后毫不恋战，开启了隐身状态，挥挥衣袖，不带走一片云彩，离开了那片混战之地。

众人反应过来想要报仇雪恨，却一脚踩上了地雷阵，通天火光直上云霄。

跑在前方的捡破烂终于回头，趁着追击她的人们阵脚大乱，又安置了几个陷阱，还不忘顺走了对方掉落的一批装备和道具。

一片混乱当中，团队语音里夹杂着啥笔携香急切的话语："啊啊啊啊你们别着急打啊！等等！等等我啊！我还在登录账号开直播呢！等等啊啊啊啊！"

江时的嘴角挂着一抹上扬的弧度，不动声色地铺开了符文领域，截断了追击方的所有退路。

真有活力。果然，这才是玩游戏该有的样子吧。

这边所有人都心情愉快地投入了群架当中，前几秒还凶神恶煞的追击方此时完全笑不出来了。

如果说他们一开始连遭暗杀和轰炸时还有些蒙，那么随后发生的一切足够让他们渐渐反应过来了。

再看眼前这几个近期名声在外的游戏ID，只觉得十分无语。

他们怎么突然就跟这些人扯上关系了？

这个盗贼什么破烂都敢捡，而"七枚银币"的人也什么破事都要管！

追赶捡破烂的人的公会名字叫"旧梦时光"，在游戏里是第二梯队的高级公会。

其实在这款游戏中，想区分一家公会属于第几梯队很容易，通常，稳定拥有世纪杯联赛参赛资格的属于第一梯队的豪门公会；而在前半年需要通过年华杯这个预备赛事，去争夺世纪杯参赛资格的，就是第二梯队的公会了。再往后，连参加年华杯的资格都不具备的，无疑就是第三、第四梯队的公会了。

而"旧梦时光"就是年华杯的常客。

运气好的时候他们也拿到过世纪杯的入场券，去顶级赛场感受一下气氛，可一轮比赛结束就被淘汰了；运气不好的时候，他们也能在年华杯这个预备赛事里保留一个前八名的名额。

这次追杀捡破烂的一共有二十五个人，刚好是一个团的人数，显然是有备而来。

正如捡破烂回应君子范的那句话，她被人给坑了。

不过"旧梦时光"的人机关算尽，怎么都没想到居然还能半路杀出程咬金，而且这一杀出来就是五个人！

深井冰患者很清楚地雷阵如何排布才能发挥出更好的效果，配合着君子范的突然袭击，特意引导了一下对方的走位，震耳欲聋的爆炸声阵阵散开，场面非常壮观。

"旧梦时光"的人都被炸蒙了，在一片混乱的情况下，在后续竖起的符文领域中迷失了方向。

团队队长的游戏ID为"夜梦修罗"，这几天在论坛里围观了"七枚银币"那几个回归玩家的一系列事迹，怎么也没想到，看着看着今天居然真的遇上了这些人。

他作为参加过几次年华杯的职业玩家，和其他人相比显然要冷静一些，快速地在团队语音中指挥众人，先稳住了阵脚，才点了个名字："'白鲨'，你只说这个捡破烂抢了你的装备，也没说她认识奶有毒他们啊？"

白鲨的语调也有些郁闷："谁知道她居然叫了帮手。"

其实今天这件事的起因，就是几天前白鲨带人在野外地图杀其他玩家，捡他们掉落的装备和材料时，不小心碰到捡破烂，杀人不成还被人反杀了。

他掉落的刚好是他前阵子辛辛苦苦才搞到手的新武器。当时白鲨喊了队友帮忙看住他的宝贝装备，结果捡破烂杀完他后去而复返，把这件新武器给顺走了。

虽然他当时也没少捡那些无辜玩家掉落的东西，但这并不代表他可以忍受自己损失至爱。

白鲨记住了捡破烂的游戏 ID，誓要报仇，后面又几次找机会偷袭，却都吃了瘪。

他实在咽不下这口气，喊了公会里的人来帮忙。

他们利用几天的时间摸准了捡破烂的出没区域，特地伪造了一个群架现场来引捡破烂现身。

计划进行得非常顺利，直到刚刚突然遇到了奶有毒一行人，就变成了眼前这个情况。

都已经追杀到了现在，白鲨自然不想前功尽弃。

那个武器可是他费尽心思才弄到手的，偏偏被这么一个捡破烂的给捡走了，白鲨怎么想怎么气不过，咬了咬牙道："管他们是'七枚银币'还是'八枚银币'的，也就五个人而已，我们一个团二十多个人，打就完事了！"

话音刚落，夜梦修罗已经看到团队里又有几个人的头像暗了下去："现在就剩下十八个人了。"

回应他的，是团队里队员们的求助："啊啊啊，这些符文领域好烦人啊！谁能把我们从里面弄出去啊！"

江时使用了带有"致盲"效果的符文领域，让位置靠前的"旧梦时光"的成员短暂失去了视力。

这无疑为深井冰患者创造了一个极佳的偷袭机会。重型炮填满弹药之后，他十分愉悦地进行突击。

刚刚踩上地雷阵的那批人的血量已经只剩下一点了，深井冰患者非常利落地将他们一网打尽。

君子范早就绕到"旧梦时光"的众人的身后，一个接一个地捕捉落单的玩家进行暗杀，也杀得十分开心。

"旧梦时光"虽然人数上占优，但是早在撞入地雷阵时就失去了优势，更何况这些普通玩家在江时一行人的眼里就像没什么战斗力的怪物 NPC 一样，瞬间就能摆平。

夜梦修罗非常果断地下令："撤吧，打不过。"

白鲨不想就这么走了，可是没等他开口，阵亡的那批队员听到夜梦修罗的一句话，就"哗啦啦"地集体回了复活点，头也不回地离开了这张地图。

白鲨气得青筋暴起。

就知道这帮人派不上什么用场！

他不甘心地咬了咬牙，一抬头，就看到捡破烂的身影从不远处一闪而过。

这家伙居然看到这边战况激烈，又回来捡装备了！好啊，这么喜欢拾荒，那就让你捡！

"你不去我自己去！"白鲨脸色一沉，加速朝着捡破烂的方向追了过去。

夜梦修罗虽然让复活的队员们离开，但也不可能把白鲨一个人留下，头疼地迅速跟上。

这两个人都是"旧梦时光"公会参与年华杯的职业选手，平时经常在一起训练，配合起来自然很有默契。

赶上去的夜梦修罗在后方远远地掩护白鲨，利用自己主职业"召唤师"的技能召唤出了地狱三头犬，越过白鲨，先一步拆了四个预先安置的陷阱。

白鲨之所以敢冲得这么果断，就是因为知道夜梦修罗会出手帮他。

有地狱三头犬在前面开路，他更加有恃无恐，拉近距离的第一时间果断使用剑士的位移技能，从捡破烂的后侧一个突刺完成连招，打出的巨额伤害直接让捡破烂的血量掉了大半截。

作为一个拾荒者，捡破烂看到战场上有那么多装备掉落，就贪心地去而复返，回来捡这些东西。但她没想到"旧梦时光"的人居然咬得这么紧。

这时候两个人之间的距离拉得极近，捡破烂终于看清楚了对方的 ID，眉目间闪过一丝了然："阴魂不散。"

白鲨哼了一声："又见面了。"

捡破烂也跟着冷笑："是你自己乱杀人，结果实力太差被打掉了装备，让我捡了还追着加好友骂我，事后连续偷袭我四五次都没成功，现在还学会找帮手了？"

白鲨听到这些话，气得脸色一白："我会让你知道你惹错人了。"

捡破烂淡淡道："哦，难道不是你先挑事？"

白鲨原地开启了剑士的终极技能："你尽管嘴硬，看我打掉了你的装备，你还能不能笑出来。"

看着迎面逼来的剑气，捡破烂低低地"啧"了一声。

她实在理解不了对方的做法。他在野外地图乱杀人，被人打得掉落了装备就这么气不过，还追着她死咬不放。

拾荒者本来就经常遭到玩家们唾骂、追杀，捡破烂干这行倒也习惯了刀尖舔血。

大多数时间里她赚得盆满钵满，但也有跑不掉的时候，背包里面东西太多，一旦超重就会影响移动速度。眼下就是这种尴尬的情况。

捡破烂被白鲨拉近了距离，连转身的工夫都没有，想要完美闪避所有技能确实强人所难。

虽然知道自己这一背包的战利品得掉落不少，她有些心疼，但秉着"尽人事听天命"的理念，她愿意接受最终的结局。

捡破烂在第一时间使用了盗贼的"遁逃"技能，在剑气即将击中她的瞬间清空了自身的所有负面状态，并进入了加速的"潜行"效果。

她后撤的动作已经十分迅敏，要放在平时估计早就全身而退了，奈何此时身上负重过多，严重影响了她的移动速度。

在夜梦修罗召唤的地狱三头犬的协助下，捡破烂被施加了减速效果，让白鲨在自己的终极技能结束之后，追上他们之间的距离，补了一记"追龙式"技能。

眼看着斩落而下的剑气就要落在身上，捡破烂悲伤地看了一眼背包中即将跟自己挥别的装备和材料。然而下一秒，并没有传来击杀消息。

千钧一发之际，一道光束从捡破烂的身上一闪而过，一个治疗技能将她从死亡的边缘惊险万分地拉了回来。

再回头，白鲨的行动已经被符文领域稳稳地限制住了，团队语音里是江时似笑非笑的语调："这人头谁要啊？"

"我我我！"啥笔携香好不容易鼓捣好了直播系统，在旁边围观了半天，终于找到发挥的空间。

他一个箭步上前，挥舞着长枪就扎了过去。

白鲨在符文领域的持续控制下好不容易找到了可以逃脱的空隙，结果还没来得及动，就结结实实地吃了一记骑士的"嘲讽"技能。

而在后方的夜梦修罗根本来不及支援，就已经被君子范截住击杀了。

两具尸体并没有在地上躺多久，在"七枚银币"众人的注视下纷纷回了就近的复活点。

捡破烂的血量已经被板正小青年恢复满了，这时候她完全没了之前的狼狈，不急不缓地将那两个人掉落的装备丢进背包，再抬头的时候，才发现其他人都在看她。

捡破烂思考了一下，说："怎么感谢你们？"

君子范刚回来正好听到这么一句，接得非常顺口："以身相许？"

捡破烂直接甩过去一把飞刀作为回答。

君子范笑了笑："开玩笑的，架是奶有毒要打的，问他，问他。"

江时没有直接回答，而是问："刚才那些人都是一个公会的，你惹到那个

'旧梦时光'公会了？"

捡破烂并不否认："惹了一条疯狗。"

江时想要的就是这个答案，露出了笑容："也别俗套地说什么感谢了，要不直接到我们公会来吧。"

捡破烂问道："为什么？"

江时道："以后如果再遇到这种情况的话，在同一个公会方便支援？"

捡破烂思考了一秒钟："也不是不行。"

　

哇，原来公会之间结仇都这么随意的吗？

"七枚银币"现在真的很活跃啊。

啥笔真可怜，前面看论坛就觉得这些公会成员不好管理，果然如此。

我觉得他刚才抢人头的时候还挺开心的啊。

所以"七枚银币"跟"旧梦时光"算结仇了吗？

不是说"旧梦时光"是二线公会里最接近一线的吗？怎么感觉那么弱啊。

其实也可能是对手太强？

啥笔，你们是想找机会打一场公会战吗？

　

啥笔携香从刚才捡了个人头之后就一直在摆姿势，没怎么留意这几个人的对话，直到看到直播弹幕上不太对劲的内容，才后知后觉地反应过来。

趁着传闻还没变成"'七枚银币'与'旧梦时光'结成敌对公会"，他果断开口打断："有什么事你们回去再说，我直播呢！要不，先过来打声招呼？"

　

系统："深井冰患者"退出队伍。

　

啥笔携香问道："他干吗去？"

江时笑道："去一个不需要打招呼的地方。"

"打什么招呼，没意思，我也走了。"君子范说完，也退出了队伍。

转眼间队里就走了两个人，啥笔携香看了眼目前直播间里的观众数量，顿时满面愁容："怎么都走了，我才刚开播呢，你们这就结束了？"

"你先把捡破烂加进公会里。"江时看了眼时间，"愿意的话，可以跟我去竞技场看看。"

"愿意，当然愿意！"啥笔携香火速清了个人，把捡破烂加进公会，手里提着长枪，雀跃地说，"奶哥，你就是我的神！"

板正小青年道："师父，我也想去看看。"

江时相当大度："去吧，都去。"

　　哇哇哇！奶有毒要去打竞技场了吗？今天没白来！

　　期待期待，提前把礼物送起来！

　　这就是和大神一起玩游戏的感觉吗，好美慕！

　　我这就去喊朋友过来看，感觉会很有趣哈哈哈。

　　有一说一，啥笔你今天的直播内容可比你播自己的游戏日常有
意思多了。

　　但是奶有毒好像是光精灵吧，作为一个辅助……他自己去打
竞技场？

啥笔携香刚刚上线开播的时候，就已经把直播间的名字改成了"路见不平一声吼，团战谁跑谁是狗"，这会儿跟着江时一路朝竞技场走去，他反反复复修改了几次，最后才心满意足地点下了确认。

　　惊！到底是人性的扭曲还是道德的沦丧，辅助竟在竞技场孤
身奋战？

虽然首页并不能显示出完整的标题，但起名者觉得很满意。

从直播间的在线观看人数来看，已经有人陆陆续续地被标题吸引了进来。

很多人只是路过来看个乐子，然后，无意中扫到了画面中的人的游戏 ID，就再也不走了。

竞技场是官方提供的友好切磋平台，在每个赛季初都会进行一次排名赛，让玩家重新争夺榜单排名。

这个赛季的排名赛开始已有一段时间了，一些在排行榜顶端的玩家的总积分已经非常高了。

一眼看去，在排行榜上的几乎都是各大豪门公会的职业大神。

比起那些公会的排名，竞技场中的个人表现更能展示他们的实力，这也是判断职业选手身价的指标之一。

江时留意到鱼为泽的 ID 位于排行榜二十名之外。这不太符合这人的实力，看样子应该是他这段时间基本上跟他一起玩，没再打竞技场，才让其他人给超了过去。

江时看了一眼就收回视线，找柜台前面的 NPC 买了张入场券，进入了独立的备战区。

他进入等待队列之后，很快就匹配到了第一局比赛。

在同一时间，啥笔携香也快速通过观战模式进入了看台区域，十分利落地将直播间的镜头对准了场上。板正小青年也跟了进来。

江时匹配到的第一个玩家是个八十四级的狂战士。

这个玩家看到自己的对手是个光精灵时显然愣了一下，但并没有轻敌，一开始就快速地游走起来。

有的时候，越是低分段的玩家，就越因为对自己的实力不够自信而更加警觉。

彼此试探向来是一对一作战很重要的一环。

但是江时因为五年没有接触过游戏，在竞技场上的基础积分约等于零，他扫了一眼，就看出了系统给他匹配的对手是什么样的水平。

江时站在原地没动，直到对方意图近身发起进攻，才不动声色地创建起了第一个符文领域。

然后，就这样一直保持着距离，没给对方任何接近的机会，保持着血量全满的状态结束了这局比赛，用时三分五十秒。

江时看了一眼时间。

对他个人而言，这个用时偏长。

他这么多年没玩游戏，突然回归竞技场，对玩家间的对战还是有点手生，就算一直把对方的所有行动都掌握在手中，技能释放的时机也不够完美。

不过辅助职业造成伤害的能力向来一般，《创纪元》几次版本更新后，玩家装备的防御属性又提升了不少，所以从这个角度来看，首战的结果还可以接受。

此时，在啥笔携香的直播间，围观完第一局比赛的观众们纷纷发出弹幕。

天啊，不到五分钟就搞定了？这辅助太强了！

他的对手还是一个狂战士呢，竞技场最强的职业！我之前一对一遇到狂战士都想直接自尽。

重点不在于用时，而在于到结束的时候奶有毒的血量还是满的！

全程用控制领域把对手控到死啊……唑，想想就崩溃。

我错了，我不该质疑辅助能不能打竞技场。

但对手明显不会玩吧？连狂战士的技能怎么用都不知道，解除控制的技能也不用，这种人怎么可能赢？

你这么会分析，要不去竞技场排一场？说不定还能碰上奶有毒让我们看看呢。

就算是在低端局，谁能拿光精灵打上五分钟？

江时又进了一局。

这一次他遇到的对手是个魔剑士，他用了三分二十秒的时间结束战斗。

第一把的时候还有不少质疑他实力的弹幕，打完这把后质疑声明显少了许多。

然后他继续打第三局，第四局，第五局……

江时来竞技场的主要目的是找一下和人单挑的手感，备战跟韩俞泽的三庭坡之约，所以那一系列匹配的限制条件一条都没选，匹配到的对手的条件五花八门。

他快速地结束了十局比赛，因为连胜而得到了大量的竞技场积分，使他快速地摆脱了低分段，开始陆续匹配到中分段的玩家。

有些观看直播的观众已经兴奋了起来。

看吧，前面都是随便玩玩，打到一千分才开始有意思一点。

然而，画面中光精灵的连胜之路依旧十分顺利。

眼看着江时就要在连胜之下超越两千分的积分进入到高端局，所有的观众从最开始的震惊和兴奋，变成毫无感触的麻木。

他们的脑海里反反复复只响起几个声音："哦好棒，又赢了""果然奶有毒是不可能输的啊""看样子中端局跟低端局也没什么区别嘛"……

到了这个时候，直播间里的所有人也都看出来了，这根本就不是辅助还是输出职业的问题，说到底就是实力上的差距。

几乎每一次开局的时候，从对手的表情都能看出来，他们对匹配到辅助玩家而感到十分欣喜，然而接下来的对局并不像他们想象中那样能轻松取胜，等到比赛结束之后，这些人大多抱着怀疑人生的态度恍惚地离开。

几乎每一局，江时都像要猴一般要着对手玩。别说打了，对方甚至都没办法摸到他一下，用实际行动表现了什么叫"可望而不可即"。

啥笔携香开着直播一直围观，也看得一脸震惊。

在这之前他从来没有想过，辅助在竞技场里居然可以大杀四方！

直到他数不清第几次进入看台旁观，才想起来看一眼直播间的人气情况。

不看不知道，一看彻底吓了他一跳："什么情况？"

平时人气偶尔才突破一千大关的小主播，这时候直播间的观看人数已经一路飙升至十万了。

在旁边占了一个观战位的板正小青年闻言回答道："有人去论坛上发帖子了，恭喜，你的直播间火了。"

啥笔携香愣了下神，打开官方论坛看了看，果然看到了首页那个被设置成"精华"的热门帖子。

他眼眶一湿，险些喜极而泣。

"奶哥，你就是我的神！"

场上的江时并不知道自己此时的一举一动有多么引人关注，心里只想着自己和韩俞泽之间的积分差距。

目前排行榜第二十名的积分在五千六百分左右，虽然他连胜了一下午，很快就要进入两千分以上的高端局，但是跟那些顶尖玩家相比，差距还是很大的。

就算是普通的高端局，对江时来说也只适合用来热身，要想练习一些细节上的操作，估计要等他打到四千分之后了。

而日后，如果想跟鱼为泽一起打双人竞技场的话，按照每一千分升一个段位，同等段位才能一起匹配的规则来看，他至少得先确保自己的分数打到五千分以上才行。

但是眼看着马上就要到约战的日子了，这么临时抱佛脚，江时总觉得有点来不及了。

江时算了算时间，思考过后决定不努力了。反正也来不及了，就随便打几场作为战前热身吧。至于其他的，到时候再看了。

抱着这样淡然的态度，江时在竞技场里一直打到了晚上。

他一路连胜，啥笔携香也跟着一直进行直播。

随着话题传开，越来越多的人进入直播间观战，官方论坛的帖子里的讨论变得更加热烈。

除了首个热门帖子之外，又陆续有人开了几个新帖子。

至于具体的内容，从猜测奶有毒的连胜什么时候会被中断，到对他的操作的分析，再到以他的玩法，他到底能不能算是个辅助的辩论，应有尽有。刚进入论坛的人放眼看去，甚至会产生"官方论坛已经被奶有毒统治了"的错觉。

江时在不知情的情况下，又当了一回"创纪元"大陆的超级明星。

随着热度逐渐发散，江时连胜的消息终于传到了一位后知后觉的仁兄耳中。

　　绿色控：师父师父，奶有毒又统治论坛了！

江时？他又做什么了？

韩俞泽疑惑地点开绿色控发来的论坛链接，等看完热门帖子的内容后，他沉默了片刻，然后点开好友列表，找到板正小青年，发去了好友消息。

　　鱼为泽：你师父在打竞技场？
　　板正小青年：嗯。
　　鱼为泽：他怎么突然想去打竞技场了？
　　板正小青年：我以为你知道。
　　鱼为泽：跟我有关系？
　　板正小青年：当然，不就是为了备战你的三庭坡之约吗？

韩俞泽一头雾水。

他反反复复地将最后这句话看了好几遍，才勉强读懂了其中的含义。

读懂之后，他沉默许久。

五年前也就算了，这次他根本没提"单挑"二字，江时为什么还能以为他想约战？

这一次又是哪里出了问题呢……

　　与此同时，江时结束了今天的最后一局竞技场比赛。他刚从备战房间里返回竞技场大厅，关掉直播的啥笔携香就泪眼婆娑地迎了上来，动容地说道："奶哥，你火了啊！"

江时看了他一眼："我之前就火了。"

啥笔携香崇拜地尖叫："不，不一样！这次更火了！带着我的直播间一起火了！"

说真的，即便从旁观者的角度来看，就江时这一下午全胜的操作，想不火都不可能。一个辅助玩家，血量几乎全程没有减少，以百分之百的胜率从零积分的情况直接打到两千多分。

这个过程哪里有低端、中端、高端局的过渡，直到江时结束前的最后那把，看起来都像是打普通小怪一样的碾压，说是前无古人后无来者都不为过。就这离谱的程度，如果不是啥笔携香全程直播，甚至会被怀疑是不是开了外挂[①]。

啥笔携香激动得双手颤抖，说话的时候都忍不住磕巴了："所、所以，下次什么时候还有直播打竞技场的机会，大神带我一起吧！"

"竞技场就算了，不过还想直播的话……"江时想了想，说，"马上就到三庭坡约战的日子了，你可以问问鱼为泽的意思。"

啥笔携香立刻懂了："我这就去！"

韩俞泽正在反思自己各个环节表述上的问题，结果就收到了啥笔携香询问能否直播约战的好友消息。

所以现在除了他跟绿色控，所有人都认为他要和奶有毒约战？

韩俞泽揉了揉太阳穴，刚想拒绝，有一个念头就在输入消息的瞬间一闪而过。他微微垂了垂眼眸，嘴角浮起了一抹弧度。

鱼为泽：可以啊，欢迎直播。

得到了两位当事人的许可，啥笔携香第一时间兴高采烈地再次为直播间改名。

直播预告：奶有毒对战鱼为泽，七月七日晚六点不见不散！

这个时候直播刚结束不久，之前在直播间里的观众还快乐地通过弹幕互相交流，没完全离开，冷不丁一抬头，就看到了新的直播间标题。

他们愣了一下，等理解了标题的含义，顿时又兴奋了起来。

紧跟着，官方论坛中出现了新的帖子。

内容是针对啥笔携香直播间这引人注目的标题，所有人又进行了一番激烈的讨论。

玩家一：什么意思，奶有毒要跟鱼为泽单挑？是这个意思吗？

玩家二：这俩人什么情况？现在不是在一个公会吗，怎么突然就约战了，这是闹掰了？

玩家三：还真说不定……我就在"七枚银币"，最近看他俩

---

① 外挂：通过篡改游戏原本的设定和规则，大幅增强玩家的实力，从而轻松取得胜利的作弊程序。

在游戏里的位置坐标，好像这些天都没在一起玩过。

玩家四：约战就约战，为什么挑这么个日子啊？不知道现在海底城的系列活动还在进行吗，玩家哪有时间关注这些？

玩家五：让你看又不是让你打，做活动任务的时候打开直播随便看看呗。

玩家六：怎么都关心直播时间啊，只有我想知道他们两个到底谁能赢吗？

玩家七：来下注来下注，我押鱼为泽赢！人家可是老牌大神呢，完全不是竞技场那些普通玩家能比的，要被一个辅助给碾压了，这脸还往哪里放？

玩家八：我叛逆，就押奶有毒赢了！看清楚，这可是奶有毒，能是一般的辅助吗！

玩家九：别在这里吵了，隔壁开了下注的专用帖，想玩的都过去吧。

玩家十：哈哈哈，下注帖有什么好看的，我觉得那几个被挖出来的五年前的老帖子更有意思。

江时玩了大半天的竞技场也有些累了，跟啥笔携香说完就直接下线睡觉去了，一直没有关注后续。

第二天，他登录游戏之前忽然想起来上论坛看看，一眼就看到了首页的那几个热门帖子——"第一赛季老玩家带你们细数奶有毒和鱼为泽的恩怨情仇""奶有毒跟鱼为泽对战的胜率预测""鹿死谁手，欢迎下注""小道消息，奶有毒跟鱼为泽之间的旧仇还真不少"，等等。

醒目的标题之间夹杂着几个灰暗的帖子，是几年前论坛里的旧帖子被那些无聊的人给重新挖了出来。

江时疑惑地看了一眼当天的日期，确定自己并没有一觉睡回五年前。

他缓缓地眨了眨眼睛，然后随便挑了几个帖子看了看，饶有兴致地看完了。

这些所谓的第一赛季老玩家们真挺会讲故事的，一路看下来，让他这个当事人都觉得大开眼界。

如果没看到这些帖子，连他自己都没发觉，他居然已经跟鱼为泽认识了那么久。

果然不是冤家不聚头啊。

江时看得津津有味，等上线之后，还不忘挑了几个被设置成"精华"的帖子，转发给已经在线的韩俞泽。

对方显然也去看这几个帖子了，过了半天才发来回复。

鱼为泽：嗯。

奶有毒：看完了？怎么样，是不是写得挺有趣的？

鱼为泽：是挺有趣的。

鱼为泽：我比较喜欢这个帖子，你呢？

江时点开韩俞泽发给他的链接看了一眼，居然是五年前一部分玩家分析他跟鱼为泽的恩怨情仇的帖子。

奶有毒：我还以为你会对其他的更感兴趣。

鱼为泽：比如说？

奶有毒：比如，好像挺多人都认为当年我是被你给打得退出游戏了呢。

韩俞泽笑了笑。从某种角度来说，好像还真没错。

鱼为泽：那我还是看看咱俩的恩怨情仇吧。

奶有毒：不说这个了，怎么样，你今天还是不打副本吗？

鱼为泽：嗯，不打。

奶有毒：继续备战？这么重视啊，准备得怎么样了？

韩俞泽看着"备战"两个字，稍微哽了一下才回复。

鱼为泽：准备得差不多了。

鱼为泽：你其实也不用去竞技场训练，到时候估计用不上。

奶有毒：我明白，马上就到约战的时间了，临时抱佛脚确实不太行。

奶有毒：我就是随便升一升竞技场积分，方便以后和你一起打。

韩俞泽顿了顿。

不！看这回答就知道你不明白！不过最后那句回答倒是和韩俞泽的想法不谋而合。

当年他们就因为配合十分默契，经常在竞技场里大杀四方。现在他虽然很久没再打竞技场了，但是也还保留了五千多的积分，如果江时可以尽快把个人积分提升上来的话，确实方便他们以后再一起在竞技场里并肩作战。

> 鱼为泽：嗯，那就随便打打吧，注意休息，别太累了。

如果说之前江时对于韩俞泽回复的消息没有太多感觉，那么这个时候，因为最后的那句关怀他稍微愣了一下。

不知道为什么，透过这样没有太多情绪的文字，他居然感受到了一丝关心的意味。

这是备战过程中压力太大了？

江时思考片刻，最后回复了一句"你也多看帖子放松放松"，才又钻进了竞技场里。

啥笔携香很懂该怎么做才能吸引更多观众，后面几天十分隐忍地没有跟着江时去竞技场直播，直到七月七日晚上六点的时候才重新开播。

打开直播间的一瞬间，他差点没被在线等待的人数给吓晕过去。

二十万！他从来没有见过这么多人同时在线的情况。

"那个，大家好，我是今天的主播兼解说啥笔，咳，啥笔携香。"啥笔携香很努力地控制情绪，才让自己的声音听起来不那么颤抖，"现在是晚上六点整，再过一小时零七分钟，万众瞩目的巅峰对决就将拉开序幕。相信大家跟我一样都十分期待这场对决，那么就让主播带你们见证这历史性的时刻吧！"

前阵子，官方在重见天日的海底城里开放了一系列活动任务，因为奖励丰厚，很多玩家都是一边看直播，一边进行着活动任务。

很多人已经在直播间里等了很久，冷不丁听到啥笔携香的声音，纷纷发起了弹幕。

> 不急不急，做任务呢，主播你先去现场等着吧，开始了再叫我们一声。
> 前期就不用烘托气氛了，今晚我们就想看个过程，静音一会儿，七点再来。

　　主播给我们当摄像头就行，不用解说了，任务有点难，主播你话太多我容易分神。

　　有没有好心的兄弟姐妹，等奶有毒跟鱼为泽露脸了提醒我一下啊！

　　啥笔携香默默叹了口气。人气主播不好当啊！

　　为了避免再开口而被嫌弃，他只能暂时关闭语音系统，朝三庭坡走了过去。

　　三庭坡的三面都是悬崖，只有一条通往山坡的道路。

　　就在那条唯一的通道前，啥笔携香被拦住了。

　　绿色控正色道："此路是我开，此树是我栽，要想从此过，门都没有！"

　　啥笔携香道："能押韵点吗？"

　　绿色控收起了拦路的姿势，笑了笑："反正我师父说了从山脚到山顶差不多只用五六分钟，所以七点之前不能让人上去。"

　　"弄得这么神秘？"啥笔携香好奇地往上面探了探脑袋，问，"奶有毒呢，没来吗？"

　　绿色控回答："没呢，这不还有一个小时嘛，早着呢。我师父说以奶有毒的性格，起码要等到七点才会过来。"

　　啥笔携香持怀疑态度，打开好友列表发了条消息。

　　啥笔携香：奶哥，在哪儿呢，怎么还没来？

　　奶有毒：嗯？这不是还有一个小时吗？我再做几个活动任务。

　　啥笔携香看向绿色控："你师父确实没有说错。"

　　"那是。"绿色控此时的心情非常不错，一抬头又遥遥地看到几个身影，"啊，怎么又来人了？"

　　板正小青年、深井冰患者、君子范和木川裤子，甚至连捡破烂都陆续抵达了。

　　几个人进入同一个队伍，一起在山脚下等着。

　　直到晚上七点整，他们才看到今晚巅峰对决的当事人姗姗来迟。

　　"哟，都在呢。"江时并不觉得自己来得迟，笑吟吟地打了声招呼，"来得还挺早。"

　　众人心想，是你自己掐点到，能不能有点紧张感？

　　绿色控拍了拍手："好啦，过七点了，大家可以上去了！"

啥笔携香迫不及待地再次点开了直播间的语音系统，切换到了主播身份："好的，各位观众们，我们现在即将前往今天的对决现场。几分钟之后，万众瞩目的世纪之战将正式打响，究竟是奶有毒可以笑到最后，还是鱼为泽最终问鼎巅峰，让我们拭目以待！"

绿色控虽然早就听自家师父说过直播的事情，但是这会儿走在旁边，听着啥笔携香这声情并茂的话语，嘴角还是忍不住狠狠地抽搐了一下。

什么世纪之战？谁跟你说过他们要打架？

他正腹诽着，忽然有一个声音从耳边响起，刚好是只有他们两个人可以听到的声音："所以，鱼神今天到底准备怎么跟我师父说？"

绿色控愣了一下，抬头的时候正好对上了板正小青年询问的视线，错愕地眨了眨眼："你知道？"

"当然，旁观者清。"板正小青年说着，朝前方昏暗的路段扫了一眼，"所以，能回答我的问题吗？"

绿色控道："我很想回答，不过我真的不太清楚。"

虽然他全程都在帮忙筹备，但是三庭坡上的东西可都是他师父亲自操办的，具体计划没有对他透露过半点。

板正小青年淡淡道："哦……"

绿色控疑惑地看他一眼。这一听就十分遗憾的语气是什么意思？

其他人并没有听到这边的对话，倒是木川裤子轻轻地嘀咕了一声："确定是在这里约战吗？早知道这么黑，我就带一盏灯过来了。"

这句话道出了其他人的心声。

从山脚下往上走去，一路上都没有任何照明的道具，只有一轮弯弯的月亮高挂在天上，成为唯一的光源。

现场所有人这一路都走得十分艰难，视野受限，更何况直播间里的观众了。

一度全黑的镜头让观众们不由得怀疑是不是直播出现故障了，进出直播间好几次才确认是画面的问题。

江时也不确定韩俞泽的葫芦里到底卖的是什么药。

一行人一路走去，抵达三庭坡上的时候，差不多到了晚上七点五分。

江时远远地看到空旷的地面中央站了一个高挑的身影。

那人一身白衣，皎洁的月光为他镀上了一层荧白的光晕，微风拂动衣角，衬得他仿佛不食人间烟火。

韩俞泽也看到了来人，定定地站在那里没动，嘴角缓缓扬起。

他朝江时的方向缓缓地招了招手："时间刚好，来吧。"

嗯？这就开始了吗？

江时接收到了信号，硕大的十字架在手里打了个转，朝着韩俞泽的方向就快步奔了过去。

啥笔携香激动地喊出声："开始了！今天的世纪对……唔！唔唔！"

后面的话被忍无可忍的绿色控一把堵了回去。

虽然在竞技场里练了那么多天，但对手是韩俞泽，江时绝对不会轻敌。

他捕捉到周围散落的微型机械的位置，逐渐逼近韩俞泽的同时，手里的符文石已经蓄势待发。

在江时进入韩俞泽攻击范围的瞬间，微型机械上火光燃起，成片的符文领域也同步腾起。

然而江时并没如想象中那样遭到攻击。

就当韩俞泽被符文领域彻底笼罩时，周围轰然炸开的，却是直冲天际的烟花。

绚烂的烟花将周围昏暗的环境映得宛若白昼。原先隐藏在树林中的各种摆设，也终于展示在了所有人的面前。

就在这样一片梦幻的画面中，被符文领域包围的两个身影在明暗交错的光影下，犹如虚幻的画中人。

纵使江时向来泰山崩于前而色不变，但在这突如其来的夸张阵仗下也愣了愣神。

而只是这么片刻的工夫，被符文领域笼罩的韩俞泽已经摆脱了控制，瞬间来到江时面前。

他们猝不及防地相向而立。

烟花还在持续爆炸，一片流光溢彩。

仿佛过了一个世纪般漫长，那喧闹的烟花终于全部炸完了。

此时包括直播间的弹幕在内，整个世界都陷入了一片微妙的寂静。

江时攥紧了手中的十字架，正在考虑到底还要不要继续操作，就看到韩俞泽垂眸浅笑："今天我就只有一个问题，这个问题，其实五年前就想问了。"他顿了一下，认真地说，"奶有毒，可以做我的绑定辅助吗？"

江时疑惑地眨了眨眼。

现场来观战的其他人和直播间的观众们全都愣住了。

这是什么情况？

番外　三天三夜

江时刚刚登录上线，就看到了自己面前弹出来的活动界面。

这次活动是《创纪元》官方举办过的最大规模的庆典活动，一眼看去整个界面满满当当，奖励更是慷慨至极。

江时快速扫一眼上面的内容，视线落在了总活跃度界面最终的奖励上——专属的特殊武器外观。

对于他这种水平的玩家，平常游戏里面的资源向来什么都不缺，官方活动举办得再盛大对他也没有太大的吸引力，直到看了眼奖励列表中那些奇形怪状的武器外观，终于他被勾起了一丝兴趣："好像有点意思……"

确定了总活跃度的累积规则，江时随便挑了几个简单的任务漫不经心地做了起来，但是没过一会儿，就停了下来。

江时再次点开活动界面，若有所思。

他刚才接取的那些内容都是些小任务，操作起来十分简单，但是同样的，提升活跃值的速度太慢了。

累计总活跃度的奖励总共只有排名最靠前的那么几个人可以获得，是争分夺秒的事情，眼下他选择的方式显然不是正确的道路。

江时重新研究了一会儿活动界面，注意力最终落在了"热度爆炸"这个特殊活动上。

玩家需要在活动期间累积一定的伤害值，从而获得相应的活跃度奖励。

但这些都不是重点。

最关键的是，这个活动通过累计伤害值来获得的活跃度，上不封顶。

还有这种好事？

江时稍微琢磨一下，就露出了满意的笑容。

他将手里的法杖缓缓摆弄了几下，正准备挑选便于累计伤害值的地点，忽然间看到好友列表里弹出了一条消息提示。

他点开消息。

鱼为泽：热度爆炸这个活动，你有兴趣做吗？

江时挑眉。

　　奶有毒：真巧，我们想到一块儿去了。

　　系统：玩家"鱼为泽"向您发起了组队邀请。

江时选择了接受邀请。

在进入队伍的第一时间，他打开组队语音，问："准备从哪里开始？"

"去野外地图看看吧。"不一会儿，鱼为泽的声音也响了起来，"今天好像很多公会为了方便做这个任务发起了公会战，那里应该人还挺多的，看看能不能搭个顺风车呗。"

江时笑道："那就去蹭蹭？"

鱼为泽也笑了起来："不蹭白不蹭。"

江时打开好友列表打听了一下，问到了几个公会的混战地点，就跟着鱼为泽一起过去了。

两人不是第一次合作了，到了目的地之后二话不说，直接一头扎进人群就加入了战斗。

参与公会战的玩家人数十分可观，鱼为泽和江时一个在前方冲锋，一个在后方支援，转眼间就将两家公会的人都打回了复活点。

江时看了一眼活动的伤害值累积情况，感到十分满意，不等那两家被打蒙了的公会做出反应，就招呼鱼为泽直奔下一个战场。

转眼间，他们参加了三场公会战，击杀人数众多，二人的游戏 ID 也无比醒目地挂在了活跃度排行榜的前排。

但就在这个时候，他们终于发现了问题。

不知道从什么时候开始，他们赶去公会战的现场却扑了个空的频率变得越来越高了。

最初江时还觉得只是自己的运气问题，直到奔赴下一个公会战地点的时候，没等他们靠近，就听到人群中有人鬼哭狼嚎地喊了起来。

"快跑！奶有毒来了！"

"结束了赶紧撤！鱼为泽来我们这儿了！"

还没能掏出武器的两人面面相觑。

虽然他们弄清楚了扑空的原因，但鱼为泽并没有就此放弃："走，去下一个地方！"

　　然而接下来，他们又接连扑空了三次。

　　江时再一次站在已经人去楼空的公会战现场，短暂地沉默了一下，提议道："要不我们换一个攒伤害值的方式看看？"

　　鱼为泽问道："比如？"

　　江时迟疑道："打副本？"

　　鱼为泽笑了一声没说话。

　　江时摸了摸下巴，道："要不然去竞技场看看？"

　　这一次鱼为泽也跟着思考了一下，才开口道："比起去竞技场，我倒是有一个更好的提议。"

　　江时好奇道："嗯？说说。"

　　话音刚落，他便看到鱼为泽从队伍中退了出去。

　　下一秒，成片的微型机械从四面八方聚拢过来，直接朝着他展开了攻击。

　　江时的反应非常迅速，第一时间展开符文领域抵挡了这次突袭，他瞬间明白了鱼为泽的意图。

　　他没有因为对方的突然袭击而生气，反倒笑着说："行啊，这个提议不错。"

　　江时跟鱼为泽认识也有一段时间了，最初算是不打不相识，虽然他们从来没停止过切磋，但一直以来其实没有面对面地分出过胜负。

　　鱼为泽的提议倒是提醒了江时，反正他们正好要积累伤害值，借着这个机会好好地比个高下也没什么不好。

　　江时嘴角的弧度扬起了几分，话不多说，手中的数个符文石瞬间流转了起来，在鱼为泽发起下一轮进攻之前，将成片的机械大军笼罩在符文领域之中。

　　符文领域的效果瞬间生效，鱼为泽正面的攻势顿时一缓，但是下一秒，又有十余只机械蜘蛛从侧后方扑了上来。

　　江时没有表现出丝毫惊慌，反倒看着这些数量可观的机械蜘蛛，眉目间满满的都是喜悦。

　　这些机械蜘蛛对于他而言可都是可以收集的伤害值啊！

　　江时快速调整了一下状态，同时给自己用了一个恢复血量的治疗技能，转身又稳稳地抵挡了来自鱼为泽的偷袭。

　　虽然符文师是辅助属性的角色，但是江时掌控全局的能力实在是太强了，纵使面对鱼为泽这样强大的机械师依旧不落下风。

　　随着两人之间的战斗愈发激烈，因为江时能使用给自己恢复血量的治疗技能，倒是鱼为泽的状态在持久战下逐渐被逼到了危险的边缘。

江时满意地看着这样的情况，正准备利用最后一套技能来结束这次切磋，没想到刚抬起法杖，就看到鱼为泽身边忽然笼罩起了一层红色的光芒。

下一秒，鱼为泽那眼看就要见底的血量又涨了起来。

江时有点无语："你还吃回血药？"

面对这样的质问，鱼为泽的语气毫无波澜："愿意的话，你当然也可以吃。"

江时感觉自己对这个人臭不要脸的程度有了更深一步的认识。

他也不客气，回头就摸出魔法药水，给自己也恢复了大量魔法值。

双方一转头就再次交战在了一起。

本来两人就都是很难直接击杀掉对方的职业，再加上可以使用恢复血量和魔法值的药水、药丸，让这一战变得无休无止。

但从始至终唯一没有改变的，就是二人对战期间那种亢奋的状态。

有一点江时必须承认，鱼为泽确实是一个十分难得的对手，除了鱼为泽之外，整个游戏里实在没有几个人能够给他带来这种酣畅淋漓的战斗感。

而此时更让他感到满意的，无疑是活动任务界面上那持续上升的伤害值了。

这不比蹭那些公会战快多了！

鱼为泽一瓶接一瓶地吃着回血药，江时这边也持续地恢复魔法值。二人都没有手下留情，交战的过程格外激烈，谁也没有留意到不知不觉间他们已经打了整整三天三夜。

最终让江时反应过来的是完成活动的提醒消息。

直到"叮咚——"的系统提示音响起，他才发现自己居然通过积累伤害值的这么一个活动，就直接完成了所有活动的活跃度需求。

鱼为泽那边也收到了提示的消息，操作的动作跟着一顿。

他们交换了一下视线，十分默契地在同一时间停了手。

交战的时候没有感觉，等到一停下来，这种全身被掏空的疲惫感就顿时爬了上来。

江时这才看了一眼时间，顿了一下，靠在旁边的树上说道："咱们一时半会儿估计也分不出个胜负，就这样吧，先不打了。反正目的也达到了，领个奖励休息算了。"

鱼为泽显然也累得够呛，对此没有任何意见，一屁股在坐在地上，一边翻奖励列表，一边问："你打算要什么外观？"

江时早就有了想法，微笑道："我觉得十字架不错。"

他满意地领到了自己想要的奖励内容，垂眸看了鱼为泽一眼："你呢？"

鱼为泽道："没想好，我再挑挑。"

江时点了点头："嗯，那我下线了。"

说完他正准备下线，忽然听到鱼为泽又喊了他一声。

江时顿了一下，问道："还有什么事吗？"

不知道是不是他的错觉，这一刻他看过去，总觉得鱼为泽的眼神里似乎有一丝微妙的情绪。

江时疑惑地多打量了他两眼，才听到鱼为泽终于斟酌好用词开了口："三庭坡，下周三你一定要来，我在三庭坡等你。"

江时微微一愣。

这次没分出胜负，这个家伙果然不愿意就这么善罢甘休。

太长时间的紧绷作战让江时感到有些头疼，他伸手揉了揉太阳穴，没太纠结这个问题，答应了下来："行，到时候我一定到场。"

说完，他就原地下线了。

三天三夜没闭眼，先去好好睡个觉吧！

编后记

本书版权由北京晋江原创网络科技有限公司授权，由北京宏泰恒信文化传播有限公司出品。

在此真挚地感谢在《辅助为王》出版过程中参与策划、创作的贡献者。北京宏泰恒信文化传播有限公司参加本书选题策划、封面设计、绘制插图的工作人员有：连慧、李艳、靴子、气味野生定制、秃头大白鹅、木夕 JIANG。

2023 年 4 月